AS MELHORES HISTÓRIAS DA MITOLOGIA

VOLUME I

Deuses, heróis, monstros
e guerras da tradição greco-romana

Livros dos autores publicados pela **L&PM** EDITORES

Akhenaton e Nefertiti (**L&PM** POCKET)
As 100 melhores histórias da Bíblia
As 100 melhores histórias da mitologia
Deuses, heróis & monstros (infantojuvenil)
As melhores histórias da mitologia – volume 1 – (deuses, heróis, monstros e guerras da tradição greco-romana) (**L&PM** POCKET)
As melhores histórias da mitologia – volume 2 – (deuses, heróis, monstros e guerras da tradição greco-romana) (**L&PM** POCKET)
As melhores histórias da mitologia egípcia
As melhores lendas medievais

A.S. Franchini:
As 100 melhores lendas do folclore brasileiro
Resumo da ópera

Carmen Seganfredo:
As melhores histórias da mitologia chinesa
As melhores lendas chinesas

A.S. Franchini / Carmen Seganfredo

AS MELHORES HISTÓRIAS DA MITOLOGIA

VOLUME I

Deuses, heróis, monstros
e guerras da tradição greco-romana

www.lpm.com.br

Coleção **L&PM** POCKET, vol. 1003

Texto de acordo com a nova ortografia.

As histórias deste volume foram publicadas pela L&PM Editores em primeira edição no livro *As 100 melhores histórias da mitologia*, em formato 16x23cm, em outubro de 2003
Primeira edição na Coleção **L&PM** POCKET: janeiro de 2012
Esta reimpressão: outubro de 2022

Capa: Marco Cena
Revisão: Caroline Chang, Jó Saldanha, Flávio Dotti Cesa e Caren Capaverde.

CIP-Brasil. Catalogação na Fonte
Sindicato Nacional dos Editores de Livros, RJ

F89a

Franchini, A.S. (Ademilson S.), 1964-
 As melhores histórias da mitologia: deuses, heróis, monstros e guerras da tradição greco-romana, vol. 1 / A.S. Franchini, Carmen Seganfredo. – Porto Alegre, RS: L&PM, 2022.
 320p.   (Coleção L&PM POCKET; v. 1003)

 Apêndice
 Inclui bibliografia
 ISBN 978-85-254-2562-1

 1. Mitologia - Ficção. 2. Ficção brasileira. I. Seganfredo, Carmen, 1956-
II. Título. III. Série.

11-7426.   CDD: 869.93
                           CDU: 821.134.3(81)-3

© A.S. Franchini e Carmen Seganfredo, 2003, 2012

Todos os direitos desta edição reservados a L&PM Editores
Rua Comendador Coruja, 314, loja 9 – Floresta – 90.220-180
Porto Alegre – RS – Brasil / Fone: 51.3225.5777

Pedidos & Depto. Comercial: vendas@lpm.com.br
Fale conosco: info@lpm.com.br
www.lpm.com.br

Impresso no Brasil
Primavera de 2022

Porque é esta a maneira de o mito existir: variando.
RUTH GUIMARÃES, *Dicionário da Mitologia Grega*

SUMÁRIO

Apresentação 9

Nascimento e glória de Saturno 11
Nascimento e glória de Júpiter 13
Júpiter e a guerra dos Titãs 17
Juno, a rainha do céu 20
O castigo de Quelone 23
O nascimento de Vênus 27
Apolo e a serpente Píton 30
Mercúrio, o deus dos pés ligeiros 33
Vulcano, deus das forjas 37
O nascimento de Minerva 43
Netuno, senhor dos mares 47
O nascimento de Baco 53
Baco aprisionado 58
Hipomene e Atalanta 62
As asas de Ícaro 67
A queda de Faetonte 70
Deucalião e Pirra 77
O rapto de Ganimedes 80
O castigo de Eresictão 84
Filemon e Baucis 90
O rapto de Europa 96
Argos e Io 99
O javali de Calidon 104
O toque de Midas 111
Alceste e Admeto 116
O suplício de Tântalo 122
O tonel das Danaides 126
Hero e Leandro 131
Salmácis e Hermafrodita 137
Eco e Narciso 142
Frixo e Hele 146
As sandálias de Jasão 150
Jasão na Ilha de Lemnos 154

O duelo de Pólux e Amico	158
Jasão e as rochas cianeias	163
Jasão e o Velocino de Ouro	167
O rapto de Prosérpina	176
Vertuno e Pomona	182
Édipo e a Esfinge	185
Apolo e Dafne	191
As orelhas de Midas	195
Orfeu e Eurídice	198
Diana e Acteão	203
Castor e Pólux	208
A caixa de Pandora	213
Minerva e Aracne	218
Perseu e a Cabeça de Medusa	222
Belerofonte e Pégaso	228
Pigmalião e a Estátua	232
Cupido e Psiquê	239
Teseu e o Minotauro	248
Os doze trabalhos de Hércules	254
Adônis	269
Prometeu e o Fogo Sagrado	274
Titão e Aurora	278
Glossário	285
Bibliografia	315

APRESENTAÇÃO

As histórias que você está prestes a ler são, além de deliciosas aventuras, a milenar espinha dorsal da civilização ocidental. Abarcando as principais raízes da mitologia antiga, o conjunto destes contos engloba a história da humanidade tal como ela era vista pelos antigos gregos e romanos: de onde surgiu o Universo, como apareceram os homens, a descoberta do fogo e variados estágios de desenvolvimento do ser humano – com um sem-fim de divindades diretamente relacionadas às forças primordiais da natureza orquestrando esta verdadeira sinfonia da vida.

As origens destas lendas povoadas por deuses e mortais perdem-se nas memórias do tempo. Elas surgiram de maneira espontânea, da imaginação popular, quando os registros da linguagem verbal eram muito diferentes da escrita de hoje, a caneta ou a computador: o conhecimento de então era passado oralmente através de gerações, daí a matriz necessariamente flexível da mitologia. Com o passar do tempo, tais lendas se cristalizaram em formas mais ou menos definidas, porém nunca acabadas, já que com a passagem dos milênios as histórias iam sofrendo alterações, eram levadas de um país a outro, adquirindo novo cenário, por vezes novo roteiro e até novos personagens. De modo que, hoje, temos à nossa disposição as mais diversas versões para os mais diferentes mitos – sem falar nas versões que por uma razão ou outra possivelmente tenham sido soterradas pelos anos.

Desse modo, a importância do mito está na sua maleabilidade – não em uma forma fixa –, que traz consigo o legado ancestral assim como os sinais de seu próprio tempo e espaço. Nossos personagens não são autômatos divinos, a repetir eternamente os mesmos atos e discursos. São mitos que têm a vida renovada conforme são reescritos e recontados, sendo tanto de hoje quanto da Antiguidade.

A maioria dos contos deste livro baseia-se em relatos que a tradição consagrou, recolhidos em coletâneas e livros específicos sobre o assunto. Embora tenhamos procurado nos servir das versões mais conhecidas dessas lendas, não desprezamos outras, menos populares.

Optamos por apresentar os personagens, na sua maioria, com os seus nomes latinos. Sem pretender desfigurar demasiadamente o conteúdo dos relatos, escolhemos recontá-los com o auxílio da ficção: atribuímos a cada história o estilo, a forma de contar, os detalhes circunstanciais, os diálogos etc. que mais favorecem o seu colorido, movimentação e fantasia.

Os autores

NASCIMENTO E GLÓRIA DE SATURNO

Numa era muito antiga – tão antiga que antes dela só havia o caos – o mundo era governado pelo Céu, filho da Terra. Um dia, este, unindo-se à própria mãe, gerou uma raça de seres prodigiosos, chamados Titãs. Ocorre que o Céu – deus poderoso e nem um pouco clemente – irritou-se, certa feita, com as afrontas que imaginava receber de seus filhos. Por isto, decidiu encerrá-los nas profundezas do ventre da própria esposa, à medida que eles iam nascendo.

– Aí ficarão para sempre, no ventre da Terra, para que nunca mais ousem desafiar a minha autoridade! – exclamou, colericamente, o deus soberano.

A Terra, subjugada, teve de segurar em suas entranhas, durante muitas eras, aquelas turbulentas criaturas e suportar, ao mesmo tempo, o assédio insaciável e ininterrupto do marido. Um dia, porém, farta de tanta tirania, decidiu a mãe do mundo que um de seus filhos deveria libertá-la desse tormento. Para tanto, escolheu Saturno, o mais jovem de seus rebentos.

– Saturno, meu filho – disse a Terra, lavada em pranto –, somente você poderá libertar-me da tirania de seu pai e conquistar para si o mando supremo do Universo!

O jovem e ambicioso Titã sentiu um frêmito percorrer suas entranhas.

– Diga, minha mãe, o que devo fazer para livrá-la de tamanha dor! – disse Saturno, disposto a tudo para chegar logo à segunda parte do plano.

A Terra, erguendo uma enorme foice de diamante, entregou-a ao filho.

"Tome e use-a da melhor maneira que puder!", disseram seus olhos, onde errava um misto de vergonha e esperança.

Saturno apanhou a foice e não hesitou um instante: dirigiu-se logo para o local onde seu velho pai descansava. Ao chegar no azulado palácio erguido nos céus, encontrou-o ressonando sobre um grande leito acolchoado de nuvens.

– Dorme, o tirano... – sussurrou baixinho.

Saturno, depois de examinar por algum tempo o rosto do impiedoso deus, empunhou a foice e pensou consigo mesmo: "Realmente... demasiado soturno".

E fez descer o terrível gume, logo abaixo da cintura do pobre Céu.

Um grito terrível, como jamais se ouvira em todo o Universo, ecoou na abóbada celestial, despertando toda a criação.

– Quem ousou levantar mão ímpia contra o soberano do mundo? – gritou o Céu, com as mãos postas sobre a ensanguentada virilha.

– Isto é pelos tormentos que infligiu à minha mãe, bem como a mim e a meus irmãos – respondeu Saturno, ainda a brandir a foice manchada de sangue.

Os testículos do Céu, arrancados pelo golpe certeiro da foice, voaram longe e foram cair no oceano, com um baque tremendo. Em seguida, o deus ferido caiu, exangue, sobre seu leito acolchoado, sem poder dizer mais nada. As nuvens que lhe serviam de leito tingiram-se de um vermelho tal que durante o dia inteiro houve como que um infinito e escarlate crepúsculo.

Saturno, eufórico, foi logo contar a proeza à sua mãe.

– Isto é que é filho – disse a Terra, abraçada ao jovem parricida.

Imediatamente foram soltos todos os outros Titãs, irmãos de Saturno. Este, por sua vez, recebeu a sua recompensa: era agora o senhor inconteste de todo o Universo.

Quando a noite caiu, entretanto, escutou-se uma voz espectral descer da grande cúpula côncava dos céus:

– Ai de você, rebento infame, que manchou a mão no sangue do seu próprio pai! Do mesmo modo que usurpou o mando supremo, irá também um dia perdê-lo...

Saturno assustou-se a princípio, mas em seguida ordenou a seus pares que recomeçassem os festejos.

– Ora, ameaçazinhas... Deus morto, deus posto! – exclamou, com um riso talhado no rosto.

Mas aquela profecia, irritante como um mosquito, ficara ecoando na sua mente, até que Saturno, por fim, reconheceu-se também meio soturno:

– Será que uma vitória, neste mundo, não pode ser nunca completa?

NASCIMENTO E GLÓRIA DE JÚPITER

Saturno, após destronar sangrentamente o próprio pai, era agora senhor de todo o Universo.

– Aqui é assim: mando eu e ninguém mais – dizia o tempo todo, a ponto de suas palavras reverberarem noite e dia pelos céus.

Certa feita, sua esposa, Cibele, que também era sua irmã, chegou-se a ele e disse:

– Abrace-me, querido Saturno, pois serei mãe!

O velho Saturno, encanecido no mando, esboçou apenas um sorriso.

– Muito bonito – resmungou o deus. – Mas e daí?

– Ora, e daí que você, meu esposo, será pai! – disse ela, tentando animá-lo.

Esta palavra, no entanto, despertou a fúria de Saturno. Pondo-se em pé, com os olhos acesos, esbravejou:

– Não quero ouvir falar mais nesta palavra aqui no céu.

Imediatamente ordenou que a pobre Cibele saísse da sua frente, para que pudesse reorganizar seus pensamentos. A praga que seu pai lhe lançara no dia em que o mutilara com a foice diamantina ainda ecoava em seus ouvidos:

"Ai de você, rebento infame... Do mesmo modo que usurpou o mando supremo, irá também um dia perdê-lo..."

– Nada de filhos – exclamou, por fim, a velha divindade. – Cibele, venha já até mim!

Sua esposa surgiu, um tanto intimidada.

– Quando nasce esta criatura que você está carregando? Vamos, diga! – bradou Saturno.

– Nos próximos dias, Saturno querido...

– Assim que nascer, traga-a imediatamente até mim.

– Assim será, meu esposo.

Cibele, correndo os dedos pelas madeixas, sorria candidamente.

Alguns dias depois, com efeito, nasceu o primeiro bebê: era Juno, uma menina encantadora, porém de poucos sorrisos.

– Deixe-me vê-la – sussurrou Saturno, besuntando de mel a sua áspera voz.

– Veja, não é linda? – disse Cibele, a imprudente.

– Encantadora! – respondeu o deus, com um sorriso equívoco.

– Vamos, dê-lhe um beijo! – disse Cibele, a louca.

O velho deus tomou, então, a criança, envolta nos panos, e aproximou-a de seu imenso rosto.

– Dá mesmo vontade de engoli-la inteira – exclamou, arreganhando os dentes.

Cibele chorou de ternura.

Num segundo, Saturno abriu de par em par a bocarra, como duas portas que dão para um abismo, e engoliu a pobre criança, que não deu um único pio.

Cibele chorou de horror.

Sem descer a explicações, Saturno tomou a cabeça da esposa em suas mãos e exclamou:

– E nada de choros, hein? Nada de vinganças.

Depois, despediu-a, não sem antes adverti-la:

– E já sabe: nascendo outro, quero-o logo aqui.

Saturno dava tapinhas na sua barriga cheia, como que parabenizando-se pelo engenhoso estratagema. Depois retomou o seu eterno estribilho, agora com renovado prazer:

– E você aí dentro, já sabe: aqui é assim, mando eu e ninguém mais.

O tempo passou e foram nascendo os rebentos. Tão logo os filhos da desgraçada Cibele iam saindo do cálido ventre da mãe, eram imediatamente metidos na cova tétrica do estômago do pai. Passaram, assim, por este odioso portão, além da já citada Juno, os infelizes Plutão, Netuno, Vesta e Ceres.

Quando chegou, porém, a vez do quinto bebê, Cibele, farta de tanta sujeição, revoltou-se afinal:

"Não, este não...", pensava, e o seu laconismo dava bem a medida da sua determinação.

Passando, então, das palavras à ação, correu até a mais distante caverna do mundo – a caverna de Dicte – e lá gemeu e gritou, até dar à luz Júpiter, seu último e mais esperado filho.

Depois de entregar o garoto aos cuidados das ninfas da floresta, Cibele retornou às pressas para o palácio de Saturno.

Uma vez em seus aposentos, envolveu uma pedra nos lençóis e começou a gritar, como quem está em trabalho de parto.

– Temos nova peste – exclamou Saturno, rumando celeremente para o quarto.

Tão logo enxergou sua esposa segurando algo envolto nos panos, tomou-lhe o embrulho das mãos e engoliu-o, imaginando ser o quinto bebê.

– É o último, hein...? – disse o deus, limpando a boca com as costas da mão e desaparecendo em seguida pela porta.

Mas Cibele chorou, como das outras vezes.

Tudo agora parecia em paz, pensava Saturno, enquanto gozava do silêncio, refestelado em seu trono dourado. De vez em quando, porém, repetia bem alto o seu amado estribilho, pois o silêncio absoluto enchia-o de vagas apreensões.

– Bom mesmo é minha voz retumbando: aqui é assim, mando eu e ninguém mais – gritava ele, acalmando-se.

E isto era bom, também, para o jovem Júpiter, que permanecia oculto nas grutas distantes, podendo chorar à vontade. Quando chorava alto demais, as ninfas que dele cuidavam ordenavam que alguns guerreiros, chamados curetes, reverberassem seus escudos com toda a força, para abafar os sons infantis.

Para acalmá-lo, havia uma doce cabra, chamada Amalteia, que o amamentava e lhe servia de distração – distração que também lhe era trazida por uma bola estriada de ouro, que o garoto recebera de presente de uma das ninfas, a qual ao subir e cair deixava no céu, como um fulgente meteoro, um belo rastro dourado.

Por fim, havia ainda uma águia encantada que todos os dias vinha de todas as partes do mundo contar novidades e instruir o jovem deus nas coisas da vida.

– Júpiter, grande deus – disse-lhe um dia a águia, quando o garoto já estava crescido –, já é hora de saber sobre o terrível perigo que você corre.

A ave, então, narrou ao deus todo o drama que dera origem à sua existência.

– Vai e liberta os seus irmãos da negra prisão em que estão metidos, para que você possa assumir o lugar de seu pérfido pai no comando do mundo – disse a águia, estendendo as longas asas, para enfatizar suas palavras.

Júpiter, que era um rapaz extraordinariamente forte e corajoso, acatou imediatamente a sugestão da sua fiel conselheira; auxiliado pela filha do titã Oceano, a suave Métis, tomou posse, então, de uma poderosa erva mágica.

– Faça com que seu perverso pai beba desta poção e num instante verá regurgitados todos os seus aprisionados irmãos – disse-lhe a bela oceânide.

Júpiter conseguiu disfarçar-se de escanção de Saturno, oficial que deveria servi-lo, e ofereceu-lhe a atraente beberagem numa taça de ouro.

– Que espécie de néctar é este, que tem o brilho de todas as cores e se perfuma de todos os odores? – perguntou Saturno, arregalando o olho para dentro da taça.

– Um néctar como nunca experimentou igual! – asseverou Júpiter, desviando ao mesmo tempo o olhar da carranca severa do pai.

Saturno, após infinitos vacilos, finalmente emborcou o conteúdo da taça. A princípio estalou os beiços, achando maravilhosa a poção. Durou pouco, entretanto, o prazer, pois logo em seguida o velho começou a passar muito mal.

– Mas o que é isto? – exclamou Saturno, fazendo-se todo branco. – Sinto náuseas fortíssimas!

Dali a instantes Saturno começou a regurgitar, um por um, cada um dos filhos que havia ingerido. Pobre deus! Como já fazia muito tempo que os engolira, agora se via obrigado a restituí-los completamente adultos. A incrédula Cibele, que estava junto do esposo, ia recebendo cada um dos filhos com a face lavada em pranto:

– Oh, Juno querida... Vesta amada... Adorada Ceres... Netuno, meu anjo! Plutão, meu amor...

Com o retorno de seus irmãos, Júpiter havia dado o primeiro e irredutível passo para retirar o poder supremo do mundo das mãos de seu pérfido pai.

– Exijo, Saturno cruel, que me ceda agora o cetro do mundo! – exclamou Júpiter, com altivez e confiança.

– Como ousa levantar mão ímpia contra mim, o soberano do mundo? – exclamou Saturno, repetindo ao filho algo que lhe soava estranhamente familiar.

Pressentindo, no entanto, o perigo, Saturno tratou logo de ir procurar seus antigos irmãos e aliados – os velhos, porém ainda fortíssimos, Titãs.

– Mas isto é o fim dos tempos! – acrescentou, criando uma frase que as gerações futuras repetiriam sempre que uma civilização entrasse em decadência.

A Guerra dos Titãs apenas começava a ser esboçada.

JÚPITER E A GUERRA DOS TITÃS

Não há crônica, antiga ou moderna, que refira de maneira exata todos os feitos e lances heroicos desta que foi a verdadeira primeira guerra mundial. Ela é demasiado antiga e perde-se na noite dos tempos. Só podemos nos basear no que dela referiram alguns comentadores tardios, como Hesíodo.

Ainda assim, ela existiu: os sinais, por tudo, são demais evidentes.

A própria geologia comprova que as extintas divindades de outrora – personificações, talvez, dos elementos em estado caótico – se engalfinharam um dia numa luta impiedosa, revolvendo no embate o Céu, a Terra e os mares.

Esta gigantesca querela teve início com a pretensão de um filho rebelde, chamado Júpiter, sobre o poder supremo que estava em mãos de uma divindade cruel e despótica, chamada Saturno.

Mas quem foram as partes deste espantoso embate?

De um lado, liderados por Saturno, estavam ele e seus irmãos, os poderosos Titãs ("filhos da Terra"). Do outro, Júpiter, o filho insubmisso, e seus irmãos, além de algumas defecções titânicas que se alistaram à causa rebelde, tais como o Oceano e o filho de Japeto, Prometeu.

Os deuses da segunda geração, liderados por Júpiter, foram organizar seu ataque no monte Olimpo (daí serem chamados de "deuses olímpicos"), enquanto os Titãs, abrigados no monte Ótris, tramavam a sua defesa.

Num dia incerto, que nenhum cálculo humano pode aproximar, deu-se o primeiro lance desta refrega colossal, que os anais bélicos da humanidade batizaram de Titanomaquia (ou "Guerra dos Titãs"). Uma imensa massa negra de nuvens destacou-se dos limites extremos do Olimpo e começou a marchar, num estrondo feroz de carros de guerra que rondam pelos céus. O empíreo escureceu de tal forma que o Caos parecia haver gerado de seu ventre uma segunda Noite, ainda mais negra e tétrica do que a primeira.

De dentro desta montanha alada, da cor do ferro, partiam raios tão ofuscantes (novidade horripilante inventada pelos Ciclopes, aliados de Júpiter, que este libertara do Tártaro), que por alguns instantes brevíssimos não havia em todo o Universo a menor parcela de escuridão. Mas logo o negror da noite tombava outra vez sobre a Terra, e a alma de tudo quanto vivia agachava-se, oprimida por indizível pavor.

Ocultos acima dessa nuvem prodigiosa, Júpiter e seus aliados caíram finalmente sobre seus inimigos. Os Titãs, contudo, bem protegidos em suas trincheiras, começaram a enterrar suas unhas duras e compridas como gigantescas pás de bronze até as profundezas do solo, para dali arrancarem pela raiz, com pavoroso estrondo, montanhas inteiras, que arremessavam em seguida contra os deuses olímpicos.

Uma voz espantosa ecoou, vinda do alto, sobrepondo-se à massa inteira de ruídos:

– Irmãos da nobre causa, desçamos até onde rastejam estes vermes! – disse Júpiter e, junto com seus aliados, saltou das nuvens com as vestes guerreiras, dando grandes brados de fúria. Seus escudos refulgiam na queda como tremendos sóis prateados, enquanto suas lanças, brandidas com fúria, pareciam raios retilíneos que cada qual portasse com destemor infinito.

– Amantes da nobre verdade, recebamos estas aves de rapina que descem dos céus, tal como elas merecem! – bradou outra voz, desta vez de Saturno, encorajando os seus Titãs.

Quando os dois exércitos se misturaram, um ruído mais feroz do que qualquer outro jamais escutado fez-se ouvir, então, por todo o Universo. A terra inteira sacudia-se em tremores, levantando-se de dentro dela imensas labaredas de fogo e de pez. Netuno, com seu tridente aceso, fazia ferver os mares, e por toda parte não havia um único bosque que não tivesse sido varrido pelo assobio endemoniado de uma tórrida ventania.

Os combatentes, misturados num pavoroso ataque corporal – atirando às cegas, uns contra os outros, cutiladas, raios, rochas imensas, vapores sufocantes e dentadas –, assim estiveram por uma eternidade, até que Júpiter, temendo que a vitória estivesse pendendo para o inimigo, anunciou um novo propósito:

– Companheiros, libertemos do Tártaro profundo os poderosos Hecatônquiros!

Hecatônquiros. Esses terríveis seres haviam sido aprisionados por Saturno nas profundezas da terra e, uma vez libertos, espalhariam o terror entre as hostes inimigas.

Júpiter, auxiliado pelos seus, desceu até as tênebras profundas e, após romper os grilhões que mantinham estas colossais criaturas presas ao abismo, subiu com elas à superfície. Uma fenda enorme rasgou-se sob o chão; imediatamente um vapor negro subiu da cratera num jato hediondo, até envolver o próprio Sol.

Tudo estava envolto numa treva sufocante, quando todos sentiram um baque formidável sacudir o solo. Um tufão poderoso surgiu em seguida, varrendo toda a fuligem espessa e deixando à mostra, sobre a superfície, os três Hecatônquiros, postados lado a lado. A arte dos antigos não nos deixou nenhuma imagem do que seriam tais divindades, porém as descrições nos afirmam que se tratavam de seres "enormes como a mais alta das montanhas" e que possuíam "cem olhos e cinquenta cabeças."

Um urro colossal, partido das cento e cinquenta bocas, atroou todo o Universo. As criaturas, empunhando rochedos imensos, lançaram sobre os apavorados Titãs trezentas montanhas, sepultando-os vivos sob os escombros. Em seguida, os Ciclopes os acorrentaram com suas pesadas correntes, encerrando-os para sempre nas profundezas do Tártaro, de onde jamais tornariam a sair, vigiados pelos invencíveis Hecatônquiros.

Esta, em resumo, foi a primeira batalha que o Universo conheceu, e da qual saiu vitorioso Júpiter, o novo soberano do Universo, para reinar como pai dos deuses sobre todos os homens e as demais divindades.

JUNO, A RAINHA DO CÉU

— Sim, agora minha pequena Juno está a salvo... Mas até quando?

Assim dizia Cibele, após ver resgatada, do ventre de seu cruel esposo Saturno, a sua filha querida. O velho deus havia engolido um a um os seus filhos, tão logo estes haviam nascido; Júpiter, porém, lhe ministrara uma bebida encantada, obrigando-o a regurgitá-los de volta para os braços da mãe. Cibele, a precavida, imaginava agora um meio de manter a salvo a sua filha dileta.

"Tenho um pressentimento de que a ela está destinado um lugar de honra na corte celestial!", pensava a deusa, acariciando os cabelos de Juno.

Imaginava Cibele, como todas as mães, divinas ou não, que sua filha excederia em beleza e poder todas as outras filhas da face da Terra ou da imensidão do céu.

De repente seus olhos avistaram, para o ocidente, um fulgor intenso.

– É isto! – exclamou Cibele, feliz. – Levarei-a para o país das Hespérides!

Hespérides eram três encantadoras deusas que governavam um país paradisíaco, onde a primavera era eterna e a necessidade não existia.

– Queridas amigas, preciso entregar a minha bela Juno aos seus cuidados, pois somente aqui ela estará em segurança.

Abriram um largo sorriso, enquanto uma delas envolvia a deusa em suas vestes esvoaçantes.

– Vá em paz, Cibele – disse esta. – Nós faremos da sua filha a mais poderosa das deusas.

Juno respondeu apontando o dedo para o céu.

O tempo passou e Juno tornou-se uma deusa de maravilhosa beleza. As Hespérides eram unânimes em reconhecer este seu atributo, que fazia par com o da perfeita sapiência.

– Vejam: os animais e mesmo as flores parecem ficar felizes tão logo sua presença se anuncia – diziam alegremente as irmãs, todos os dias, umas às outras.

Juno, contudo, apesar de estar satisfeita naquele lugar paradisíaco, ambicionava mais alto. Com olhos postos no céu, suspirava todos os dias:

– Tudo é belo... mas eu queria mesmo era ser rainha do céu.

Por uma natural inclinação, a moça procurava sempre os lugares mais altos da ilha para dar largas à sua imaginação. Havia um rochedo, à beira-mar, que era o seu refúgio especial.

– Mais um passinho e posso quase tocar o céu... – dizia ela, brincando e esticando seu alvo dedo.

Um dia, estando ali sentada, sentiu muito calor. Então avistou no horizonte uma nuvem que vagava meio sem jeito, como que perdida das outras.

"Adoro chuva!" pensou, esticando o pescoço na ânsia de ver as companheiras daquela comparsa extraviada. "O único defeito deste país encantador, se há algum, é o de chover tão pouco!"

Então pôs-se em pé, cerziu os olhos e começou a pensar com toda a força:

"Quero muito que chova! Que chova muito! É o que quero!"

Juno reabriu os olhos e viu que agora aquela nuvem malesboçada e solitária, lá adiante, havia ganho uma inesperada e rechonchuda companheira.

A jovem fechou os olhos outra vez e repetiu com toda a força:

– Quero muito que chova! Que chova muito! É o que quero!

Quando reabriu outra vez os seus olhos, viu que um exército de outras nuvens havia se juntado à primeira, engolfando-a num turbilhão escuro e barulhento. Juno colocou-se na ponta dos pés e aspirou profundamente.

– Hmmm.... Perfume de chuva, não há outro igual.

Num instante as nuvens chegaram, e a jovem deusa comandou do alto uma tremenda tempestade, como nunca as Hespérides haviam visto. Os raios esgrimiam ao redor da jovem os seus espadins recurvos, porém sem nunca atingi-la, enquanto a água da chuva a envolvia num frescor delicioso.

Depois que a chuva passou e um vento fresco secou suas roupas, afastando para longe as nuvens tempestuosas, Juno olhou para o céu, novamente azul.

– Tudo é belo... Mas eu queria mesmo era ser rainha do céu.

Neste instante, uma águia de asas imensas surgiu das alturas. A ave, após rodopiar ao redor da deusa, agarrou-a delicadamente e suspendeu-a no ar. Juno, embora surpresa, não se assustou; algo lhe dizia, secretamente, que o seu sonho começava a se concretizar.

– Para onde me leva, águia sutil?

Foram ambas subindo, a águia e a deusa, até que, adentrando o próprio céu, Juno viu-se diante do jovem Júpiter.

– Estou no céu! – gritou Juno, de olhos brilhantes.

O pai dos deuses explicou então a Juno tudo o que havia ocorrido e como ele a havia salvo do ventre do tirânico pai de ambos, Saturno.

Juno, agradecida, abraçou os joelhos de Júpiter. Depois disse a ele, radiante de esperança:

– Tudo o que você diz é belo... Mas eu queria mesmo...

O pudor, entretanto, impediu-a de repetir pela milésima vez o seu desejo.

– Sim, adorada Juno, você será, sem dúvida, rainha do céu – completou Júpiter, sorridente, que escutara diversas vezes, ali do alto, a jovem clamar por seu desejo. – Desde que a vi manejando a tempestade e orquestrando os raios, decidi que seria a esposa ideal para mim.

E foi assim que Juno casou-se, tornando-se Rainha do Céu e dando início à história do casal mais famoso da mitologia antiga.

O CASTIGO DE QUELONE

O Olimpo estava em festa: Júpiter e Juno iriam finalmente se casar.

As duas imensas portas do Empíreo, algodoadas de nuvens, haviam sido abertas de par em par pelas três Horas – Eunomia, Dice e Irene –, que faziam o papel de anfitriãs. Atrás delas podia-se divisar perfeitamente o brilho feérico e resplandecente do palácio dourado onde iria se realizar a tremenda festa.

Os convidados iam chegando em grande número, atravessando a ponte multicolorida do imenso arco-íris.

– Vejam, irmãs – disse Eunomia, radiante –, quantos convidados! Estejamos atentas para que não nos escape presença alguma.

– E nenhuma ausência, também! – disse Dice, cuja tarefa era ir riscando os nomes dos convidados que chegavam.

Os principais deuses do panteão olímpico iam chegando, sozinhos ou aos pares, conversando alegremente. Ceres, vestida com uma túnica drapejada e esvoaçante, surgiu, entre tantas outras divindades, toda sorridente.

– Nossa! – disse Irene, a porteira esbelta. – Ela caprichou mesmo!

Junto dela estava Minerva, a deusa da sabedoria.

– Sempre recatada, mas também sempre encantadora! – comentou Eunomia, afastando-se um pouco para permitir a sua passagem.

Apolo e sua irmã Diana vinham abraçados, dando uma gostosa gargalhada. Do que riam tanto?

Os grupos foram passando um a um até que chegou o casal mais curioso: a maravilhosa Vênus e seu truculento esposo Vulcano.

– Vejam só, será que finalmente ele resolveu tomar um banho? – cochichou Irene à sua irmã Dice, que ocultou no véu um sorriso discreto.

De fato, o deus das forjas, normalmente coberto de fuligem, naquele dia surgira diante de todos um pouco mais apresentável, apesar de toda a sua feiúra. Seus cabelos emaranhados pareciam ter sidos apresentados finalmente a uma escova, e algo parecido com uma esponja parecia ter sido esfregado sobre o pelo espesso do peito e dos membros.

Quase todos os convidados já haviam chegado, inclusive Netuno, com sua corte aquática, úmida e festiva, e o sombrio cortejo de Plutão, que trazia pelo braço sua esposa Prosérpina, pálida como sempre, porém um pouco mais animada.

De repente, porém, Eunomia, que passava em revista com suas irmãs a enorme lista com os nomes riscados, escutou uma voz soar bem ao seu lado.

– Porteiras do Olimpo, como estão?

Era Mercúrio, o deus dos pés ligeiros.

– Ótimas! – respondeu Irene, pelas três. – Acho que não falta mais ninguém, e você deve ser o último.

Na verdade, Mercúrio fora o encarregado de levar os convites do casamento a todos os recantos do Universo. Finalmente retornava de sua trabalhosa missão.

– Não, esperem! – gritou Eunomia, colando o alvo dedo sobre um nome da lista.

Os rostos das duas irmãs, mais o de Mercúrio, voltaram-se atônitos para ela.

– Como? Ainda falta alguém? – perguntou o deus mensageiro.

– Sim, a ninfa Quelone! – exclamou Eunomia. – Alguém a viu passar? – Não, ninguém a vira passar.

– O que terá acontecido? – disseram as Horas numa só voz.

Mercúrio apertou um pouco mais as suas sandálias aladas e desapareceu como um pé de vento pela estrada colorida, deixando somente a sua voz:

– Vou refazer o trajeto até sua casa e ver o que houve!

O filho de Júpiter percorreu grande parte da estrada, e quanto mais avançava, mais temia pelo atraso – ou mesmo pela ausência definitiva da ninfa Quelone.

"Por Júpiter, se Juno descobre que ela ignorou sua festa, a matará!", pensava o deus mensageiro, enquanto apertava o pétaso para que não voasse de sua cabeça.

Quelone, entretanto, ainda estava descansada em sua casa, à beira do rio.

– Que calor! – disse ela, espreguiçando-se. – Essa tal de Juno, também, pensa que eu sou o quê, para me largar desta distância toda até a sua casa? Só para ir lhe bajular?

A vontade de ir para a festa de casamento de Juno era nenhuma. Na verdade, não tinha vontade de fazer nada. Sim, porque apesar de ser uma ninfa adorável, era também a mais preguiçosa das criaturas. "Miseravelmente preguiçosa", como lhe dissera um dia um fauno das redondezas.

Por diversas vezes Quelone ensaiara a sua ida ao casamento. Na verdade, passara a manhã toda indecisa: que roupa usaria, afinal? Mais vaporosa ou mais discreta? Isto implicava uma escolha – e escolher era tão cansativo! E o maldito penteado, solto ou preso? Pintaria ou não as suas compridas unhas? Ai! Dez unhas nas mãos e mais dez lá nos pés! E a que horas deveria sair? Um pouco mais cedo ou bem mais tarde?

Afinal de contas, *deveria mesmo ir*?

Cogitando e refrescando os pés na água, a ninfa deixava o tempo passar.

"Acho que agora não dá mais tempo..." pensou, ao observar o sol lá no alto.

De repente, Mercúrio tapou o sol. Quelone, já de olhos fechados, murmurou:

– Ih, agora é que não vai dar para ir mesmo... Lá vem chuva!

– Sua preguiçosa, eu já imaginava! – disse o deus, pousando ao seu lado.

Quelone levantou-se, de susto.

– Ah, é você? – disse ela, com a mão em pala sobre os olhos. – Sempre correndo pra cima e pra baixo, não é?

– Voando, querida, voando! – respondeu Mercúrio, passando uma água no rosto.

– Humpf! – fez Quelone, esgotada, fechando os olhos outra vez.

– Vamos, levante-se, preguiçosa! Está quase na hora das bodas de Juno.

– Não posso – disse Quelone. – Acordei com o pé machucado.

– O lençol o esmagou? – perguntou Mercúrio, com um tom de mofa.

– Ai, é verdade – disse a ninfa, colocando-se em pé com fingida dificuldade.

Mas o deus não estava para lorotas e, em dois tempos, colocou-a no rumo da estrada. Mas a ninfa teimava em atrasar o seu passo: ora parava para descansar, ora simulava uma insolação. As horas passavam, e Mercúrio, aflito, sentia que daquele jeito jamais chegariam.

– Bem, adeus, vou indo na frente, senão Juno também *me* matará! – disse o deus, perdendo de vez a paciência.

– Isto, vá logo, apressadinho! – disse Quelone, sentando numa pedra azulada, bem no começo da longa estrada do arco-íris que levava até o palácio de Júpiter. – "Por que não me levou nos braços, então, se estava com tanta pressa?", perguntou-se, mal-humorada. "Depois a preguiçosa sou eu!"

Quelone adormeceu bem na entrada do arco-íris. Quando acordou novamente, a magnífica festa já havia acabado. Grupos alegres já voltavam, cruzando por ela.

– Que festa, hein? – dizia um fauno, todo descabelado.

– Esta, sim, valeu a pena! – dizia uma nereida, que parecia ter abusado um pouco do vinho.

Deuses, ninfas, faunos, todos esbarravam em Quelone, que era a única a seguir em sentido contrário.

– Esqueceu algo, querida? – perguntou-lhe Dóris, esposa de Nereu.

– Não me amole – replicou Quelone.

Apesar da festa já haver acabado, ela ainda tentava avançar, nem que fosse para se explicar com a nova rainha do céu.

– "Rainha do Céu!" – tripudiou a ninfa. – "Ai, *Rainha do Céu*, desculpe o atraso!" "Tudo bem, *Rainha do Céu*?" "Quem diria, hein: *Rainha do Céu*!" Quer saber de uma coisa? Vou é voltar já para casa!

E voltou mesmo. Um pouquinho mais rápida, desta vez.

Quando chegou lá, jogou-se em seu leito, exausta. Mas Mercúrio a aguardava.

– Você não foi até lá, então? – disse o deus, com o cenho franzido.

– Não incomoda, pé de vento! – resmungou a ninfa, cobrindo o rosto. – Diz lá pra Rainha do Céu que um dia desses apareço para dar os parabéns.

Mercúrio, perdendo definitivamente a paciência, pegou-a pelos pés e arrojou-a dentro do lago. Em seguida lançou também a própria casa da ninfa em cima dela.

– Aí está! – disse o deus, dando as costas e indo embora.

A pobre Quelone ressurgiu instantes depois das profundezas do lago. Seu rosto estava mudado, e era como o de um enrugado lagarto. Tinha agora quatro pernas – quatro pernas imensas – e em cima de suas costas pesava a sua antiga casa, virada numa imensa e pesada carapaça. E Quelone nunca fora tão lenta como agora!

Assim a ninfa que faltou à cerimônia de casamento do grande Júpiter e da poderosa Juno foi transformada no animal hoje conhecido como tartaruga.

O NASCIMENTO DE VÊNUS

A véspera do nascimento de Vênus fora um dia violento. O firmamento, tingindo-se subitamente de um vermelho vítreo, enchera de espanto toda a Criação.

Saturno, munido de sua foice, enfrentara o próprio pai, o Céu, num embate cruel pelo poder do Universo. Com um golpe certeiro, o jovem deus arrancara fora a genitália do pai, tornando-se o novo soberano do mundo. Um urro colossal varrera os céus, como o estrondo tremendo de um infinito trovão, quando o Céu fora atingido.

O fecundo órgão do deus deposto, caindo do alto, mergulhara nas águas profundas, próximo à ilha de Chipre. Assim, o Céu, depois de haver fecundado incessantemente a Terra – dando origem à estirpe dos deuses olímpicos –, fecundava agora, ainda que de maneira excêntrica e inesperada, o próprio Mar.

Durante toda a noite, o mar revolveu-se violentamente. A espuma do mar, unida ao sangue do deus caído, subia ao alto em grandes ondas, como se lançasse ao vento os seus leves e espumosos véus. Mas quando a Noite recolheu finalmente o seu grande manto estrelado, dando lugar à Aurora, que já tingia o firmamento com seus dedos cor-de-rosa, percebeu-se que as águas daquele mar pareciam agora outras, completamente diferentes.

O borbulhar imenso das ondas anunciava que algo estava prestes a surgir.

Das margens da ilha de Chipre, algumas ninfas, reunidas, apontavam, temerosas, para um trecho agitado do mar:

– O mar está prestes a parir algo! – disse uma delas.

– Será algum monstro pavoroso? – disse outra, temerosa.

Mas nem bem o sol lançara sobre a pátina azulada do mar os seus primeiros raios, viu-se a espuma, que parecia subir das profundezas, cessar de borbulhar. Um grande silêncio pairou sobre tudo.

– Sintam este perfume delicioso! – disse uma das ninfas.

As outras, erguendo-se nas pontas dos pés, aspiraram a brisa fresca e olorosa que vinha do alto-mar. Nunca as flores daquela ilha haviam produzido um aroma tão penetrante e, ao mesmo tempo, tão discreto; tão doce e, ao mesmo tempo, tão provocantemente acre; tão natural e, ao mesmo tempo, tão sofisticado.

De repente, do espelho sereno das águas – nunca, até então, o mar tivera aquela lisura perfeita de um grande lago adormecido – começou a elevar-se o corpo de alguém.

– Vejam, é a cabeça de uma mulher! – gritou uma das ninfas.

Sim, era uma bela cabeça – a mais bela cabeça feminina que a natureza pudera criar desde que o mundo abandonara a noite trevosa do Caos. Um rosto perfeito: os traços eram arredondados onde a beleza exigia que se arredondassem, aquilinos onde a audácia pedia que se afilassem e simétricos onde a harmonia exigia que se emparelhassem.

O restante do corpo foi surgindo aos poucos: os ombros lisos e simétricos, os seios perfeitos e idênticos – tão iguais que nem o mais consumado artista saberia dizer qual era o modelo e qual a sua réplica perfeita. Sua cintura, com duas curvas perfeitas e fechadas, parecia talhada para realçar o umbigo perfeito, o qual acomodava delicadamente, como um encantador pingente, uma minúscula e faiscante pérola. E, logo abaixo, um véu triangular – loiro e aveludado véu –, tecido com os mais delicados e dourados fios, agitava-se delicadamente, esbatido pela brisa da manhã. Nenhum humano podia saber ainda o que ele ocultava – seu segredo mais cobiçado, que somente a poucos seria revelado.

Algumas aves marinhas surgiram, arrastando uma grande concha, a qual depositaram ao lado da deusa – sim, era uma deusa –, para que ela, como em um trono, se assentasse. Um marulhar de peixes saltitantes a cercava, enquanto golfinhos puxavam seu elegante carro aquático até as areias da praia cipriota.

Nem bem a deusa colocara os pés na ilha, e toda ela verdejou e coloriu-se como nunca antes havia sido. Por onde ela passava, brotavam do próprio solo maços aromáticos de flores multicores, os pássaros todos entoavam um concerto de vozes perfeitamente harmoniosas e os animais quedavam-se sobre a relva com as cabeças pendidas, para receber o afago daquela mão alva e sedosa.

– Quem é você, mulher mais que perfeita? – perguntou-lhe, finalmente, a ninfa que primeiro recuperara o dom da fala.

– Sou aquela nascida da espuma do mar e do sêmen divino – respondeu a deusa, com uma voz cristalina e docemente áspera, envolta num hálito que superava em delícia ao de todas as flores que seus pés haviam feito brotar.

No mesmo dia, a extraordinária notícia do nascimento de criatura tão bela chegou ao Olimpo, e os deuses ordenaram que as Horas e as Graças a fossem recepcionar. Ainda mais enfeitada pelas mãos destas caprichosas divindades, apresentou-se a nova deusa diante de seus pares no grandioso salão do Olimpo, sendo imediatamente acolhida e festejada pelos deuses.

Mas quando todos ainda se perguntavam quem seria, afinal, aquela criatura encantadora, um descuido – seria, mesmo? – pôs fim a todas as indagações. Pois o véu que a envolvia, descendo-lhe até os pés, revelara o que nenhum dos embelezamentos artificiais pudera antes realçar: a sua infinita beleza original.

– É Vênus, sim, a mais bela das deusas! – disse o coro unânime das vozes.

APOLO E A SERPENTE PÍTON

— É tudo verdade, Juno: Latona está grávida do seu esposo, Júpiter!

Íris, a mensageira e confidente de Juno, fora quem descobrira a novidade.

– Pois quero esta mulher bem longe de qualquer terra, compreendeu? – esbravejou Juno, enciumada. – Bem longe de qualquer terra.

"Bem longe de qualquer terra", pensou Íris. "É um bocado longe."

Latona, com o ventre dolorido, foi obrigada, assim, a percorrer o mundo todo – atravessando, exausta, lugares como o Quio, a Trácia, a Ática, a Eubeia, as ilhas do mar Egeu, sem jamais receber abrigo de quem quer que fosse, em lugar algum. E como se isto não bastasse, atrás dela ainda ia Píton, uma terrível serpente encarregada de devorar os seus filhos. Sem dar um segundo de descanso, a pavorosa serpente empenhou-se na sua tarefa, sem nunca, entretanto, conseguir alcançar o seu objetivo maior.

Assim, depois de muito vagar, Latona acabou por chegar à ilha de Ortígia, onde encontrou, finalmente, um abrigo. Ortígia era uma ilha flutuante, não estando fixa, portanto, em lugar algum, não fazendo parte da terra.

Ali, durante nove dias e nove noites, Latona gemeu sob o império da dor. Mas Ilícia, a deusa que preside os partos, soube dos sofrimentos atrozes pelos quais a pobre mãe passava e resolveu socorrê-la.

– O filho de Latona será o mais belo dos deuses, e para mim será uma honra excelsa presidir o seu nascimento – disse ela às amigas, antes de partir.

E assim foi. Depois de intenso sofrimento, Latona viu seus trabalhos duplamente recompensados: de seu ventre saíram não um, mas dois filhos – um belo menino, de nome Apolo, e uma graciosa menina, chamada Diana.

– Aí tens o dia e a noite, um em cada braço – disse Ilícia, ternamente.

Apolo, de pele alva e louros cabelos, de fato era a representação perfeita do sol e do dia, enquanto que Diana, de cabelos negros caídos sobre um colo faiscante, representava a lua envolta pela noite.

Júpiter deu a seus filhos muitos presentes, mas o que mais lhes agradou foi um maravilhoso arco confeccionado por Vulcano. Desde este dia, Diana afeiçoou-se de tal modo ao seu exercício, que acabou se tornando a deusa da caça. Quanto a Apolo, tinha em mente, antes que tudo, vingar sua mãe.

– Diga-me, meu pai, onde está a terrível serpente que perseguiu tão cruelmente a minha mãe – disse ele, com os olhos postos no céu –, e irei matá-la com minhas próprias setas.

Latona e seus filhos abandonaram a ilha – que passou a se chamar, desde então, Delos, ou seja, "ilha luminosa", em homenagem ao deus da luz e do sol – e, após vários percalços, chegaram enfim ao seu destino.

– Eis o monte Parnaso, meus filhos – disse Latona, abraçada aos dois.

Mas aquele local magnífico, repleto de montanhas e abundante vegetação, escondia também um horror. Era ali que a serpente Píton, filha da Terra, vivia, instalada bem ao pé do monte Parnaso em um imundo covil.

– Chegou a hora, maldita serpente – disse Apolo, enganchando uma flecha em seu poderoso arco –, de acertarmos as nossas contas.

De dentro da caverna partiu um urro tremendo, que fez desmoronar muitas montanhas ao redor. Logo em seguida um bafo pestilencial, um misto de fogo e de sangue, foi expelido de dentro, incendiando tudo que estivesse à sua frente. A serpente medonha escorregou para fora da cova como se fosse uma língua em chamas expelida pela goela escancarada da montanha.

Apolo, após subir em cima de um rochedo, estendeu o mais que pôde a corda de seu arco e mirou no abismo de sua boca infernal. A fera, contudo, desviou-se da seta, dando um salto inesperado e rolando de lado sobre a relva, que ficou toda crestada.

– Apolo, meu filho, cuidado! – gritava sua mãe, abraçada a Diana, que queria se desvencilhar dos braços da mãe para ir ajudar o irmão.

– Não se meta nisto, minha irmã! – bradou o deus solar. – Você é muito nova e frágil para enfrentá-la!

Apolo nem se dava conta de que tinha a mesma idade da irmã, mas naquele momento foi a única coisa que lhe ocorreu para manter a salvo as duas mulheres.

A serpente agora estava completamente em pé – parecia impossível, mas estava completamente ereta, como uma gigantesca palmeira –, e seu ventre, originalmente claro, estava todo coberto do sangue seco e dos ossos esmagados de antigos e horrendos festins. Um silvo ensurdecedor passou sobre o rosto de Apolo, como um vento quente e mórbido que um vulcão houvesse expelido em seu rosto.

Píton entesou o seu corpo e lançou um bote quase certeiro sobre a rocha onde o deus do sol se mantinha precariamente equilibrado. Um grande dente amarelado da serpente ficou cravado sobre a rocha, como se fosse uma gigantesca espada enterrada na pedra. Dela escorria um líquido pestilencial da cor do âmbar e que exalava um odor terrivelmente nefasto.

Apolo foi cair sobre a saliência de um penedo, ainda entontecido pelo bafo mefítico da sua cruel inimiga. A serpente Píton, após relancear a cabeça em várias direções, arregalou suas grandes pupilas horizontais: uma centena de línguas fendidas saíram ao mesmo tempo de sua boca e chicotearam o ar em todas as direções. A temível Píton farejara novamente a sua presa.

Mas antes que volvesse sua cabeça na fatídica direção, Apolo já estava em pé outra vez. Retesando ao mesmo tempo em seu arco três de suas mais afiadas setas, Apolo esticou a corda até que ela quase estalasse.

– Serpente maldita, aqui está o seu castigo! – disse o deus, despedindo as três setas, que partiram sibilando pelo ar.

Já no caminho as poderosas setas foram duelando com as línguas serpenteantes da víbora, e uma chuva delas caiu do alto, decepadas pela velocidade das setas. Em seguida, cada qual tomando seu caminho foi buscar um alvo diferente: a primeira foi alojar-se no olho esquerdo da víbora; a segunda penetrou em seu peito, ausente de escamas, enterrando-se em seu coração; e finalmente a terceira entrou-lhe pela boca adentro, tirando-lhe o hausto da vida. Como uma palmeira que tomba, a serpente Píton caiu, provocando um grande estrondo, que fez tremer a Terra durante oito dias.

Apolo vencera. Tomando então sua lira – que Mercúrio lhe dera de presente –, ele entoou sua canção de vitória, abraçado à mãe e à irmã. Disse a elas, triunfante:

– Aqui enterrarei a terrível serpente, e sobre seu túmulo erguerei um sagrado templo, além de um oráculo, que será em breve o mais famoso de todos.

Era o oráculo de Delfos, local onde todo mortal iria sondar os irrevogáveis decretos das Parcas, as deusas que presidem ao destino.

MERCÚRIO, O DEUS DOS PÉS LIGEIROS

A cena é lírica: Maia, uma das belas ninfas do monte Cilene, está parada diante do berço. Observa com toda a ternura o seu filho Mercúrio, que está aparentemente adormecido, com o dedinho metido na boca.

– Um digno filho de Júpiter! – diz baixinho a filha de Atlas.

Enquanto observa o filho adormecido, relembra o dia em que, nos braços do pai dos deuses, concebeu o filho numa das cavernas do monte Cilene. Júpiter havia feito descer dos céus uma grande tormenta para abafar os amorosos ruídos de sua união com a ardorosa ninfa. Agora, ali estava, diante dos seus olhos, o produto daquela inesquecível e tempestuosa noite de amor. Maia, na ponta dos pés, afasta-se do quarto, deixando o pequeno deus entregue aos cuidados do Sono, que vela ao seu lado.

Mas tão logo a mãe se afasta, uma minúscula pálpebra lentamente se abre. Mercúrio, com o rosto parcialmente oculto pelo cobertor, estuda o ambiente. Sim, o Sono, bem ao seu lado, está completamente adormecido.

Afastando as cobertas, o pequenino deus, ainda deitado, faz deslizar uma de suas perninhas para fora do leito. Enquanto o Sono sonha e ressona, o pequeno pé tateia o chão, à procura de sua minúscula sandália: Ah!, ali está!

Deslizando o resto do corpo para fora do leito, o pequeno Mercúrio está pronto para protagonizar a primeira de suas façanhas. "Uma façanha perfeitamente memorável!", pensa o deusinho, lá no seu tatibitati divino.

Já com suas sandalinhas aladas presas ao pé, Mercúrio aproxima-se da janela. A noite é cálida e estrelada – perfeita para um delicioso voo noturno. Dando um impulso às suas pernas, o deus menino lança-se à vastidão do espaço negro, isento de qualquer receio – porque o pequeno Mercúrio fora brindado com esta inexcedível virtude: nascera sem medo.

Pela primeira vez o filho de Júpiter corta a imensidão dos ares, levado por suas sandálias aladas. Incumbido por seu pai das mais diversas missões – na maioria das vezes urgentes e inadiáveis –, Mercúrio se notabilizará justamente por este seu atributo básico: o da irrequieta mobilidade. Nenhum deus será mais ágil, mais expedito, mais voluntarioso e, ao mesmo tempo, mais disciplinado do que Mercúrio. Condutor de recados, não se limitará, porém, à função de mensageiro, sendo também condutor de almas. A ele, o mais atarefado dos deuses, caberá também a tarefa de conduzir as almas dos mortos até as margens do sinistro Aqueronte. Por muitas vezes, assim, o veremos levar heróis e mortais pelos caminhos obscuros do Hades sombrio: será ele, por exemplo, quem conduzirá Orfeu até os braços de sua amada Eurídice para o ardoroso e fugaz reencontro.

Mas o pequeno Mercúrio também, desde cedo, já revela outra de suas inúmeras vocações. É o que veremos agora.

O deus-menino, após viajar muito, já está em Piéria, local onde Apolo, o deus solar, guarda os seus rebanhos. É noite, ainda, e os animais estão abrigados em seu redil. Mercúrio, sem se deixar deter por tão mísero detalhe, abre a porteira e sozinho – daquele tamanhinho – aparta cinquenta novilhas para si.

"Uma... duas... três... três e uma... três e duas... cinquenta de uma vez!", contabiliza ele, lá na sua matemática infantil.

Uma coisa é furtar grosseiramente, sem arte nem graça; outra é fazê-lo com a elegância do estilista. Mercúrio é isto: um esteta do furto. Por isto é padroeiro dos ladrões e também – desculpem – dos comerciantes. Mas sigamos adiante com o divino garoto, porque ele já vai longe, obrando a sua primeira façanha.

Conduzindo, então, as novilhas, ele chega ao Peloponeso. Na cauda de cada animal – e aqui está o engenho – prende uma vassoura de ramos, que vai apagando o rastro das reses. Mas isto ainda não é o bastante: o pequenino Mercúrio, sempre previdente, inverte também a posição dos cascos das novilhas, calçando igualmente as suas sandalinhas de maneira invertida, para tornar mais perfeita a ilusão.

No caminho, entretanto, cruza com um velho enxerido, que pergunta:

– Aonde vai com tantas novilhas, gracioso menino?

Mercúrio sabe que não o enganará, porque velhos metidos têm muita lábia.

– Fique com uma delas de uma vez! – diz Mercúrio, dando seus primeiros passos na antiquíssima arte do suborno. – Mas não me denuncie, hein, velho?!

– Oh, não, confie em mim, gracioso menino! – diz o velho, abraçando-se à mais gorda das novilhas. – Confie em mim!

Mercúrio dá alguns passos e vira a esquina de um rochedo. O rosto de pica-pau do velho enxerido, contudo, não abandona a sua mente: "Oh, não, confie em mim, gracioso menino! Confie em mim!".

Aquele segundo "confie em mim!" é prova bastante: ele irá denunciá-lo. Mercúrio disfarça-se de proprietário ganancioso e irado e retorna.

– Velho enxerido, não viu passar por aqui um ladrão com cinquenta novilhas?

– Bem, não...

– Dou-lhe uma novilha e mais quatro bois se me disser.
– Foi para lá, meu senhor! – grita o velho enxerido, apontando o dedo.
– Ótimo! – exclama Mercúrio, puxando seus bigodões de crina de proprietário ganancioso e irado. – Vou já buscar a sua recompensa.

Dobra por trás do rochedo e dali mesmo esmurra a montanha até fazer desprender dela uma rocha imensa, que vai cair exatamente sobre a cabeça do velho enxerido.

– Aí está sua recompensa! – diz Mercúrio, retomando a sua fuga.

E até hoje lá está um grande rochedo, sob a forma de um velho enxerido, postado em pé para sempre sob o pó do Peloponeso.

Depois disso, Mercúrio, novamente na sua forma original, conduz as novilhas até uma caverna, perto de Pilos. Ali faz uma oferenda aos deuses e aproveita para descansar. Está nisso, quando vê o casco vazio de uma tartaruga morta.

"Que é isso?", indaga a si mesmo.

Então, sem ter o que fazer, estica indolentemente alguns nervos de boi sobre o casco e, ao dedilhá-los, descobre que deles parte um som mavioso!

Mas eis que já amanhece, e Mercúrio retorna voando para casa, indo se meter rapidamente debaixo do cobertor. O Sono, é claro, ainda sonha docemente.

O deus Apolo, por sua vez, dá logo pela falta das suas cinquenta novilhas. Mas descobrir o autor do maravilhoso furto é que são elas! Ludibriado pelas artimanhas do menino deus, não tem outro recurso senão valer-se – oh, vergonha! – de seu próprio oráculo, em Delfos.

Irado, Apolo apresenta-se diante de Maia, a bela mãe de Mercúrio, para reclamar das traquinagens de seu pequenino garoto. Ambos correm até o berço, mas pasmem, lá está ele, adormecido. Sua respiração está perfeitamente tranquila, mas um ligeiro rubor de suas rechonchudas bochechas denuncia, talvez, uma recente atividade.

– É que ele está meio febril – diz a mãe, inventando qualquer coisa.

Apolo coloca a mão na testa do bebê. Não, nada de febre!

– É que ele chupou demais o dedinho – diz a mãe, inventando outra desculpa.

E assim ficariam para sempre, porque mãe, em se tratando de filho, tem justificativa para tudo. Mas Apolo não está para rodeios, e já se prepara para dar umas palmadas no garoto quando este estica os dois bracinhos para fora das cobertas e começa a dedilhar uma bela melodia na lira que inventara.

Apolo congelou como uma estátua.

– Que instrumento maravilhoso é este?

Os hábeis e minúsculos dedos de Mercúrio dedilham com virtuosismo a lira, enquanto ele mastiga serenamente a sua chupeta.

Apolo, esquecido das malditas novilhas, só quer saber agora de obter aquela preciosidade.

– Vamos, dê-me esta lira e está tudo esquecido! – diz o deus, deliciado.

Mercúrio estende o objeto – afinal, poderá fazer quantas liras quiser – e expele a chupeta com uma grande risada.

VULCANO, DEUS DAS FORJAS

Juno, esposa de Júpiter, descobriu um dia que estava grávida.

– Meu primeiro filho! – dizia ela, orgulhosa, a todo instante.

O Olimpo inteiro aguardava com ansiedade irreprimível o nascimento do primogênito de Júpiter. Que tal seria? Teria a audácia viril do pai ou puxaria à beleza austera da mãe? E que inclinações traria do ventre? O gosto pelas batalhas? O pendor bucólico dos pastores? Ou, quem sabe, o refinado talento do artista?

Todas as indagações ficaram suspensas nas línguas, pois Juno estava agora prestes a parir o bebê tão esperado.

De repente um grito atroou pelos corredores do palácio de Júpiter.

– Não, não... Meu filho, *isto*?!

Tais foram as primeiras palavras ditas pela mãe, ao receber nos braços a criança recém-nascida: um bebê peludo, de cor escura, como que encardido ou chamuscado, e que produzia feições horríveis quando chorava – ou estaria, o pobre, a sorrir?

Júpiter, constrangido, afastara-se da deprimente cena – o primeiro drama doméstico e familiar de uma série que teria de enfrentar. Juno, a seu turno, com a cabeça voltada em direção oposta ao berço onde estava o bebê, roía as unhas.

"Eu, Juno, rainha do céu, mãe de um demônio", pensava.

O choro horrendo do bebê não cessava; não era, nem de longe, aquele choro forte e melódico que se esperaria do filho do senhor do Universo. Não, aquilo não era um choro, mas um guincho rouco e desprovido de qualquer encanto ou harmonia.

Juno, envergonhada daquele guincho humilhante, tapava os ouvidos, pressionando com toda a força a polpa dos dedos roídos sobre a entrada de suas divinas orelhas. Mas o ronco, o guincho, o chiar, o estrídulo, o relincho – o que quer que fosse aquilo – não cessava nunca.

– Basta, criatura! – disse Juno, pondo-se em pé com decisão. – Deve ter havido, afinal, algum engano. Com este corpo de tritão, deve ser filho de Netuno, rei dos mares, e não de Júpiter celestial. Volte, pois, para o seu lar.

Juno, cega de desgosto, ergue a criança do berço. Num esforço supremo, o garoto ainda tenta um último estratagema: dar à mãe um sorriso terno e alegre.

– Olha a boca esgarçada! Vai chorar de novo! – diz Juno, cega de ódio.

Então, após rodopiar por duas vezes no ar a infeliz criança, arremessa-a do alto do Olimpo. Um grito medonho desce das alturas, e durante o dia e a noite aquela voz ecoa por mares e continentes. O dia amanhece outra vez, e o menino peludo, feio e imensamente infeliz ainda voa, rodopiando pelos ares. Seu destino parece ser o revolto mar que se abre lá embaixo, como uma goela azul e escancarada, pronto para tragá-lo em suas ignotas profundezas.

"Escondido bem no fundo do oceano, ninguém jamais o descobrirá!", pensara a deusa, um instante antes de arremessá-lo.

Duas massas líquidas e azuis, separadas como dois imensos lábios salgados, recebem, então, o bebê, para se fechar logo em seguida com o fragor de duas ondas gigantescas que se chocam, borrifando as estrelas lá no alto com um turbilhão de espuma.

– Que espantoso ruído foi esse? – pergunta Eurínome, filha de Tétis e do Oceano, à sua mãe.

– Algo caiu do céu direto em nossos domínios – exclama Tétis, a mais bela das filhas de Nereu e futura mãe do irado Aquiles.

– Vamos ver o que é! – grita Eurínome, seguida de imediato pela mãe.

No fundo do oceano, engolido pelas águas, está o pequeno e peludo garoto, a se debater convulsamente entre as funestas ondas. Tétis agarra-o imediatamente e sobe com ele até a superfície:

– Levemos o pobrezinho para terra.

Deste modo chegam os três à ilha de Lemnos. Após cuspir o resto da água que agoniava seus pequenos pulmões, o pequeno ser pedala seus pezinhos e faz uma careta de choro para aquela estranha que o tem em seus braços.

– Veja, que lindo sorriso! – diz Tétis, encantada.

Ao escutar essas palavras, o serzinho se anima e remete agora, no melhor de seus pequenos esforços, aquilo que pretende ser o mais grato dos seus risos.

– Veja, Eurínome, ele sorri de novo! – exclama Tétis.

Envolto em um cobertor, o garoto é levado para uma profunda e calorosa caverna.

– Aqui ele estará aquecido, o pobrezinho! – diz Eurínome, beijando a testa cabeluda do pequeno deus, que conhece pela primeira vez o significado de um gesto chamado carícia e de um sentimento chamado afeto.

As duas estão preparando a nova morada para o bebê, quando Tétis, voltando-se para onde o bebê estava, percebe que ele sumiu.

– Onde se meteu este menino? – perguntam-se as duas nereidas.

O garoto, engatinhando, metera-se numa escura furna. Atraído pelo fogo da lava que agitava-se nas profundezas da terra, lá vai ele, destemido, descobrir o que é aquilo. Será um pedacinho desprendido do sol, que escorreu do céu para ir meter-se dentro da terra?

Um grito rouco atrai a atenção de Tétis e de sua filha.

– Ouça, ele deve estar nas grotas!

Elas o encontram sentado, com um pedaço de ferro metido entre os dedinhos chamuscados; um trejeito de dor denuncia que ele e o Fogo já foram apresentados.

– Veja, ele sorri mais uma vez! – diz Tétis, encantada.

Entretanto, o cumprimento do Fogo, seu novo amigo, não foi dos mais delicados. Mas este garoto já descobriu que o melhor é ir logo descobrindo o que o mundo tem de mau e perigoso. Afinal, esta lição ele aprendeu no berço.

– Já que gosta tanto de vulcões, vamos chamá-lo de Vulcano – diz Tétis a Eurínome.

– Excelente nome! – brada a outra. – Vulcano. Vulcano. Vulcano.

O garoto volta-se misteriosamente para as duas. Nos seus dedinhos chamuscados brilham duas pequenas coisinhas, delicadas e douradas.

– O que você tem aí, meu moleque?

Com um brilho radiante nos olhos, o pequeno Vulcano estende às suas duas mães adotivas dois pares de maravilhosos brincos, que ele mesmo confeccionara.

– Meu Zeus! – diz Tétis, com um riso cristalino que ecoa pelas paredes da profunda gruta. – O danadinho é um artista!

Sim, Vulcano, acossado desde o primeiro instante pelo infortúnio, é alma forte e lúcida, com discernimento bastante para fazer mudar em beleza a dor que o destino lhe remete.

Assim cresce o pequeno, metido em sua forja nas profundezas da terra, confeccionando as mais belas peças de ferro, bronze e metais preciosos de todo tipo.

Aos nove anos já é artista bastante para fazer uma peça de beleza estonteante.

– O que é isto, Vulcano querido? – pergunta-lhe Tétis, sua mãe adotiva.

– Um presente para Juno, minha mãe! – exclama o deus, já um esperto adolescente.

Trata-se de um magnífico trono dourado, todo cinzelado e reluzente.

No mesmo dia se apresenta no Olimpo, carregando seu maravilhoso presente.

– Quem é você, feia criatura? – pergunta-lhe uma das Horas, porteiras do céu.

– O filho da rainha do céu – responde Vulcano. – Queira abrir os alvos portões, subalterna.

Vulcano, como se vê, já aprendeu perfeitamente a se defender.

Quando o jovem feio, coxo e peludo apresenta-se nos salões do Olimpo, é recebido por um coro celestial de risos.

– Isto aí, filho de Júpiter e de Juno? – exclamam, incrédulos, os habitantes da morada dos deuses.

Vulcano retira, então, o veludo que envolve o magnífico trono dourado.

– Aqui está, minha mãe, o presente com o qual pretendo ganhar a sua afeição!

Juno, que a princípio envergonhara-se de tal filho, agora o vê com outros olhos. Afinal, o brilho que o trono dourado despede reflete-se um pouco sobre o seu corpo disforme, e um monstro pintado a ouro já é, ao menos, pintado a ouro.

Juno, lavada em orgulho, senta-se, então, sobre o trono maravilhoso. Um coro estrondoso de palmas ensurdece o Universo. Vulcano, beijando a mão de sua mãe, retira-se, então, com um largo e dócil sorriso, como faria o mais vil de seus lacaios. "Não é mau garoto, afinal!", pensa Juno. "Mas por que insiste em fazer cara de choro diante de minha presença?"

Durante o dia inteiro a rainha do céu despachou de seu novo trono.

– Vou comer aqui mesmo, em meu maravilhoso trono, a ambrosia e o néctar divinos – diz ela a Hebe, a sua copeira.

Somente no fim do dia, quando seu traseiro divino começa a tomar um formato indigno da formosura curvilínea de uma deusa, é que ela pensa em erguer-se, afinal, de seu trono faiscante.

– Mas o quê? Como? O que se passa com minhas nádegas celestiais? – pergunta-se, ao tentar erguer-se sem sucesso. – Hebe, Hebe, corra já aqui!

A afoita Hebe surge correndo.

– Hebe, Júpiter que me perdoe, mas não consigo levantar-me de meu maravilhoso trono!

– Ah, Juno suprema, isto é compreensível! – diz Hebe, tentando ajudá-la com a maior dignidade possível. – Afinal, você não desgrudou vossas nádegas sublimes um instante do assento de vosso trono maravilhoso.

– Cale a boca e me ajude! – diz Juno, com o rosto escarlate do esforço.

Ajudantes são chamados. Gemidos de dor percorrem os corredores enquanto tentam descolar a rainha do céu de seu trono maravilhoso, dourado e magnificamente cinzelado.

– Que lindas filigranas há aqui na base, deusa suprema! – diz um ferreiro, convocado às pressas para desentalar a rainha do céu da prisão de seu sublime trono.

– Cale a boca e me tire daqui, maldito idiota, ou vou mandar fazer lindas filigranas você sabe onde! – grita Juno, rainha do céu, começando a perder a realeza moral.

Ao cabo, nenhum dos deuses consegue libertar Juno.

– Chamem o desgraçado – diz, afinal, Juno, rendida.

Vulcano volta ao palácio de sua mãe.

– Vamos, filho ingrato, diga o que quer para me libertar de tamanho opróbrio! – diz ela, fuzilando o filho com o olhar.

– Quero apenas ser recebido em minha casa com respeito e poder transitar livremente pelo Olimpo, como deus e filho da maior das deusas – responde Vulcano, serenamente.

– Está bem, agora liberte-me – diz Juno, mais aliviada.

– Ah! – diz Vulcano, como quem lembra de algo muito importante. – Quero também tomar por esposa a maravilhosa Vênus, pois amo-a perdidamente.

– Vênus... com você? – diz Juno, incrédula.

– Sim, bem sei que sou feio, mas conheço algo das mulheres para saber que não desprezam, também, a segurança – responde Vulcano, deus sapientíssimo. – E com minha forja posso sustentá-la e lhe dar todo o luxo e riqueza que sua beleza merece.

Vênus é chamada e, diante de proposta tão vantajosa, aceita imediatamente. Vulcano toma suas delicadas mãos e deposita nelas o beijo de seus rudes lábios, e remete à mais bela das deusas o seu melhor sorriso. "Ele me ama mesmo", pensa Vênus, "pois chora, diante de mim, de felicidade!"

Assim, Vulcano e sua mãe Juno fizeram as pazes, tornando-se o deus artífice amado e respeitado em todo o Olimpo.

O NASCIMENTO DE MINERVA

— Júpiter, preciso muito lhe falar – disse um dia a Terra, sua avó.

A velha deusa, que engendrara Saturno, o pai devorador de filhos, tivera um sonho profético no qual a antiga e violenta maldição familiar de filhos destronarem os pais ameaçava recomeçar.

– Agora será com você, Júpiter, que a história vai se repetir! – disse a Terra, perfurando as nuvens com sua bengala de pedra.

Na mente da deusa passou, como num relâmpago, todo o seu tormentoso passado com o brutal Céu, que a obrigara a esconder em seu ventre todos os filhos gerados por ele. Depois enxergou seu filho Saturno chegando em casa com a foice ensanguentada e o ar aliviado do jovem que triunfa, afinal, sobre a tirania decrépita dos pais. "Seu odioso marido está mutilado e o poder agora é todo meu!", dissera o jovem deus, ao destronar o próprio pai.

– Não diga tolices, minha vó! – bradou o pai dos deuses, despertando a Terra de seu devaneio. – Quem se atreverá a levantar mão ímpia contra o soberano do mundo?

A velha deusa sorriu. Fora esta mesma frase que Saturno envelhecido repetira, um pouco antes de seu próprio filho Júpiter expulsá-lo do trono, tornando-se o novo e supremo mandatário do Universo. Júpiter, entretanto, era muito jovem e estava mais preocupado em conquistar o coração da sua amada Métis, a deusa da Prudência.

– Não se case com ela – advertiu a Terra, com severidade –, pois de seu ventre sairá aquele que trará a sua ruína.

– A deusa meiga e de olhos mansos como a corça será capaz, então, de gerar um tal monstro? – disse Júpiter, alisando sua negra e ainda curta barba.

– Sim, seu tonto, a meiga e de olhos mansos como a corça! – bradou a Terra, cujas palavras, com a idade, iam perdendo o mel da paciência. – Na verdade serão dois filhos; o primeiro será uma mulher, a mais justa e sensata das deusas, que só lhe trará alegria e motivo de orgulho...

Júpiter sentiu um alívio percorrer suas divinas entranhas.

– ... mas cuidado com o segundo! – prosseguiu a deusa. – Ele será o flagelo de sua existência. Muito mais insubmisso do que seu pai ou você próprio, ele o destronará sangrentamente, tomando o seu lugar para todo o sempre. E com o filho dele acontecerá o mesmo, e assim por diante, até que alguém decida pôr um fim a esta orgia de parricídios.

Durante um longo tempo os dois estiveram em silêncio. De vez em quando, Júpiter erguia os olhos para a avó, que permanecia parada à sua frente, apoiada ao seu cajado; em seus olhos inflamados pela profecia brilhava ainda, com a mesma intensidade, a luz ofuscante da determinação.

– Está bem, vovó – disse, afinal, o pai dos olímpicos –, você venceu. Vou falar com a adorável Métis.

No mesmo dia Júpiter dirigiu-se à morada da deusa, que ficava no fundo do oceano.

– Adorável Métis, meiga e de olhos mans... – disse Júpiter, interrompendo-se.

– Oh, é você, meu querido Júpiter! – exclamou a deusa, caindo em seus braços. – Estava morta de saudades...

"Tão meiga e tão feminil ao mesmo tempo!", pensava, enquanto deslizava os dedos pelas curvas simetricamente perfeitas das costas da encantadora Métis.

Num instante estavam ambos sobre o leito. Júpiter, esquecido das advertências de sua avó, passou o resto do dia nos braços da divina amada, descobrindo a cada instante, em seu corpo, novos e insuspeitados mistérios.

Ao final do dia, entretanto, ela voltou-se para ele e disse:
– Júpiter, regozije-se: estou grávida!
– *Grávida*?! – exclamou o deus olímpico.
– Sim, seremos ambos pais de uma bela menina!

Júpiter ficou paralisado por alguns instantes. De repente, porém, como quem toma uma súbita decisão, tomou-a nos braços e disse, num tom enigmático:
– Está enganada: ambos seremos mães.

Nem bem dissera isto, Júpiter abriu desmesuradamente a boca – onde ele vira isto antes? – e engoliu a pobre Métis!
– Pronto, minha amada – exclamou ele. – Agora estamos unidos para sempre.

Imediatamente o deus retornou para junto da avó, como obediente neto que era, e lhe comunicou, cheio de orgulho:
– Minha vó, acabei de comer a formosa Métis!
– Menino sujo! – gritou a velha, dando uma bastonada em sua cabeça.

Custou um pouco, mas afinal Júpiter conseguiu fazer a velha entender o que quisera dizer e acabou mesmo elogiado por ela.

Os dias passaram e as apreensões foram se desvanecendo, até que, certa manhã, Júpiter acordou com uma terrível dor de cabeça.
– Céus, o que é isto em minha cabeça? – gritava.

Todos os deuses acorreram para ver que gritos eram aqueles.

O deus dos deuses gemia, enquanto os demais se agitavam em torno.
– Sua cabeça cresceu assustadoramente! – disse Mercúrio, espantado.
– É da ambrosia... Eu disse pra não abusar! – gritava, aflita, a sua mãe, Cibele.
– Calem a boca, todos, e chamem Vulcano – gritou Júpiter, com as duas mãos postas na cabeça.

Dali a instantes surgiu o deus das forjas, coberto de fuligem.

– O que houve, meu divino pai?

– Tenho algo dentro da cabeça! Descubra o que é – exclamou Júpiter.

– Sim, de fato, parece haver algo muito grande dentro dela... – respondeu Vulcano, espantado com o gigantesco tamanho da cabeça de seu genitor. – O que será?

– Mas foi o que lhe perguntei! – respondeu Júpiter, colérico. – Vamos, pegue suas ferramentas, abra minha cabeça e retire logo daí de dentro seja lá o que for que esteja me atormentando!

Vulcano abriu seu maravilhoso estojo. Dentro dele, em pequenos compartimentos, estavam dispostas em perfeita simetria as suas extraordinárias e eficientes ferramentas.

– Hm... Martelo, broca, chave, pé de cabra... Calma, meu pai, que a coisa já vai!

O deus dos artífices encontrou, afinal, o seu melhor martelo e avançou destemidamente para o pai.

Um calafrio de horror percorreu os nervos e tendões de Júpiter. "E se a velha Terra estiver senil, e for *ele*, afinal, o filho que me tirará o cetro?", pensou Júpiter de olhos arregalados ao ver avançar o filho imundo, com aspecto de demônio, balançando o martelo gigantesco, como para lhe tomar o peso.

– Este não falha, meu divino pai! – disse Vulcano, arreganhando seus quatro negros dentes, e vibrou o martelo ao primeiro golpe.

O pobre Júpiter sentiu o mundo rodar.

Vibrou o martelo ao segundo golpe.

Uma rachadura surgiu de alto a baixo em sua cabeça.

– Só mais uma, pai! – disse Vulcano, respirando fundo e erguendo o martelo o mais alto que pôde.

PÁ!, vibrou o martelo ao terceiro golpe.

Um jato de luz ofuscante escapou pela rachadura, fazendo com que os deuses corressem para todos os lados. De dentro da cabeça de Júpiter surgiu, então, uma outra cabeça, revestida com um magnífico capacete dourado.

Um grito de espanto varreu o Olimpo inteiro.

Logo em seguida surgiu o resto do corpo da criatura – uma mulher, vestida inteira, dos pés à cabeça, com uma reluzente armadura. Todos os deuses estavam boquiabertos, e até Apolo, que conduzia no alto o seu flamejante carro do sol, parou por um instante para observar aquele fantástico prodígio.

A mulher saltou para o chão e deu um grito de guerra, o mais alto que o Olimpo já havia escutado. Depois pôs-se a executar, de maneira absolutamente perfeita e graciosa, os passos do mais estranho e original peã que os olhos humanos e divinos já haviam contemplado.

– Honra e Paz para você, divino pai e senhor absoluto do Universo! – disse a criatura, após encerrar a sua magnífica dança marcial. – Sou Minerva, sua filha, gerada de seu sêmen para cumprir as suas ordens.

Júpiter ficou encantado com a nova deusa que surgia – parida por ele próprio! – e com suas filiais e piedosas palavras.

Assim que veio ao mundo a mais útil e benemérita das divindades: Minerva, deusa da sabedoria, do trabalho e das artes. E quanto às negras previsões da velha Terra, que ameaçavam Júpiter com a chegada de um segundo e destruidor filho, deram, felizmente, em nada.

Júpiter ousou então debochar da anciã:

– Minha vó, suas profecias são furadas!

– Imbecil, furada é sua cabeça de vento! – disse a velhinha, que nada tinha de caduca. – Bem se vê que fugiu o resto de sabedoria que havia na cachola.

E depois de assestar uma bela pancada na cabeça do neto, completou:

– Pois honre a mim, então, que sou a única divindade competente o bastante para fazer reverter uma funesta profecia.

NETUNO, SENHOR DOS MARES

Netuno, após ter sido engolido por seu pai, Saturno, a exemplo de seus irmãos, foi um dia regurgitado, depois que Júpiter obrigou o velho deus a ingerir uma beberagem mágica.

– Pronto, meu irmão – lhe disse Júpiter, satisfeito, depois de ambos haverem derrotado Saturno e seu poderoso exército na famosa Guerra dos Titãs. – Agora já pode tomar posse do mar, que é a parte do Universo que cabe a você. A mim caberão os céus, enquanto que nosso irmão Plutão reinará nos subterrâneos.

Netuno, todo sorrisos, abraçou o irmão. Apesar de todo o imenso território que lhe coube, não foi isto o bastante para contentá-lo. De fato, Netuno era um deus ambicioso, invejoso e intratável, e desde aquele dia entrou em inúmeras disputas com as mais diversas divindades: contra Minerva, disputou a Ática; contra Juno, o domínio da Argólida; contra Apolo, pelo controle do arquipélago de Delfos; e contra o próprio Júpiter, numa tentativa abortada de destroná-lo, ousadia que lhe custou o castigo de ter de servir o rei Laomedonte e construir para ele, pedra por pedra, as muralhas da cidadela de Troia.

– Só entro em fria, mesmo! – dizia ele, enquanto carregava as imensas pedras. – E além de tudo ainda tenho de aguentar este tagarela dedilhando a lira o dia inteiro. – Netuno referia-se ao deus Apolo, que também estava ali de castigo por uma falta cometida contra Júpiter.

– Sou um astro – disse o acalorado deus do sol, ajeitando-se numa sombrinha para melhor exercer o seu delicado ofício. – Nasci só para brilhar.

Netuno, para piorar, ainda teve o dissabor de ver-se logrado por Laomedonte, que recusou-se a lhe pagar o serviço.

E assim seguia sua vida, de deus rabugento e colérico, sempre fincando seu tridente no fundo do mar e provocando terremotos a propósito de qualquer contrariedade, a ponto de acabar conhecido como "Netuno, abalador da terra".

– "Netuno, o importuno", eis o que é! – disse um dia Júpiter, perdendo de vez a paciência. – É, não tem jeito mesmo, vamos ter de lhe arrumar uma mulher...

Depois de muito pesquisar, o pai dos deuses chegou à conclusão de que a solução estava nas mãos de Nereu, "o velho do mar". Este deus decrépito era filho da velhíssima Terra e do antiquíssimo Mar, e tinha uma penca de filhas, as Nereidas, assim chamadas em sua homenagem.

– Mercúrio! – disse Júpiter.

– Sim, meu pai – disse o deus dos pés ligeiros.

– Vá até o fundo do mar e me traga o velho Nereu.

No mesmo instante, Mercúrio, que era extremamente rápido em tudo que fazia, calçou suas sandálias aladas e rumou para o oceano. Dando um mergulho espetacular, chegou até os domínios de Nereu.

Mais tarde, no Olimpo, Júpiter exclamou, ao ver a visita:

– Nereu, velho amigo, que bom vê-lo aqui no Olimpo outra vez!

– O que ordena, deus supremo? – disse Nereu de longas e alvas barbas.

– Quero que ceda uma de suas filhas a meu irascível irmão – disse Júpiter, pondo uma mão sobre o ombro do velho amigo. – Não posso mais suportar as suas teimosias e temo que haja um confronto mais sério entre nós, caso ele não se acalme.

– Pois não, Júpiter poderoso – disse Nereu. – Pode escolher qualquer uma de minhas cinquenta filhas.

– Cinquenta? – exclamou Júpiter, puxando o lóbulo da divina orelha. – Mas não eram cem?

– Podem ser cem, como podem ser mil, deus supremo – disse o pobre Nereu, cuja memória já claudicava há muito tempo.

Depois de estudar a questão e analisar uma por uma as Nereidas, chegaram, enfim, a um consenso:

– Anfitrite será a esposa de Netuno! – disse Júpiter, jubiloso.

– Anfi-quem? – disse o pobre Nereu.

– Esqueça – disse Júpiter, dando uma palmadinha na face enrugada do amigo.

No mesmo dia Júpiter comunicou a escolha ao malhumorado irmão, que decidiu, ainda assim, conhecer a sua futura noiva.

– Vá com calma – disse Júpiter. – As filhas de Nereu costumam ter o senso de independência muito pronunciado.

Mas Netuno, que tinha o senso de prepotência ainda mais pronunciado, não se intimidou.

– Onde posso ir encontrá-la? – disse, já se ajeitando.

– Ela está na ilha de Naxos, junto com suas irmãs – disse Júpiter.

Netuno, confiante, partiu de seu palácio azulado no fundo do mar em direção a Naxos, conduzindo seu carro puxado por golfinhos.

Fazia um lindo dia de sol quando chegou às margens pedregosas da ilha. De fato, por cima dos grandes rochedos franjados pelas espumas do mar, lá estavam as encantadoras filhas de Nereu, algumas deitadas, descansando, enquanto outras, mais animadas, executavam os passos de uma movimentada dança. De vez em quando uma delas, estirando sua longa cauda recoberta de escamas douradas, dava um mergulho repentino nas águas verdes do arquipélago: um grande borrifo verde erguia-se, então, como se elas lançassem lá do fundo um imenso punhado de esmeraldas, que subiam, faiscando, em todas as direções.

Netuno, boquiaberto, pasmava para aquela cena paradisíaca.

– Verdadeiramente encantadoras... – exclamou o excitado deus, tratando, em seguida, de sentar-se ligeiro em seu carro.

De repente, escutou a voz de uma das Nereidas.

– Ei, Anfitrite! Venha juntar-se a nós, sua boba!

Os olhos de Netuno voltaram-se para uma grande pedra isolada, que estava situada mais para dentro do mar. A pedra tinha o formato de um leito, magnífico trabalho de polimento operado pelas perfeccionistas Ondas, que durante séculos, com toda a calma, a haviam polido até dar-lhe aquela conformação ideal.

Em cima daquele leito solitário e da cor do chumbo estava estendida a divina Anfitrite. Era uma das poucas Nereidas a ter os cabelos negríssimos, da cor da noite, enquanto que as escamas de sua longa cauda tinham uma brilhante cor prateada, matizada por maravilhosos reflexos azulados e cor-de-rosa que se alternavam ao menor movimento. Com as costas coladas à pedra, Anfitrite dos cabelos negros tinha a face voltada para o alto; seu braço direito, caído sobre o rosto, protegia seus olhos dos raios fortes do sol, enquanto os peitos firmes apontavam para o céu.

Netuno empinou seu carro na direção da Nereida de esbelto corpo. Emparelhando com a rocha, Netuno esteve longo tempo a observar os traços de Anfitrite, para ver se podia confiar em suas virtudes. Mas a ninfa adorável permanecia com o rosto quase completamente oculto pelo braço. O deus dos mares, na verdade, só podia observar direito o nariz perfeitamente aquilino de Anfitrite e sua boca úmida e carnuda, maravilhosamente desenhada para o beijo.

"Que mulher!", pensou Netuno, quase apaixonado. "Se tais são seus lábios e seu nariz... oh, como não haverão de ser seus divinos olhos!"

Um arfar mais indiscreto do deus, contudo, despertou a atenção da formosa Anfitrite. Seu braço caiu e as pestanas de longos cílios recurvos ergueram-se, piscantes – e foi, então, como se duas estrelas houvessem se descortinado. – Divina e encantadora Anfitrite! – disse a voz rouca ao seu lado. – A partir de hoje será minha divina esposa e a você caberá a honra de ser, para sempre, o repositório sagrado de meu divino sêmen.

Anfitrite, assustada, ao enxergar a seu lado aquele homem espadaúdo, de longos cabelos recobertos de mariscos e uma barba hirsuta tostada pelo sol a lhe dizer tais disparates, deu um ágil mergulho para dentro da água. Netuno ainda conseguiu agarrar um pedaço de sua cauda, mas as escamas lisas escorregaram por entre seus dedos, até surgir a grande e quase transparente barbatana, leve e fremente como um leque, que lhe deu uma bofetada, antes de desaparecer nas ondas.

– Para onde foi...? – bradou o deus, desesperado.

E desde aquele dia Netuno perdeu Anfitrite de vista. Percorreu todos os mares, foi mil vezes ao palácio de Nereu, nas profundezas do mar, mas ninguém sabia dizer onde ela estava.

Irado, Netuno começou a sapatear e a bater ferozmente com seu tridente por toda parte, demolindo os imensos rochedos subterrâneos e provocando, com isso, terríveis maremotos na superfície dos oceanos. Ondas imensas eram cuspidas para o alto e montanhas inteiras arremessadas para as costas das cidades marítimas, levando o pânico a todos os mortais.

Finalmente, Júpiter, no último limite da aflição, ordenou a Nereu que revelasse o local onde a apavorada Anfitrite fora se ocultar. O pobre velho não sabia, mas sua esposa Dóris, como toda boa mãe, sabia – e muito bem.

Depois de um sem-número de pedidos, Júpiter finalmente conseguiu obter da mãe das nereidas o que os rogos e súplicas do velho marido, é claro, não tinham podido alcançar.

– Somente as carícias de sua divina filha poderão suavizar o rude temperamento de meu irmão – disse Júpiter à ainda reticente Dóris. – Quando isto acontecer, e a crosta primitiva de meu irmão houver caído, verá ela que se casou com um homem gentil e atencioso, além, é claro, de ter se tornado rainha de todo um império.

– Rainha de todo um império... – resmungou várias vezes a mãe de Anfitrite, até que finalmente cedeu, embora fizesse questão de afirmar que não fazia o menor caso de vir a se tornar mãe da "rainha de todo um império".

Revelado o esconderijo da filha de Nereu, o impaciente Netuno rumou para lá, silenciosamente, montado em seu discreto golfinho. Dentro de uma caverna, oculta por uma floresta de líquens, estava a assustada Nereida, quando Netuno, pé ante pé, adentrou o recinto.

– Anfitrite adorada! – disse ele, cujas barbas estavam lustrosas do aromático âmbar. – Venha comigo e garanto que não terá jamais motivos para se queixar de mim.

Netuno parecia realmente mudado: trajado modestamente, sem aquele ar arrogante que o caracterizava, havia deixado em casa até o seu horroroso tridente. Anfitrite, cautelosa, estudou ainda, longamente, o aspecto do deus. Depois, ainda indecisa sobre se deveria ou não aceitar aquela proposta, perguntou, amuada:

– E quanto àquele negócio de "meu repositório de sêmen"?

– Oh, não, esqueça esta bobagem! – disse Netuno, baixando os olhos. – Você será, para sempre, apenas o repositório de minha divina devoção e meu divino carinho.

Ainda mais corado por aquele sorriso de superioridade da divina Nereida, Netuno enterrou as unhas nas palmas das mãos e resolveu voltar ao velho estilo.

– Venha, vamos de uma vez, minha rainha! – disse, encurralando-a na parede da gruta úmida e dando-lhe um beijo intenso e apaixonado.

Depois levou-a nos braços até o golfinho e retornaram para o palácio de Netuno, onde ambos, desde então, governam felizes o imenso império dos mares.

O NASCIMENTO DE BACO

A princesa Sêmele, filha de Cadmo e Harmonia, estava deitada em seu leito. Estava só, mas ao seu lado ainda havia a marca profunda de um corpo – o corpo de um deus. De fato, Júpiter, o mais poderoso dos deuses, estivera até há pouco gozando dos prazeres que lhe proporcionara sua mortal amante.

– Béroe! – disse Sêmele, espreguiçando-se. Um raio cálido de sol que entrava pela janela de cortinas balouçantes acariciou seu ventre.

Alguns instantes de silêncio.

– Béroe, surda! – gritou Sêmele, apoiada aos cotovelos.

Uma velha criada entrou apressada.

– Desculpe, minha ama...

– Béroe, esta noite foi verdadeiramente divina... – disse a jovem, sorrindo.

"Então é tudo verdade!", pensou Juno, pois era a esposa divina de Júpiter quem estava ali, metamorfoseada na velha criada de Sêmele.

– Vamos, ajude-me a me vestir – disse a jovem, erguendo-se.

– Desculpe, ama, me intrometer em tais assuntos – disse Juno disfarçada –, mas está certa, verdadeiramente, de que este homem que priva de seu leito todas as noites seja mesmo Júpiter, o deus supremo?

– Que diz, Béroe? – exclamou Sêmele, enrubescendo. – Um homem, ele? Sua tonta, nenhum mortal poderia amar uma mulher como este divino ser! Homem algum teria o seu toque misterioso, nem beijo algum teria a volúpia que ele, Júpiter, põe em seus divinos lábios...

Sim, Juno sabia perfeitamente de tudo isso. "Mas as carícias que ele lhe dá nunca serão mais do que o mero produto de um instante, estando sempre conspurcadas pelo susto e pelo medo de um terrível castigo", pensava Juno, tentando vingar-se mentalmente da adversária. Entretanto, desconfiava em seu íntimo, mesmo sem dar-se conta claramente disto, de que justamente ali poderia estar uma parcela do encanto e das delícias que ela, esposa legítima, jamais poderia desfrutar.

– Mas existem tantos homens, bem, digamos... – disse a falsa Béroe, fingindo escolher o termo certo –... tão hábeis, minha ama, que às vezes nós mulheres, frágeis e tolas que somos, deixamos nos enganar com humilhante facilidade...

– Não diga tolices, Béroe – disse Sêmele, entregando as vestes à velha e lhe dando as costas nuas. – Vamos, vista-me.

– Eu mesma, minha ama – prosseguiu Béroe, sem dar atenção às reprimendas –, quantas vezes fui ludibriada por homens que me pareceram deuses.

– Você?! – exclamou Sêmele, com um riso escarninho. – Você, Béroe, amada por um deus? Rá!

Sêmele, contorcendo-se de riso, impedia que a ama lhe cobrisse o corpo, e embora Juno soubesse que o deboche não fora feito a ela, ainda assim sentiu-se tomada pelo rancor – tal o poder que uma afronta, mesmo feita por engano, pode ter sobre a vaidade feminina. Enquanto escutava o riso, sem poder concluir sua tarefa, Juno percebeu nas costas da jovem as marcas inequívocas que o amor deixara em sua – sim, ela tinha de admitir – nudez perfeita. Juno tinha diante de si o mapa exato do país da traição: cada mancha arroxeada que Juno encontrava sobre aquela alva pele simbolizava uma província do prazer que Júpiter, auxiliado pelos desvelos da amante, havia descoberto e marcado em seguida com a mesma ganância do explorador que descobre um lugar paradisíaco e instala com fúria o seu marco a fim de deixar bem clara a sua posse exclusiva.

Sêmele fez menção de virar-se, mas a falsa Béroe não lhe permitiu; temia ver em que outros lugares infames poderiam estar depositadas aquelas manchas.

– Vamos, minha ama, deixe-me vesti-la – disse a criada, introduzindo a veste pela cabeça, como quem ensaca algo que deseja ver logo ocultado.

– Calma, Béroe, não se zangue... – disse a jovem, ainda tomada pelo acesso de hilaridade.

– Peça-lhe uma prova... – disse Béroe, com voz insinuante.

– O quê?

– Peça a ele uma prova, cabal e definitiva, de que ele é mesmo quem afirma ser.

– Mas que prova melhor poderia Júpiter me dar, além das que já tenho? – disse Sêmele, já vestida, abraçando-se com braços fingidamente alheios.

– Você sabe que os deuses usam uma forma humana apenas para se relacionar com os mortais – disse a Juno disfarçada. – Peça, então, que ele se mostre para você em todo o seu divino esplendor.

Sêmele ficou alguns instantes pensativa, enquanto Béroe penteava, fio a fio, os seus longos cabelos.

– Está bem, lhe pedirei a tal prova! – disse a bela filha de Cadmo.

– Apenas não esqueça de uma coisa – disse a velha, com um sorriso pérfido no escondido rosto –, deve fazer antes com que ele jure pelo Estige que não lhe negará qualquer pedido.

– Por que pelo Estige? – quis saber a jovem.

– Porque este é um juramento fatal, ao qual os próprios deuses estão submetidos – disse Juno, em tom solene. – Todo aquele que jura pelo rio infernal deve cumprir rigorosamente com a sua palavra, e nem mesmo Júpiter tem poder para transgredi-la.

Dito isto, a falsa Béroe afastou-se, e Sêmele ficou entregue aos seus próprios pensamentos.

Quando a noite chegou, Júpiter reapareceu, como de costume.

– Júpiter, meu amado! – disse a jovem, lançando-se a seus braços. – Desde que você começou a vir até mim, nos braços da noite, que eu nunca mais soube dizer, com certeza, quando é dia ou quando é noite.

– Por que estas palavras? – perguntou o deus supremo.

– Porque me parece que a noite quando chega, trazendo-te consigo, me traz um dia ainda mais claro e brilhante do que aquele que está partindo, apenas isto.

Os dois amantes abraçaram-se, e após um longo beijo, Sêmele, tornando-se séria, tomou o rosto de Júpiter em suas mãos.

– Meu querido, preciso que você me dê uma prova de seu amor.

– Prova de amor? – exclamou Júpiter, surpreso. – Para quê?

– Não importa; apenas prometa. Prometa pelo Estige que me dará tal prova. Só assim poderei ter sossego em minha alma e confiar plenamente em você.

Júpiter relutou durante um longo tempo. Jurar pelo Estige – o mais irrevogável dos juramentos –, e tudo apenas por um capricho feminino!

– Está bem, eu prometo – disse Júpiter, afinal.

– Vamos, pelo Estige... – disse Sêmele. – Diga, por favor...

Júpiter acedeu, contrariado, e fez o juramento. Sêmele, aliviada, foi até o fundo do quarto e parou, com um ar misterioso estampado no rosto.

– Quero agora uma prova definitiva de que você é mesmo o Júpiter que tanto amo – disse ela, com o ar subitamente decidido.

– Do que está falando, criatura?

– Mostre-se agora, diante de mim, tal qual é!

Júpiter ficou paralisado.

Não, aquilo não podia ser verdade. Ela devia estar brincando, ou então louca. Claro, só uma louca lhe pediria uma coisa destas. E ele sabia perfeitamente que não poderia fazer isto sem destruí-la.

Júpiter chegou a abrir a boca para lhe explicar o motivo, mas subitamente deu-se conta de que o destino da pobre moça já estava selado, pois ele havia feito o juramento fatal. Nada poderia fazer com que ele voltasse atrás – mesmo que ela mudasse de opinião ou tentasse anular sua vontade anterior.

"Finalmente verei o que mortal algum antes viu", pensou a jovem, extasiada.

Júpiter, pesaroso, afastou-se um pouco, embora soubesse que era um ato inútil. Depois, concentrou-se e fez com que suas formas humanas fossem lentamente se apagando. Ao mesmo tempo uma luz, a princípio muito tênue, foi brotando do seu corpo, em dourados feixes, como se um segundo sol estivesse a nascer dentro dele.

Sêmele deu-se conta, subitamente, do que estava para acontecer, quando viu a vaporosa cortina atrás do deus desaparecer como num sopro, e uma nuvenzinha de fagulhas ser expulsa pela janela, impelida pelo vento.

– Não, Júpiter... Não! – gritou a pobre jovem, mas já era tarde demais.

Uma bola de chamas irrompeu de dentro da forma humana do pai dos deuses e se expandiu por todo o quarto; relâmpagos espalhavam-se em todas as direções e um fragor intenso de chamas devorando tudo abatia-se sobre a jovem infeliz.

– Ó, maldita Béroe! – gritava Sêmele, ajoelhada, com a cabeça oculta e os ouvidos tapados. – Béroe e a minha maldita desconfiança foram a minha perdição!

Caiu no chão o corpo chamuscado e já sem vida de Sêmele. Dentro dela, porém, sem que ela tivesse sequer sabido, ainda pulsava outra vida.

Júpiter, dando-se conta disso, retirou do ventre da amante morta o produto divino dos seus amores: um bebê, muito jovem ainda, mas que respirava. Sim, ele respirava! Júpiter, antes que o palácio inteiro ardesse, retomou sua forma humana e, fazendo um talho na própria perna, introduziu o pequeno e delicado ser dentro de sua própria coxa.

"Não poderia encontrar um refúgio mais seguro", pensou Júpiter, que já era capaz de se alegrar outra vez, com a descoberta daquele agradável consolo.

– Afinal, para alguém que já gestou um ser em sua própria cabeça, gestar outro em sua coxa não será coisa tão penosa... – disse o deus supremo, indo embora.

E foi assim que dali a algum tempo veio ao mundo Baco, o único deus cujos pais não eram ambos divinos, sendo filho de uma divindade com uma bela mas infeliz mortal.

BACO APRISIONADO

Assim que Baco, filho de Júpiter e de Sêmele, nasceu da coxa do próprio pai, este chamou Mercúrio e ordenou-lhe que levasse o garoto para ser criado pelas ninfas do Nisa, um lugar ameno e paradisíaco.

– Lá ele estará em perfeita segurança – disse Júpiter, com alegria.

O pequeno Baco foi entregue às ninfas e também a um estranho e divertido ser chamado Sileno, filho do deus Pã, que se tornou o pai adotivo do futuro deus das vinhas.

Durante seus primeiros anos Baco participou, junto com Sileno – sempre bêbado e a cair de cima de seu inseparável burrico –, de toda espécie de brincadeiras. Mas se o velho Sileno sabia ser brincalhão – e mesmo irresponsável, muitas vezes –, também sabia demonstrar que era dono de profundos conhecimentos, que sua aparência exótica e pouco respeitável podia fazer adivinhar.

– Deixe que falem – hic! – o que quiserem! – dizia Sileno, erguendo-se do chão, amparado pelo jovem pupilo. – Sileno sabe mais – hic! – que todos os sabichões da Terra...

Um dia o jovem Baco, vestido com seu manto púrpura, resolveu ir até a praia e lá adormeceu. Neste ínterim havia se aproximado da costa um grande navio – na verdade, um navio pirata – que andava à caça de nova presa.

Um grupo de marinheiros desceu à terra para buscar água, e quando estes pisaram nas areias claras deram de cara com o belo rapaz adormecido. Sua tez delicada, seus lábios rubros e o todo mais de sua aparência denunciavam que seria filho, ao menos, de um senhor poderoso do lugar. Quem sabe, até, do próprio rei.

– Vamos levá-lo conosco – disse o mais rude daqueles homens. – Poderemos pedir por ele um belo resgate.

Entretanto, o timoneiro, Acetes, tinha bom olho para as coisas divinas e percebeu logo que o garoto tinha algo de estranho.

– Deixemos o rapaz em seu lugar e vamos embora de uma vez – disse ele –, pois não pressagio nada de bom desta aventura.

– Virou Cassandra, agora? – disse Lícabas, o mais feroz e impiedoso dos piratas, com uma gargalhada assoprada que fez espirrar no rosto do pobre timoneiro uma chuva de seus perdigotos podres.

Acetes, conhecedor do estratagema do vilão, deixou para limpar depois o produto infecto da boca do asqueroso Lícabas, pois sabia perfeitamente – já vira, na verdade, por duas vezes acontecer o mesmo – que limpar o rosto diante dele era decretar a própria morte.

O garoto foi, então, embarcado, mas não à força, porque não opôs nenhuma resistência contra seus raptores. Estranhamente calmo, Baco só fazia observar docilmente aqueles homens sujos e cruéis.

"Verdadeiramente é um deus!", pensava o bom Acetes, observando o rapaz.

– Dirija direito este troço! – disse uma voz ao seu lado.

Era um dos piratas, que fora destacado pelo próprio Lícabas para vigiar o timoneiro.

Enquanto isto, Lícabas, que fora se tomando cada vez mais de antipatia pelo jovem deus, ordenou de repente a um de seus marujos:

– Amarrem esta mocinha! – disse, acentuando bem a última palavra. E antes que dessem cumprimento a sua nefanda ordem, aproximou bem a horrível carranca do rosto delicado de Baco.

– Frisou hoje cedo os lindos caracóis, menina loira? – disse o sórdido Lícabas, arreganhando a horrível dentadura, na qual se podiam perceber três dentes acavalados a disputarem o mesmo espaço.

Depois, tomando sua faca, enrolou um dos cachos loiros sobre o fio, como se fosse frisá-lo, mas os fios partiram-se.

– Ora, menina, que pena! – disse. – Eu só ia fazer mais um cachinho...

Um jato de perdigotos explodiu da boca de Lícabas, como a onda esbatida que o vento impele, no inverno, sobre a costa pedregosa – mas, curiosamente, nenhuma das gotas apodrecidas foi alojar-se no rosto do jovem Baco.

– Cadê a corda, sardinhas regurgitadas pelo gato? – perguntou Lícabas, que mudava de espírito como o céu muda durante o verão abrasante.

Um boçal bem-mandado surgiu carregando um rolo áspero de cordas.

– Deixa ver – disse Lícabas, esfregando um pedaço sobre a parte interna do braço. – Não serve; traga outra!

Um rolo de fios de cobre espetado surgiu, nos braços do mesmo homem. Depois de testá-lo, o vil Lícabas aprovou.

– Amarrem-no, já!

Três homens fortes tomaram da corda e enrolaram Baco num abraço odioso. Mas, coisa estranha!, tão logo terminavam de fazer os nós, eles se desmanchavam como por encanto, e a corda caía aos pés de todos, sem provocar o menor arranhão na vítima.

– Imbecis! – disse Lícabas. – Tratem de fazer um nó decente ou mandarei dar um nó nas tripas de cada um de vocês!

Trinta nós foram feitos, e os mesmos trinta nós desfeitos, até que o sol caísse. De repente, porém, o navio parou em meio ao mar. Parou, simplesmente. Ninguém sabia explicar o motivo.

– O vento cessou de todo – explicou Acetes ao capitão, temendo uma reação brutal.

– Então deem nos remos! – ordenou Lícabas, que sabia dividir o instante das punições com o instante da ação.

Os remos foram lançados com estrídulo à água, mas na mesma hora viram-se enrolados por um emaranhado de algas. Ao mesmo tempo, começou a subir pelo mastro a folhagem espessa das vinhas, que se espalhou por todo o convés.

– Vejam, está chovendo! – disse um dos marinheiros, estendendo a mão.

Mas não era uma chuva normal, e sim uma chuva de vinho, que num instante cobriu todos de vermelho. Alguns, é verdade, gostaram da peça e abriam suas bocas para receber o produto da grande nuvem vermelha pairada acima do barco.

Mas quando Lícabas, que não era homem para graças, enterrou uma espada dentro da garganta do primeiro, a brincadeira acabou-se ali.

Baco, misteriosamente, tinha agora ramos da vinha pendurados atrás das orelhas e portava em sua mão um grande tirso, com a ponta encimada por uma enorme pinha. Como quem rege um concerto de flautas, Baco agitava o seu cetro, com um sorriso alegre estampado no rosto – o sorriso da embriaguez divina!

O convés encheu-se, também, de animais silvícolas, enormes e assustadores. Enormes felinos espalhavam-se por todo o barco – tigres, linces e um jaguar que parecia divertir-se imensamente com aquilo tudo –, o que tomou os marinheiros de pavor.

– Verdadeiramente, este rapaz é um deus ou um demônio! – exclamou um deles, lançando-se borda afora. Muitos outros o seguiram, mas tão logo alcançavam a água, viam seus corpos mudarem abruptamente para algo inumano.

Lícabas, o último que relutava, ainda, em abandonar o barco, de repente começou a perder o equilíbrio.

– Mas o que é isso? Maldição! – disse, enquanto observava seus pés unindo-se por uma estranha membrana, quase transparente. Suas pernas também foram perdendo o pelo espesso que as recobria e tornando-se lisas como a pele de um peixe.

Num último instante, antes de enlouquecer, o sórdido Lícabas chegou a achar graça daquela estranha metamorfose que se operava em si próprio.

– Estarei enlouquecendo, então? – exclamou, dando sua última gargalhada.

Mas não foi de sua boca que saiu, desta vez, o infame jato, mas de uma protuberância instalada bem no alto de sua cabeça. Lícabas, bem como todos os seus homens – à exceção do bom Acetes –, haviam se transformado em golfinhos, que tubarões ferozes perseguiam em alucinante disparada.

– Sou Baco, deus do vinho e da alegria! – disse o jovem, com os olhos refulgentes, ao timoneiro. – Leve-me de volta e instaure um templo, em meu nome, em todas as terras por onde andar, para que se possam celebrar neles os meus sagrados ritos.

Assim se fez, e desde então Baco obrou ainda muitos e mil outros prodígios.

HIPOMENE E ATALANTA

— A mulher mais veloz do mundo é minha filha, Atalanta! – dizia sempre Esqueneu, o rei de Ciros, orgulhoso.

Sua filha, por sua vez, não fazia nada para desmentir tais palavras. Desde menina que a esbelta Atalanta já corria velozmente pelos campos. Porém, também corria uma lenda a respeito desse hábito – que nela parecia mais uma obsessão – e que dizia o seguinte: quando a jovem nascera, fora profetizado que ela jamais deveria se casar, pois o casamento seria a sua ruína.

Levado por este temor, seu pai a ensinou desde cedo a se esquivar de qualquer pretendente, pois desde a infância que os pedidos de casamento se acumulavam diante do trono:

– Minha filha, lembre-se de que você jamais deverá se casar – dizia-lhe sempre seu pai, quando a via inclinada a aceitar os elogios de algum amante mais afoito.

Atalanta acabou gostando do hábito de se esquivar, de tal forma que sentia mais prazer em fugir do que conversando com seus pretendentes. Tendo se colocado sob a proteção de Diana, a jovem isolou-se no campo, em caçadas com suas companheiras.

Mas os pedidos continuavam cada vez mais, e com tanta insistência, que um dia ela disse ao pai:

– Pai, não aguento mais essa perseguição dia e noite! Preciso afastar esse bando de impertinentes.

O rei concordou e arranjou um meio de afastá-los: todo homem que quisesse receber a mão de sua filha teria de vencê-la em uma corrida de vida ou morte. Aquele que perdesse, porém, seria inevitavelmente morto.

– Isto os fará pensar duas vezes antes de entrar na disputa – disse o rei.

Atalanta ficou encantada com a ideia, pois tinha certeza de que ninguém conseguiria ser mais veloz do que ela. Ficou marcada, assim, uma corrida para o mês seguinte.

Apesar da ameaça que pairava sobre a cabeça dos concorrentes, apresentou-se uma quantidade imensa deles, de tal modo que o rei chegou a pensar em suspender a disputa.

– Não se preocupe, pai, eu vencerei todos eles! – disse Atalanta, confiante.

No dia marcado, apresentaram-se homens de todos os tipos. Mais um pouco, e surgiu o alvo de todas as atenções: Atalanta, cuja beleza nunca estivera tão evidente. Seus cabelos estavam presos num gracioso penteado ao alto da cabeça. Vestida com um levíssimo traje de linho, ela achou melhor despi-lo, para ter seus movimentos facilitados. Mas ao despir-se, fez também com que mais uma centena de concorrentes se inscrevessem às pressas, aglomerando-se entre os demais na linha de partida.

Aquilo começava a tomar as perigosas proporções de um suicídio coletivo.

– Isto será um verdadeiro massacre, alteza! – disse um assessor do rei, temeroso das consequências.

– Ótimo – replicou o monarca. – Servirá de lição aos futuros pretendentes.

Enquanto isto se passava nas tribunas, Atalanta, separada dos concorrentes, passava um óleo por todo o corpo. Seus seios e curvas brilhavam ao sol, e a jovem parecia recém-emergida das águas. Suas formas eram atléticas o bastante para lembrar o corpo de um homem e suficientemente femininas para afastar tal ideia. Os músculos de suas pernas luziam, fremindo como as coxas de um puro-sangue, enquanto seus pés, flexionados, tinham a perfeição dos pés de uma estátua prestes a saltar do pedestal.

Quando a jovem se abaixou para esfregar o óleo nas canelas, um suspiro de admiração percorreu toda a assistência: seus seios, apesar de volumosos, permaneciam firmes e sólidos, enquanto as nádegas fremiam no retesar vibrante dos músculos.

Atalanta lançou, então, um olhar aprovativo para o rei, na tribuna. Finalmente, soou o sinal para a partida. No mesmo instante Atalanta partiu, lançando seu pé direito para a frente num salto que lembrava o da mais ágil gazela. Os homens, amontoando-se na pressa de serem os primeiros, tropeçavam uns sobre os outros, caindo num bolo humano logo na saída. Parecia que um monstro masculino formara-se no solo, com dezenas de cabeças, membros, braços e pernas.

Dentre os juízes, contudo, havia um jovem ambicioso, chamado Hipomene, que mais que qualquer outro parecia acompanhar a competição em um estado de ânimo próximo do êxtase. Desde que Atalanta se despira, ele não pôde mais desgrudar os olhos daquela magnífica mulher. "Essa mulher será minha!", pensava Hipomene, enquanto torcia pela vitória de Atalanta e, consequentemente, pela morte de todos os seus adversários.

Atalanta já ganhara a dianteira; seu corpo movia-se com a perfeição elástica de um felino. Os pés nus batendo sobre a areia levantavam um fino vapor, como se pelo atrito fossem incendiar o solo. Os seios rijos da princesa sacudiam, mas sem comprometer a leveza dos movimentos. Seu rosto, incendiado por duas manchas vermelhas, abrasava-se, enquanto da boca escapava um sopro forte e ritmado. Mas a nada disso os concorrentes – sempre atrás de Atalanta – puderam ver. Enxergaram apenas as suas costas, o que, por certo, não era espetáculo menos digno e empolgante: os ossos de suas omoplatas moviam-se alternadamente, ao ritmo dos braços, produzindo um movimento perfeito da musculatura dorsal. As nádegas não balançavam, mas fremiam, absorvendo o impacto das vigorosas passadas.

Os adversários já estavam reduzidos a apenas meia dúzia de concorrentes que, de longe, não ameaçavam a moça. Mesmo o mais veloz nunca esteve a menos de cem metros dela, que dava-se ao luxo de virar-se para observar os rivais.

Quando Atalanta cruzou a linha de chegada, um sorriso brilhava nos seus lábios entreabertos. Os infelizes, derrotados, foram imediatamente reunidos para o sacrifício.

– Pai, proponho que, no lugar de serem sacrificados, sejam estes homens privados da sua virilidade! – disse Atalanta, mostrando-se mais cruel em sua aparente piedade do que se tivesse autorizado a morte de todos. – Assim, ao menos, deixarão de me incomodar.

O povo, no entanto, viu-se presenteado com o espetáculo das execuções, do qual desfrutou com imenso assombro e prazer, enquanto a causadora do holocausto retirava-se, aborrecida pelo vulgarismo do sangue. Contudo, Hipomene – cuja decisão não fora afetada pelo funesto resultado da competição – continuava determinado a conquistar Atalanta. Pulou da tribuna e caiu aos pés da bela corredora e futura adversária:

– Lindíssima Atalanta, permita que eu a desafie para uma disputa, somente eu e você! – disse Hipomene, com os olhos erguidos e ofuscados pelo olhar surpreso da moça.

– Você...?! – disse Atalanta, surpresa. – Não teme se unir àqueles desgraçados?

– A única coisa que temo é não ter você ao meu lado – exclamou o rapaz, arrebatado.

– Muito bem, belo e audacioso jovem, marque o dia e a hora – disse a moça, retirando-se para lavar o suor e o óleo de seu corpo.

Hipomene, à medida que via a data do confronto se aproximar, começava, no entanto, a inquietar-se. Talvez tivesse sido imprudente ao se lançar a um desafio sem ter um trunfo nas mãos.

Na véspera da disputa, temeroso de perder a sua amada, ele foi ao templo de Vênus pedir proteção. A deusa do amor, lisonjeada com o pedido e desejosa de abater aquela moça que parecia fazer pouco dos seus dons, disse ao desesperado pretendente:

– Aqui, ao lado do templo, há um pomar consagrado a mim; vá até lá e colha três maçãs douradas que pendem de seus galhos.

Instruiu-o na maneira de usar os frutos durante a competição, e o rapaz saiu, mais confiante. No dia seguinte, postaram-se ambos – Atalanta e Hipomene – para a disputa, o que atraiu nova multidão ao campo do confronto. Atalanta, bela e radiante, estava lado a lado com seu oponente, que preferiu correr vestido com um pequeno manto – em cujos bolsos levava as três maçãs. Tão logo o rei deu o sinal para a partida, Atalanta arremessou-se outra vez para a frente, nua e ágil como uma leoa. Hipomene, não menos empolgado, também lançou-se com toda a vontade. O jovem parecia ser o primeiro rival à altura da veloz moça. Por alguns instantes esteve emparelhado com Atalanta, roçando a sua pele nos membros ágeis daquela mulher e sentindo em seu rosto o hálito intenso e perfumado da adversária. Tão entusiasmante era esse combustível, que Hipomene não precisaria sequer das suas maçãs para chegar no mínimo empatado com ela. Atalanta, percebendo a proximidade, apertou o passo e logo deixou para trás o desafiante.

Hipomene, vendo que suas forças não seriam o bastante para dobrar a rival, decidiu recorrer ao artifício de Vênus. Pegou do bolso uma das maçãs douradas, esfregou-a no manto e lançou-a longe, de tal modo que o fruto caiu um pouco adiante dos pés de Atalanta. A moça, vendo aquele objeto dourado rolar aos seus pés, parou para ver o que era. Ajoelhando-se, recolheu o fruto, admirada de seu brilho e beleza, enquanto Hipomene aproveitava sua distração para ultrapassá-la. Entretanto, percebendo que o rapaz a deixava para trás, Atalanta retomou a corrida e num instante ganhou vantagem sobre o adversário. Hipomene, outra vez, recorreu ao mesmo expediente. Atalanta, apesar de já ter sido enganada uma vez, não pôde deixar de recolher novamente o belo e precioso fruto. De posse dele, retomou sua carreira, ultrapassando com facilidade Hipomene. Agora ela já estava a dez passos da linha de chegada. Hipomene teve de calcular bem o seu último disparo. Com extrema perícia, arremessou o último fruto dourado, que foi cair a apenas alguns metros da linha de chegada. Atalanta, calculando que teria tempo de juntar a maçã e ainda chegar à frente de seu adversário, abaixou-se para juntá-lo. – É agora ou nunca! – esbravejou o rapaz, colocando toda a sua força num último arremesso.

Enquanto Atalanta erguia-se, sentiu passar-lhe pelo rosto um vento veloz. Em seguida um grito de espanto ecoou ao seu redor.

Hipomene transpusera a linha de chegada e vencera a corrida! Atalanta, abatida, deu-se finalmente por vencida. O casamento foi marcado, e embora a jovem se mostrasse decepcionada com o resultado do desafio, não estava de todo desgostosa com as núpcias. Hipomene era um belo rapaz – e também inteligente, o que ela apreciava mais do que tudo em um homem.

Os dois casaram-se e tiveram a oportunidade de disputar ainda, reservadamente, muitas outras corridas, das quais ela se saía sempre vencedora. Cada vez mais se acendia o ardor entre os dois amantes, até chegar ao ponto de fazê-los descuidar-se de suas obrigações para com os deuses. Hipomene, num descuido imperdoável, esqueceu de agradecer a Vênus pela vitória. Irada, a deusa do amor decidiu punir marido e mulher, fazendo com que profanassem o templo de Cibele, deusa da fertilidade e da terra, ao fazer ali os exercícios prescritos por Vênus. A divindade, encolerizada com o desrespeito, puniu imediatamente os dois amantes, transformando Hipomene num leão e Atalanta numa leoa e colocando-os a puxar o seu belo carro.

AS ASAS DE ÍCARO

— Meter-se com reis dá nisto, Ícaro! – dizia o inventor Dédalo, desconsolado, ao seu filho, que o observava.

Ambos estavam presos no labirinto de Creta, encomenda que o rei Minos fizera ao próprio Dédalo para encerrar o Minotauro, flagelo da cidade. O Minotauro fora derrotado, mas Dédalo caiu em desgraça com o rei, pois fornecera à princesa Ariadne o fio que ela entregou a Teseu e o qual este usou para fugir do labirinto após matar o Minotauro. Minos, que não esperava que Teseu derrotasse o monstro, passou a ver Dédalo como traidor e o fez provar, junto com o filho Ícaro, um pouco do seu próprio remédio.

Um dia os dois estavam a contemplar o azul do céu, sentados em uma colina como de hábito, quando Dédalo deu uma palmada repentina na testa:

– Já sei, Ícaro, o que faremos!

Sem dizer mais nada, começou a descer o rochedo, acompanhado pelo filho, que o seguia apressadamente. O jovem sabia que o pai era muito inventivo e que estava sempre com a cabeça cheia de novos projetos. Preferiu deixar que a ideia amadurecesse na cabeça do velho enquanto desciam. Tão logo chegaram à base da ilha, o velho mandou.

– Vamos, pegue minhas ferramentas – disse o pai ao filho, antes de sair em busca de alguma coisa.

Quando Dédalo retornou, seus braços estavam repletos de penas de aves, que ele abatera com a eficiência de um experiente caçador.

– O que pretende fazer, pai, com todas estas penas? – disse Ícaro.

Sem responder, Dédalo começou a serrar pedaços de madeira. De suas mãos começaram a surgir duas grandes armações, que lembravam o esqueleto de uma asa.

– O que é isto, uma fantasia? – perguntou Ícaro, ao ver o pai colar as penas nas varas de madeira.

– Tudo se inicia pela fantasia, meu Ícaro... – disse o velho, com o ar sonhador.

Logo Dédalo tinha nas mãos um grande e alvo par de asas.

– Vamos, filho, me ajude a colocá-las nas costas!

Ícaro, que naturalmente já entendera o plano, ajudou-o, empolgado pela ideia. Nem bem Dédalo terminara de colocar o par de asas às costas, seus pés começaram a se erguer do solo.

– Funciona! – exclamou Ícaro, sentindo no rosto suado o vento refrescante das asas do pai.

– Vamos, Ícaro, vamos construir uma para você também!

Os dois passaram o resto do dia aplicados em aperfeiçoar o mecanismo das asas artesanais.

– Aqui está a nossa liberdade! – disse o velho, ao colar as últimas penas nas armações.

– Mas serão sólidas o bastante para atravessarmos o oceano? – perguntou Ícaro.

– Claro! – respondeu Dédalo – O único cuidado que devemos ter é não nos aproximarmos muito do sol, pois o calor poderia derreter a cera que prende as penas.

No dia seguinte, bem cedo, subiram para o alto da torre, cada qual carregando com amoroso cuidado o seu par de asas.

Exaustos, descansaram um pouco até que Ícaro, impaciente para testar o seu equipamento, ajustou as suas asas às costas.

– Veja, pai, estou voando! – disse o rapaz, sem conter a sua euforia.

Deu várias voltas ao redor da torre, perdendo aos poucos o medo da altitude; seu pai também circundou a ilha munido das asas para testar-lhes a resistência.

– Basta de preparativos! – disse Dédalo. – Vamos embora!

Pai e filho, juntos, colocaram os pés sobre a amurada, no ponto mais alto da torre; abaixo deles o mar espumava, chocando-se violentamente contra os recifes negros que pontilhavam toda a costa.

– Agora! – ordenou Dédalo.

Os dois lançaram-se ao ar, batendo os braços de maneira tão ritmada que pareciam dois pássaros a dividir o azul do céu com as gaivotas, que os observavam pasmadas.

– Não se esqueça do sol! – dizia de vez em quando Dédalo, ao ver que Ícaro se descuidava, subindo em demasia.

No começo os dois lutaram um pouco com as correntes de ar, que lhes roubavam momentaneamente o equilíbrio. Às vezes, o pai buscava apoio nos braços do filho, às vezes, o filho recorria ao auxílio do pai.

Já haviam deixado há muito tempo a ilha e agora não havia outro jeito senão mover os músculos com vigor, tentando poupar ao máximo o fôlego. Dédalo ainda estava entregue ao deslumbramento quando percebeu que seu filho havia desaparecido.

– Ícaro, onde está você? – disse, inquieto.

O jovem, muito distante dali, planava nas alturas. De olhos cerrados, Ícaro lançara-se num voo cego, para além das nuvens. Após haver ultrapassado a linha dos grandes e acolchoados montes brancos, ficara pairando sobre eles, enquanto o sol arrancava um brilho intenso de suas asas. Sua pele refletia um tom dourado, e parecia que ele era o próprio filho do Sol.

– Queria ficar aqui para sempre! – disse, inebriado de liberdade.

Enquanto agitava as asas, percebeu que uma grande pena roçou-lhe o nariz. Seus olhos a acompanharam rodopiando pelo espaço sem limites até desaparecer misturada ao branco das nuvens.

Ícaro passou as costas das mãos sobre a testa suada. Uma deliciosa rajada de vento refrescou sua pele ao mesmo tempo em que percebeu que um grande tufo de penas espalhava-se ao seu redor, como se um imenso travesseiro tivesse sido rasgado e esvaziado de todo o seu conteúdo. Grossos fios de cera derretida escorriam pelas armações, alcançando os seus braços. Com um grito de medo, Ícaro percebeu que a estrutura das asas se desfazia. Procurou esconder-se sob as nuvens, mas o sol tornara-se tão intenso que desmanchava as próprias nuvens. Ícaro percebeu que era o seu fim:

– Socorro, pai! – gritou.

Entretanto, sua voz perdeu-se no vácuo. Seu pai, longe dali, estava impotente para lhe prestar qualquer auxílio. Desistindo, afinal, de tentar recuperar altura, Ícaro abandonou-se ao destino, indo cair nas águas revoltas do oceano.

Enquanto isto, Dédalo vasculhava os céus.

– Ícaro, meu filho, responda! – clamava inutilmente.

Durante muito tempo o velho vagou, fugindo sempre ao calor do sol, até que avistou sobre as ondas algumas penas. Sobrevoando mais um pouco o local, Dédalo acabou por avistar o corpo do filho jogado às margens de uma das praias. Depois de tomá-lo nos braços, ficou um longo tempo abraçado a ele. Com o coração despedaçado, como as asas de Ícaro, Dédalo o enterrou no mesmo local, que passou a se chamar Icária, em sua homenagem.

A QUEDA DE FAETONTE

Faetonte era o jovem filho do Sol e tinha, como todo adolescente, o gênio inquieto. Um dia, numa acirrada disputa que mantivera com um amigo – Epafo, filho de Júpiter –, garantiu a ele que era capaz de dirigir o veículo do pai.

– Impossível! – disse Epafo, com ar de zombaria. – Todo mundo sabe que o carro do Sol só pode ser guiado pelo próprio Sol! Além do mais, dizem que nem filho dele você é...!

Faetonte, chocado com a revelação, resolveu ir confirmar com sua mãe, a ninfa Climene.

– Mãe, Epafo disse que eu não sou filho do Sol – exclamou Faetonte, com as narinas dilatadas de indignação.

– Não dê ouvido às conversas dele, meu filho – disse Climene. – É claro que você é filho do Sol. Basta olhar para os seus cabelos dourados e sua pele bronzeada.

– Então quero uma prova – disse o jovem, intransigente.

– Que prova, seu bobo? – exclamou a ninfa, perdendo a paciência.

– Quero dirigir sozinho o carro do Sol! – disse Faetonte.

De nada adiantou a sua mãe dizer que isso era pura loucura; o rapaz tanto insistiu que Climene deixou que ele fosse procurar o pai, cuja residência ficava no ponto mais extremo do Oriente. Depois de vários dias de viagem, Faetonte chegou, afinal.

O palácio de Febo – como também é conhecido o Sol – era todo dourado, desde os alicerces até a mais alta cúpula. No interior, as escadarias de mármore despediam reflexos de um dourado intenso, de tal modo que não se sabia se eram as escadarias que refletiam o ouro das paredes ou as paredes que refletiam o ouro das escadarias.

– Faetonte, meu filho, o que está fazendo aqui? – disse o velho Sol, surpreso com aquela visita.

– Pai, antes de mais nada quero saber se sou mesmo seu filho – foi logo dizendo o inquieto rapaz.

– É lógico que é! – disse o Sol, passando a enorme mão na cabeça do filho, despenteando-o distraidamente.

– Então prove, atendendo ao pedido que vou lhe fazer!

Febo reclinou-se em seu trono, dando um suspiro. Era encrenca, na certa.

– Que pedido, meu rapaz, que pedido?

– Primeiro prometa que irá aceitar, qualquer que ele seja.

– Está bem, eu prometo, eu prometo.

– Pois bem, eu quero dirigir o carro do Sol amanhã, bem cedinho.

– Dirigir o quê?! – disse Febo, começando a prestar atenção ao que o filho dizia.

– É isso, quero tomar as rédeas do seu carro.

Febo alarmou-se com o pedido; não pensara que a audácia do filho chegaria a tanto. Qualquer um sabia da dificuldade tremenda – e, sobretudo, da responsabilidade – que era dirigir o carro do Sol, conduzido pelos quatro cavalos selvagens e incandescentes que expeliam labaredas de fogo pelas ventas, arrastando a luz e o dia por toda a Terra.

– Meu filho, sinto muito, mas não posso permitir – disse Febo, tentando encerrar a discussão.

– Você disse *qualquer coisa*! – exclamou Faetonte, vermelho de desapontamento.

– Mas eu não podia imaginar que você iria me pedir um absurdo desses! – disse Febo, na defensiva.

– Não quero saber, promessa é promessa; amanhã vou dirigir o carro do Sol de qualquer maneira – disse o jovem, irredutível.

O velho deus ergueu-se de seu trono e foi dar uma volta pelo salão. A aurora já se anunciava e ele logo teria de partir em seu longo curso.

– Está bem, amanhã você irá comigo – disse o deus.

– Sozinho, pai, eu quero ir sozinho! – disse o rapaz. Depois, voltando os olhos para fora da janela do palácio, percebeu que o dia estava prestes a romper:

– Pai, não é a Aurora quem vai indo ali adiante? – Sim, era ela que, com suas vestes rosadas, lançava-se aos céus, anunciando o novo dia.

– Deixe-me ir hoje mesmo, pai! Por que esperar até amanhã?

– Para refletir um pouco melhor, apenas isto – disse Febo.

Mas o rapaz não queria saber de mais conversas. De um pulo desceu as escadarias douradas até chegar diante das portas onde estava guardado o carro.

Uma das Horas aproximou-se, nervosa, do deus solar.

– Febo poderoso, já é hora de atrelarmos os corcéis de fogo ao carro. Veja, a Aurora já está indo, e é preciso que seu carro flamejante siga logo atrás! – disse.

Imediatamente os cocheiros correram à gigantesca cavalariça, de cujo interior podia-se escutar os relinchos e o escoicear impaciente dos cavalos, que pareciam adivinhar que a hora da saída já passara.

— Ligeiro, tragam os cavalos! — berrou Febo.

Faetonte, eufórico, correu até a cavalariça.

— Para trás, rapaz, cuidado! — disse um dos cocheiros, que escancarara a imensa porta.

Um dos cavalos arremessou-se para fora da estrebaria, preso apenas por um laço, enquanto o cocheiro forcejava para mantê-lo sob seu domínio. Os olhos do cavalo disparavam chispas, enquanto sua boca emitia um relincho ensurdecedor. De suas ventas largas saíam jatos de fogo que teriam reduzido Faetonte a pó, se um dos serviçais não o tivesse afastado dali com sua mão potente.

— Suba ao carro, enquanto atrelamos os cavalos – disse o cocheiro ao rapaz, com evidente má vontade, sem parecer ligar a mínima para o fato dele ser o filho do deus Sol.

Outros três cavalos, do mesmo porte e fúria, saíram das cavalariças com o mesmo destino. Faetonte, obedecendo às instruções dos gigantes, já fora postar-se adiante do carro do Sol. Nada podia ser mais imponente do que aquela fabulosa máquina, que se assemelhava a uma enorme carruagem: o eixo, o timão e as rodas eram feitos do mais puro ouro, enquanto os raios das rodas eram todos prateados. Num salto ágil, Faetonte subiu para dentro do carro.

— Meu filho, já que você insiste nesta aventura louca, deixe que eu dê alguns conselhos! – disse Febo ao filho, que fingia escutar, enquanto observava os cocheiros atrelarem os quatro monstruosos cavalos alados, cujas asas moviam-se inquietas como grandes línguas de fogo.

— Não podemos esperar mais! – disse uma das Horas, exasperada.

No mesmo instante, os criados afastaram-se, enquanto o deus insistia com o filho:

— Não esqueça, Faetonte, jamais largue as rédeas ou as deixe afrouxar!

Os gigantescos portões do dia foram abertos. Uma intensa luz rósea iluminava o caminho que Faetonte deveria seguir. Os cavalos, mastigando os freios, pareciam clamar por liberdade nos seus movimentos, estranhando aquela mão vacilante que ora encurtava, ora afrouxava as rédeas. Por fim, uma grande chicotada no lombo dos quatro cavalos, e o carro partiu, finalmente, com um estrondo que abalou as estruturas do palácio do Sol.

O primeiro terço da jornada era aquele que exigia mais esforço dos animais, pois era uma subida íngreme; nesse trecho os cavalos deveriam erguer o carro até o ponto mais alto e ali procurar mantê-lo firme, sem se aproximar demais da Terra nem do Céu – a fim de não incendiar a morada dos homens ou a morada dos deuses –, para depois fazê-lo despencar-se nos abismos, na última quadra do dia.

Faetonte, percebendo que os cavalos tinham força bastante nas pernas, de início não teve muito trabalho para controlar o carro. O ar matinal ainda estava fresco e o orvalho caído durante a noite passava por sua pele e voltava à atmosfera como uma brisa úmida e refrescante. No entanto, antes de aderir às suas roupas, o orvalho já secava, devido ao calor tremendo produzido pelo carro.

Por alguns instantes, Faetonte sentiu-se senhor do mundo. Terras, povos e nações desfilavam abaixo de seus pés, recebendo as benesses dos raios que seu carro emitia. Os cavalos, entretanto, pareciam decididamente indóceis com seu novo condutor. Relinchando e sacudindo as longas crinas flamejantes, faziam com que o celestial veículo sacolejasse perigosamente. Faetonte, que não estava acostumado com as bruscas inclinações, chegou a perder o equilíbrio numa das primeiras curvas, quase despencando do carro, agarrando-se à última hora num dos eixos.

– Eia! – gritava o inexperiente condutor.

Os joelhos de Faetonte começavam a bater um contra o outro, e um frio na boca do estômago produzia uma secura desagradável em sua boca. A coisa parecia ser mais difícil do que ele a princípio imaginara. Chegando ao topo, Faetonte perdia mais e mais o governo das rédeas. Os cavalos, sentindo-as progressivamente mais frouxas, desciam cada vez mais. Grandes nuvens, que deveriam ficar sempre abaixo das rodas do carro, agora se esfarelavam de encontro ao veículo, evaporando-se em frações de segundos.

– Esperem, não desçam demais! – disse Faetonte, impotente para conter a ânsia dos quatro cavalos.

Faetonte sentiu renovar-se o frio na boca do estômago quando o carro, num brusco movimento, mergulhou em direção à Terra, feito um meteoro. Colocando toda a força nos braços, o jovem conseguiu evitar que o carro se espatifasse no solo. O veículo desgovernado, no entanto, prosseguia em sua rota em direção ao final do dia, numa linha horizontal, passando rente à Terra.

Num relance, o jovem viu as cúpulas das torres e templos mais altos arderem, como se fossem tochas que o Sol viesse acendendo uma a uma, durante a sua passagem.

– Meu Deus, meu pai vai me matar! – esbravejava Faetonte, tentando fazer com que os cavalos erguessem o carro para o alto outra vez.

Ao passar pelas coberturas de neve das montanhas geladas, o calor do carro fazia com que elas se desprendessem, sob a forma de rios. O calor era tamanho que, antes mesmo de alcançarem o solo, estas geleiras derretidas eram sugadas para o céu sob a forma de um vapor colossal.

Declinando ainda mais em sua altura, o carro passava quase rente ao chão. Cidades inteiras ardiam diante dos olhos do assustado Faetonte: o simples bafo dos cavalos e o calor que o carro emitia eram o bastante para incendiar tudo. Florestas inteiras ardiam também à passagem da carruagem escaldante. Pessoas saíam para fora de suas casas ao perceber que havia um brilho e um calor extraordinários no ar, para em seguida morrerem queimadas. Suas peles derretiam como cera, deixando a nu as suas caveiras brancas, que em seguida se tornavam negras até desfazerem-se num pó escuro que o vento impetuoso da passagem do carro espalhava pelo ar.

Abandonando as cidades, o carro investia agora sobre os mares, levantando massas espantosas de vapor, que passavam pelo corpo de Faetonte como uma chuva invertida e escaldante. O mar secava inteiramente, deixando à mostra, nas profundezas finalmente reveladas ao olho humano, uma quantidade incalculável de peixes que se debatiam, agonizantes, até que uma faísca mais intensa incendiava-os todos, até não restar mais nada além das cinzas dos cardumes mortos.

A pele de Faetonte, a esta altura, já estava toda esfolada; seu rosto era uma máscara vermelha, e suas mãos cobertas de bolhas não podiam mais segurar as rédeas, que ardiam intoleravelmente em suas mãos. Netuno, ao perceber a devastação que ocorria nos oceanos – seu domínio –, resolveu subir até o Olimpo para pedir socorro a Júpiter.

– Meu irmão, que calamidade é esta que assola a Terra e os mares? – disse o deus dos mares, tomado pela aflição. – Faça algo ou a Terra inteira perecerá!

Febo foi chamado às pressas para saber o que estava acontecendo.

– O que está fazendo aí, em vez de estar comandando o seu carro? – perguntou-lhe Júpiter.

Em breves palavras vexadas, o deus do Sol explicou que sua fraqueza fora a causadora de toda a catástrofe.

– Não há mais tempo a perder, derrube-o de lá, de qualquer jeito! – esbravejou Netuno, ao perceber que o carro incendiário aproximava-se perigosamente de um menino que brincava sozinho no campo. – Impeça, ao menos, mais esta tragédia!

Júpiter sacou de um de seus terríveis raios e lançou-o sem pestanejar na direção do condutor do carro. Faetonte, que também percebera o menino, tentava conter as rédeas num último esforço, inclinando para trás o seu torso, rubro das queimaduras. Seu próprio corpo ardia, prestes a incendiar-se numa tocha humana. O jovem não teve tempo para ver que o raio despedido por Júpiter rumava certeiro em sua direção. Numa fração de segundos o raio explodiu no local exato onde ele estava, atirando-o para fora do carro. Os cavalos, assustados, ergueram as cabeças, lançando seus corpos de fogo para o alto, impedindo que o garotinho morresse queimado. Diante dos olhos do pequeno garoto, o corpo de Faetonte passou como um cintilante meteoro, indo mergulhar ao longe, no rio Erídano. Já sem vida, foi recolhido pelas ninfas, que erigiram no local um túmulo, em homenagem à sua audácia.

DEUCALIÃO E PIRRA

A humanidade conheceu várias épocas, desde a sua criação – épocas que a história batizou de Idades. Na primeira delas, a *Idade do Ouro*, todos eram felizes. Apesar do nome, ninguém, então, pensava em ouro. A velhice não existia, tampouco as doenças. Reinava uma primavera permanente, os alimentos brotavam da terra por si sós, e a inocência imperava por tudo.

Depois dessa idade feliz seguiu-se a *Idade da Prata*, na qual a eterna primavera deu lugar às quatro estações e a terra passou a ter de ser cultivada para oferecer os seus frutos. A decadência prosseguiu com a *Idade do Cobre*, na qual começaram as disputas entre os homens, até que se chegou, finalmente, à *Idade do Ferro*, quando o crime fez a sua entrada triunfal entre os mortais. A paz abandonou definitivamente a Terra, que ficou entregue à cobiça dos homens. As coisas estavam nesse estado quando Júpiter, deus dos deuses, observando o caos que se instalara, decidiu pôr um fim nele. Enfurecido, chamou um dia à corte o seu irmão Netuno.

– Meu irmão, creio que é chegada a hora de castigarmos estes mortais insanos, que transformaram o paraíso terrestre num horrível lugar de dor.

– Estou de acordo, meu poderoso irmão – respondeu Netuno. – O que você sugere?

Júpiter ordenou ao irmão que fendesse a terra com um golpe de seu poderoso tridente. Dali se abririam as comportas das águas dos mares, que, uma vez liberadas, inundariam o mundo todo.

Netuno, retirando-se, foi fazer exatamente o que Júpiter lhe dissera. Chegou a um vale seco e pedregoso e empunhou o tridente, erguendo-o para o alto. Em seguida, o fez descer à terra com tamanha força que o enterrou quase inteiro no solo. Uma rachadura começou a se espalhar do ponto onde se abatera o golpe, espraiando-se para todos os lados, como se fossem as raízes de uma árvore invisível. Daquelas imensas fissuras começou a brotar a água submersa, que corria por debaixo da terra em imensos e borbulhantes veios.

Netuno foi por todas as partes golpeando o solo, até que em menos de um dia a terra começou a desaparecer, engolida pela água.

Diante dos olhos deliciados de Júpiter – que a tudo observava do alto – desfilaram envoltos em ondas de incrível ferocidade gafanhotos, moscas, ratos, esquilos, zebras, leões, elefantes, casas, templos e palácios. Em meio a tudo isso, passavam homens, agarrados em qualquer coisa que sobrenadasse na violência das águas. A maioria das pessoas, no entanto, passavam já mortas. As aves, não encontrando mais nenhum lugar seco onde repousar, deixavam-se cair às águas, renunciando à luta pela vida.

No entanto, Júpiter resolveu poupar da destruição um homem e sua esposa, que considerava os únicos justos sobre a face da Terra. Deucalião e Pirra eram seu nomes. Ao verem que tudo naufragava sob as ondas impetuosas, Deucalião abraçou-se à esposa, e foram ambos refugiar-se num velho barquinho. As águas rapidamente cobriram tudo, enquanto suspendiam a frágil embarcação até o topo do monte Parnaso, o último lugar seco da Terra.

Netuno, vendo sua tarefa cumprida, chamou logo os seus tritões, semideuses marinhos metade homens, metade peixes.

– Vão, agora, e devolvam tudo à normalidade – disse, com autoridade.

Um exército de tritões partiu, espalhando-se pela Terra. Surgindo de vários pontos das águas, fizeram soar as imensas conchas marinhas, o que milagrosamente fez as águas recuarem de volta aos leitos dos rios e dos oceanos. Rapidamente as águas foram baixando, deixando à mostra outra vez as árvores, as casas, os templos, os palácios e uma multidão de homens e animais mortos. Parecia que era a própria Terra que ressurgia de dentro das águas, toda lavada e pronta para ser novamente ocupada.

O único casal de sobreviventes vagou, assim, pela Terra, revendo antigos lugares que antes fervilhavam de pessoas, mas que agora eram habitados somente pelo silêncio. De mãos dadas, penetraram num grande teatro, onde dias antes uma multidão alegre rira das piadas e gracejos de uma velha comédia, pouco antes de morrer afogada. No centro do palco, Deucalião enxergou o cadáver de um dos atores, que ainda tinha presa ao rosto uma máscara, toda dobrada e enferrujada. Curioso, retirou o dourado e sorridente adereço, mas por detrás da máscara só havia agora uma caveira pálida, que sorria, a seu modo, o grande e compulsório sorriso da Morte.

Pirra virou o rosto para o lado, com um ar compungido.

– Vamos, Deucalião. Aqui só há desolação e morte!

Viram também templos desertos, onde as estátuas dos deuses que não haviam tombado ainda permaneciam em pé, em poses e gestos tão vívidos que pareciam prestes a descer de seus nichos para ocupar o lugar dos vivos. Passaram por ruas desertas. Entraram e saíram de casas vazias. Percorreram cidades inteiramente abandonadas. Tudo estava ocupado pela morte.

– Ninguém sobreviveu à cólera de Júpiter, a não ser nós! – disse Deucalião à esposa.

– Oh! – gemia a mulher. – Que faremos vivos, num mundo de mortos?

– Procuremos nos consolar, minha querida Pirra! – exclamou Deucalião, que intimamente estava grato a Júpiter por haver poupado de sua ira a esposa, o seu único consolo e razão de viver.

Ela, de braços cruzados ao peito, chorava em silêncio.

– Deucalião, devemos procurar o templo de Têmis e lá implorarmos piedade – disse Pirra, tornando-se outra vez resoluta.

De comum acordo seguiram até chegar ao templo da deusa da Justiça. Do teto pendia ainda um musgo lamacento, que o vento fazia dançar sobre as colunas, enquanto dos capitéis desciam finas cordas de água. Sobre os altares, os vasos estavam vazios, e não havia fogo algum a brilhar. Deucalião e Pirra, comovidos, lançaram-se aos pés da estátua da deusa:

– Poderosa Têmis, que nos observa, com clemência, do alto! – disse Pirra. – Não queremos habitar um mundo sem vida! Como faremos para repovoá-lo, se já não temos mais forças nem idade para isso?

Uma voz suave saiu da boca cerrada da estátua:

– Meus amados, se quiserem ver de novo a Terra povoada, façam exatamente como vou lhes dizer. Após cumprirem meus ritos, quero que saiam do templo – disse a deusa. – Depois, cubram seus rostos, alarguem seus cintos e atirem para trás de si os ossos de sua avó! – completou, de modo enigmático.

Pirra, não entendendo o que a deusa desejava, começou a chorar.

– Ó deusa, como farei tal coisa? – exclamou. – E mesmo que reencontre os ossos de minha avó, como poderia cometer tamanha blasfêmia?

Deucalião, no entanto, tomando o rosto de Pirra nas mãos, a acalmou:

– Calma, querida! Acho que compreendi o sentido das palavras da deusa! É muito simples – esclareceu Deucalião. – A deusa está se referindo não aos ossos da sua avó, mas à Terra, nossa avó comum! Ora, os ossos de nossa avó não são senão as pedras da Terra!

Eufóricos, os dois velaram os rostos e saíram do templo. Juntaram todas as pedras que puderam encontrar, e Deucalião lançou atrás de si a primeira. Tão logo ela caiu, eles escutaram o ruído da pedra se esfarelando e algo surgindo às suas costas.

Era um homem!

Sim, um homem que surgira dos restos da pedra.

Pirra, extasiada, velou também o rosto e lançou para trás uma pedra, e surgiu dali uma linda mulher. E assim foram ambos jogando pedras para trás. Daquelas lançadas por Deucalião surgiam homens, e das que Pirra lançava surgiam mulheres, os novos habitantes da Terra.

O RAPTO DE GANIMEDES

Júpiter tinha como animal de estimação uma linda águia. Esta ave, branca e imensa, era a mesma que levara ao deus dos deuses o néctar, durante sua perigosa infância, na ilha de Creta, quando vivia escondido do pai, Saturno, que comia os próprios filhos. Júpiter, agora adulto e na condição suprema de deus dos deuses, casara-se com Juno e dela tivera uma filha chamada Hebe. Ela estava encarregada de servir o néctar aos deuses, durante os seus ociosos e felizes encontros.

Hebe, considerada a encarnação da juventude, parecia não se incomodar com a humilhante tarefa, e era sempre sorrindo que derramava nas taças dos deuses o néctar que trazia em sua jarra. Mas um dia, Hebe, um tanto descuidada, resvalou em pleno salão do Olimpo e caiu com a jarra. Seu pai, Júpiter, desgostou-se com o lamentável desempenho e demitiu-a no ato. A partir daquele instante, a corte celestial não tinha mais quem servisse os deuses, problema que, num lugar onde os problemas eram poucos, revestia-se de relevante importância.

– Júpiter, querido – disse um dia Juno ao seu esposo. – Se você não quer mais que nossa desastrada filha reassuma suas antigas funções, trate de arrumar alguém para tomar o seu lugar.

– Você poderia exercê-las perfeitamente, querida Juno – disse Júpiter.

Juno nem se deu ao trabalho de responder, simplesmente deu-lhe as costas, seguida de seu pavão de estimação, que parecia também ofendido. Júpiter, reclinando-se em seu trono, pensou um pouco. Depois, levantando-se, foi até a janela espiar a Terra, sua distração principal. Observar os mortais era também um bom calmante, pois, ao ver as loucuras e confusões nas quais eles viviam metidos, as apreensões do grande deus diminuíam.

No exato instante em que Júpiter deitou para baixo o seu olhar, ele caiu sobre um belo rapaz que passeava em meio a várias ovelhas, por um prado ameno e recoberto de flores. Era Ganimedes, filho do rei de Tróada. Apesar de sua alta condição, era pastor, e neste instante guiava o seu rebanho. O jovem trazia à cabeça um barrete frígio, tendo jogado displicentemente às costas um pequeno manto. Sua compleição física destacava-se em meio à brancura das ovelhas, o que logo atraiu Júpiter.

– Ora, vejam... Este belo rapaz daria aqui um ótimo serviçal! – disse o deus dos deuses, alisando as barbas.

Assim, sem pensar em mais nada, o rei dos deuses decidiu simplesmente raptá-lo, levando o jovem para morar no Olimpo com os deuses. Num instante, Júpiter fez um sinal para sua águia, que estava sempre por perto.

– Minha querida – disse Júpiter à ave –, desça já à Terra e traga-me aquele belo rapaz!

A ave estendeu suas imensas asas e arremessou-se ao abismo, como uma flecha recoberta de penas.

Enquanto isto, Ganimedes, alheio a tudo, continuava a pastorear o seu rebanho. Como o sol estivesse um tanto forte, o rapaz decidiu sentar-se um pouco sobre uma pedra, à sombra de uma grande árvore. Puxou uma flauta rústica para distrair-se e acalmar as ovelhas. Mas por entre as nuvens já pairava a imensa águia, atenta. Do alto observava o alvo rebanho, como se outra nuvem estivesse pousada ao chão. Quando percebeu que o inocente jovem estava inteiramente entregue à sua distração, destacou-se das nuvens e arremeteu com suas grandes garras expostas.

Ganimedes, erguendo um pouco o olhar, percebeu que uma grande sombra ocultava por instantes a luz do sol. Antes que entendesse direito o que era aquilo, sentiu em seus ombros a pressão dolorida das garras da águia. O jovem não teve tempo de ver o que o feria. Sentiu apenas que se elevava cada vez mais pelos ares, enquanto observava, atônito, as suas ovelhas diminuírem lá embaixo, até se tornarem somente um pontinho branco no imenso tapete verde do campo.

O vento frio arrebatara o seu manto ao mesmo tempo em que deixava em selvagem desalinho a sua cabeleira revolta. Mas à medida que subia, o calor do sol esquentava Ganimedes. Quando ficava quente demais, a ave agitava com mais força as suas asas, para aliviá-lo do calor.

– O que quer de mim? – gritava o jovem à sua raptora.

A águia, entretanto, permanecia em majestoso silêncio, ascendendo cada vez mais com sua presa para além das nuvens. Assim foram subindo, até que Ganimedes, por entre as brumas das regiões superiores, viu surgir afinal o palácio majestoso de Júpiter. Em instantes o jovem, mudo de espanto, foi depositado diante do trono do pai dos deuses.

– Meu caro jovem! – disse Júpiter, com um ar de boas-vindas. – Saiba que a partir de hoje você passará a fazer parte de minha corte celestial.

A esposa de Júpiter, que também aguardava o jovem, mostrava-se bastante surpreendida com sua beleza, admitindo que seu marido fizera uma bela escolha.

– O que querem de mim? – exclamou Ganimedes, que não sabia se ficava alegre diante dessa notícia ou se a lamentava.

Vênus, a bela deusa do amor, que também estava por ali, adiantou-se:

– Permita, Júpiter, que eu converse um pouco com ele – disse, entusiasmada. – Estou certa de que nos entenderemos às mil maravilhas.

Júpiter assentiu, enquanto Vênus, envolvendo com seu braço a cintura do jovem, conduziu-o até um recanto afastado nos jardins perfumados do Olimpo. Ganimedes, apesar de assustado com tudo, ficou fascinado com a beleza daquela deusa, que o tomava, assim, em seus braços, com a intimidade de uma velha amiga.

– Você teve a honra de ser escolhido dentre os mortais para ser o novo servidor de Júpiter e de todos os deuses – disse-lhe Vênus, fazendo uma pausa na caminhada, com os olhos fitos em Ganimedes.

O jovem podia sentir o calor da pele da deusa envolvê-lo como uma veste imaginária.

– A partir de agora você será um de nós, tendo também o dom divino da imortalidade. Agora, meu querido, vamos tratar destas pequenas feridas, caso contrário você não poderá vestir tão cedo o seu novo e elegante traje – completou a deusa.

Vênus levou, então, o seu hóspede para um dos aposentos do palácio de Júpiter, onde soube consolá-lo, de maneira bastante eficiente, das suas saudades terrenas.

Enquanto isso, Júpiter, percebendo que o pai do jovem raptado ficara inconsolável com a perda do filho, decidiu recompensá-lo. Já era noite estrelada quando o mensageiro de Júpiter apresentou-se diante do infeliz rei e da sua esposa. Ambos mostravam-se inconformados com a perda do filho.

– Rei poderoso! – disse-lhe Mercúrio, num tom solene. – Venho aqui, em nome de Júpiter, para lhe comunicar que seu filho é agora um deus.

– Ganimedes imortal...! – exclamou o pobre rei, sem saber o que dizer.

Sua esposa, que preferia seu filho humano, mas ao seu lado, perguntou, aflita:

– Mas nunca mais veremos nosso amado Ganimedes?

– Não, nunca mais – respondeu Mercúrio –, a não ser no céu, onde poderão enxergá-lo em noites claras como esta, sob a forma do zodíaco de Aquário. Em compensação, Júpiter lhes manda estes dois magníficos presentes, que acalmarão em seus corações a aflição provocada por essa dolorosa perda.

Mercúrio, com ar triunfal, descobriu, então, diante dos olhos do velho casal, um magnífico cepo de ouro, que esplendeu majestosamente na escuridão da noite. Depois fez surgir uma maravilhosa parelha de cavalos que, lançando-se pelo prado, pôs-se a correr ao redor deles, numa cavalgada mais veloz do que a do próprio vento.

O rei e a rainha, no entanto, não viram nenhuma dessas maravilhas: abraçados, tinham os olhos postos no céu, à procura do filho.

O CASTIGO DE ERESICTÃO

Qualquer mortal sensato sabia que o respeito era a principal oferenda que se devia a Ceres, a deusa da fertilidade. Sem os favores dessa importantíssima divindade, qualquer criatura estava ao desamparo. Tudo ao seu redor virava secura e desolação, até que o desgraçado se decidisse a também venerar a exigente deusa. Além do mais, não havia razão alguma para que se faltasse com este dever, pois ela era, dentro do panteão das divindades, uma das mais simpáticas e dignas. Havia muitos bosques consagrados a Ceres, e é num deles que esta história começa.

Era geralmente durante as primeiras horas do dia que os devotos de Ceres vinham fazer as suas oferendas, para agradecer a boa colheita ou para pedir que a próxima fosse mais abundante. Ao centro da floresta postavam-se os fiéis. Modestos camponeses, homens e mulheres, trazendo pequenos cestos com uma ou duas frutas, apenas, forrados com flores que as crianças colheram no próprio bosque, para tornar sua oferta um pouco mais caprichada. Outros, ainda, ofereciam a Ceres apenas simulacros de ofertas: no lugar de pães, pequenos arranjos redondos de terra, recobertos com uma leve mão de farinha. Oficiando o culto, costumava ficar a sacerdotisa de Ceres, envolta em seu manto e segurando um feixe de espigas. A deusa, em algum lugar, a tudo observava.

De repente, porém, ouviu-se, vindo de fora do bosque, um rumor de vozes masculinas, nas quais gritos entremeavam-se a cantos. Não eram, contudo, cantos sacrificiais. O ruído do vozerio aumentou a ponto de a sacerdotisa ver-se obrigada a interromper o culto. Logo surgiu por entre as árvores um grupo de homens com o ar descontraído e folgazão. Eles portavam grandes machados sobre os ombros e olhavam divertidamente, cutucando-se uns aos outros, ao perceberem o que se passava.

– Vai demorar muito aí, dona sacerdotisa? – perguntou um deles, com o grande dente de ferro do seu machado faiscando no ar e com um olhar de impaciência.

– O tempo suficiente para que o silêncio se restabeleça e possamos recomeçar nosso culto – respondeu a sacerdotisa, calmamente, dando-lhe as costas.

Um homem gordo e imenso – que parecia ser, de fato, o líder do grupo – afastou com uma das mãos o lenhador, como quem afasta um galho do rosto. Depois, adiantando-se, tomou a palavra:

– A senhora pode prosseguir com sua ladainha, que nós cumpriremos a nossa tarefa, a nosso modo – disse. – Adiante, vamos colocar abaixo estas árvores!

Esse homem rotundo era Eresictão, homem rico e poderoso. Ele estava decidido a construir um novo palácio para si com a madeira de toda a floresta.

– O que pensa que está fazendo? – gritou, indignada, a sacerdotisa.

Mas sua voz humana já não era o bastante para se sobrepor ao ruído dos machados, que estalavam com vigor sobre os troncos das árvores.

Ceres, que tudo vira, decidiu ela própria tomar a palavra, falando pela boca de sua sacerdotisa.

– Fora, invasores! – gritou a deusa, cuja voz vibrante silenciava todos os machados. – Como ousam destruir este bosque, consagrado exclusivamente a mim?

– Preciso destas árvores, dona – disse Eresictão.

– Ninguém tocará nestas árvores, sob pena de terrível castigo – advertiu Ceres.

– Dona, não fique nervosa. Há milhares de bosques espalhados por toda esta região. Escolha outro e deixe-nos trabalhar em paz.

– Você insiste em me desafiar? – disse a deusa, encolerizando-se.

O homem, ao perceber que Ceres avançava para si, empunhou com vigor o machado.

– Para trás, mulher, ou a farei em pedaços!

Ceres, então, resolveu aparecer com a sua própria aparência.

– Maldito! – gritou a deusa. – A partir de agora você está sob o peso da minha maldição...

Eresictão, diante daquela assustadora intervenção, deu um grito de terror, lançou para o alto o machado e pôs-se a correr, espavorido, juntamente com os seus homens. Chegando em seu castelo, Eresictão correu para os seus aposentos. Decidiu andar um pouco pelo quarto, para dissipar o medo. Ali vagou durante longos cinco minutos, até que uma fome repentina o obrigou a sair. Pé ante pé, Eresictão retornou ao salão. Tinha um vago receio de que algo pavoroso tivesse acontecido. Não, tudo parecia em ordem. A sua querida mesa ainda estava lá, embora terrivelmente vazia. Ainda era cedo, mas a correria e o terror adiantaram o relógio do seu estômago.

– Cozinheiros! – trovejou Eresictão.

– Pois não, senhor? – responderam os quatro cozinheiros.

– Estou morto de fome. Adiantem o almoço.

– Sim, senhor – e voltaram à cozinha.

Uma fome terrível lhe devorava as entranhas. Nunca sentira fome parecida.

– Vamos, tragam logo a comida! – rugia Eresictão, sentindo um vácuo crescer-lhe no estômago.

Imediatamente os criados surgiam com os primeiros pratos, que desapareceram em questão de minutos em sua goela voraz. Sua fome gigantesca, porém, em nada foi aplacada.

– Mais comida! – rugiu outra vez Eresictão.

Os quatro cozinheiros preparavam tudo o que enxergavam na despensa, enquanto os criados levavam para o salão imensas travessas repletas de comida. Instantes depois retornavam com elas completamente limpas.

– Mais comida! – ouvia-se, ainda.

Nada parecia bastar ao apetite bestial de Eresictão, que começava a se tornar colérico.

– O que está havendo aí dentro? – gritou, com a boca cheia. – Tragam comida de verdade!

Numa medida extremada, o chefe dos cozinheiros ordenou que o maior dos javalis fosse abatido e assado imediatamente sobre uma grande fogueira, montada às pressas no pátio. O dia fez-se noite quando a fumaça do assado levantou-se das brasas e cobriu o sol como uma imensa nuvem de incenso. Eresictão, sentado à mesa, despejou sobre ela uma cachoeira de saliva, enquanto aguardava, impaciente, o prato principal.

Dez escravos carregaram numa imensa bandeja de prata o monstro dourado e fumegante, coberto de ervas aromáticas e guarnecido por fatias de duzentos abacaxis. O maravilhoso prato chegou aos olhos de Eresictão como uma sublime oferenda de ouro. Em dez minutos a travessa retornou à cozinha contendo somente os ossos do javali, empilhados junto às suas presas.

– Mais comida! – era o refrão incessante que se ouvia no salão.

Florestas inteiras de verduras já haviam entrado para dentro do estômago do patrão; uma plantação inteira de batatas também sumiu nos abismos daquela caverna sem fundo. Sua fome colossal era acompanhada de uma terrível sede, que o obrigava a beber sem parar imensas jarras de vinho, que ele lançava, depois de esvaziadas, à cabeça confusa dos seus escravos.

– Tragam mais!

Eresictão não se levantava da mesa. Quanto mais comia, mais insistentes tornavam-se os seus pedidos. Os cozinheiros já não sabiam mais o que colocar nas panelas. Todas as aves de criação já haviam passado pelo holocausto das chamas. No terror das exigências, treze gatos, vinte cachorros e até mesmo a parelha de cavalos que puxava o carro de Eresictão foram lançados vivos na fornalha. Ele não distinguia mais nada, engolindo até os ossos.

Quando chegou a noite, Eresictão ainda estava à mesa. Seu rosto, no entanto, estava um tanto mais magro, e sua pança parecia ter recuado um pouco para dentro do manto. Por incrível que parecesse, Eresictão estava emagrecendo! Preso à mesa, o pobre homem, gordo e famélico, implorava:

– Comida, meus escravos... Pelo amor de Deus, mais comida...

A noite passou-se em comilanças. Não tendo mais, enfim, o que comer em casa, Eresictão saiu em desespero pelas estalagens, devorando tudo o que encontrava nessa selvagem expedição noturna. Quando o sol retornou, encontrou-o devorado por uma fome infinitamente maior do que aquela com a qual sentara-se pela primeira vez à mesa. Seu corpo estava debilitado. Suas faces começaram a encovar-se. Suas mandíbulas, de tanto comer, doíam a ponto de não poder mais movê-las. Suas vestes pendiam do corpo. Eresictão estava a meio caminho de se tornar um espectro de si mesmo.

Seus pais, alarmados, quiseram saber o que se passava com seu pobre filho.

– Meu filho, o que houve com você? – exclamou a mulher.

Horrorizada, ela arrancou os cabelos, tirando sangue do rosto com as unhas. Seu pai, com o passar dos dias, gastou também tudo o que tinha na vã tentativa de alimentar o seu insaciável filho. Até o touro que sua esposa engordava para sacrificar a Vesta, a deusa virgem do lar e do fogo, foi sacrificado ao altar desta horrenda fome. A miséria chega, afinal, para o desgraçado Eresictão.

O seu pai, não podendo mais fazer nada – pois tornara-se miserável, também –, abandona-o à própria sorte, reduzido à mais negra mendicância. Passava os dias sentado nas praças, recolhendo de forma vil os restos que até os cães cobertos de sarna refugam. O único consolo é ter ainda ao seu lado Metra, sua dedicada filha.

– Minha querida filha, faça-se o mais bela que puder – disse, um dia, Eresictão.

– Por que, meu pai? – indagou Metra, acariciando-lhe a face encovada.

– Vou vendê-la.

– Vender-me?

– É preciso... Eu preciso – justificou o velho, fraco e faminto.

No mesmo dia a bela e encantadora Metra foi feita escrava nas mãos de um horripilante comerciante. Depois de passar pelo suplício das carícias daquele homem abominável, Metra, à noite, remeteu a Netuno as suas mais ardentes preces, enquanto o seu odioso amo, ao lado, roncava:

– Poderoso Netuno, livra-me disto! – rogou, lançando um olhar ao seu algoz.

O deus, apiedado, decidiu atender às suas súplicas. Para tanto, converteu-a numa jumenta. Assim, enquanto seu amo ainda ressonava, Metra levantou-se do leito, firmou bem as quatro patas e, dando um grande salto, escapou pela janela. No mesmo instante correu, feliz, ao encontro de seu pai.

– Meu querido pai, voltei! – disse, lambendo a face escaveirada do seu progenitor.

– Minha adorada filha! Como estou feliz em tê-la de volta!

Depois, voltando-se para um carroceiro que passava:

– Ei, quanto quer por esta magnífica jumenta?

Um zurro de dor partiu da infeliz Metra, que foi levada embora outra vez. Mas também deste novo amo conseguiu escapar, metamorfoseada num cão e retornando novamente para os braços do pai, que a revendeu outra vez. Transformada, assim, em fonte inesgotável de recursos, a infeliz Metra percorreu toda a escala zoológica, até que um dia, metamorfoseada numa linda borboleta, desapareceu para sempre no ar.

Eresictão, perdendo sua última fonte de renda e devorado por uma fome absolutamente insuportável, decidiu tomar uma atitude que seu orgulho insensato até então impedira. Entrando naquele mesmo bosque que maculara com sua blasfêmia, pediu perdão à vingativa Ceres.

– Ceres poderosa! – começou a dizer Eresictão, com as mãos postas. – Concede-me a graça do seu perdão, ó deusa, cujos olhos brilham com graça e majestade por todo o Olimpo! Ouve-me, por piedade, ó magnífica deusa!

A deusa, no entanto, não lhe deu ouvidos. Tomado pelo desânimo, Eresictão sentou-se, derrotado, à sombra das árvores. Era noite e caía uma chuva forte, filtrada para dentro do bosque sob a forma de cordas d'água que se balançavam do alto. Os relâmpagos intensos varavam a escuridão, iluminando inteiramente o seu corpo – um esqueleto coberto apenas por uma fina camada de pele. Eresictão estava sentado, com os olhos pousados sobre o próprio pé. Vislumbrou ali uma protuberância, que sugeria a presença de um pouco de carne. Sem hesitar, arreganhou os dentes e cravou-os com força sobre o membro, arrancando-o e engolindo-o inteiro. Durante a noite inteira o ímpio Eresictão saciou-se de si mesmo, sob a luz dos relâmpagos, até que na manhã seguinte nada mais restava dele sobre a face da Terra.

FILEMON E BAUCIS

Júpiter, estando um dia ocioso no Olimpo, chamou seu filho Mercúrio e disse:

– Venha, vamos dar uma volta pelo mundo e testar a hospitalidade dos mortais.

Mercúrio, que adorava passear, concordou imediatamente. Já estava saindo junto com seu pai, quando este o deteve:

– Espere, deixe aqui as suas asas.

– Por que, meu pai? – perguntou Mercúrio.

– Não seja tonto – disse Júpiter. – Se nos apresentarmos como deuses, obviamente que seremos bem recebidos por todos.

Mercúrio concordou e, após desfazer-se de suas asas, seguiu junto com ele. Tão logo chegaram à Terra, começaram a percorrer as estradas da Frígia, como se fossem dois pobres andarilhos. Em alguns instantes estavam suados e cobertos de pó. De repente, avistaram uma bela casa de campo. Bateram à porta por um longo tempo, até que surgiu do alto de uma janela uma pequenina cabeça.

– O que querem, vagabundos? – gritou alguém, com irritação.

– Somos viajantes, bom amigo, e precisamos descansar – respondeu Mercúrio.

– Deem o fora! – disse a pessoa à janela, desaparecendo em seguida.

Os dois viajantes, desgostosos com seu primeiro insucesso, partiram sem nada dizer. Era um dia quente e úmido, e o sol estava exatamente acima de suas cabeças. Enquanto retomavam seu caminho, Mercúrio tentava acalmar a ira de seu pai, que já se preparava para lançar naquela casa um de seus terríveis e vingativos raios.

– Calma, pai! Não podemos tomar como exemplo um único caso. Tentemos aquela outra casa, lá adiante.

De fato, um pouco mais além havia uma outra casa, um pouco menor do que a anterior, mas muito bem cuidada. Os dois andarilhos chegaram à porta e outra vez prepararam-se para pedir abrigo.

– Veja, pai, parece que há aqui alguma festa – disse Mercúrio, ao escutar no interior um alarido de risos e de pratos. – Certamente que também nos convidarão para ela.

Júpiter, no entanto, tinha um ar cético.

Mercúrio, temendo o pior, antes de bater à porta passou a manga de sua túnica esfarrapada pelo rosto, a fim de melhorar o seu aspecto. Enquanto isto Júpiter já tomara a frente e esmurrava a porta. Depois de quase pô-la abaixo, viu surgir um rosto gordo e inchado.

– Pois não, senhores! – disse o homem, com um forte hálito de vinho.

– Boa tarde, meu bom homem – disse Mercúrio. – Somos viajantes, e o sol inclemente impede que prossigamos nossa jornada. Poderíamos fazer aqui nosso descanso e uma breve refeição, para que possamos renovar nossas forças?

– Desculpem-me, mas não posso recebê-los agora – disse o bêbado. – Minha filha casa hoje e estou recebendo agora os meus convidados.

Mas, tomado por um acesso brusco de generosidade, chamou a criada e disse-lhe:

– Traga um prato com alguma coisa para estes dois aí!

Depois, virando as costas, sumiu-se de novo para o interior da casa. Trinta minutos se passaram até que a criada, abrindo uma fresta mínima na porta, passou pelo vão um pequeno prato, com as sobras ajuntadas de dois ou três convidados.

– Deixem o prato aí e desapareçam – disse a criada, com uma voz áspera.

Mas, ao introduzir o prato no estreito vão, ela o inclinara de tal modo que virara no chão a metade do seu conteúdo. Cinco ossos com alguns nacos de carne era tudo o que restava da estreita generosidade daquela alegre e festiva casa. Mercúrio ainda os estudava, na esperança de encontrar algo que pudesse revelar-se como um sinal de autêntica generosidade, sem ousar erguer os olhos para seu colérico pai. Júpiter, por sua vez, depois de mirar com fúria a casa, partiu, procurando de qualquer modo controlar o seu gênio.

Já era adiantado da tarde quando chegaram, sedentos e famintos, à porta de uma terceira casa. Esta, embora modesta, parecia ainda a salvo da miséria. De dentro das suas paredes escapava o ruído contínuo e vigoroso de um sopro, como se um grande fole trabalhasse ali sem trégua. Mercúrio bateu à porta uma, duas, dez vezes. Um murmúrio fez-se ouvir de uma das janelas, ao alto. Uma sombra por detrás da cortina revelava que alguém espiava, desconfiado. De repente, porém, liberta do medo, a pessoa afastou, de par em par, os dois panos. Era uma mulher, que segurava um lençol à frente do seu torso nu.

– O que querem, mendigos? – perguntou a mulher, impaciente, enquanto ajeitava os cabelos.

Júpiter e Mercúrio entreolharam-se, em dúvida.

– Vamos lá, que tenho mais o que fazer! – exclamou a mulher, deixando cair a proteção, com um ar distraído.

Às suas costas, uma voz masculina disparou um desaforo.

– Só queremos um pouco de repouso e algum alimento! – disse Mercúrio.

– Eles querem *repouso*! – disse a mulher, virando-se para dentro, num tom de deboche.

Um homem surgiu, então, por detrás dela e disparou outro desaforo aos dois andarilhos, fechando em seguida, com estrondo, a janela. Júpiter e Mercúrio tiveram de seguir novamente o seu caminho sob o ruído estridente do fole que começara a trabalhar lá dentro, outra vez, a toda fúria.

Já estavam exaustos, quando chegaram, afinal, à frente de uma humilde choça, coberta de palha. Com receio de derrubar a frágil porta, Júpiter bateu palmas, enquanto Mercúrio, um pouco mais atrás, apenas o observava, sem acreditar em mais nada. De dentro da choupana, entretanto, surgiu o rosto enrugado de um velho.

– Bom dia, meu senhor – disse Júpiter. – Somos dois andarilhos e gostaríamos...

Antes, porém, que Júpiter concluísse, a porta foi escancarada.

– Entrem, por favor – disse o velho, dando-lhes a passagem.

Os dois, surpresos, entraram na casa. Embora já estivesse um pouco escuro ali dentro, a casa ainda não tinha iluminação alguma. Da penumbra avançou para eles uma velhinha, toda encurvada, que os cumprimentou de maneira discreta. Ele chamava-se Filemon, e ela, Baucis. Casados há muitos anos, viviam desde então naquela modesta casa, enfrentando juntos as privações naturais da pobreza. Não tinham criados nem filhos.

– Por favor, sentem-se aqui – disse Filemon, estendendo duas cadeiras aos visitantes, tomando antes o cuidado de forrá-las com um pouco de palha limpa.

Enquanto isto, Baucis tentava reavivar um resto de fogo que ainda se escondia por debaixo das cinzas. Filemon, por sua vez, arrancou alguns gravetos da cobertura da choça, retirando também dos caibros um pouco da palha que protegia a casa das constantes chuvas. Baucis dirigiu-se à horta e de lá retornou trazendo um maço de verduras e as lançou com gosto dentro de uma vasilha. Filemon pegou a faca e cortou um bom pedaço do toucinho que pendia do teto, lançando-o na sopa, indo logo em seguida conversar com seus visitantes, para que estes não se sentissem abandonados.

Baucis pegou a melhor toalha que possuíam, toda velha e cheia de furos de traças; ergueu-a para o alto duas ou três vezes, inflando-a, até que a peça desabou exaurida sobre a madeira escura da mesa, com o ânimo triste e abatido das mortalhas. A sopa, a essa altura, já estava pronta. Baucis trouxe logo para a mesa a panela de barro fumegante. Em seguida, depositou sobre a mesa um cesto contendo um pão, ainda em bom estado, e um pequeno pedaço de queijo. Para completar, o velho anfitrião retirou de seu esconderijo uma garrafa de vinho.

– Os senhores nos perdoem se não for o bastante – disse o velho, obsequioso, depositando a garrafa diante de Júpiter –, mas é a única que nos restou.

Começaram todos, assim, a se regalar como podiam com aquela prosaica refeição.

– O senhor não bebe? – disse-lhe, de modo vago, Júpiter.

O velho, afetando uma dor de lado, fez que não. No entanto, ao voltar os olhos para sua querida garrafa, percebeu que ela estava, diante de si, cheia até o gargalo, embora os visitantes estivessem com seus copos também cheios, até as bordas. Compreendendo tudo, o velho ergueu-se, assombrado:

– Júpiter todo-poderoso! – exclamou Filemon, virando-se para sua esposa. – Baucis, é o pai dos deuses quem temos diante de nós!

A pobre velha, engasgando-se, teve de ser socorrida pelo filho de Júpiter, antes de entender direito o que se passava.

– Que vergonha! – exclamava Filemon, cobrindo o rosto com as mãos. – Veja, Baucis, querida, o que temos a coragem de servir para Júpiter e seu filho...

Júpiter, entretanto, acalmou os dois velhos, dizendo-se muito satisfeito com aquela refeição. E ordenou aos amáveis anfitriões:

– Agora, levantem-se e me acompanhem.

Júpiter saiu porta afora, levando atrás de si os dois velhos, que, apoiados com dificuldade em seus cajados, procuravam acompanhar o passo firme dos dois deuses. Subiram todos à montanha vizinha e, uma vez ali, Júpiter perguntou-lhes o que mais desejavam na vida.

Depois de conversarem baixinho por um bom tempo, os dois velhinhos chegaram a um acordo.

– Queríamos a graça de não sobrevivermos um ao outro – disse Filemon.

Tão logo terminou de falar, um terrível temporal desabou sobre a campina onde ficava a humilde choça. Os dois velhos, aterrados, viram então todo o vale cobrir-se de água, fazendo desaparecer todas as outras casas onde os deuses haviam sido mal recebidos. Passaram, assim, mortos, na corrente raivosa das águas, o primeiro anfitrião, que sequer lhes ouvira o pedido, depois o velho bêbado, junto com dezenas de seus convidados, e, finalmente, o casal de amantes, abraçados em meio à correnteza.

A modesta choupana de Filemon e Baucis também parecia ruir, o que arrancou de Baucis um grito de terror:

– Filemon querido, nossa casa também se vai!

No entanto, no lugar da choupana que ruíra, colunas de mármore levantavam-se. Escorado sobre elas repousava um magnífico e solene teto de ouro. Paredes, também do mais fino mármore, fixavam-se, além de uma magnífica porta prateada, onde figuravam os mais belos baixos-relevos.

– A partir de hoje vocês serão os sacerdotes exclusivos deste templo! – disse-lhes Júpiter, retirando-se com seu filho, sob os olhos agradecidos dos velhos.

Passaram a viver ali, em meio à fartura, Filemon e Baucis, até a mais extrema velhice – pois Júpiter ainda lhes acrescentou muitos anos de vida, repletos de saúde. Mas, como tudo tem um fim para os mortais, um dia, quando ambos estavam sentados nos degraus do palácio, Baucis deu um grito:

– Filemon, o que é isto em seus pés?

Um tufo de ervas começara a surgir do velho, enquanto ele falava. O mesmo fenômeno repetia-se com a sua esposa, que já tinha as pernas inteiras recobertas de vegetação. Aos poucos seus corpos foram recobrindo-se de folhas, até que em poucos minutos viram-se ambos transformados em duas belas e imponentes árvores, de raízes e galhos entrelaçados para sempre.

O RAPTO DE EUROPA

Há muito tempo atrás, havia no reino de Tiro um rei, Agenor, cuja filha era muito bela. O nome dela era Europa, e Júpiter apaixonou-se perdidamente por sua beleza.

– Que linda mulher! – exclamava o deus dos deuses, cuidando, no entanto, para não ser ouvido por Juno, sua ciumenta esposa. – Tenho de possuí-la, a qualquer preço.

Movido por essa determinação, Júpiter decidiu utilizar-se de seu estratagema principal, ou seja, o de se metamorfosear em algum ser ou coisa. Por alguma razão, Júpiter jamais aparecia diante das suas eleitas na sua forma pessoal, preferindo assumir sempre uma outra aparência qualquer. Assim, depois de muito pensar, decidiu transformar-se num grande touro, branco como a neve. Completada a transformação, Júpiter desceu à Terra envolto numa grande nuvem.

Em uma das praias do rei de Tiro e pai de Europa, um rebanho dócil de touros pastava num relvado próximo ao mar. Sem que ninguém percebesse, uma grande nuvem foi se aproximando, até que dela desceu o grande touro, indo colocar-se em meio aos demais. Os seus novos colegas de rebanho, a princípio assustados com aquela súbita aparição, abriram um espaço assim que ele pousou sobre a grama. No entanto, como o alvo touro se mostrasse manso e dócil, teve logo sua presença admitida, sem maiores contestações.

Ali esteve misturado aos demais, contrastando em relação ao pelo escuro dos outros touros, até que de repente a bela Europa surgiu com suas amigas, rindo e cantando por entre as areias da praia. As suas companheiras eram belas, também, mas, assim como Júpiter destacava-se em seu rebanho, a filha de Agenor destacava-se em meio ao seu encantador e animado grupo. Era uma manhã luminosa, o sol brilhava sem ferir os olhos, e o céu tinha um tom manso e azulado como os olhos do touro, que observavam, atentos, a aproximação de sua amada.

– Vejam só que belo rebanho! – exclamou Europa, ao ver os bois ajuntados. – Mas o que será aquela mancha branca em meio a eles?

A jovem, destacando-se do grupo, avançou correndo, levantando a barra da sua túnica rendada, que lhe descia até um pouco abaixo dos joelhos. Quando chegou perto de Júpiter, seus seios arfavam sob a fina gaze de suas vestes. Os grandes olhos azuis do touro branco pousaram sobre a face corada de Europa, de tal modo que a moça não pôde deixar de observar o seu intenso brilho.

– Um touro branco! – disse a moça, encantada. – E que lindos olhos ele tem!

Todas as amigas ajuntaram-se em torno ao animal, que, no entanto, tinha seus grandes olhos azuis postos somente sobre a bela filha do rei. A moça, postando-se ao lado dele, começou a alisar o pelo sedoso de seu dorso branco, enquanto admirava os seus pequenos e delicados cornos, que tinham o brilho cristalino das melhores pérolas. Embora o aspecto do animal fosse suave, a sua musculatura era rija, o que Europa pôde comprovar ao alisar o seu pescoço. Alguns espasmos musculares percorriam o pelo do touro a cada vez que Europa o acariciava. De vez em quando o animal inclinava a cabeça, fazendo-a deslizar discretamente pelo flanco de Europa, erguendo com suavidade a fímbria de suas vestes. A filha de Agenor, contudo, permitia tais liberdades por julgá-las apenas um brinquedo inocente do magnífico animal.

Retirando-o do grupo, Europa levou-o para passear nas areias da praia, dando-lhe com as mãos algumas flores, que o touro comeu alegremente. Depois, ele pôs-se a correr ao redor da moça, enquanto as outras o perseguiam, fazendo-lhe festas e agrados.

Como o sol começasse a se tornar quente demais – pois era o auge do verão –, as moças, cansadas momentaneamente da brincadeira, despiram-se para dar um breve mergulho no mar. Europa, entretanto, preferiu ficar na areia, a brincar com seu touro branco. Assim, enquanto suas amigas banhavam-se, Europa colhia outras flores, compondo com elas uma bela grinalda que depositou em seguida sobre os chifres do animal. Depois, montada sobre as suas costas, foi conduzida por ele num trote manso. Enquanto o animal a levava, emitia um pequeno mugido, em sinal de orgulho e satisfação.

As amigas de Europa, entretanto, ao verem a nova diversão que a filha do rei inventara, saíram todas correndo do mar, num passo rápido que fazia balançar seus pequenos seios molhados. Júpiter, porém, ao vê-las avançarem para si, temeu que fossem desalojar Europa das suas costas. Realmente, logo uma delas tocou a cabeça do touro, com a mão coberta de sal: – Vamos, Europa, deixe-nos andar um pouco! – disse a moça, impaciente.

Júpiter, porém, aproveitando a relutância que Europa manifestava em descer, lançou-se para a frente, num salto ágil, tomando o rumo do mar.

– Ei, esperem, aonde vão?... – exclamou uma das amigas de Europa, com as mãos pousadas na cintura.

Júpiter, surdo aos gritos, arremeteu em meio às mulheres que avançavam pela água, obrigando-as a se afastarem, assustadas, para todos os lados.

– Socorro! – gritava Europa, estendendo-lhes as mãos, apavorada com o ímpeto repentino do animal.

O touro, entretanto, avançava mar adentro, deixando atrás de si as mulheres pela praia, a sacudir os braços, impotentes. Imaginando que o touro enlouquecera, temeram que tanto Europa quanto o animal terminariam afogados, logo que ultrapassassem a rebentação. Surpreendentemente, porém, o touro rompeu as ondas, lançando-se num trote ainda mais ágil do que aquele que usara nas areias fofas da praia. E assim se afastou cada vez mais da praia, enquanto Europa procurava manter-se agarrada aos chifres de seu sequestrador.

– Pare...! Para onde está me levando? – perguntava Europa, enquanto o touro permanecia firme no seu galope, saltando sobre as ondas com a mesma destreza de um golfinho.

Vendo, porém, que o animal parecia determinado a conduzi-la para algum lugar, Europa começou a clamar por socorro, invocando a proteção de Netuno:

– Ó deus dos mares, veja em que aflição me encontro! – disse a moça, recebendo em seu corpo o vento e as ondas geladas.

De repente, porém, tendo já avançado imensamente pelo oceano, o touro voltou para trás a cabeça e começou a conversar com a assustada Europa.

– Nada tema, bela Europa! – disse o animal. – Eu sou Júpiter e a levo comigo para a ilha de Creta, onde casaremos e você será honrada com uma ilustre descendência.

Europa, mais calma, manteve-se agarrada aos chifres de seu futuro marido. Dentro em pouco chegaram ambos à ilha que o deus dos deuses anunciara. Tão logo teve os pés postos sobre o chão outra vez, Europa viu o touro branco assumir a forma esplendorosa de Júpiter. Impaciente, o deus supremo carregou-a para dentro da ilha, enquanto Europa ainda tentava ensaiar alguma reação. Das núpcias deste casal surgiriam três lindos filhos, dentre os quais Minos, futuro rei de Creta.

ARGOS E IO

Amanhecia no Olimpo. Juno, a rainha dos céus, acordara há pouco e percebera que estava só em seu leito. Júpiter, seu esposo, já havia levantado.

"Por que terá levantado tão cedo?", perguntou-se Juno, algo desconfiada. Há vários dias o seu esposo vinha apresentando um comportamento estranho. "Deve estar me preparando alguma...", pensou consigo mesma.

Abrindo as cortinas de seu maravilhoso quarto, a ciumenta deusa relanceou o olhar por sobre a vastidão do mundo, até fazê-lo recair, finalmente, sobre uma imensa nuvem escura que cobria a região que cercava o rio Ínaco, na Grécia. Curiosa, Juno resolveu descer até lá para ver o que se passava. Em má hora, porém, tomara esta decisão, pois abaixo desta grande nuvem escura estava seu marido, Júpiter, fazendo amor com a ninfa Io, filha do rio. Há vários dias que o deus adquirira o hábito de dar estas ligeiras escapadas até as margens daquele rio, para desfrutar dos prazeres da nova amante. Como temesse, porém, que a sua esposa viesse um dia a descobri-los, estendera sobre o céu daquela região um imenso tapete de nuvens negras. De repente, sua bela amante, que estava deitada sobre a relva, percebeu que a nuvem se desfazia e que em meio a seus farrapos surgia a robusta e vingativa Juno.

– Júpiter, sua esposa está chegando! – exclamou, assustada, a bela ninfa, procurando cobrir-se rapidamente.

Júpiter, levantando a cabeça do peito nu de Io, voltou o olhar para o céu, enquanto passava a mão em seu manto. Imediatamente ergueu-se, com os cabelos ainda revoltos, e disse à bela amante:

– Não se assuste, Io querida, mas serei obrigado a metamorfoseá-la em algo...

Sem esperar resposta, transformou-a numa novilha.

No mesmo instante, Juno descia à Terra, pousando às margens do rio.

– O que faz aqui, parado diante desta vaca? – perguntou a deusa, irritada.

– Eu? – gaguejou Júpiter. – Bem, eu estava passeando por esta bela região quando vi pastando mansamente, às margens deste belo rio, esta encantadora novilha. Achei-a tão linda que fiquei observando-a um pouco.

Juno, fingindo acreditar nesta desculpa indigna de um deus, acercou-se da novilha, como se fascinada com a beleza do animal:

– É, de fato, uma bela novilha – disse, alisando o pelo sedoso e macio.

Estudou o animal durante um tempo, enquanto Júpiter a observava, temeroso.

– Realmente magnífica – disse a deusa, por fim. – Dê-a para mim, querido Júpiter!

O pai dos deuses não sabia o que dizer, diante do inesperado pedido. Como negar o presente, sem atiçar de modo definitivo as suspeitas da esposa? Viu-se obrigado a ceder o animal a Juno, e assim foram embora, a novilha sendo puxada pelos cornos pela satisfeita deusa, que parecia muito feliz com o presente.

Tão logo chegaram ao Olimpo, Juno chamou o seu fiel criado Argos:

– Argos, tenho uma tarefa para você – disse, de modo imperioso.

– Pois não, rainha das deusas – disse a estranha criatura, que possuía cem olhos.

– Está vendo esta novilha? – perguntou Juno, apontando para Io disfarçada.

– Sim, poderosa Juno, meus cem olhos não poderiam deixar de admirar tão belo animal.

– Silêncio! – disse a deusa, com rispidez. – Quero apenas que a leve para um local afastado, mantendo-a sob a mais estrita vigilância.

Argos obedeceu, retirando-se logo em seguida juntamente com a infeliz Io. A pobre ninfa derramava escondida grossas lágrimas de pesar, enquanto era carregada pelo horrendo criado para um vale deserto. Uma vez ali, Argos soltou-a, sentando-se numa alta pedra, de onde podia observar toda a região.

Assim, fosse dia ou noite, a atenta criatura jamais despregava sua multidão de olhos da infeliz Io. Nem para dormir o gigante deixava de vigiá-la, pois jamais fechava mais de dois olhos durante o seu sono desperto. Desta maneira viveu Io durante muito tempo, lamentando a sua sorte: "Jamais me livrarei da vigília deste maldito monstro", ponderava a pobre Io, enquanto arrancava do solo os horríveis tufos de grama, que engolia sem mastigar.

Júpiter, saudoso dos prazeres de sua adorável Io, foi disfarçadamente até os estábulos do Olimpo e lá ficou sabendo do ardil da esposa. Indignado, mandou chamar imediatamente o seu fiel Mercúrio.

– Tenho uma sigilosa missão para você – disse o deus dos deuses para o filho. – Quero que você descubra onde está a minha adorada Io e a traga de volta. Mas antes deverá matar Argos, o gigante que a mantém prisioneira.

– Assim o farei – disse Mercúrio, disposto a dar cumprimento às ordens.

Disfarçou-se em pastor, escondendo as asas num manto que o envolvia por inteiro. Levava consigo o caduceu, bastão de ouro capaz de fazer adormecer qualquer ser vivente.

Em um instante Mercúrio percorria velozmente todos os vales e pastos da Grécia, tentando descobrir onde estava o esconderijo de Io. Sobrevoava uma certa região quando finalmente a avistou. Tomando o aspecto de um pastor, juntou algumas ovelhas e desceu à Terra. Foi se aproximando, lentamente, com um ar distraído, enquanto tocava sua flauta de Pã.

– Que instrumento maravilhoso é este? – perguntou Argos, tão logo percebeu a chegada do forasteiro. – Aproxime-se, jovem pastor, e toque um pouco mais!

– Lindo dia, não? – foi dizendo de modo jovial o pastor, fingindo não perceber a novilha, já que Argos permanecia com seus outros noventa e nove olhos postos sobre ela. – Esta é minha flauta, e com ela procuro distrair o tédio durante minhas caminhadas – disse, chamando a atenção do segundo olho do monstro.

"Onde arrumarei mais noventa e oito novas distrações?", pensou Mercúrio.

– Esta bela flauta que você está vendo foi criada pelo deus Pã – continuou a dizer o filho de Júpiter. – Existe, a propósito, uma lenda interessante que descreve a sua invenção.

– É mesmo? – disse Argos, que adorava lendas.

– É uma bela história, na verdade! – acrescentou Mercúrio e em seguida começou a narrá-la, tornando-a aborrecida na tentativa de adormecer o monstro. *Haveis de saber, ó vós que me ouvis, que em eras mais recuadas os mais encantadores e majestosos bosques de toda a Grécia foram brindados com o surgimento de uma esplendorosa ninfa. Seu nome era Sirinx, cujos lábios carmesins tinham o odor das açucenas e o tom escarlate das cerejas...*

Ele contou, naquele mesmo estilo enfadonho, que a bela ninfa jurara jamais se entregar a homem algum, sendo devota fiel de Diana, a deusa da caça e das matas, protetora da virgindade. Um belo dia o deus Pã, passando por uma vereda do bosque, avistou-a voltando da sua caçada e apaixonou-se perdidamente. Saiu correndo em seu encalço, mas a ninfa fugiu a toda pressa por entre as árvores do bosque, até chegar à margem do rio. Ali o impaciente Pã, num salto ágil de seus pés de bode, conseguiu agarrá-la pela cintura. Apavorada, Sirinx pediu o auxílio de suas amigas ninfas, que imediatamente a tiraram das mãos do sátiro, deixando em seu lugar apenas um feixe de juncos. O pobre Pã, desconsolado, deixara-se cair ao chão, segurando o seu miserável prêmio. No entanto, ao dar um suspiro, seu sopro passou por entre as varetas, produzindo um som melodioso, que encantou o infeliz amante. Tomou alguns dos juncos, de tamanhos desiguais e, colocando-os lado a lado, criou um novo instrumento, conhecido por "flauta de pã", que o consolou da perda que sofrera.

Mal Mercúrio terminou de contar essa história e o seu adversário já havia adormecido. Assim que ele percebeu que todos os olhos de Argos estavam cerrados, tomou sua varinha mágica e redobrou de intensidade o sono do inimigo. Depois, puxando da sacola uma grande espada, aproximou-se da presa fácil e desceu a lâmina sobre o pescoço do pobre Argos, decepando sua cabeça, que rolou pelo chão com seus cem olhos arregalados de espanto.

Retirando Io daquele lugar maldito, disse-lhe:

– Pronto, agora já está livre!

Juno, ao descobrir o horrível fim que tivera Argos, encheu-se de tristeza. Depois, recolhendo os cem olhos do monstro, colocou-os na cauda de seu pavão de estimação, homenageando desta forma o seu desastrado e infeliz servidor. Mas ela, que não era mulher de lamentações, decidiu ainda se vingar da causadora daquela tragédia. Para tanto convocou ao seu palácio uma das Fúrias, as deusas do ódio, da vingança e da justiça, nascidas do sangue de Urano quando este fora mutilado.

A deusa dos castigos apresentou-se imediatamente.

– Quero que você atormente esta desgraçada, perseguindo-a até os confins da Terra! – ordenou Juno, tomada pela cólera.

A Fúria, tomando a forma de uma gigantesca mosca, saiu pelos ares em busca de Io, que ainda estava metamorfoseada numa novilha. Tão logo a avistou, voou até ela cobrindo-a de picadas. Io, apavorada, disparou numa correria louca pelo mundo, levando sempre atrás de si o terrível inseto. Fugiu, atravessando vários países, até chegar às margens do Nilo, onde tombou, enfraquecida pela fadiga. Júpiter, sabedor de mais este ato de crueldade da incansável esposa, decidiu pedir perdão a ela, prometendo que jamais tornaria a procurar a bela Io, desde que Juno cessasse de atormentá-la e lhe devolvesse a sua antiga forma.

Juno aceitou a proposta, e assim, Io, enquanto se recuperava do cansaço, ainda às margens do Nilo, percebeu que retomava, aos poucos, seu antigo aspecto. Seu rosto lentamente diminuía de tamanho, enquanto seus chifres recuavam para dar lugar outra vez a seus negros e sedosos cabelos. As patas dianteiras foram ganhando novamente o formato de seus antigos braços, enquanto os cascos retornavam à condição de mãos. Tão logo retomou a sua esbelta forma, passou a viver no seu novo país, onde se tornou uma deusa muito venerada.

O JAVALI DE CALIDON

Sete dias haviam passado desde o nascimento do pequeno Meleagro. Sua mãe, Alteia, recuperava-se do parto. Alteia era casada com Enéas, o rei de Calidon, que estava muito feliz com o nascimento do filho. A noite já caíra sobre o palácio, quando a jovem mãe recebeu a visita inesperada das Parcas, as deusas que presidem o destino. Eram três irmãs e andavam sempre juntas. Sua ocupação incessante era fiar e desfiar o destino dos mortais.

– Rainha, viemos até aqui para lhe dar um trágico aviso – disse Cloto, uma das Parcas, sem desviar os olhos do seu trabalho de tecelã.

Alteia ergueu a cabeça do encosto de seu divã, encarando-as, assustada.

– Um trágico aviso? – disse ela, voltando-se imediatamente para o berço, onde seu filho dormia sossegadamente.

– É exatamente sobre este inocente – disse a outra Parca, que se chamava Laquesis e cuja atribuição era marcar o número exato dos dias de vida que cabem a cada mortal.

– Não...! – exclamou a rainha, lançando-se aos pés do berço.

– Veja aquele tição que arde na lareira – disse Átropos, a terceira Parca, responsável por cortar o fio da vida humana, quando ela chega ao seu final. – O tempo de vida de seu filho não será mais longo do que o tempo que aquele tição levará para arder até o fim!

Alteia, apavorada, lançou-se até a lareira. De joelhos, diante das chamas, introduziu a trêmula mão dentro das brasas, tirando dali o tição fatal. Em seguida, apagou-o nas dobras de suas vestes. Quando se voltou, porém, as três mensageiras já haviam desaparecido. Imediatamente correu para o quarto e guardou o tição apagado, com todo o cuidado, no seu baú mais secreto.

Muitos anos se passaram. Meleagro teve uma infância feliz e cresceu até tornar-se um jovem robusto e saudável. Um dia estava conversando com seu pai, Enéas, quando um escravo surgiu correndo, trazendo uma assustadora notícia.

– Meu rei, um monstruoso javali está devastando todo o reino! – disse, com os olhos esgazeados e as mãos postas na cabeça.

Meleagro ficou perplexo. Seu pai, no entanto, desconfiava já da razão daquela terrível praga.

– Acho que sei o que é, meu filho – disse o rei, um tanto vexado. – Deve ser um castigo de Diana, a cujo sacrifício faltei alguns dias atrás.

De fato, a deusa dos caçadores estava encolerizada com o rei de Calidon e por esta razão mandara o terrível javali para devastar, sem piedade, todas as plantações e rebanhos que encontrasse pela frente. Tão grande era a fúria do animal, que os campos ficavam desertos depois da sua terrível aparição. O monstro já despedaçara diversos aldeões, invadindo até mesmo as casas para matar e comer o restante de seus habitantes. Todo dia chegavam às portas da cidade imensos contingentes de camponeses feridos em busca de refúgio.

Meleagro logo se prontificou a enfrentar a fera.

– Deixe comigo, meu pai! – disse, feliz com a oportunidade de exercitar a sua juventude e valentia.

– Cuidado, meu filho – advertiu o pai, que temia, na verdade, mais a fúria da deusa do que a do próprio animal.

– Não se preocupe. Reunirei os melhores homens deste reino e juntos daremos caça ao monstro, até exterminá-lo.

Empolgado, o jovem retirou-se a toda pressa, subindo em seu cavalo para reunir seus companheiros de caçada. No mesmo dia estavam já todos à beira do campo, prontos para partir. Enéas, no entanto, aconselhou Meleagro a refrear o seu ímpeto e a partir somente na manhã seguinte, pois seria suicídio enfrentar a fera durante a noite.

Impacientes, os caçadores montaram um acampamento na saída da cidade, sem voltar às suas casas, tal a ânsia de darem caça ao temível javali. Entre eles havia personalidades famosas, como os irmãos Castor e Pólux, Jasão, Teseu, entre muitos outros. Também unidos ao grupo estavam dois tios de Meleagro, irmãos de sua mãe Alteia.

Misturada ao grupo havia, ainda, uma mulher. Seu nome era Atalanta, uma bela jovem, filha do rei da Arcádia. A bela moça trajava-se como uma amazona, com um dos peitos a descoberto, como é hábito naquelas valentes guerreiras. Meleagro, tão logo a viu, apaixonou-se perdidamente. Durante toda a noite tentou se aproximar dela, mas era sempre interrompido por alguém, de modo que teve de aguardar o outro dia para declarar-se.

Quando o primeiro raio do sol surgiu no horizonte, já estavam todos em pé, tendo feito o desjejum sob a pálida luz da aurora. Atalanta estava a um canto, prendendo os cabelos com uma tiara, a fim de não ter a visão prejudicada. Antes que Meleagro pudesse conversar com ela, a jovem montou agilmente sobre o dorso de seu cavalo, deixando à mostra suas coxas bronzeadas e firmes, cobertas por uma fina penugem dourada. O cavalo branco abriu os grandes dentes, mastigando o freio, enquanto Atalanta o conduzia para junto dos homens, que faziam retinir suas lanças e seus arcos em meio à semiescuridão.

– Companheiros, é chegada a hora de enfrentarmos a fera! – gritou Meleagro, lançando um último olhar sobre Atalanta, que lhe devolveu um olhar intrigado. – Adiante, caçadores! – disse, esporeando sua montaria.

O ruído intenso do galope das montarias feriu a manhã, como se um trovão partido do próprio solo se erguesse até as nuvens, levantando dos galhos das árvores uma multidão de aves assustadas. Durante o trajeto, mata adentro, os caçadores cruzaram com diversos cadáveres de animais mortos, todos esquartejados. Mais adiante encontraram um boi partido ao meio, cuja cabeça pendia de um galho, como se a fera já soubesse da vinda dos caçadores e os aguardasse com aquele troféu macabro.

– Atenção, todos! – exclamou Meleagro, fazendo sinal para que suspendessem o galope – Creio que encontramos o covil da fera.

De fato, uma trilha de sangue conduzia para a entrada de uma gruta escura, que parecia ter sido aberta há pouco pelas presas imensas do animal. Um dos guerreiros desmontou e foi investigar a entrada.

– Cuidado, vá com calma... – disse Teseu, que estava próximo.

O bosque inteiro estava coberto de redes para apanhar o animal. Logo na saída da gruta estava montada a principal delas – uma grande tela de tecido reforçado, na qual o animal acuado acabaria, fatalmente, por se enredar, tão logo enveredasse para aquele lado. O caçador aproximou-se ainda mais da entrada da gruta com uma tocha. Estavam todos esperando a saída do monstro quando, vindo por trás das costas de todos, o javali monstruoso surgiu, sem que ninguém o percebesse. Meleagro sentiu roçar-lhe nas pernas as cerdas eriçadas do javali, que num salto lançou-se às costas de um infeliz caçador, empurrando-o para dentro da gruta. Um horrível grito partiu de dentro da caverna, enquanto todos se acercavam de sua entrada, de lanças em punho. Teseu, desmontando, já ia entrando na gruta, quando o corpo do caçador foi arremessado para fora da caverna, em pedaços.

– Maldito assassino! – gritou Meleagro.

Atalanta, um pouco mais atrás, adiantou a sua montaria, colocando-se também na linha de frente, à espera da saída da fera. Os cães pulavam ao redor, esganiçando-se, quando o gigantesco javali surgiu finalmente da boca escura da caverna, num segundo arremesso que encheu a todos de assombro. O animal parecia ter asas. Mas foi somente quando ele se enredou nas malhas da rede que o aguardava na entrada de uma clareira que todos puderam avaliar o seu real tamanho. De fato, a sua estatura excedia a de qualquer outro javali jamais visto. Seus olhos despediam fogo, e uma baba leitosa pendia, espumante, de suas gigantescas presas, ainda vermelhas de sangue. Durou pouco, porém, a sua prisão, pois, debatendo-se com fúria sob as cordas, em poucos segundos as fez em pedaços, como se estivesse envolto por uma simples teia de aranha, arrancando pelas raízes as duas árvores que sustentavam a rede. Com outro rugido bestial – que pareceu a todos uma risada monstruosa – a fera arremessou-se para dentro da mata, metendo-se por entre os troncos grossos das árvores, enquanto ia limpando o terreno com suas presas, diante das quais nada resistia.

– Atrás dele! – rugiu Meleagro.

Um novo estrondo de cascos ressoou por toda a floresta. Os cavalos, relinchando, lançaram-se num galope cego em meio às árvores, enquanto os cães iam à frente, de dentes arreganhados, parecendo disputar o privilégio de cravar por primeiro os dentes no flanco do animal. Meleagro passou com sua montaria na dianteira, mas logo viu que o cavalo branco de Atalanta lhe ultrapassava. A guerreira mantinha as rédeas presas com duas voltas em sua mão direita e com a esquerda empunhava a lança. Logo atrás, os demais caçadores avançavam num estrépito de gritos e armas que fazia eco por todo o bosque. As árvores passavam numa velocidade vertiginosa. Já podiam divisar agora o javali, que tinha no seu encalço um dos cães. Mas, desejando livrar-se do cão, que já o mordera duas vezes, o javali deu uma cambalhota e foi parar um pouco mais adiante, de frente para seus perseguidores. O cão, surpreendido por aquela inesperada ofensiva, travou, a princípio, o passo. Em seguida avançou novamente, pronto para o corpo a corpo inevitável. Infelizmente para ele, o combate era demasiado desigual. O javali, pelo menos sete ou oito vezes maior do que o valente cão, atracou-se com o seu agressor, deixando as presas de lado e cravando os dentes na cabeça do cachorro. Ouviu-se um ganido rápido e terrível, e logo o cadáver do cachorro era lançado ao chão, numa poça de sangue.

Assim que terminou de matar o inimigo, o javali deu as costas outra vez aos seus perseguidores.

– Vamos lá! O maldito demônio está entrando naquela clareira! – berrou Meleagro. – Ali teremos espaço bastante para abatê-lo!

As rédeas foram guiadas naquela direção, e logo todos os cavalos entravam no campo aberto, que mediava entre um bosque e o outro. As flechas partiam silvando dos arcos, passando como raios prateados sobre a cabeça dos cavaleiros que iam à frente. A pele do animal, entretanto, era muito grossa, e suas cerdas atuavam como um escudo, fazendo com que somente algumas lhe penetrassem os flancos, o que não parecia lhe causar a menor dor, eletrizado que estava pela volúpia da fuga, que somente os animais verdadeiramente acuados conhecem.

Aos poucos, porém, o javali parecia perder o fôlego, deixando que os cavaleiros emparelhassem com ele. De fato, Meleagro já tinha a cabeça do animal quase ao alcance de sua lança. Mas a fera era esperta o bastante para desviar-se dos seus golpes. Em meio à correria, as patas de um dos cavalos ficaram ao alcance das suas poderosas presas. O animal não desperdiçou a ocasião: mesmo na corrida, levantou o cavalo com um movimento extraordinariamente violento da cabeça, fazendo com que tanto o cavalo quanto o cavaleiro fossem arremessados para o ar, indo cair sobre os outros que vinham logo atrás. Atalanta, pressentindo uma sombra que descia do alto, ainda conseguiu, abaixando a cabeça, escapar do dorso do cavalo, que lhe passou rente aos cabelos. Uma seta disparada direto no olho do javali pela valente caçadora arrancou, finalmente, um urro de dor do animal.

Pela primeira vez o sangue espesso do monstro vertia em ondas pela campina.

– Bravo! – gritou Meleagro, lisonjeando a amada.

Atalanta, vermelha do esforço, prosseguiu, deixando escapar um discreto sorriso de satisfação.

O javali, cego pelo próprio sangue e sentindo o seu fim próximo, decidiu parar e enfrentar os agressores, num combate suicida. Um dos cães arrancou-lhe uma das orelhas com uma dentada certeira, enquanto outro cravou os dentes em seu focinho, o que o fez urrar de dor e pisotear o agressor até a morte. Mas logo Meleagro aproximou-se e, procurando com calma enquanto os demais o atacavam às cegas, enxergou um espaço desprotegido no flanco do javali. Inclinando-se até sentir o cheiro do suor e do sangue do animal, Meleagro enterrou ali a sua lança, com toda a força de que era capaz. Porém o fez com tal vigor e determinação que sua mão raspou nas cerdas do javali, deixando ali raspas da sua pele.

O javali tombou mortalmente ferido, escarvando o chão com as patas. Os demais caçadores caíram em seguida sobre a presa, terminando de abatê-la. Atalanta tinha o seio descoberto rijo e lustroso de suor. Meleagro, aproveitando o entusiasmo, uniu seu corpo ao dela, ainda em cima dos cavalos, num abraço audacioso e imprevisto, que a deixou confusa, sem saber se o repelia ou se o estreitava ainda mais. Meleagro, num pulo, sacou a espada, arrancou a pele do animal, bem como a enorme cabeça, e as ofereceu à sua amada, como prêmio pela vitória.

Os tios de Meleagro, no entanto, levantaram-se, indignados com aquela audácia:

– Cale-se, Meleagro! – gritou enfurecido um deles. – Troféus não são para mulheres!

Descendo do cavalo, o homem arrancou brutalmente das mãos de Atalanta o precioso troféu, num gesto que acendeu a ira do sobrinho. Instantaneamente, Meleagro, cego pela fúria, enterrou no peito do tio o aço inteiro da espada, fazendo o mesmo com o outro tio, que tentava impedi-lo. Enquanto isso, na cidade a notícia da vitória já chegara. Alteia, mãe de Meleagro, dirigiu-se ao templo para agradecer pela vitória do filho. No caminho, porém, cruzou com os corpos de seus dois irmãos. Espantada com a notícia de que Meleagro os havia abatido, Alteia, enfurecida, correu de volta para casa. Recolhida no seu quarto, viu a lareira acesa e imediatamente lembrou-se da profecia das Parcas. Num gesto de desespero, abriu o baú secreto onde mantinha guardado o tição fatal. Tendo nas mãos trêmulas o pedaço de madeira semicarbonizado, levou-o até as chamas.

– Filho perverso, assassino de seu próprio sangue! – gritava, descabelando-se.

Consumida pela dúvida, porém, hesitou ainda quatro vezes antes de lançar o tição às chamas. Mas finalmente o jogou no fogo.

– Que pague por seu crime, mesmo sendo meu próprio filho! – exclamou Alteia.

Enquanto tentava convencer a si mesma da justiça de seu ato, as chamas devoraram o tição. Meleagro, longe dali, agonizou sob a dor terrível das chamas, sem saber que sua própria mãe era a causadora de sua morte. Atalanta, segurando-o em seus braços, recebeu na face o último e ardente suspiro do filho de Alteia.

A notícia da morte de Meleagro correu como o vento por todo o reino. Tomada pelo remorso, com o semblante alterado, Alteia correu para seus aposentos e enterrou uma longa adaga no coração. Antes mesmo de expirar, Alteia já estava morta.

O TOQUE DE MIDAS

— Alguém viu por aí aquele bêbado do Sileno? – perguntou Baco, sem receber resposta.

Sileno, preceptor de Baco, não passava um dia sem aprontar alguma. Sempre embriagado e montado no seu burrico, vagava o dia inteiro, sem rumo certo, até ser encontrado dias depois, caído pelos caminhos, a dormir o pesado sono dos bêbados.

Desta vez não foi diferente. Tonto pela bebida, Sileno enveredara por uma estrada diferente, esfalfando seu burrico, até chegar ao reino do poderoso Midas. Internando-se num bosque, encontrara logo uma árvore e ajeitara-se sob a sua sombra, para pôr o sono em dia. Alguns camponeses que passavam por ali logo o reconheceram.

– Vejam, aquele não é Sileno, pai adotivo de Baco? – disse um deles.

Os outros, parando em frente ao dorminhoco, logo o reconheceram como tal. Os camponeses colocaram-no ainda adormecido sob as ancas do seu burro e levaram-no até o palácio de Midas.

– Ora, se não é Sileno, pai de meu grande amigo Baco! – exclamou Midas, ao ver entrar em seu salão o velho bêbado, que já andava por suas próprias pernas. Midas gostava do alarido divertido que o velho gorducho promovia durante suas bebedeiras; por isto, resolveu fazer dele seu hóspede por algum tempo. Durante dez dias o velho bêbado alegrou a corte do rei, até que no décimo primeiro dia Midas levou-o de volta ao seu filho adotivo.

Baco, após dar uma descompostura no velho, agradeceu a Midas pelo grande favor que lhe prestara.

– Pode escolher, caro amigo, a recompensa que quiser – disse-lhe Baco, num ímpeto de generosidade.

– Qualquer coisa?... – perguntou Midas, surpreso. – Qualquer coisa *mesmo*?

– Sim, claro, vamos lá, diga o que quer! – exclamou Baco, disposto a tudo.

Midas parou um pouco para pensar. Milhares de coisas valiosas passavam por sua cabeça – coroas, troféus, estátuas, joias –, sempre douradas e resplandecentes. De repente, teve uma brilhante ideia. Ou antes, uma *dourada* ideia:

– Quero que tudo o que eu toque vire ouro.

Baco, que havia prometido atender ao pedido, qualquer que fosse, tentou, no entanto, tirar essa ideia da cabeça de Midas:

– Meu amigo, acho que esta não é uma boa escolha – disse o deus, pousando amigavelmente a mão sobre o ombro do visitante.

Este, no entanto, surdo a qualquer razão, queria a todo custo que seu amigo cumprisse a promessa.

– Você disse *qualquer* coisa.

– Quer isto mesmo?

– Sim, claro, vamos! – disse Midas, impacientando-se.

Baco cedeu finalmente e, por meio de um passe mágico de mãos, conferiu ao angustiado Midas o poder de transformar tudo o que tocasse em puríssimo ouro.

– Obrigado mesmo! – exclamou Midas, aproximando-se para dar um abraço em Baco.

O deus, no entanto, esquivou-se num movimento rápido e afastou-se dando-lhe adeus.

Para testar o seu novo poder, Midas estendeu uma das mãos para um galho seco que pendia de uma velha árvore.

– Vamos ver... – murmurou, numa expectativa ansiosa.

Nem bem tocou no galho, no entanto, a casca começou a se esfarelar, surgindo por baixo uma cor dourada.

– Funciona! funciona! – gritava pelas veredas do bosque o rei, sapateando de euforia. – Serei o rei mais rico do mundo!

Seguiu assim, saltitando e tocando em tudo o que via: tocou numa pedra e ela virou uma grande pepita de ouro; arrancou uma maçã de uma árvore e ela ganhou a cor dourada e pesou na suas mãos; achou uma velha fivela de metal e viu-a logo resplandecer diante de seus olhos.

Midas chegou em casa com os bolsos abarrotados de insetos, galhinhos, folhas e pedras de ouro – pois não quis deixá-las espalhadas pelo caminho, incerto ainda da duração do seu novo e maravilhoso poder.

– A rainha já chegou? – perguntou, assim que entrou no palácio.

Os criados responderam que não, ela ainda não havia chegado.

"Onde andará essa mulher?", pensou, impaciente para lhe contar a novidade.

Midas sentou-se à mesa, para almoçar. Já passava de meio-dia, e a caminhada havia aberto seu apetite. Logo as baixelas de prata foram surgindo nos braços dos escravos. Um criado destapou a primeira, da qual se levantou uma nuvem branca e cheirosa. Os olhos do faminto Midas lutavam por devassar a nuvem e descobrir o que o aguardava.

– Pernil de carneiro com amêndoas e tâmaras! – exclamou, deliciado.

Parecia até que o cozinheiro havia adivinhado que aquela era uma data especial. Outros pratos foram sendo colocados na mesa, cada qual mais apetitoso que o outro. Midas pegou o garfo – um magnífico talher de prata que se converteu imediatamente em puríssimo ouro. Tão logo levou a primeira porção à boca, percebeu que mastigava as mais duras amêndoas da sua vida.

Levou a mão à boca, dela retirou alguns pedacinhos e viu que tinha entre os dedos três ou quatro pecinhas de ouro, minúsculas como pingentes.

Midas colocou o ouro de lado e decidiu atacar o assado. Como fosse guloso, arrancou um pedaço do pernil com as próprias mãos e meteu-lhe os dentes com todo o gosto. No mesmo instante, sentiu na boca a mesma sensação de haver mordido uma chapa de ferro. O seu canino estalou e Midas esfregou-o com o dedo, gemendo de dor. No mesmo instante, não só este dente como todos os demais transformaram-se em luzentes dentes dourados.

Lançando longe o pernil, Midas avistou um pêssego numa bandeja. Agoniado, agarrou-o num ímpeto voraz, apenas para perceber que tinha agora um pêssego de ouro maciço entre os dedos, lindo de ver, mas impossível de comer.

Neste momento a bela rainha entrou pela porta do salão. Estava linda como sempre, os cabelos molhados caídos de modo displicente sobre os ombros.

– Querida, tenho uma grande notícia! – disse Midas, lançando-se feliz em direção à esposa. – Você está diante do rei mais rico e poderoso da Terra! – exclamou, vermelho de satisfação.

– O que houve com os seus dentes? – perguntou a rainha, ofuscada pelo novo sorriso do rei.

– Vamos, me dê logo um abraço! – pediu o rei, eufórico.

A rainha, sem desconfiar de nada, deixou que o rei a envolvesse nos braços.

– Ricos, ricos, eternamente ricos! – gritava ele.

De repente, porém, sentiu que os membros da esposa enrijeciam-se. O rosto dela, colado ao seu, tornara-se repentinamente gelado, enquanto seus ombros haviam ficado dourados.

– Não! – gritou Midas, dando-se conta outra vez da sua horrível situação. – Rainha querida, o que houve com você?

Ali estava sua esposa, transformada numa estátua imóvel e dourada. Durante alguns minutos Midas esteve também paralisado, só que de espanto. Um ruído sibilino acordou-o de seu horrendo devaneio. Sobre a mesa, Mimeus, seu gato de estimação, o encarava, arregalando os grandes olhos de pupilas horizontais. Cercado de alimentos dourados, inúteis para ele, o gato parecia cobrar com seu miado estridente uma solução, o que encheu o coração de ouro do rei de um ódio assassino.

– Gato maldito, desapareça já da minha frente! – disse Midas, pulando na direção do gato, decidido a estrangulá-lo.

Errou, no entanto, o alvo, conseguindo agarrar apenas a cauda de Mimeus, que se transformou instantaneamente em ouro. O gato voltou-se para trás e, ao perceber aquela surpreendente transformação no seu traseiro, arreganhou os dentes e sumiu porta afora.

Mas a porta já se abria outra vez: era o cunhado do rei.

"Vem pedir dinheiro outra vez, o desgraçado!", pensou Midas com fúria. "Não adiantou fazê-lo ministro!"

– Quanto é desta vez? – rugiu, indo direto ao assunto.

O cunhado, aliviado por poder dispensar os preâmbulos, respondeu com um sorriso mais amarelo que o do dono da casa:

– Bem, quinhentas moedas está bom...
– Venha cá – disse Midas. – Antes, me dê um abraço.

E agarrou o infeliz pelos ombros, enquanto aguardava o resultado.

– Pronto, agora vai chegar para o resto da vida – rugiu, ao ver o cunhado virado em ouro.

O cunhado e ministro, encantado com a transformação, saiu correndo porta afora, disposto a vender-se inteiro ao primeiro que passasse. Toda aquela agitação, entretanto, provocou uma sede terrível em Midas, que agarrou uma jarra cheia de vinho e a emborcou. No mesmo instante, sentiu que um líquido espesso e ardente lhe descia pela traqueia até cair no estômago como chumbo derretido. Aterrado, espiou para dentro da jarra e viu no fundo um restinho do ouro liquefeito que acabara de ingerir.

Tomado definitivamente pelo pavor, Midas caiu de joelhos, levantando para o alto as suas douradas mãos.

– Baco, salve-me! – implorava.

Tanto gritou o desgraçado que o deus acabou penalizado.
– Eu não o avisei? – perguntou Baco.
– Me tire desta situação, pelo amor de Zeus!
– Está bem, se acalme, vou ver o que posso fazer.

Baco disse então a Midas que fosse até o rio Pactolo e procurasse a sua nascente. Uma vez encontrando-a, deveria mergulhar a cabeça nas águas, o que seria suficiente para fazê-lo voltar à normalidade. Midas, sem esperar mais, lançou-se porta afora. Após atravessar os campos, encontrou a nascente do rio e nela mergulhou a cabeça. No mesmo instante, as areias do rio ficaram douradas e os peixes tomaram a cor do sol, deixando-o livre para sempre da maldição.

Depois dessa cruel experiência, Midas tomou-se de tal nojo pelo ouro e pelas riquezas que decidiu morar no mato, abandonando todas as suas riquezas e indo viver na companhia de Pã, o deus dos bosques.

ALCESTE E ADMETO

Admeto, rei da Tessália, conseguira o que parecia impossível: a mão da bela Alceste, filha de Pélias. Após se apresentar diante dela num carro puxado por leões e javalis – extravagante condição imposta por Pélias para ceder a mão da filha –, Admeto tornara-se o mais feliz dos homens. Estava, agora, casado com uma linda mulher, vivia num belo palácio e tinha adoráveis filhos.

Um dia, porém, as coisas mudaram. Admeto adoeceu repentinamente. Uma doença que médico algum soube diagnosticar o lançou ao leito, de tal modo que ninguém esperava vê-lo erguer-se outra vez. Admeto estava entre a vida e a morte quando viu entrar pela porta, num dia chuvoso, as três Parcas – as deusas da morte, que comandam o destino dos homens.

– O que querem aqui? – perguntou, pressentindo algo ruim.

– Você – respondeu uma delas.

Admeto, assustado, cobriu a cabeça com o lençol:

– Por que querem me levar tão cedo? – indagou o doente, com a voz estrangulada pelo medo. – Vejam, sou moço, meus filhos são pequenos, e tenho ainda um reino inteiro para herdar.

Súplicas e lágrimas, porém, jamais comoveram as três soturnas mensageiras da Morte. Átropos, uma das Parcas, puxou do seio o novelo que marcava os dias de vida que ainda restavam para Admeto. Havia nele somente um restinho de fio.

– Eis o pequeno fio de vida que ainda lhe resta – disse a Parca, empunhando já a sua enorme tesoura, pronta para cortá-lo.

Admeto, aterrado, reuniu suas últimas forças e lançou-se de joelhos diante das três irmãs fatais:

– Por favor, por tudo o que é mais sagrado, deixem-me continuar a viver.

Apolo, o deus predileto de Admeto, assistia à dor de seu devoto e decidiu interceder a seu favor diante das implacáveis irmãs, conseguindo que elas desistissem de seu objetivo mediante um compromisso.

– Alegre-se, Admeto, pois você não morrerá mais! – disse-lhe Apolo.

O pobre moribundo, ao receber a notícia, quase morreu outra vez, só que de alegria.

– No entanto, Admeto, há uma condição para que você retorne ao convívio dos vivos... – disse-lhe Apolo, com ar sério.

– Sim, claro! – disse Admeto, pulando da cama e tornando a vestir suas roupas, enquanto assobiava uma alegre melodia.

– Alguém terá de morrer em seu lugar.

– Como?

– É exatamente o que você acabou de escutar. Escolha alguém para morrer em seu lugar.

"Sim, muito justo." Alguém morreria em seu lugar, pensou Admeto. Não seria, afinal, coisa muito difícil encontrar alguém que se dispusesse a tomar o seu lugar na barca de Caronte. Para que serviria, então, a sua imensa legião de escravos e aduladores?

– Você tem uma semana para arrumar um substituto – disse o deus e se retirou em seguida.

Admeto, decidido a resolver logo aquela importantíssima questão, envolveu-se no seu manto impermeável e ganhou a rua, disposto a arranjar logo o tal substituto para a indesejável viagem. Foi direto à casa de seu melhor amigo, a quem favorecera desde garoto. Graças a isto, ele era hoje um dos personagens mais importantes da corte.

– Meu querido! – disse o amigo, ao ver chegar Admeto, todo molhado da chuva. – Venha, sente-se ao pé da lareira – completou, estendendo-lhe um copo de vinho.

– Preciso muito de um favor seu – foi logo dizendo Admeto.

– Um favor?

– Sim, preciso que você morra em meu lugar – disse Admeto, em sua ingênua confiança.

– *Morrer*? – exclamou o amigo, assombrado.

Admeto explicou-lhe, então, em breves palavras, a sua situação. Enquanto o fazia, o amigo engendrava em seu cérebro um modo de se esquivar. Quando Admeto concluiu, ele já tinha a sua desculpa pronta.

– Infelizmente, meu querido amigo, já tenho uma outra viagem programada há mais tempo.

Depois, pretextando um compromisso, pôs Admeto para fora de sua casa.

Admeto estava perplexo. Procurou, então, outro amigo e obteve a mesma resposta, sob outras palavras. Percorreu a cidade inteira, durante todo o dia, sempre debaixo de chuva, sem receber outra resposta. Até que retornou à noite para casa com uma pneumonia que quase o desobrigou de encontrar um substituto.

A solução, pensou Admeto, só poderia estar dentro de sua própria casa. Decidiu enfileirar diante de si todos os criados:

– Preciso que um de vocês morra por mim – disse Admeto, com um ar solene. – Um só, porém, será o suficiente – completou, certo de que todos se lançariam a seus pés, felizes em poder provar a sua lealdade.

No entanto, não só nenhum deles deu um passo adiante, como recuaram todos até a parede, como se Admeto houvesse encostado em seus peitos uma espada afiada.

Faltavam apenas dois dias para que o prazo se esgotasse quando as Parcas retornaram.

– Já arrumou alguém para o seu lugar? – perguntou uma delas.

– Não, ainda não – confessou Admeto, de olhos baixos.

– Caronte atrasou a saída de sua barca apenas por sua causa e está louco para descarregar nas suas costas o seu pesado remo – disse outra Parca, raivosa.

– Não se preocupem – disse Admeto, assustado. – Arrumarei logo um substituto.

– Depois de amanhã a Morte virá buscá-lo – disse a última, retirando-se.

Admeto, em pânico, decidiu recorrer a seus pais. Qual pai não daria a vida pelo seu próprio filho? Afinal, estavam velhos e já haviam vivido o bastante, enquanto ele, jovem, tinha ainda uma vida inteira pela frente. Mandou chamá-los.

Os dois velhos surgiram no palácio, apoiados em suas bengalas. Nunca frequentavam o palácio, porque o velho tinha pavor das correntes de ar que sopravam pelos corredores.

– Hein, meu filho? – disse o velho, completamente surdo às razões do filho.

– *Morrer*, papai... *Morrer em meu lugar*, que tal? – esganiçava-se Admeto.

– Adeus, tem muito vento por aqui – disse o velho, retirando-se, aos trambolhões.

A mãe, completamente senil, não entendeu uma palavra do que ele disse.

– Meu Deus, e agora? – exclamou Admeto, no último grau de desespero.

Seu pranto, no entanto, chamou a atenção de Alceste, sua dedicada esposa.

– Admeto querido, tenho notado que você anda perturbado, desde a sua doença – disse ela. – O que houve, ela voltou?

Admeto, que havia até então ocultado da esposa o terrível dilema, revelou-lhe toda a verdade.

– Como, meu amor? – disse a infeliz esposa. – Irei perdê-lo amanhã?

– Sim, Alceste querida, o prazo fatal já se esgota! Amanhã, sem falta, o gênio da Morte virá me buscar.

Depois de ficar abatida por um longo tempo, Alceste ergueu a cabeça e declarou:

– Morrerei, então, em seu lugar.

– Não, querida Alceste, isto não posso aceitar.

– Sim, tomarei seu lugar, pois não saberia viver sem você.

Alceste decretara a sua própria morte: no mesmo instante, foi tomada por uma vertigem, caindo desacordada ao solo. Recolhida ao leito, seu estado somente piorou. No dia seguinte, a casa preparava-se já para o luto. Admeto, inconsolável, errava pelos corredores do palácio.

– Desgraçado de mim! Por causa de minha covardia perderei a coisa mais cara de minha vida.

De repente, porém, alguém bateu à porta. Era ninguém menos do que Hércules, o herói e semideus, que estava de passagem, preparando-se para realizar os seus famosos doze trabalhos.

– Desculpe incomodá-lo, meu jovem, mas preciso descansar um pouco – disse Hércules, de modo jovial.

Admeto, apesar da ocasião não ser a mais propícia a visitas, recebeu-o com toda a hospitalidade. Hércules foi, assim, admitido à mesa, embora seu anfitrião pedisse desculpas por não poder lhe fazer companhia. Admeto não quis revelar o verdadeiro motivo para não aborrecer o visitante com as suas dores. Deu ordens, também, para que não deixassem que ele percebesse o luto que reinava na casa.

Instalado à mesa, Hércules comeu à vontade, enquanto bebia de uma grande jarra depositada à sua frente; aos poucos o herói foi se alegrando e começou a entoar algumas animadas canções de taverna. Admeto, apesar da inconveniência involuntária do visitante, não interferiu em suas expansões. Mas um criado da casa decidiu alertar o hóspede, por conta própria.

– Perdão, senhor, mas há luto na casa – disse o escravo, num tom baixo e receoso.

Hércules, corando de vergonha, silenciou. Chamou, então, Admeto, para saber o que se passava. Após tomar conhecimento dos fatos, ergueu-se da mesa, com decisão, e disse:

– Pois amanhã, quando a Morte vier, a estarei esperando.

Admeto, enchendo-se de esperanças, ainda tentou demover o herói:

– Não sei, Hércules... é a Morte, e dela ninguém escapa.

– De qualquer modo, tentarei – disse o herói, que não tinha medo de nada.

Depois de visitar a enferma Alceste, Hércules foi postar-se à entrada do quarto. Ali passou a noite toda em vigília, envolto em uma pele e empunhando um porrete, enquanto lá dentro Alceste agonizava. Com a primeira luz do dia surgiu finalmente a Morte, portando a sua tocha invertida, símbolo da escuridão do Tártaro. Hércules impediu-lhe, contudo, a passagem:

– Afaste-se! Alceste está sob a minha guarda.

– Vim buscá-la, mortal atrevido, conforme me ordenou Plutão, o deus dos infernos – disse a Morte, agitando as grandes asas negras.

Mas Hércules não arredou pé do lugar. Os dois, então, atracaram-se num duelo verdadeiramente mortal, enquanto Alceste, abraçada a Admeto, ouvia o tremendo fragor da luta que do outro lado da porta decidia o seu destino.

– Nada tema, Alceste! – disse Admeto, como se ele próprio estivesse lá fora, dando combate à morte.

– Se alguém tem medo nesta casa, é você, querido Admeto – disse Alceste, censurando discretamente a covardia do esposo.

O castelo inteiro retumbava com os golpes que Hércules desferia com seu porrete sobre a sua inimiga, no corredor. Um longo tempo durou a disputa, até que a Morte, temendo pela própria vida, retirou-se, vencida.

– Para mim chega. Vou procurar outro para levar no seu lugar – disse, fugindo, com uma asa quebrada e o nariz sangrando.

E foi deste modo que Alceste, sadia, voltou para os braços do seu querido Admeto.

O SUPLÍCIO DE TÂNTALO

Desde as primeiras horas da manhã, o palácio onde morava Tântalo, rei da Lídia, estava num rebuliço. Não era para menos, pois seu pai, Júpiter, deus dos deuses, estava prestes a chegar para um amigável almoço. Além dele, viriam também seu inseparável filho Mercúrio e Ceres, a deusa da fertilidade.

Tântalo estava preocupado.

"O que irei oferecer a Júpiter, no almoço?", perguntava-se.

Tântalo, que apesar de rei tinha um temperamento um tanto servil, queria apresentar aos convidados um prato digno de seus paladares divinos. Levando ao extremo a sua intenção de agradar, mandou chamar seu filho Pélope, que descansava em seus aposentos.

– Pélope, meu filho, hoje você terá o prazer de estar à mesa junto com os deuses! – disse o risonho Tântalo, assim que botou os olhos no rapaz.

– Oh! Teremos à mesa conosco o meu avô Júpiter? – exclamou, encantado, o rapaz.

– Não só ele, mas ainda outras duas divindades! – disse Tântalo, procurando animá-lo ainda mais.

– Divino! Maravilhoso! Vou vestir meu melhor manto! – disse Pélope, retirando-se.

– Eu diria *bárbaro* – replicou o rei de modo enigmático.

Depois que o filho saiu, Tântalo chamou às pressas o cozinheiro.

– Vá atrás de Pélope, mate-o e faça um assado magnífico com ele – disse o rei, calmamente.

O cozinheiro, estranhando o pedido, ficou sem ação.

– Vamos, idiota, faça o que eu disse! – exclamou Tântalo. – Hoje é um dia especial.

"Júpiter ficará encantado ao descobrir que lhe sacrifico o meu próprio filho!", pensou o rei, acostumado à prática, ainda corrente em seu reino, dos sacrifícios humanos.

Pélope, porém, antes de ser morto, foi trazido até o seu cruel pai.

– Idiota! – disse o rei, furioso, ao cozinheiro. – Não disse para matá-lo de uma vez?

– Pai, não faça isso! – implorava o pobre rapaz. – Você não disse que eu estaria à mesa, daqui a instantes, com os deuses?

– Sim, e *estará*! – disse Tântalo. – Vamos, escravo, faça rapidamente o que eu disse.

Depois, enquanto o filho era arrastado para o cepo, tentou acalmá-lo:

– Vamos, rapaz, deixe de fricotes. Pedirei a Júpiter que o recompense com a imortalidade!

Apaziguada a sua consciência perversa, Tântalo chamou as escravas e ordenou que preparassem a mesa com o maior requinte possível. Na verdade, pretendia pedir para si próprio a imortalidade. Afinal, não era filho do imortal deus dos deuses? Por que não podia ser eterno ele também?

Já ia alta a manhã quando os visitantes se aproximaram do palácio. Todos pareciam pouco animados. Enquanto Mercúrio vinha à frente, distraído, mais atrás vinha o seu pai, de braço dado com Ceres.

– Veja, pai, estamos chegando – disse Mercúrio, ao avistar as torres do palácio.

– Vamos de uma vez – exclamou Ceres, como quem diz, "se tem de ser, que seja logo".

Júpiter concordou, e os três apertaram o passo. Em instantes surgiram os três deuses no salão.

Enquanto isso, o rei deliciava-se com a ideia da imortalidade: "Deus Tântalo!", pensava ele. Um escravo entrou na sala, cortando o fio de seu pensamento.

– Magnânimo rei, as visitas já chegaram! – disse o escravo, curvando-se.

– Ótimo! Mande-os entrar. Mexa-se imbecil – disse o rei, aprumando-se.

Ao ver entrarem as três divindades, Tântalo adiantou-se, fazendo uma profunda reverência ao seu poderoso pai.

– Seja bem-vindo, poderoso Júpiter, diante do qual todos os poderes celestes e terrenos se humilham – disse, beijando-lhe os pés.

Em seguida, querendo chegar logo até a bela deusa, beijou rapidamente os pés de Mercúrio. Quando, porém, chegou até os pés da encantadora Ceres, esta lhe ofereceu distraidamente a sola empoeirada das sandálias.

– Divina Ceres, seus encantos superam, hoje, os da própria Vênus! – disse o rei, com a boca coberta de pó.

Tântalo conduziu todos até os seus assentos.

– Como vão as coisas lá em casa, pai? – perguntou a Júpiter, referindo-se ao Olimpo.

– Vão bem, vão bem – disse o pai dos deuses, lacônico.

Júpiter, na verdade, detestava aquelas visitas anuais que era obrigado a fazer ao seu filho bastardo.

– Mercúrio, tem viajado muito? – disse, voltando-se ao meio-irmão, na tentativa de ser simpático.

Mercúrio assentiu, sem dar muita conversa.

– E você, Ceres, sempre linda, hein? – disse Tântalo, aproximando seu rosto de maneira quase obscena. – Foi boa a colheita este ano? – ajuntou, enquanto lhe cheirava os cabelos.

– Bastante – respondeu a deusa, estendendo o guardanapo, sem olhar para o rosto do interlocutor.

De repente, surgiram quatro escravos carregando uma imensa bandeja, que foi depositada com pompa sobre a mesa, diante de Júpiter. Tântalo esfregava as mãos sob a mesa, na expectativa da reação favorável de seu pai. "Desta vez sai a imortalidade!", pensou, com euforia.

A tampa foi descoberta. Em meio a tâmaras, amêndoas e nozes descansavam os pedaços do pobre Pélope.

– Faço questão de servi-lo eu mesmo – disse Tântalo a Júpiter, arremessando-se para a bandeja e expulsando o escravo com um safanão. – Carne branca ou mais escurinha, pai? – perguntou, estudando a tigela.

– Branca – disse Júpiter, distraidamente.

Depois de escolher mil vezes, o anfitrião selecionou um grande pedaço de carne branca. Em seguida, serviu também a deusa.

– Miúdos não, obrigada – disse ela, secamente.

Depois de servi-la com mil trejeitos, colocou, finalmente, um pouco de carne no prato de Mercúrio. Este último, antes de começar a comer, percebeu que lhe tocara o pior pedaço. Na verdade, era implicância de Tântalo, que tinha ciúmes do filho predileto de Júpiter.

– Isto aqui parece um pé humano – disse Mercúrio, depondo os talheres sobre a mesa.

Todos os rostos se ergueram dos pratos. Ninguém, a não ser Ceres, que era a mais faminta de todos, havia começado a comer.

"É agora!", pensou Tântalo.

– Sim, pai, é o pé de meu querido Pélope! – disse o rei, orgulhoso, a Júpiter, como se tivesse sido este o autor da observação.

Júpiter ergueu um olhar ao rei da Lídia, de tal forma feroz, que o tornou branco como a parede de mármore.

– Como se atreve, maldito, a me oferecer a carne do próprio filho?

Mercúrio levantou-se da mesa, enojado, enquanto Ceres era acometida de náuseas.

– Mas pai, é um sacrifício humano! – disse, atônito, o rei. – Quis provar a minha dedicação extrema oferecendo-lhe, em holocausto, o meu próprio filho!

– Idiota! Não sabe que a prática dos sacrifícios humanos já foi há muito tempo abolida? – disse Júpiter.

Enquanto isto, Mercúrio, penalizado da sorte de Pélope, espiava-o dentro da imensa tigela:

– Pai, vamos tentar trazê-lo de volta à vida – disse.

Imediatamente foi trazida da cozinha uma grande caldeira. Mercúrio, num voo rápido, foi até o Olimpo buscar Cloto, uma das Parcas, para que com sua magia restituísse a vida a Pélope. Num instante, os restos do rapaz foram retirados da bandeja e passados à caldeira, de onde, por suas artes mágicas, Cloto retirou Pélope com vida outra vez. Seu ombro, no entanto, perdera-se, pois Ceres o havia comido, inadvertidamente. Júpiter, porém, lhe deu um ombro novo, inteiramente de marfim.

– Obrigado, Júpiter supremo! – disse o rapaz, feliz com seu novo e elegante ombro.

Quanto a Tântalo, Júpiter foi implacável:

– Mercúrio, leve este patife para os infernos! – disse, tomado de cólera.

De nada adiantaram as súplicas do cruel rei. Em algumas horas, entrava no inferno, sendo recepcionado por Plutão e sua esposa Prosérpina, a rainha do reino sombrio.

– Imperador das regiões inferiores, trago-lhe este assassino! – disse Mercúrio a Plutão.

– Ótimo, conduza-o até aquele lago, lá adiante – disse Plutão, com um gesto de mão.

Então Tântalo foi jogado dentro de um grande lago. Foi deixado ali, somente com a cabeça a descoberto.

– Até que está fresquinho, aqui! – disse o prisioneiro, que, apesar de imóvel, estava mergulhado num lago de águas frescas, cercado de árvores carregadas dos mais belos frutos.

De repente, torturado por uma terrível e insuportável sede, Tântalo, sem poder dobrar o corpo, abaixou a cabeça para beber um pouco do líquido refrescante, pois a água estava quase na linha de sua boca. A água, contudo, instantaneamente lhe desceu até os pés, ao menor movimento do pescoço. Depois, tomado por uma fome devastadora, estendeu o braço para alcançar os deliciosos frutos que pendiam das árvores ao redor. Porém, quando quase tinha um deles nas mãos, um forte vento ergueu o galho para o alto, tornando o fruto inatingível aos seus curtos braços. Deste modo Tântalo alcançou a imortalidade no inferno, como prêmio por sua selvageria. Pélope, o rapaz do ombro de marfim, por sua vez, tornou-se rei do Peloponeso.

O TONEL DAS DANAIDES

Belo, rei do Egito, tinha dois filhos: Egito e Danao. Cada qual teve cinquenta filhos. O primeiro, cinquenta rapazes, e o segundo, cinquenta moças. Ora, os cinquenta filhos de Egito não se entendiam jamais com as cinquenta filhas de Danao. Em consequência, uma guerra civil estourou, lançando uns contra os outros. Após ferozes combates, os filhos de Egito expulsaram do país Danao e suas cinquenta filhas, obrigando-os a procurar refúgio no reino vizinho de Argos. Felizmente, o rei de Argos, Celanor, recebeu os exilados com toda a generosidade, dando-lhes casa, comida e proteção.

Em reconhecimento, Danao e suas cinquenta filhas expulsaram-no do trono.

A conspiração começou com um ataque promovido por um lobo contra o rebanho do rei Celanor. A fera, confiante em sua força, abatera o touro que chefiava o rebanho, tomando conta do restante dos animais. Vendo nisto um pretexto, Danao decidiu comprar os vaticínios de um sacerdote influente para que convencesse a corte inteira de que isto era o sinal evidente de uma profecia divina. O sacerdote, diante do povo, explicou então o significado profético do fato:

– O sentido deste acontecimento é evidente e irrefutável – disse. – Significa que uma nova autoridade está prestes a assumir o comando do nosso reino.

– Ai daqueles que se recusarem a se submeter a esta autoridade! – disse Danao, que por conta própria já se proclamara o novo rei.

O povo, assustado, reconheceu imediatamente o novo rei, enforcando em seguida o anterior, numa emocionante cerimônia em praça pública. No reino vizinho, entretanto, a notícia chegara ligeiro.

– Poderoso rei Egito! – disse o mensageiro, que trazia a notícia. – Seu irmão, Danao, agora é o novo rei de Argos!

Temendo que isso pudesse lhe trazer complicações futuras, Egito resolveu prevenir-se, chamando os seus cinquenta filhos:

– Rapazes, quero que vocês se casem o mais rápido possível com as filhas de Danao! – disse o rei, sem admitir recusas. – Danao agora é rei de um país mais rico e poderoso do que o nosso e precisamos fazer esta aliança com ele.

Egito, na verdade, tinha razão em tentar comprar a amizade de seu irmão. Danao só esperava uma ocasião para pôr em prática a sua vingança. Alguns dias depois, um mensageiro de Egito chegou à corte de Danao, trazendo os cinquenta convites de casamento. O rei, após dispensá-lo, chamou as suas filhas.

– Minhas adoráveis filhas! – disse –, quero que vocês aceitem o pedido de casamento dos cinquenta filhos de Egito.

– O quê? Como poderíamos aceitar, se nos traíram de modo tão vil? – exclamaram as cinquenta moças, indignadas.

– Calma, minhas filhas! – disse Danao, tentando explicar-se. – Depois da cerimônia nupcial, vocês terão o prazer de vingar-se deles todos, matando-os durante a sua primeira noite de amor – completou, com um sorriso.

– Ah, bom... – disseram, aliviadas.

O dia das núpcias chegou. Uma grande festa parou o reino inteiro. Durante a manhã, as cinquenta filhas de Danao receberam como maridos os cinquenta filhos de Egito. Um banquete faraônico deu prosseguimento às festividades, até que a noite caiu.

– Agora é preciso que os casais partam para os deliciosos jogos de Vênus! – decretou o rei de Argos, dando a bênção aos recém-casados.

Os casais instalaram-se às margens do belo lago de Lerne, em alvas e espaçosas barracas. De tal forma estava o local protegido da curiosidade do povo, que apenas as estrelas teriam o privilégio de escutar as conversas dos amantes. Dentro de cada ampla barraca, cada uma das filhas de Danao já se despia, revelando aos olhos do respectivo marido as suas formas perfeitas. Sob os travesseiros, porém, repousavam cinquenta afiados punhais de prata.

Embriagados pela visão de suas cinturas finas e aveludadas, os esposos também começaram a se despir. Antes, porém, que pudessem acalmar o fogo de seus desejos, foram todos apunhalados pelas mulheres, sem dó nem piedade. O sangue espirrou por tudo, respingando até nas estrelas, ornando algumas delas de um halo vermelho.

Depois de consumado o crime, as filhas de Danao arrancaram as cabeças dos maridos, lançando os corpos nas águas do lago, que se tingiu inteiro de vermelho.

Uma delas, no entanto, recusara-se a assassinar o homem com quem recém casara.

– Meu adorado! Amo você e por isto me vejo obrigada a desobedecer a meu próprio pai – exclamou, jogando longe a adaga e caindo nos braços do esposo.

Era Hipermnestra, a única que fez correr naquela noite o seu sangue virginal.

No dia seguinte, todas as filhas de Danao, menos Hipermnestra, apresentaram-se diante do rei empunhando as cabeças de seus cônjuges. Ele exultou ao ver concretizada, finalmente, a sua vingança. Porém, revoltado com Hipermnestra, que faltara com sua palavra, atirou-a num calabouço. Já o marido dela, Linceu, fugiu às pressas para o país vizinho.

No entanto, as danaides, como eram chamadas as filhas de Danao, ficaram outra vez sem maridos.

"Precisamos dar um jeito nisso", pensou o pai das quarenta e nove virgens. Para tanto, decidiu organizar um grande torneio, no qual os vencedores receberiam as mãos de suas filhas em casamento.

– Uma corrida de quadrigas! – sugeriu Danao às moças.

– Oba! – exultaram elas, felizes na expectativa de terem uma nova distração. Na verdade, desde a divertida noite dos punhais as coisas andavam meio aborrecidas na corte.

No dia das corridas, apresentaram-se à corte centenas de concorrentes. As danaides podiam estar certas, ao menos, de arrumar quarenta e nove esposos valentes e destemidos; afinal, não era qualquer um que se dispunha a morrer num acidente de quadriga ou a ser apunhalado na própria noite de núpcias.

Os carros já estavam dispostos na linha de partida. Num balcão, acomodavam-se o rei e suas quarenta e nove virgens. Os competidores, em cima das quadrigas, tentavam conter os cavalos, que escarvavam o chão, ansiosos para lançarem-se na pista. As danaides percorriam com olhos ávidos os corpos nus de seus pretendentes – que estavam livres das vestes, para facilitar a escolha das exigentes mulheres. Foi dada a partida. Uma onda de pó levantou-se à saída dos competidores. Os de trás, sem nada enxergar, logo se embolaram, virando seus carros num amontoado de cavalos, quadrigas e cabeças partidas. Um urro de prazer partiu das arquibancadas, tomadas pela plebe. A pista, no entanto, era grande e circular; assim, enquanto os competidores restantes faziam a volta, os mortos eram recolhidos e lançados num monturo.

– Eia, cavalos! – berravam os dianteiros, que, emparelhados, distribuíam chicotadas no dorso dos cavalos e na cara dos adversários.

Os braços rijos e suados dos homens seguravam com firmeza as rédeas. Do alto da cabeça descia-lhes um suor, que o vento secava rapidamente, mas que se renovava a cada novo esforço que faziam. Os olhos das danaides faiscavam. Seus noventa e oito cotovelos cutucavam-se o tempo todo, a cada novo ângulo de observação que tinham dos corpos dos competidores.

– Aquele lá é meu! – exclamou uma delas, escolhendo o líder da corrida, que tinha os membros lustrosos do óleo que passara por todo o corpo, antes da disputa.

Infelizmente para ela, o carro de seu eleito tombou numa curva, bem em frente à tribuna, lançando-o ao chão como uma marionete de madeira. Um grito de horror partiu das virgens, enquanto o corpo do rapaz rodopiava velozmente pelo chão, parecendo um deus hindu de duzentos braços e duzentas pernas. Em seguida, o carro que vinha atrás passou sobre o concorrente, esmagando-lhe a cabeça.

A corrida chegava ao seu final. Os quarenta e nove primeiros competidores cruzaram a linha de chegada, sob a ovação das moças e da ralé ajuntada nas arquibancadas. Cobertos de pó, os pretendentes subiram os degraus da tribuna, indo ajoelhar-se diante das suas futuras esposas. Depois de limpar com seus lenços o suor e o pó dos corpos dos vitoriosos, as danaides depositaram sobre suas frontes douradas coroas de louro.

Enquanto isso, no reino vizinho, Linceu, o marido de Hipermnestra, reunira-se às forças de Egito e invadira o país de Danao. O caos instalou-se.

Danao foi preso e morto. Hipermnestra, a danaide virtuosa, foi libertada de sua prisão pelo esposo. O sangue correu pelas ruas da capital, até que Linceu, o vencedor daquela noite fatídica, transformado em novo rei do país, viu chegada, enfim, a hora de vingar a morte de seus quarenta e nove irmãos. Dirigiu-se com seus soldados até o palácio e ainda chegou a tempo de capturar as virgens, enlouquecidas de medo. Todas as perversas danaides foram, então, passadas a fio de espada, sem piedade. No mesmo dia, suas almas entraram no Hades sombrio; lá as aguardava, impaciente, Minos, um dos juízes do inferno, que lhes decretou uma punição coletiva.

Carregadas de ferros, foram conduzidas até a beira de um imenso lago. Cada qual, portando um pesado jarro de chumbo, foi obrigada a enchê-lo de água até as bordas e levá-lo até a beira de um gigantesco tonel, despejando ali o conteúdo. E assim deveriam repetir a tarefa para todo sempre, até encher o imenso tonel – que não tem fundo.

HERO E LEANDRO

O sol começava a desaparecer lentamente nas águas do Helesponto, o grande estreito marítimo que separa a Ásia da Europa. No lado europeu estava situada a cidade de Sestos, onde vivia uma jovem sacerdotisa de Vênus, chamada Hero. A moça subia as escadas que levavam ao topo do farol da ilha, levemente ansiosa. A ponta de um sorriso, porém, iluminava os lábios fechados. Seu sorriso sempre fora assim, velado, com apenas duas riscas graciosas nas extremidades da boca finamente desenhada.

Acostumada a enfrentar todo dia a longa escadaria com suas pernas de musculatura rija, porém afilada, Hero ia cantando, baixinho, um hino à deusa de sua devoção. Poderia cantar a plenos pulmões, se quisesse, pois não havia ninguém naquele lugar desolado. Mas Hero tinha predileção pelos gestos discretos.

Chegando até o topo do farol, Hero relanceou a vista para fora. Suas narinas de asas delicadas fremiram, aspirando o ar levemente acre do fim da tarde. Constatou que a chama do pavio da grande lanterna estava quase apagada. Na verdade, ela quase nunca chegava a se extinguir, mesmo com os fortes ventos que costumavam soprar do oriente, pois estava sempre protegida por um grande caixilho espelhado.

– Está na hora de avivá-la outra vez – disse, ciciando as palavras, que escaparam quase imperceptivelmente dos lábios entreabertos. Logo, dentro da grande caixa prateada, brilhou outra vez a grande e fosforescente joia de ouro, o sinal benfazejo que guiava as embarcações por toda a extensão do Helesponto. Hero adorava este nome, que aprendera a ouvir desde criança; sua sonoridade elegante a fazia repeti-lo constantemente:

– Helesponto... – dizia, escandindo as sílabas, enquanto fechava outra vez a portinhola que mantinha a chama brilhante a salvo da chuva e dos ventos.

Naquela noite, entretanto, o céu estava completamente limpo. A esta altura, Hero não tinha mais os olhos postos no horizonte nem tampouco no céu. Eles estavam voltados para a outra margem – na distante Abidos, que ficava no outro extremo do estreito – e procuravam algo, com ansiedade.

– Não, ainda é muito cedo... – disse Hero, fechando a túnica e debruçando-se levemente sobre a balaustrada exterior.

Ela esperava alguém. Todas as noites, essa pessoa, guiada apenas pela lua e pela luz do farol, lançava-se audaciosamente ao mar. Após atravessá-lo a nado, ia em seguida atirar-se aos braços da jovem, que o aguardava.

Leandro era o seu nome – um belo rapaz que morava em Abidos. Há um bom tempo o jovem usava desse ousado expediente para ir visitá-la todas as noites – ou ao menos naquelas em que o céu permitia que se lançasse ao mar com segurança.

Hero permaneceu ainda um bom tempo reclinada no parapeito. Um de seus pés apoiava-se levemente sobre o outro, subindo até a canela e descendo outra vez, numa carícia inconsciente. De repente, porém, a jovem teve sua atenção despertada por um ligeiro espanejar em meio às águas, que estavam incomumente calmas. Era ele, com toda a certeza!

Atirando os braços com vigor e regularidade, Leandro, de fato, avançava, subindo e descendo por entre as ondas que ondulavam com suavidade.

A jovem, com um grito de satisfação, lançou-se em direção às escadas, descendo com a agilidade de uma pequena corça os grandes degraus da escadaria. Hero já estava agora em pé, nas areias da praia deserta, segurando o manto de Leandro: o jovem chegava e partia sempre liberto das roupas, para ter seus movimentos facilitados no confronto com as ondas.

Hero o divisava, já, na rebentação. Mais um pouco e ele já não necessitaria da força dos seus musculosos braços para vencer as ondas. Pondo-se em pé, atravessou com decisão o resto do percurso, fendendo com os joelhos a água que lhe dava já pela cintura.

– Leandro! – exclamou Hero.

O rapaz, renovando o ímpeto, avançava em direção a ela. Hero, deixando que suas vestes lhe deslizassem até os pés, imitava-o em sua nudez. Embora demonstrasse uma calma aparente, Hero também tinha uma vontade louca de sair correndo na direção de Leandro.

– Consegui, mais uma vez! – disse ele, tomando o rosto da jovem em suas mãos.

– Que bom... – retorquiu Hero, com seu sorriso velado.

Leandro deu-lhe um beijo na boca, que Hero retribuiu sem o mesmo pudor dos seus habituais sorrisos.

Os dois, de modo geral, eram impotentes para refrear os primeiros instintos. Depois, abraçados, avançavam mais calmos para o interior da ilha, onde a jovem morava em solidão completa. Recolhidos aos aposentos da jovem Hero – que naqueles instantes pertenciam a ambos –, ali completavam, durante toda a noite, os mistérios prescritos por Vênus.

– Leandro, querido – disse Hero, já de madrugada, passando a mão nos cabelos revoltos de Leandro.

– O que foi? – perguntou o rapaz, que sentia seus olhos pesarem, finalmente, após tantos esforços combinados numa mesma noite.

– Preferia que você não repctisse mais as palavras que você sempre diz quando chega do mar – disse Hero, séria.

– Que palavras, meu amor? – perguntou o rapaz.

– Consegui, mais uma vez – disse a moça, imitando com graça a voz rouca de Leandro.

– Por quê?

– Porque dá a impressão de que um dia você, talvez, não consiga.

Leandro colocou o dedo indicador sobre os lábios de Hero, silenciando-a:

– Não diga tal coisa. Sempre conseguirei! – completou, com a confiança característica da juventude.

Quando a manhã surgiu, Leandro partiu novamente para o mar, deixando, como sempre, o manto nas mãos da amada. Hero, de cima das pedras, acompanhava com os olhos o corpo másculo do amante afastar-se, com pisadas firmes em direção à praia, saltando sobre os pedregulhos com saltos ágeis e precisos.

Dali a pouco o dia voltava a ser o mesmo. Um pouco diferente, talvez, pois fizera-se mais quente do que os habituais. Desde as primeiras horas o sol brilhara no azul do céu, completamente despido de nuvens. Hero, entregue às suas atividades, teve até mesmo de se desvencilhar das roupas para poder suportar o calor. À tarde, a jovem recolheu-se aos aposentos para escapar do mormaço, que descia sobre tudo como um manto escaldante e invisível. Hero contava as horas, esperando que a noite trouxesse alívio para o calor.

Quando o sol, porém, começava a cair no horizonte, foi logo coberto por uma espessa camada de nuvens, que surgia com uma agilidade espantosa de regiões desconhecidas, muito além da linha do mar. Alguns clarões começaram a espocar, avançando até quase a altura do farol. Hero, no entanto, já havia acendido a sua chama outra vez. Apesar de toda a sua intensidade, ela desaparecia no confronto com os clarões cada vez mais intensos e ofuscantes dos relâmpagos. Júpiter tonante, por alguma razão enfurecido, esgrimia nos céus os seus espadins recurvos, com uma cólera incompreensível e cada vez maior.

Ao mesmo tempo os ventos – que pareciam haver escapado de suas prisões – lançavam-se em todas as direções, encapelando as águas do Helesponto com uma intensidade assombrosa. Erguiam para o alto grandes massas de água, que desabavam em seguida com um fragor assustador. A chuva começou, então, a cair, com uma intensidade jamais vista. Cordas d'água balançavam-se no céu, desmanchando-se de tempos em tempos pelas rajadas furiosas do vento.

Nos intervalos dos relâmpagos, Hero relanceava a vista para o alto do farol. Não havia agora, porém, luz alguma a brilhar em seu topo. A jovem, assustada, lançou-se para lá.

Chegando na entrada, viu que uma cascata vinha direto da escadaria e desaguava aos seus pés. Subindo os degraus, de três em três, chegou finalmente ao topo, no mirante. Tudo estava às escuras, o ambiente iluminado apenas pelos clarões ocasionais dos relâmpagos. À luz de um destes clarões, ela descobriu que o vidro do caixilho que protegia a grande chama estava quebrado. A um canto viu uma grande ave branca caída. À exceção de uma das asas, quase toda ela estava queimada e ferida. Assustado com a fúria do temporal, o pássaro arremessara-se cegamente sobre o vidro protetor, estilhaçando-o e consumindo-se inadvertidamente em sua poderosa chama. Em seguida, a chuva apagara a fogueira que ardia na lanterna, tornando-a inútil para o resto da noite.

"Meu Deus, e Leandro?", perguntou-se a jovem, angustiada. "Como fará para chegar até aqui, depois do temporal?" Num gesto desesperado, ainda tentou encontrar alguma brasa acesa entre os carvões, mas nada mais havia ali que pudesse arder. Tudo estava tomado pelas águas. Uma onda gigantesca ergueu-se outra vez do mar e espatifou-se de encontro à torre do farol, lançando para dentro do mirante uma quantidade inacreditável de água. A jovem foi jogada de encontro à parede. Permaneceu caída no chão por alguns instantes, com o corpo encharcado e os cabelos gotejantes. Procurando refazer-se do impacto, Hero tentou reerguer-se.

– *Leandro... afogado...* – disse ela, de repente, erguendo-se, mesmo tonta, ao entrever a possibilidade da tragédia.

De fato, era inútil que a jovem tentasse acender novamente a lanterna do farol: um erro de cálculo fatal fizera com que o destemido Leandro se lançasse às águas do estreito antes mesmo de começar a chuva. O jovem pensara que, com um pouco de sorte, estaria às margens da praia de Sestos um pouco antes do temporal desabar. Quando as ondas começaram a erguer-se, Leandro ainda tentou guiar-se pela luz do farol. Porém, quando esta se apagou, o rapaz não pôde mais encontrar a rota certa. Durante alguns instantes nadou às cegas, bracejando e lutando contra as ondas. Subiu ainda à tona, heroicamente, por várias vezes. Na última subida, contudo, Leandro entendeu que o seu fim havia chegado. Ainda tentou resistir outra vez, mas uma onda colossal sepultou-o sob uma massa como que sólida de água, tirando-lhe a consciência para sempre.

Durante toda a noite a desesperada Hero aguardou a chegada do amante.

"Talvez ele tenha esperado o temporal passar", pensava, ainda esperançosa. "Como não há mais a luz do farol, ele certamente não cometerá a loucura de se lançar ao mar com este céu escuro e tempestuoso."

Quando Hero terminou de fazer essas reflexões, as nuvens, como que por encanto, começaram a se dissipar. As estrelas foram aos poucos retomando no céu o seu lugar, enquanto a lua ia iluminando com seus raios o restante das trevas. Hero aguardou durante muito tempo, até que finalmente viu algo boiar sobre as águas, sendo trazido lentamente até a praia. Parecia que as ondas, tomadas pelo remorso, depunham com todo o cuidado sobre a praia o corpo do jovem amante.

A moça, mais pálida que a lua, desceu num vento as escadas do farol e correu pela praia até chegar ao corpo de Leandro, preso entre duas rochas. Contrariando os seus hábitos de discrição, Hero deu um grito desesperado que ecoou nas montanhas. Colando a boca sobre o peito nu e gelado de Leandro, transmitiu ao coração dele a dor e o pesar de sua alma. Muito tempo depois, ergueu a cabeça e disse, com os lábios salgados da água do mar e das próprias lágrimas:

– Fui eu a culpada! – exclamou, desarvorada. – Se não tivesse colocado em dúvida a sua capacidade, Leandro amado, você ainda estaria vivo...

Depois de muito chorar, concluiu sombriamente:

– Desafiei a Fortuna, ao lhe prever o pior – disse Hero, convicta. – E os deuses não amam os temerosos.

Talvez não amassem, também, os imprudentes. Ou talvez não houvesse, simplesmente, razão alguma para aquela tragédia, senão o fato de ambos estarem vivos, à mercê da vida e da morte. Mas Hero não tinha mais ânimo para especulações.

Levantando-se, tomou nos braços o corpo de Leandro e devolveu-o ao mar. Depois subiu à fenda do mais alto penhasco que pôde encontrar, escalando-o, durante o resto do dia, com sombria determinação. Uma vez no topo, com os pés e as mãos machucados, a jovem Hero ergueu o rosto para a noite estrelada que chegava outra vez. Seus próprios olhos eram duas estrelas, que brilhavam em meio à noite escura dos seus cabelos negros e revoltos.

Por um momento as duas noites se encararam – embora a face trágica de Hero demonstrasse não indiferença, mas força e determinação, ao deixar-se cair no abismo do mar.

SALMÁCIS E HERMAFRODITA

A ninfa é um ser livre por definição. Vivendo às margens dos rios, seu único trabalho é banhar-se nas suas águas claras e procurar fazer-se cada vez mais bela a cada hora que passa, de forma que à noite esteja ainda mais graciosa do que estava pela manhã.

Assim pensava a ninfa Salmácis, reclinada na relva, à beira de um regato. Com a cabeça apoiada numa das mãos, a jovem alisava o tapete esverdeado do solo, arrancando pequenos pedaços de grama. Depois, lançava-os indolentemente à água, após estudá-los de todos os modos. Salmácis gastava ainda um tempo infinito no restante desta importante ocupação, acompanhando a minúscula odisseia do pequeno talo verde que navegava na corrente do rio até desaparecer da sua vista, misturado aos outros pequenos detritos que vagam na superfície das águas.

Às vezes, no entanto, fingia ser ela mesma esse pequeno talo. Deitada sobre o curso da água, boiava, deixando que a corrente a levasse aonde quisesse. Enquanto ia assim navegando, de costas sobre a água, Salmácis sentia-se flutuar, liberta de tudo.

Via ao alto as nuvens avançarem com ela, enquanto pequenas andorinhas voavam em círculo no grande azulejo invertido do céu. Às vezes o sol, por entre os galhos da vegetação das margens, obrigava-a a fechar momentaneamente os olhos. Então, a coisa mais fácil do mundo para Salmácis era acordar, de repente, quase desaguando ao mar, junto com as águas do rio. Nesse momento, seus ouvidos ainda podiam escutar as vozes de suas companheiras, que se afastavam na outra margem comentando algo num tom raivoso.

– Invejosas! – disse Salmácis, colando, aborrecida, a face direita na relva.

Tinha certeza de que falavam mal dela, pois havia pouco tempo tivera uma irritante discussão com as ativas e incansáveis colegas. Discussões, mais do que qualquer outra coisa, aborreciam-na profundamente. Simplesmente não conseguia imaginar como duas pessoas podiam se desentender num lugar maravilhoso como aquele.

– Vamos lá, preguiçosa! – disse uma delas, atirando-lhe um punhado de seixos.

– Vamos para a caçada. Diana já nos espera no bosque – disse uma outra.

Diana... Diana... Essa tal de Diana era muito enfadonha. Criatura enjoada, a incansável deusa dos bosques só queria saber, afinal, de caçadas.

– Vão vocês, eu estou bem aqui... – disse Salmácis, sem dar ouvido às censuras de suas aborrecidas irmãs. Mais tarde, sabia, elas voltariam esbaforidas, trazendo às costas veados ou corças cobertos de sangue, misturando o seu suor ao sangue dos animais abatidos. Era sempre a mesma coisa que a ninfa escutava de olhos fechados. Em meio à algazarra das vozes, podia sentir em seu corpo colado ao solo a vibração repugnante dos corpos lançados desrespeitosamente ao chão, como simples e pesados fardos de carne.

Suas irmãs, no entanto, recém haviam partido para a sua obrigação. Suas vozes esganiçadas aos poucos se misturavam aos ruídos naturais do bosque, até que a paz – a bendita paz! – retornava outra vez, pousando por tudo. A ninfa podia estender agora, ao comprido, o seu corpo delgado, deixando que o sol acariciasse a sua epiderme até arrancar dela minúsculas gotas de suor. Pois Salmácis era assim: gostava de suar em silêncio.

Enquanto o sol esquentava sua pele, pequenas abelhas vinham pousar sobre seu corpo. Podia sentir os passinhos dos pequenos insetos dourados percorrendo suas pernas e subindo-lhe pelas coxas firmes e bronzeadas. De repente, porém, erguiam voo outra vez, indo pousar em seus seios ou mesmo em seu rosto, passeando livremente em sua testa.

Ela ainda estava deitada, preparando-se para dar um mergulho, quando percebeu que alguém se aproximava da outra margem do rio. De bruços, precisou apenas erguer a cabeça para divisar um belo rapaz – que não teria mais de quinze anos de idade – sentar-se à beira da corrente. O jovem esticou uma das pernas, pondo um dos pés na água, enquanto a outra perna permanecia dobrada, deixando o joelho à altura do queixo. Seus cabelos loiros lhe caíam em desalinho pelos ombros, agitados ocasionalmente por uma suave brisa.

Tratava-se de Hermafrodita, o belo fruto da união entre Vênus e Mercúrio. Apesar de sua pouca idade, seu corpo tinha já a conformação quase idêntica à de um adulto robusto e sadio. Seus traços revelavam nitidamente a sua ilustre descendência, de tal forma que era impossível passar despercebido aos olhos de qualquer mulher. Ou de qualquer ninfa.

Com a mão em concha, Hermafrodita recolheu um pouco de água do leito do rio e banhou sua face corada. Depois, repetindo o gesto, molhou o cabelo, fazendo com que pequenos veios d'água lhe escorressem pelos ombros, cobertos apenas por uma fina túnica, despenhando-se em seguida pelas suas robustas espáduas. Hermafrodita ainda não havia percebido, na outra margem, a presença da curiosa Salmácis, que, encantada com seus gestos ao mesmo tempo viris e delicados, apaixonara-se instantaneamente por ele.

"Quem será?", indagava-se a ninfa, intrigada.

Erguendo mais um pouco o busto, apoiada em duas mãos, Salmácis continuou a observar o rapaz, que prosseguia em sua higiene, bem à sua frente. Hermafrodita, já em pé, livrou-se de seu pequeno manto, descobrindo ao sol o seu corpo viril e atlético.

– Ele há de ser meu – disse a ninfa, segredando à terra o seu desejo.

Quando ergueu a cabeça novamente, porém, enxergou apenas centenas de gotas d'água subindo para o alto, num borrifo imenso que lembrava o de um chafariz. Hermafrodita demorou um bom tempo para voltar à superfície, de tal sorte que a ninfa chegou a temer por sua vida. Mas bastaram mais alguns instantes para que sua bela cabeça molhada surgisse da água, quase à sua frente. Sua boca lançou-lhe, inadvertidamente, os respingos de seu fôlego quase perdido. A pele da ninfa cobriu-se das minúsculas gotas, que se uniram ao seu suor. Salmácis gostou disto. O rapaz, contudo, ao perceber que estava diante daquela bela mulher, tomara um susto, recuando um pouco para dentro do leito do rio.

– Calma, não se assuste! – disse a ninfa, com um sorriso malicioso.

Salmácis, como uma pequena serpente feminil, rastejou em sua direção, esfregando seios e coxas sobre a relva, até aproximar o máximo possível a cabeça da corrente do rio. Com a cabeça pendida sobre a água, estudava implacavelmente o rapaz.

– Quem é você? – perguntou Hermafrodita, ainda não recuperado totalmente do susto.

– Aquela que deseja ardentemente saber quem é você! – disse Salmácis, mergulhando em seguida a cabeça inteira na corrente. Seus olhos mantiveram-se abertos, abaixo da linha da água, estudando os segredos que a superfície relativamente calma do rio ocultava. Depois, retirando a cabeça da água com violência, arremessou sobre a face do jovem, com a impetuosidade de um chicote, um grande jato d'água. Hermafrodita, definitivamente assustado com a audácia da ninfa, começou a nadar em direção à outra margem.

– O que há, garoto, está com medo de mim? – perguntou a ninfa, surpresa.

Salmácis, na verdade, estava acostumada com a agressividade dos seus rudes e habituais cortejadores, faunos e sátiros, que já chegavam agarrando-a, passando em seu corpo as suas mãos grosseiras e peludas. A ninfa, contudo, jamais permitia que algum desses seres vulgares lhe chegassem perto, preferindo sempre a companhia dos gentis e delicados pastores. Mas que alguém quisesse fugir dela era uma novidade surpreendente.

Vendo que ele saíra já da água e rumava, num passo apressado, para dentro do bosque – esquecido até da própria roupa –, Salmácis pôs-se em pé e lançou-se à água. Seus braços ágeis cortaram a correnteza suave da água com tal rapidez que em breve estava na outra margem. Ao sair do rio, mal teve tempo de perceber o dorso nu do rapaz ganhando rapidamente a mata.

– Espere! Por favor, não tenha medo de mim! – disse a ninfa, com um riso nervoso.

Salmácis entrou, também, correndo na mata, fazendo com que seus seios vibrassem no mesmo ritmo de seu passo veloz. Mais adiante divisou Hermafrodita, encostado a uma grande árvore, cujos galhos recobertos de folhas cobriam-no quase que inteiramente.

– Espere, vamos conversar! – disse a ninfa. – Quero conhecê-lo melhor.

– Não tenho nada para conversar com você – Hermafrodita replicou.

– Mas quem é a mulher aqui, afinal?! – Salmácis exclamou, zangando-se.

Hermafrodita, ofendido, retesou o peito, numa resposta instintiva à ninfa. Esta gostou da resposta. Com seus olhos percorreu o corpo do jovem, até exclamar com um sorriso satisfeito:

– Você, *com toda a certeza...*!

Procurando ser mais contida, a ninfa tentou ganhar-lhe a confiança, como numa caçada.

Salmácis, afinal, também caçava agora.

– Você é bem novo, não? – perguntou, dando um pequeno passo adiante.

– Não tanto quanto você – disse o jovem, fingindo-se mais velho do que realmente era.

– Hum... é mais experiente, então...

Hermafrodita nada respondeu. A ninfa, no entanto, aproximara-se tanto que o jovem podia sentir a respiração dela em seu peito. Era um sopro curto e irregular que lhe provocava deliciosas cócegas no peito quase liso. Salmácis, na verdade, também começava a perder o controle da situação.

De repente, encurralando o rapaz contra o grosso tronco da árvore, ela tomou a sua cabeça nas mãos e colou com fúria os seus lábios aos dele. Mas foi surpreendida pelas mãos do jovem, que lhe apertavam com vigor a cintura, erguendo-a um pouco do chão. Ao sentir que seus pés separavam-se do solo, a ninfa abraçou-se ao pescoço do jovem, enlaçando-o com as pernas. Nunca havia, na verdade, sentido tamanha identificação com o corpo e com a alma de alguém.

Tudo evoluiu rapidamente, como se ambos tivessem sido feitos expressamente um para o outro. Seus corpos encaixavam-se de modo perfeito; seus membros enlaçavam-se com tamanha familiaridade, que nem a ninfa nem o jovem podiam mais distinguir quais seriam os seus. Seus cabelos misturavam-se, ocultando como num véu o seu longo beijo.

De repente, porém, a ninfa, descolando momentaneamente os seus lábios dos do jovem e sentindo um desejo forte abalar todo o seu corpo, exclamou:

– Ó deuses! Quero que nós dois sejamos uma só pessoa!

Os deuses, que a escutavam, atenderam imediatamente ao pedido. Os corpos dos dois amantes começaram a se fundir, sob a sombra generosa da árvore, que parecia descer um pouco mais os seus galhos para ocultar a metamorfose. Os peitos de ambos, colados firmemente, impediam-nos agora de separar os seus troncos. Suas bocas fundiam-se uma na outra, tornando seu longo beijo um beijo perpétuo. As pernas da ninfa, enlaçadas à cintura do jovem, amarraram os dois amantes para sempre num nó indissolúvel: um único e perfeito ser.

ECO E NARCISO

— Não aguento mais essa tagarela da Eco – segredou um dia a deusa dos bosques a uma das suas ninfas.

De fato, não era só Diana que não suportava mais o falatório da ninfa; nenhuma das suas amigas podia mais vê-la pela frente sem fugir de sua língua incansável. Apesar de ser tão bela quanto a mais bela das ninfas, Eco tinha a mania incontrolável de falar pelos cotovelos.

– Por que não se cala de vez em quando? – diziam-lhe as amigas. – Homem algum suportará uma mulher que fale sem parar, mesmo sendo tão bela como você.

Mas Eco não se corrigia e prosseguia falando, até a exaustão. Um dia, porém, meteu-se com Juno, a esposa de Júpiter, e isto foi a sua ruína.

O deus dos deuses havia dado mais uma de suas escapadas, e Juno andava por perto, farejando o seu rastro. A própria Eco já gozara dos favores de Júpiter e prometera ocultar, a pedido do grande deus, os amores que ele agora mantinha com outra ninfa. A deusa dos bosques não queria saber de fofocas e por isso fazia vistas grossas ao namoro. Afinal, meter-se com o deus supremo podia trazer-lhe problemas funestos.

Certo dia, porém, Juno, tomada pela cólera, chegou quase a tempo de flagrar o esposo nos braços da tal ninfa. Eco, após alertar o casal, dissera a Júpiter:

– Deixem comigo, eu a distrairei enquanto vocês escapam.

E assim fez, realmente. Tão logo Juno chegou, Eco apoderou-se dela com uma longa conversa, repleta de digressões e subterfúgios. Mas Juno, acostumada às desculpas esfarrapadas do marido, compreendeu logo a intenção da ninfa, que se achava mais esperta do que realmente era:

– Cale a boca! – disse, empurrando-a. – Pensa que me engana com sua conversa mole, sua atrevida?

Eco, assustada e com as mãos da furiosa deusa impressas nos ombros, calou-se. Mas era tarde demais.

– Porque pretendeu me fazer de boba a punirei, fazendo com que nunca mais possa dizer nada a não ser as últimas palavras que escutar – amaldiçoou Juno.

– *... as últimas palavras que escutar...* – repetiu Eco, em cuja boca o feitiço já começava a atuar.

– Aí está o que ganhou com seu atrevimento – disse Juno, vingada. – Adeus, idiota!

– *... adeus, idiota...* – repetiu Eco e tapou rapidamente a boca com as duas mãos.

A notícia da maldição de Juno espalhou-se ligeiro por entre as ninfas:

– Bem feito, sua ordinária – disse um dia uma rival a Eco.

– *... sua ordinária...* – respondeu Eco, que ao menos podia, às vezes, responder à altura os desaforos que escutava.

Assim vagou a ninfa por entre os bosques durante muitos anos, até que um dia, caminhando pelas montanhas, encontrou Narciso, um jovem caçador que havia se extraviado de seus colegas. Eco, ao colocar os olhos sobre a beleza do jovem, tomou-se imediatamente de amores por ele. Seguiu-o por um longo tempo, imaginando qual o melhor meio de se aproximar dele, até que, ao pisar num galho solto, despertou finalmente a atenção do moço.

– O que foi isto? – perguntou o rapaz. – Há por aqui mais alguém?

– ... *mais alguém*... – repetiu Eco.

– Chegue mais perto – disse Narciso, sem ver ninguém.

– ... *mais perto*... – disse Eco e mostrou-se, finalmente, tendo antes o cuidado de ajeitar os cabelos.

Decepcionado por ver que não era nenhum de seus companheiros, Narciso simplesmente perguntou:

– Diga-me, ninfa, como faço para sair daqui?

– ... *sair daqui* – replicou Eco, agoniada, pois a última coisa que desejava era que ele fosse embora.

Não podendo expressar com suas próprias palavras o seu amor, sem que antes o estranho o declarasse para ela, a ninfa desesperou-se e resolveu tomar uma medida drástica. Estendendo os braços, lançou-se para ele num frenético abraço. "Talvez ele entenda os meus sentimentos", pensou.

– O que está fazendo? – exclamou Narciso, atirando-a ao solo com um empurrão. – Não quero o seu amor!

– ... *quero o seu amor*... – repetiu a ninfa, vendo Narciso dar-lhe as costas e escapar rapidamente por uma vereda do bosque.

Mas em matéria de amor Eco era um desastre. Consciente de seu fracasso, a pobre ninfa recolheu-se para o interior de uma caverna no bosque. Ali, após enfadar durante longos anos as paredes da gruta com seus lamentos e lágrimas, viu seu corpo, aos poucos, dissolver-se na escuridão da caverna, até passar a fazer parte dela. Da pobre ninfa só restou sua voz cava e profunda, a repetir sempre as últimas palavras que os passantes pronunciassem.

Narciso prosseguiu com suas caçadas e a tratar com rudeza as ninfas que o perseguiam. O jovem caçador era pretensioso e arrogante, e mulher alguma parecia bastar à sua vaidade. Inclusive corria uma lenda que dizia que quando Narciso nasceu, um oráculo teria anunciado que ele poderia viver muito tempo, se jamais enxergasse a si próprio. Seu pai, por via das dúvidas, quebrou todos os espelhos da casa. Temendo que o filho procurasse o próprio reflexo em alguma outra parte, adquiriu um espelho mágico, no qual Narciso via sua imagem sempre distorcida. Mesmo assim, sua beleza era tal que o arrogante rapaz não desgrudava do bendito espelho.

– Como sou lindo... – dizia, sempre que tinha o espelho nas mãos.

Um dia, porém, durante uma caçada mais agitada, o espelho que trazia sempre em seu bolso partiu-se. Juntando os cacos pôde ver apenas, com lágrimas nos olhos, o reflexo estilhaçado da própria beleza.

– Que lindos pedaços! – ainda se admirou, numa vaidade residual e fragmentária.

Abalado e cansado da caça, Narciso meteu-se para dentro das profundezas do bosque, próximo da gruta onde Eco vivia. Ali perto havia um pequeno lago, absolutamente deserto e silencioso. Sobre suas plácidas águas nem um único cisne deslizava. As árvores, nas margens, inclinavam-se para longe do espelho cristalino de suas águas, como que tentando escapar de seu intenso reflexo.

Narciso, chegando à margem, debruçou-se para tomar alguns goles da límpida água. Ao fazê-lo, percebeu que alguém o observava de dentro da água. Fascinado com a beleza daquele semblante inigualavelmente belo, Narciso teve de admitir que era mais perfeito ainda do que o seu próprio rosto.

– Quem é você, rosto adorável, que me contempla deste jeito? – perguntou à efígie encantadoramente bela, que o mirava apaixonadamente nos olhos.

O rosto lindo, porém, não lhe respondia, nem a esta nem às outras solicitações. Por várias vezes Narciso tentou, sem sucesso, seduzir aquele rosto magnífico. Um dia debruçou-se a ponto de encostar os lábios à liquefeita boca da imagem.

Porém, ao fazê-lo, viu o belo estranho turvar-se, o que o encheu de pânico.

– Não, não fuja! – exclamou, assustado, descolando rapidamente os lábios da água, o que fez a imagem retomar, aos poucos, a sua anterior nitidez.

– Por que rejeita meus beijos?

Pela primeira vez Narciso descobria o que era a dor do amor não correspondido.

Apesar do jovem erguer cada vez mais a voz, Eco, que ouvia tudo, excepcionalmente não lhe repetia as últimas palavras. Vítima da crueldade de Narciso, gozava agora, secretamente, a sua vingança. O único ruído que escapava da caverna era um riso baixinho, que o vento produzia ao passar pelas fendas das pedras.

O jovem caçador foi perdendo a sua cor. Suas faces murchavam, seu cabelo crescia desmesuradamente – a ponto da franja cair-lhe pelos olhos – e seu nariz, perfeitamente aquilino, apresentava uma coriza continuamente a escorrer. Mas nada disso era o bastante para fazer com que ele deixasse de amar aquele rosto magnificamente belo. Assim foi definhando lentamente o pobre Narciso, às margens do lago. Sem poder consumar o seu amor, acabou se transformando numa bela flor roxa de folhas brancas, sempre debruçada sobre o leito das águas. Sua sombra infeliz embarcou no mesmo dia na barca de Caronte, atravessando o Estige rumo ao país das trevas. Mas nem o severo barqueiro pôde impedi-lo de, enquanto fazia a travessia, reclinar-se outra vez para mirar-se nas águas do rio infernal.

FRIXO E HELE

Néfele, esposa do rei Atamas, foi repudiada pelo marido em favor de outra mulher. Ela, que até há pouco era senhora das vontades do rei, agora tinha de vê-lo sob a influência nefasta de Ino, filha de Cadmo, a nova e perversa rainha.

Antes da separação, o casal de reis havia tido um casal de filhos, Frixo e Hele. Ora, a nova esposa de Atamas não queria saber de herdeiros que não tivessem o seu sangue – razão suficiente para decidir pela morte de ambos.

"Quero esses dois jovens mortos o mais breve possível", disse Ino a si mesma, ainda no leito de núpcias, enquanto o rei percorria o seu corpo com lábios ardentes.

Na manhã do dia seguinte, a nova rainha chamou à sua presença os dois jovens e lhes deu para comer todas as sementes que havia no reino:

– Vamos, comam tudo – disse Ino, que havia mergulhado as sementes no mel para agradar ao paladar dos garotos.

Ao cabo de algumas horas, com os dedos e as faces lambuzadas, ambos haviam dado conta da tarefa.

– Tem mais? – perguntaram os jovens.

– Oh, não, queridos, infelizmente se acabou... – respondeu satisfeita a rainha, pois não havia mais semente alguma no reino.

Em consequência, o reino todo foi assolado por uma terrível fome. Apavorado, o rei decidiu enviar um mensageiro ao famoso oráculo de Delfos, para saber o que deveria fazer. Mas Ino, quando o mensageiro passou diante do seu quarto, rumo a Delfos, puxou-o para dentro, com uma força surpreendente para seus delicados braços, e com uma voz sensual prometeu-lhe tudo, inclusive um saco de moedas de ouro, se ele fizesse o que ela mandava. Esses poderosos argumentos espantaram de vez o medo do servidor.

– Diga e eu o farei – capitulou o mensageiro.

– Quero que vá ao oráculo, como determina meu marido. Mas preste atenção: quando voltar, diga ao rei que a única solução para a fome é o sacrifício ritual de seus dois filhos.

– Entendi perfeitamente, adorável Ino! – disse o mensageiro, colando seus lábios ao ombro alvo e perfeito da rainha, que o repeliu suavemente.

– Não seja atrevido! – disse a rainha, desvencilhando-se dos seus braços. – Quer a recompensa antes de cumprida a tarefa?

O mensageiro engoliu em seco ao ver as costas nuas da rainha afastando-se, resolutas. No mesmo dia partiu, decidido. Um mês depois, o lacaio apresentou-se diante do rei e repetiu as palavras que Ino lhe mandara dizer. O rei, profundamente abatido com a obrigação que os deuses lhe impunham, acabou cedendo e determinou que assim se fizesse. A rainha, ao saber da decisão, exultou. Depois, ordenou secretamente a um assassino que pusesse um fim à vida do mensageiro. Temendo, porém, que o assassino revelasse algo, ordenou a um segundo assassino que eliminasse o primeiro. Mas esse segundo matador tinha um ar pouco confiável, razão pela qual a própria Ino acabou por matá-lo com seu próprio punhal.

Néfele, a ex-rainha, já havia tomado conhecimento do perigo que seus filhos corriam. Por isso, recorreu ao auxílio do deus Apolo, pedindo que a ajudasse a salvar Frixo e Hele.

– Esteja tranquila, Néfele – disse-lhe o deus. – Enviarei aos dois um meio de fuga.

Poucas horas antes de se cumprir o sacrifício, um grande carneiro dourado entrou voando pela janela do quarto onde os dois jovens aguardavam, aflitos, o fim dos seus dias.

– Veja, Frixo! – disse Hele, espantada ao ver o animal.

– É um carneiro! E veja que pelo magnífico! – disse o irmão, boquiaberto.

De fato, a pelagem do animal era toda tecida com fios de ouro. Parecia que o próprio sol havia adentrado o quarto de ambos.

– Nada temam, meus jovens – disse o carneiro do Velocino de Ouro. – Vim para levá-los para longe da ira de Ino – completou, oferecendo as suas douradas costas para que Frixo e Hele nelas montassem.

Antes de partir, o carneiro mandou que os dois jovens se segurassem bem e não olhassem para baixo. Num segundo, o animal lançou-se ao espaço, com sua preciosa carga. Cavalgando o ar, foi subindo rapidamente em direção ao azul do céu. Os cabelos de Hele, da mesma cor do pelo do animal, esbatiam-se ao vento, enquanto Frixo fazia tudo para manter-se agarrado no carneiro, cego para tudo o mais.

– Veja, Frixo! – dizia a jovem, que não tinha olhos bastantes para admirar as estonteantes paisagens, que passavam num turbilhão aos seus pés.

De repente, o carneiro meteu-se no meio de um aglomerado de nuvens tempestuosas. Raios prateados esgrimiam ao redor dos três, como se eles estivessem em meio a um terrível duelo travado no espaço.

Atingido na cauda por uma faísca, o carneiro empinou suas patas dianteiras para cima, e isto foi o fim da infeliz Hele. Perdendo de vez o equilíbrio, as suas mãos agarraram o vento, enquanto as suas pernas desprendiam-se da sua condução. Frixo, no entanto, nada pôde fazer, pois continuava agarrado com todas as forças ao pelo do animal, esquecido até da própria irmã.

– Frixo, estou caindo! – gritou ainda Hele, num último apelo.

Mas a sua voz ecoou no vazio, e o seu corpo caiu no estreito marítimo que separa a Europa da Ásia, afundando para sempre em suas águas profundas. O carneiro ainda passou por várias vezes rente à superfície agitada das águas, mas não pôde resgatá-la dali. O estreito passou a ser chamado de Helesponto, em homenagem à desditosa Hele.

Frixo, desesperado, acrescentou muitas lágrimas às salgadas e agitadas águas do mar. Depois que viu que seu pranto era inútil, retomou, sozinho, a viagem, montado sempre no carneiro de ouro, rumo à distante Cólquida.

– Estamos chegando – disse o carneiro, ao avistar as terras do novo país.

Frixo, no entanto, não pôde alegrar-se como esperava, pois não tinha mais com quem compartilhar a sua felicidade. Depois de ser bem recebido pelo rei do país, o jovem foi ao templo de Apolo, agradecer a ajuda que obtivera. Ali recebeu do deus a ordem para sacrificar, ele próprio, o carneiro de ouro.

Desse modo singular, teve o carneiro recompensados os seus serviços. Ou talvez recebesse a punição por haver deixado perecer na fuga a infeliz Hele. O fato é que após o sacrifício o pelo dourado do carneiro foi arrancado cuidadosamente e colocado numa gruta, sob os cuidados de um terrível dragão. Ali esteve durante longos anos guardado, até que um dia o aventureiro Jasão se decidiu a ir buscá-lo, na companhia dos seus amigos argonautas, enfrentando a ira da terrível sentinela.

Mas esta é uma outra história.

AS SANDÁLIAS DE JASÃO

Jasão é, junto com Hércules, um dos maiores heróis gregos que a história lendária registra. Sua vida é repleta de fatos notáveis, e suas aventuras pedem um romance inteiro para ser contadas. Seus feitos, contudo, podem ser perfeitamente fragmentados sob a forma de pequenos episódios, de tal sorte que o leitor pode lê-los alternadamente, sem perder nunca o fio da meada.

O primeiro episódio de relevância – ainda que um tanto singelo – ocorrido na vida do grande Jasão deu-se ainda na sua juventude. Seu pai, o rei Esão, havia passado o governo de seu país para o seu próprio irmão, Pélias. Estabelecera, no entanto, a condição de que a coroa deveria ser passada a seu filho Jasão – e sobrinho de Pélias – tão logo este alcançasse a maturidade.

Enquanto isso, Jasão teve a sua educação posta aos cuidados do centauro Quíron, num lugar distante dali. Junto a esse personagem, Jasão desenvolveu todas as suas aptidões, das quais faria uso mais tarde nas suas inumeráveis aventuras. Os anos se passaram até que, completada a sua educação, Jasão retornou para a sua pátria, pronto a herdar o trono que por direito lhe cabia. Como gostava muito de caminhar, Jasão preferiu fazer seu longo percurso a pé, conhecendo muitas terras e climas.

Um dia, chegando próximo de um largo rio, preparavase para atravessá-lo, quando avistou às margens uma velha, curvada pelo peso dos anos. Jasão – que já despira seu manto, para fazer mais livremente a travessia – ficou sem graça ao perceber que a velha erguera a cabeça branca, detendo-se a estudá-lo com seus olhos cansados.

Jasão, tendo aprendido que o respeito aos velhos era sua primeira obrigação, adiantou-se em direção a ela, procurando ocultar as suas partes.

– Perdoe, minha senhora, por me apresentar desta maneira – disse o jovem Jasão, que não era então mais que um garoto.

– Não se acanhe – disse a velha. – Meus olhos já estão cansados para quase tudo, menos para a beleza. Para ela, ainda tenho luz no olhar.

De fato, a velha não tirava seus olhinhos franzidos do corpo do jovem. Sua malícia residual parecia guardar ainda o frescor de sua remota juventude. Jasão julgou, por um momento, enxergar por detrás dos traços cansados da velha um resto de sua antiga e extinta beleza.

– Posso ajudá-la de alguma maneira? – perguntou, procurando desviar da cabeça aquelas estranhas cogitações.

– Gostaria que me ajudasse a passar para o outro lado – respondeu a velha, passando a língua seca sobre os lábios murchos. – Veja, sou fraca, e os anos não permitem mais que me aventure a mergulhar sozinha nestas águas.

Jasão imediatamente suspendeu-a em seus braços, escorando-a nos ombros, pronto a carregá-la até a outra margem. A velha, sem se fazer de rogada, abraçou-se ao torso dele, colando seu rosto familiarmente ao ombro do jovem.

Jasão atravessava as águas do rio, calculando seus passos. Não podia deixar de notar que a velha ainda possuía mãos macias, que deslizavam sobre suas costas de modo inquieto. "É pena ser uma velha", refletiu, censurando-se pelos maus pensamentos.

Mas aquilo parecia não ser apenas uma impressão. Jasão agora sentia que as mãos dela passavam sobre sua nuca, subindo até o topo da sua cabeleira negra e esvoaçante. Sem poder se conter mais, virou seu rosto para a face da velha, algo escandalizado.

– O que foi, meu rapaz? – disse a anciã, com um sorriso que parecia lhe trazer de novo toda a juventude ao rosto.

– Nada, nada, minha senhora... – replicou Jasão, vexado de sua má impressão.

No entanto, ao desviar os olhos não pôde deixar de passá-los de relance pelo busto da idosa mulher, que se exibia livremente pelo decote da esfarrapada túnica. Pela abertura, entreviu perfeitamente um dos seios, absurdamente firme e rijo, como o de uma mulher na mais verdejante juventude. "Estou delirando!", pensou Jasão, atarantado. Por um momento teve o instinto de largar a velha no rio e deixá-la ali, sozinha, a debater-se nas águas. "E se for uma feiticeira?"

Sua reflexão foi bruscamente interrompida quando sentiu que a mão da velha – tinha a absoluta certeza – pressionava as suas costas de um modo absolutamente inconveniente e constrangedor.

– O que é isto, minha senhora? – exclamou, surpreso.

Uma gargalhada sonora, jovial e cristalina, ressoou em seus ouvidos. Assustado, Jasão voltou-se outra vez para a velha. Mas não tinha mais diante de si a face enrugada de uma anciã, mas uma face divinamente jovem, que tinha, no esforço do riso, os olhos franzidos sem o menor vestígio de rugas. Seus dentes, claros e cristalinos, brilhavam sob a luz do sol, enquanto os lábios mostravam-se carnudos e rubros como os de uma jovem no auge da beleza.

– Não se assuste! – disse a encantadora mulher, ainda em seus braços. – Foi apenas uma brincadeira.

Jasão, ainda encabulado – e um pouco amuado por ter sido feito de bobo –, tinha agora em suas mãos duas coxas firmes e palpitantes.

– Eu sou Juno, a rainha dos céus – disse a mulher –, e estava apenas testando o seu caráter.

A ciumenta e virtuosa esposa de Júpiter, como se vê, cansara de sofrer as traições de seu volúvel marido e fora se divertir um pouquinho também. O que a deusa perdeu em virtude ganhou em charme e encanto. Nunca seu riso foi tão espontâneo, e seus gestos, tão livres e doces. Em vez de queixas e recriminações, da sua boca saíram, agora, somente uma risada franca e algumas palavras inocentemente maliciosas.

– Porque me ajudou a cruzar este rio, decidi tomá-lo sob minha proteção – disse Juno ao surpreso Jasão, fazendo-se de séria. – Já sei que você é um homem de caráter e fidalguia.

A seguir, retomando seu bom humor, pôs-se de pé, deixando nas mãos do herói os farrapos de sua velha túnica. Lado a lado com o herói, permitiu-se a liberdade de continuar abraçada, mas seguindo com as próprias pernas.

Juno parecia ter melhorado ainda mais o seu humor; enquanto torcia os fios de seus cabelos molhados, cantava uma canção descontraída, muito diferente dos aborrecidos hinos que era obrigada a escutar todos os dias em seu templo. Jasão, que completara a sua educação nas águas daquele maravilhoso rio, também estava alegre. Encontrava-se muito distraído, tanto que acabou esquecendo uma de suas sandálias na margem do rio, seguindo o restante do percurso até sua casa com um dos pés descalços.

Um oráculo feito há muito tempo ao seu tio, Pélias, dissera que ele deveria temer um homem que surgiria desprovido de calçado. Quando Jasão chegou no reino que lhe estava prometido, o rei, sabendo da sua chegada, correu, inquieto, a recebê-lo.

– Há quanto tempo, meu querido sobrinho! – disse Pélias, com um sorriso amarelo, que desapareceu inteiramente de seu rosto ao olhar para um dos pés descalços do jovem.

– O que houve com a outra sandália? – perguntou.

– Ah, perdi no caminho... – respondeu o herói, distraidamente.

Isto deu ao pérfido rei a certeza de que Jasão era o homem da profecia. Cumpria, pois, desvencilhar-se dele imediatamente. Além do mais, Pélias jamais pensara em devolver o governo do reino às mãos do filho do antigo rei. Depois de receber o jovem em seu palácio, teve com ele uma longa conversa, querendo saber tudo sobre a sua educação. As palavras do jovem Jasão, no entanto – que ainda era um pouco ingênuo –, lhe entravam por uma orelha e saíam pela outra. Pélias tinha sua mente ocupada, pensando em como afastar de si o importuno sobrinho. Como fazer para matar o rapaz, sem que o acusassem do crime?

Durante toda a noite pensou sobre isto. No outro dia, logo cedo, chamou o jovem à sua presença.

– Jasão, o trono é seu! – disse o rei interino. – Pode ocupá-lo já, se quiser – disse Pélias, estendendo-lhe o cetro e apontando a magnífica cadeira dourada.

O jovem, passando as mãos nos cabelos, deu um ligeiro suspiro de apreensão. Já se dispunha, no entanto, a assumir as suas funções, quando o rei o atalhou:

– Antes disso, porém, tenho uma sugestão melhor a lhe fazer. Caso você consinta em abraçá-la, fará de você um rei maior do que qualquer outro – disse Pélias, estendendo os braços, como se abarcasse com eles o mundo.

O jovem escutava as palavras do tio com atenção.

– Que tal, antes de assumir o seu posto, partir em busca do Velocino de Ouro?

Jasão conhecia a fama de tal aventura – tida por impossível, já que o tal Velocino, segundo diziam, estava protegido por um monstruoso dragão.

– Mas isso é uma tarefa que está, com toda a certeza, além de minhas forças – respondeu, ao mesmo tempo fascinado com o desafio e inseguro de sua pouca experiência para tentar tamanha proeza.

– Nada estará além de você, desde que ponha nisto sua fé e energia – disse-lhe o tio, tentando enganá-lo com sua filosofia barata. – Além do mais, os deuses estarão do seu lado!

Jasão lembrou-se imediatamente da promessa de proteção que Juno lhe fizera enquanto ele a carregava nos braços. Empolgado, resolveu pôr à prova a sua juventude e energia. Num ímpeto característico de sua idade, exclamou, diante do trono:

– Está bem, aceito seu conselho, meu tio. Partirei com alguns homens pelo mar até alcançar o reino onde se esconde o Velocino de Ouro e o trarei, para honra e glória de meu futuro reino.

Pélias, já dando o sobrinho por morto, abraçou-o efusivamente:

– Que os deuses o protejam e você seja feliz em sua gloriosa aventura!

E foi assim que começou a famosa jornada de Jasão e os Argonautas em busca do Velocino de Ouro.

JASÃO NA ILHA DE LEMNOS

Jasão, o célebre herói grego, havia sido criado longe de casa pelo centauro Quíron. Enquanto completava sua educação, seu tio Pélias assumira o seu lugar no trono da Tessália. Tendo retornado, já adulto, para assumir a sua condição de rei, foi induzido pelo perverso tio a empreender uma temerária expedição em busca do Velocino de Ouro – uma célebre relíquia que estava guardada no distante reino da Cólquida.

Tão logo tomou essa decisão, Jasão cercou-se de alguns dos mais valorosos heróis de seu tempo, tais como Hércules, Teseu, os irmãos Castor e Pólux, Meleagro e muitos outros. O construtor do navio foi Argos, razão pela qual o navio foi batizado de *Argo*, e os seus tripulantes passaram a ser conhecidos por *argonautas*. O Argo era uma grande embarcação dotada de velas, tendo ao centro um mastro feito com um carvalho profético da floresta sagrada de Dodona, que predizia os bons ou os maus ventos aos navegantes. Embora tivesse um sistema de mastreação, o navio também previa lugares para remadores, para as ocasiões em que faltassem os ventos.

A construção do Argo, acompanhada de perto por Minerva, concluiu-se, afinal, e os seus tripulantes embarcaram, prontos para seguir viagem. Mas, no momento da partida, o navio recusava-se a sair do lugar. Foi necessário que Orfeu, um dos tripulantes, tocasse sua lira. Durante alguns minutos ouviram-se somente os sons maravilhosos da música misturados ao marulhar das ondas, até que finalmente o Argo, por si só, fez-se ao mar, sob os gritos de contentamento de toda a tripulação e da população que se despedia dos heróis.

Durante vários dias navegaram eles pelos mares da Grécia, até chegar à ilha de Lemnos, onde pararam para descansar e reabastecer-se de víveres.

– Veja! – disse Tífis, o experiente piloto do Argo, a Jasão, que chefiava a expedição. – Há algumas mulheres ali para nos recepcionar.

De fato, a ilha estava repleta de mulheres, que se aproximaram alegremente do Argo, cobrindo os visitantes com flores e coroas de louros. Seus trajes eram curtos, e elas eram também bastante atraentes. Porém, estranhamente, não se via nenhum homem entre elas.

– Onde estão os homens deste lugar? – inquiriu Jasão àquela que parecia a líder do grupo.

– Estão todos descansando – respondeu a estranha mulher.

Os tripulantes do Argo já haviam quase todos desembarcado. Cada uma das mulheres se apoderara de um deles, de tal modo que só havia casais passeando por toda a ilha, o que desagradou um pouco a Jasão:

– Viemos aqui para um piquenique? – disse ele a Tífis, que, entretanto, também já estava de olho numa das belas mulheres.

Jasão, desvencilhando-se delas, foi conhecer melhor a ilha. Andou sozinho por tudo, até que descobriu o cemitério. Ali estavam os túmulos de centenas de homens, todos mortos mais ou menos à mesma época.

– Gosta de túmulos, senhor navegante? – indagou uma voz feminina às suas costas.

Jasão voltou-se para trás, surpreso com a presença inesperada.

– Parece que é este o lugar onde estão descansando todos os homens da ilha – disse Jasão, num tom irônico.

A mulher – a mesma que o recebera no desembarque – sorriu discretamente. Diferente de antes, tinha agora apenas um fino véu a cobrir a parte inferior da sua cintura.

– Aqui eles não nos causam mais problemas – disse, erguendo os braços e fingindo que se espreguiçava.

– Diga, afinal, o que está acontecendo por aqui – ordenou Jasão, agarrando-a pelos ombros.

– Ui... Não se zangue, estrangeiro... – disse a mulher, passando de leve o belo nariz aquilino sobre o peito robusto de Jasão.

– Deixe de asneiras e diga o que foi feito dos homens – ordenou novamente Jasão, sacudindo-a com força.

Apesar do vigor do chefe dos argonautas, a mulher conseguiu se desvencilhar.

– Quer saber? Pois bem, nós os matamos!

– Mataram... *todos*?

– Naturalmente! Eles nos traíam o tempo todo, e este foi o castigo – disse a mulher apontando para os túmulos, alegre e desafiadora.

Em breves palavras ela descreveu, então, as humilhações que tiveram de suportar de seus maridos. Não havia um único dia em que não tivessem notícia da traição de algum deles. Finalmente, revoltadas, decidiram pôr um fim em tudo, matando-os. E assim fizeram. No dia seguinte, não havia mais um único homem vivo em toda a ilha.

– Vênus, no entanto, irou-se conosco – continuou a mulher – e nos inspirou um ardente desejo por novas núpcias. Desde então, vivemos na ânsia de contrair novo casamento, o que, no entanto, jamais se realiza.

– Por que não?

– Bem, não possuímos um navio enorme como o seu, nem saberíamos fabricar outro parecido, para partir em busca de novos maridos – disse ela, aproximando-se com seu passo felino e sensual.

Jasão, por alguns instantes, aceitou as carícias; porém, lembrando da sua missão, repeliu outra vez a estranha para longe. Com uma gargalhada divertida, ela rodopiou, fazendo uma volta inteira sobre si mesma, enquanto erguia com as mãos os belos cabelos negros, recolhendo-os acima da cabeça. Seu rosto oval ficava, assim, inteiramente livre, mostrando o traçado perfeito de suas feições, sem nada em torno para ofuscar o brilho intenso do seu olhar. Era uma visão positivamente tentadora para um homem da juventude e da virilidade de Jasão, que há várias semanas não via senão água e homens ao seu redor.

Mas ele soube resistir aos seus impulsos, pedindo mentalmente o auxílio de sua adorada Juno. Dando as costas à nativa da ilha, retornava já para o Argo quando sentiu que a sedenta mulher agarrava-se às suas costas, como uma onça, e cravava os dentes em seu ombro. Com um safanão, Jasão lançou-a ao solo. A mulher rolou pelo chão, com várias folhas secas coladas à pele. Jasão retornou ao navio. Ao chegar lá, porém, não encontrou ninguém. Furioso com o desleixo, saiu em busca do piloto e dos demais tripulantes.

Aos poucos foi encontrando um a um – ou antes, dois a dois, pois cada qual estava entregue aos braços de uma mulher, fazendo o que ele, Jasão, deixara de fazer. Por alguns momentos teve o desejo de retornar e completar o que deixara pela metade, mas outra vez o senso do dever o obrigou a refrear seus instintos. De maneira rude pôs fim à folgança de seus tripulantes, separando um a um os amantes, o que pôs à prova pela primeira vez a força do seu braço. De fato, separar os casais revelou-se a tarefa mais difícil de quantas tivera posteriormente de enfrentar; mas, pouco a pouco, conseguiu reunir novamente todos os seus homens e levá-los de volta ao Argo.

Sob o pretexto de uma grave comunicação que tinha para lhes fazer, Jasão reuniu todos no convés do Argo. As mulheres, em terra, acenavam freneticamente, chamando de volta os homens, de forma que os argonautas passaram por uma prova semelhante à de Ulisses, diante do canto tentador das sereias.

Enquanto os tripulantes aguardavam o começo da preleção, Jasão se afastou e cortou discretamente as amarras que prendiam o navio à terra, fazendo com que ele navegasse velozmente para longe da perigosa ilha. Um desconhecido marinheiro, porém, pulou pela amurada afora e foi reunir-se às mulheres, em terra. Depois de um tempo, elas acabaram por descobrir que ele as traía, desrespeitando o rodízio estabelecido por aquelas ardentes e insaciáveis mulheres, e terminaram por matá-lo e acrescentar uma lápide a mais no cemitério.

Enquanto isso, Jasão conduzia o Argo em direção ao Velocino de Ouro.

O DUELO DE PÓLUX E AMICO

Ao passar pela costa do Quersoneso, a nau dos argonautas fora atirada pelas ondas. Ali teve ela de permanecer por alguns dias, a fim de reparar os danos sofridos. Esta ilha tinha ao centro uma imensa montanha, habitada pelos Dólios, temíveis gigantes de seis braços. Assim que os forasteiros desembarcaram na ilha, os gigantes puseram-se alertas, saindo um a um da boca da caverna. O líder do grupo ia à frente, pisando firme. Com uma das suas seis mãos penteava os imundos cabelos; com a segunda cobria um bocejo; com a terceira coçava as costas;

com a quarta limpava o nariz; com a quinta fazia sombra para os olhos; e com a sexta, finalmente, espantava as moscas.

Os gigantes não estavam para conversa; a primeira coisa que fizeram ao perceber a presença dos intrusos foi erguer grandes rochas e lançá-las na direção do navio. Jasão, reunindo seus homens, deu-lhes combate, lançando em retribuição as setas de seu arco. Hércules, desejoso de provar a força de seus músculos, atracou-se com vários ao mesmo tempo, exterminando-os em poucos minutos, enquanto os demais argonautas davam conta dos demais gigantes com seus arcos.

Infelizmente, esta foi a única ocasião que os argonautas tiveram para presenciar o valor do maior dos heróis, pois às costas da Mísia, Hércules teve de abandoná-los: seu amigo Hilas fora raptado pelas ninfas quando recolhia água num rio, e Hércules preferiu ficar ali para tentar resgatá-lo.

Partindo novamente, os argonautas chegaram à terra dos Bebrícios. Lá, no entanto, não foram mais bem recepcionados do que na ilha dos temíveis Dólios. O rei do lugar chamava-se Amico, mas era, na verdade, homem de poucos amigos. Era filho de Netuno e achava que isto era desculpa bastante para exercer o seu orgulho da forma mais sanguinária. Há muito tempo ele havia instituído em seu reino o costume bárbaro de desafiar para um duelo a socos qualquer forasteiro que pisasse em seus domínios. Disto resultava que ninguém ficava vivo em sua ilha mais do que alguns minutos. Quando avistou o navio Argo ancorando em suas águas, correu logo para a praia, pronto a desafiar os visitantes.

– Que ninguém ouse colocar os pés sujos em meu reino, sem antes declarar que aceita bater-se comigo num duelo de vida ou morte! – gritou o rei em direção à nau dos gregos.

Os tripulantes entreolharam-se, surpresos. Surpresos, porém não assustados. Todos imediatamente disputaram entre si o direito de enfrentar o poderoso oponente.

– Aqui está o seu inimigo! – disse Pólux, adiantando-se em direção ao rei, cercado por seus amigos.

– Vêm todos juntos, gregos covardes? – disse Amico, com um riso de escárnio.

– Guarde os gracejos para os seus lacaios, rei da arrogância – disse Pólux, encarando seu inimigo com rudeza no olhar.

– Atrevido! – rugiu Amico. – Pagará com a vida por sua petulância! – Depois, virando-se para os lacaios, que ainda riam de seu mau gracejo, ordenou:

– Vamos, tragam logo as manoplas!

Manoplas eram luvas cobertas com pontas de ferro. O rei recebeu a sua e lançou a outra às faces do adversário, junto com uma cusparada de sua bílis negra.

– Vamos, imbecil, vista isto e prepare-se para morrer! – disse, sacudindo o punho enluvado.

Pólux deu um sorriso de mofa, enquanto pegava no chão a luva cheia de pregos.

Desfazendo-se das roupas, para ter os movimentos facilitados, os dois trajavam apenas aquela terrível luva. Uma das mãos permanecia descoberta, para poder agarrar os braços do outro, num confronto direto. Em instantes estavam os dois frente a frente; seus corpos movimentavam-se com cautela, medindo os passos, enquanto estudavam os gestos do adversário. Amico, julgando ser seu dever começar a bater, avançou para Pólux, enviando um poderoso soco que passou raspando pelos cabelos deste. Dois pregos, contudo, arranharam ligeiramente a sua testa, e duas finas listras horizontais de sangue foram brotando ao mesmo tempo em sua fronte, como se uma mão firme e invisível as traçasse com absoluta precisão.

– Seu sangue já começa a correr, maldito! – gritou o rei, possuído. – Vamos, covarde, ainda há tempo para desistir!

A resposta foi um poderoso golpe da mão enluvada de Pólux que, apesar de errar o alvo, leva consigo um pedaço do ombro do adversário. O rei, ferido, engoliu um terrível grito de dor. Seus dentes rangeram de tal forma que todos ouviram perfeitamente o ruído deles esfregando-se dentro da boca. Uma espuma branca começou a brotar dos cantos dos lábios.

– Pagará caro por isto, demônio! – gritou Amico, alucinado.

– Fale menos e brigue melhor!

Com a mão desenluvada, Amico acertou um golpe no rosto de Pólux, que recuou dois passos para trás, tentando recuperar o equilíbrio. Amico, dando um grito de triunfo, avançou com sua mão enluvada, pronto a acabar com o inimigo momentaneamente desorientado. Os companheiros de Pólux suspenderam a respiração.

Porém, desviando-se com impressionante agilidade, Pólux remeteu com a mão livre um soco, de cima para baixo, ao queixo de Amico, que o fez cuspir oito dentes ao mesmo tempo, em um espirro vermelho de sangue. Com a língua empapada, o rei fez a vistoria na boca, cuspindo os cacos que se enterraram dolorosamente nas gengivas. Seu queixo cobria-se com um cavanhaque de sangue, do qual pendia um fio vermelho e balouçante. O juiz da contenda, prevendo o pior, suspendeu momentaneamente a luta.

– Que tal está? – perguntou Jasão a Pólux.

– Nunca estive melhor – respondeu o confiante herói, enquanto secava o suor do corpo.

Amico, apesar de ter o peito manchado do sangue que escorria da sua boca, não se deixou abalar:

– Dentro de instantes o miserável estará morto – disse Amico a um bajulador, que secava com dedicação o corpo do rei. Enquanto o lacaio fazia a sua higiene, Amico estudava o melhor meio de liquidar seu adversário. De repente, porém, deu um grito de dor:

– Aí não, idiota! – diz Amico, dando um pontapé no criado.

– Perdão, alteza... – desculpa-se o lacaio, aterrorizado com o resultado da sua imprudência.

Ao tentar consertar sua gafe, porém, o lacaio sela seu desastrado destino:

– Não seria melhor desistir, alteza? – sugeriu ele, esfregando bem as coxas do rei.

Um golpe brutal da mão enluvada de Amico desceu do alto, pondo um fim à vida do bajulador.

– Vamos à luta, outra vez! – rugiu o rei, que ficava sempre excitado diante da morte de alguém, principalmente quando era ele o causador.

Pólux, outra vez em campo, estava decidido a liquidar de vez o adversário:

– Vejo que é valente para liquidar lacaios indefesos... – disse o argonauta.

– Guarde seus sentimentos, mocinha. Daqui a pouco os dois estarão cruzando juntos o Aqueronte, rumo aos infernos!

Os golpes recomeçaram, com fúria ainda maior. O sangue correu dos dois lados. Porém, Pólux tem ferimentos de pouca gravidade, já Amico tem o rosto todo ensanguentado: um dos últimos golpes de Pólux enterrara um dos ferros de sua luva no olho esquerdo do rei, arrancando-o. Sem poder conter-se outra vez – mesmo porque já não tinha mais dentes para ranger –, o rei deu um urro de dor tão pavoroso que calou toda a plateia – menos, é claro, a dos argonautas, que explodiu em vivas.

– Desista, verme imundo! – gritou Pólux, tentando poupar ainda a vida do miserável.

– Nunca! – rugiu Amico, que preferia a morte à desmoralização diante de seus súditos.

Cego de dor e de ódio, ele descobriu o rosto. Onde antes estivera brilhando seu olho perverso, havia agora apenas um buraco negro, do qual escorriam fios de um sangue negro e espesso. Sua face irreconhecível era uma máscara congesta de dor e de ódio. Num último e desesperado arremesso, Amico – que já tinha o corpo inteiro manchado do próprio sangue – investiu como um touro sobre o adversário. Pólux desviou-se e, então, acertou no alto da cabeça de Amico – tal como este fizera com seu infeliz lacaio – um golpe vertical de sua luva recoberta de ferros.

Seis pontas agudas enterraram-se no crânio do rei.

Um estupor desceu sobre os aliados do monarca.

– Bravo, Pólux! – gritaram os argonautas, em triunfo.

Os aliados do rei, porém, inconformados com a derrota desonrosa, decidiram tirar vingança com as próprias mãos, avançando em direção ao vencedor. Os argonautas, prevendo a perfídia, lançaram-se à arena como um só homem.

De um lado, um punhado de heróis gregos. Do outro, a chusma dos soldados do rei.

Sem esperar sinal algum, os argonautas investiram contra estes últimos, começando uma luta que se estendeu por várias horas. Ao cabo do combate, uma montanha de corpos dos súditos de Amico estava ao chão, misturando o seu sangue num mesmo veio rubro e inestancável.

Os sobreviventes fugiram, e os argonautas puderam, enfim, retomar sua viagem.

JASÃO E AS ROCHAS CIANEIAS

No caminho para chegar até a Cólquida, em busca do Velocino de Ouro, Jasão passou com seus demais companheiros pela costa da Bitínia. Mal prendeu as amarras e seus tripulantes já desembarcavam, felizes por pisarem em terra novamente.

– Devagar, rapazes – disse Jasão. – Já tivemos surpresas demais nesta viagem.

À frente do grupo, Jasão avançou com os outros para dentro do continente. Mais para o interior vivia um ancião de horrível aspecto. Seu nome era Fineu, e desde as primeiras horas do dia se mostrava extraordinariamente inquieto. Na juventude recebera de Apolo o dom de prever o futuro e já sabia, por esta razão, que chegariam naquele dia os homens que o libertariam, afinal, de seus padecimentos.

Na verdade, fora esse mesmo dom o causador de todos os seus males, pois Fineu fizera dele um péssimo uso. Sabedor de todos os desígnios que os deuses reservavam aos mortais, começara a revelá-los a qualquer um, de modo indiscriminado, atraindo finalmente a ira de Júpiter. Apolo advertira-o de sua imprudência mais de uma vez. O que mais irritara Júpiter, entretanto, era a mania que Fineu tinha de revelar os oráculos de maneira absolutamente clara, ignorando a misteriosa retórica dos templos.

– É preciso mistério, Fineu! – lhe dissera Apolo, certa feita.

O que Fineu pretendia, na verdade, era criar um método simples de consultar os oráculos. Abandonando o incômodo tripé onde os adivinhos costumavam trabalhar, Fineu instalara-se numa cadeira mais confortável e começara a fazer suas revelações de maneira simples e direta.

Tal método não agradou aos deuses. Júpiter, afinal, farto das indiscrições de Fineu, decidiu puni-lo, fazendo com que de um dia para o outro ele se transformasse num velho cego e decrépito. Mas isso não foi o suficiente para aplacar a ira do deus supremo. Além de torná-lo velho e cego, ele fez com que o miserável Fineu jamais pudesse comer outra vez qualquer alimento saudável. Para tanto, ordenou que as pavorosas harpias – seres alados que corrompem todo o alimento que tocam – estivessem ao seu lado, toda vez que ele fizesse uma refeição.

Assim, era em vão que Fineu se sentava à mesa para fazer suas refeições; quando erguia seu talher, logo surgiam acima dos ombros as imundas aves agitando as asas que cheiravam a carniça. Com as mãos envenenadas tomavam-lhe o alimento, cuspindo-lhe em cima uma baba fétida e negra.

Nesse regime forçado, o velho acabou definhando. Seu corpo reduzira-se apenas a uma fina cobertura de pele. Os ossos de suas extremidades furavam este frágil envoltório, de tal modo que se podiam ver perfeitamente os ossos de seus cotovelos saindo pela pele rasgada. Por toda a parte do corpo irrompiam pedaços de ossos, de tal sorte que parecia que se descascava, prestes a revelar o esqueleto inteiro.

Era um espetáculo verdadeiramente triste assistir à decadência física daquele pobre homem. No entanto, o desgraçado Fineu ainda não havia perdido completamente o dom de prever o futuro, e agora fazia uso dele para si próprio.

- – São eles! – disse o velho, levantando-se de seu leito imundo ao sentir a chegada dos argonautas.

Apoiado ao seu cajado, Fineu arrastou seus frágeis ossos até a porta. Os visitantes espantaram-se diante daquele esqueleto humano, que mais parecia a Morte a aguardá-los. De repente, porém, surgiram dos céus novamente as harpias esvoaçantes. Com golpes de suas malcheirosas mãos, tentaram impedir que Jasão e seus homens conversassem com Fineu. Estes, contudo, sacaram suas espadas e desferiram vários golpes, expulsando-as com violência. Agradecido, o velho convidou-os a entrar.

– Minhas predições estavam certas, afinal! – exclamou. As harpias haviam sido expulsas para sempre, conforme previra.

Depois de sentar-se à mesa, Fineu chamou Jasão, pois tinha uma importante revelação a fazer. Como se vê, o velho não perdia o hábito de profetizar.

– Logo que vocês saírem daqui, encontrarão em alto-mar dois imensos rochedos. São as Rochas Cianeias – falava Fineu, enquanto se banqueteava com fúria, livre, enfim, para comer à vontade.

– O que têm essas rochas? – perguntou Jasão.

– São dois rochedos que flutuam no mar, à espera de que algum barco tente cruzar o seu vão – disse o velho. – Quando isso acontece, eles juntam-se inesperadamente, esmagando os imprudentes.

– Você quer dizer que isto acontecerá conosco, também?

– Bem, se isto ocorrerá ou não, não posso revelar... – disse Fineu, mais comedido em seus prognósticos, pois temia uma nova punição de Júpiter. – Mas há um meio de saber quando será a melhor hora para tentarem a travessia.

– Vamos, diga logo! – disse o herói grego, impaciente.

– Quando estiverem próximos, larguem uma pomba; se ela conseguir realizar a travessia com facilidade, ponham toda a força nos remos e sigam adiante – disse o velho, cujos olhos cegos pareciam enxergar perfeitamente a cena. – No entanto, se a pomba perecer, desistam.

Satisfeito com as advertências, Jasão agradeceu e então partiu da ilha, juntamente com seus homens.

No mesmo dia, o Argo avançou intrepidamente pelas perigosas águas. Aos poucos foram surgindo no caminho várias rochas de pequeno e médio tamanho, espalhadas ao longo do estreito. Com muita dificuldade, os remadores evitaram a colisão com esses escolhos, orientados sempre por Tífis, o experiente piloto que guiava o Argo desde o começo da expedição.

Aos poucos o horizonte foi tornando-se escuro, prenunciando a chegada da noite.

Jasão ordenou que os grandes archotes presos aos mastros fossem acesos. Os marinheiros também portavam alguns, de tal modo que parecia que o Argo tinha a voejar ao redor de si um exército de imensos vaga-lumes dourados. Assim, iluminado, o navio ia avançando e se desviando, até que, afinal, Tífis exclamou, apontando adiante:

– Vejam, são elas, as Rochas Cianeias!

Embora ainda estivessem um pouco distantes, todos puderam divisar, iluminados pela lua cheia, dois imensos rochedos a flutuar firmemente sobre as águas revoltas.

– E se tentássemos contorná-los? – perguntou Tífis.

– É impossível – disse Jasão. – O desvio seria imenso. O único vão suficientemente largo para que possamos passar com nossa embarcação é aquele que há entre eles.

Jasão tinha seus olhos fitos nas duas rochas gigantescas. Ao perceber que haviam chegado ao ponto máximo de seu afastamento, virou-se com decisão para um dos marinheiros:

– Vamos, solte a pomba!

Uma pomba branca ergueu voo das mãos do marinheiro e partiu como uma flecha em direção ao vão. As rochas, no entanto, parecendo adivinhar que algo pretendia franquear a sua passagem, começaram a unir-se rapidamente. A pomba acelerou ainda mais o voo e conseguiu meter-se afinal no vão, no último instante, quase ao mesmo momento em que os penedos flutuantes trombavam violentamente um contra o outro. Um estrondo de formidável intensidade ecoou, espalhando-se por todo o mar; grandes vagas marinhas subiram ao céu numa explosão de água, descendo sob a forma de uma improvisada chuva. O mar inteiro se convulsionava, enquanto as rochas, lentamente, iam se separando outra vez. A pomba conseguira passar quase incólume, perdendo apenas uma ou duas penas da cauda.

– Adiante! Toda a força nos remos! – disse Jasão, com um grande grito.

Os homens estiraram os músculos, pondo toda a energia nos movimentos. As rochas rapidamente se separavam, enquanto o Argo avançava velozmente, quando subitamente o navio foi impelido para trás por uma grande onda.

Rodopiando, o Argo voltou quase ao ponto de partida.

– Vamos outra vez, ainda há tempo! – rugiu Jasão.

Empinando a proa, o Argo arremeteu novamente, com maior vigor ainda. As rochas começavam a fechar-se outra vez, enquanto o mar se agitava em torno delas, levantando um novo maremoto. Ganhando um novo e decidido impulso, o navio enfiou-se na já estreita fenda, comprimindo-se entre as duas paredes escarpadas.

Quando todos pensavam que já estavam livres, um baque tremendo sacudiu inteiramente a embarcação, lançando ao solo vários homens. As rochas haviam esmagado a popa.

Porém, afora isso, os rochedos haviam sido transpostos, e os argonautas podiam considerar-se felizes.

– Vamos agora em busca do Velocino, companheiros! – disse Jasão, com um sorriso.

JASÃO E O VELOCINO DE OURO

Após passarem por muitas peripécias, os argonautas – ousados navegantes, comandados pelo herói grego Jasão – estavam prestes a chegar a Cólquida, reino onde estava escondido o famoso tosão de ouro. Sua missão era resgatar esta relíquia, levando-a intacta até o seu país.

A última parada antes do destino final se deu na ilha de Marte. Porém, antes de desembarcarem, avistaram ao longe um bando de imensas aves que pairavam sobre a ilha como uma gigantesca e movente nuvem escura.

– O que é aquilo? – disse um dos tripulantes do Argo, o navio que conduzia os heróis.

– Vamos nos aproximar para ver melhor – disse Jasão a Tífis, o piloto.

Virando as velas, Tífis fez com que o Argo passasse rente à ilha, o que bastou para despertar a atenção das aves. Num instante, uma gigantesca nuvem alada ergueu-se até os céus, saindo no encalço da embarcação.

– As malditas aves estão nos seguindo! – disse Tífis ao comandante da expedição.

As aves tinham o tamanho e a aparência assemelhados aos do maior dos grifos – pássaros monstruosos com corpo de leão, cabeça e asas de águia – e suas penas eram disparadas de seus corpos como setas.

– Cuidado, Tífis! – disse Teseu, um dos tripulantes, ao perceber que uma delas se aproximara perigosamente do companheiro.

Infelizmente o aviso chegara tarde demais; atingido por uma flechada certeira partida de uma das aves, o infeliz piloto caíra morto instantaneamente.

– Aves infernais! – bradou Jasão, recolhendo o corpo de Tífis, já sem vida.

Erguendo seus escudos e lanças, os argonautas tentavam proteger-se do ataque das aves, que continuavam a lançar de seus corpos uma chuva de setas.

– Batam nos escudos, com toda a força! – disse o comandante.

Imediatamente todos começaram a fazer uma tremenda azoada, ao mesmo tempo em que acertavam algumas aves com a ponta de suas lanças. Mas o que verdadeiramente os salvou foi a perícia do piloto, que havia desde o primeiro instante dado o rumo certo à embarcação, fazendo com que o navio se afastasse o suficiente da ilha. As terríveis aves, apesar de belicosas, jamais iam para muito longe de seu habitat, por isso logo retornaram à ilha, dando gritos estridentes de triunfo. Pareciam satisfeitas por terem assassinado ao menos um dos intrusos, embora tenham sido abatidas em muito maior número.

Os argonautas, aliviados por escapar do perigo, tinham motivos, no entanto, para estarem mais abatidos do que felizes, devido à morte de Tífis. Depois de deplorar a má sorte de seu companheiro, os expedicionários rumaram para a Cólquida, onde chegaram sem mais incidentes.

Tão logo desembarcou em terra, Jasão procurou o rei, Etes, para lhe informar do motivo da viagem. O rei escutou-o atentamente e depois disse:

– Estrangeiro, já que você e seus companheiros se deram a tantos trabalhos e perigos para chegar até aqui, estou disposto a lhes ceder o Velocino de Ouro.

Um sorriso de satisfação banhou o rosto de Jasão.

– Antes, no entanto, você deverá provar que é realmente um escolhido dos deuses.

— Estou disposto a qualquer coisa para cumprir a minha missão — disse Jasão, confiante.

— Muito bem. Amanhã cedo você deverá estar diante do campo de Colcos. Ao chegar lá, lhe entregarei dois touros. Tome-os e are o campo inteiro para mim.

Os argonautas entreolharam-se, incrédulos com a simplicidade da tarefa.

— Só isto...? — perguntou Jasão.

— Sim, os detalhes você saberá amanhã. Então, está disposto?

— Está bem, lá estarei à hora combinada — respondeu o forasteiro.

Entre os circunstantes, entretanto, estava Medeia, a filha do rei, que imediatamente tomou-se de amores pelo herói grego. Chamando-o à parte, a filha do rei decidiu preveni-lo:

— Belo estrangeiro, preciso falar com você — disse, pegando no pulso de Jasão.

Jasão acedeu, acompanhando-a até um local afastado do burburinho.

— Esta é uma prova muito mais difícil do que você imagina — começou ela a dizer. — Os bois com os quais você deverá arar o campo são, na verdade, dois imensos e furiosos touros com patas de bronze. Além disso, eles cospem fogo pela boca, de tal sorte que jamais alguém, à exceção de meu pai, conseguiu arar o tal campo.

— Bem, se ele conseguiu, eu também conseguirei — exclamou Jasão.

— Não seja tão ingenuamente confiante — censurou Medeia. — Na verdade, ele apenas o consegue porque está sempre de posse de um feitiço que eu elaboro especialmente para ele.

— Você é uma feiticeira?

— Sim, desde nova fui iniciada nas artes mágicas.

— Bem, e você está disposta a me ceder esse feitiço?

— Certamente, mas antes é preciso que você saiba de uma outra coisa. As sementes que o rei lhe dará para semear no campo são, na verdade, os dentes que Cadmo extraiu de um horrível dragão. Tão logo os deposite sobre os sulcos abertos pelo arado, eles irão se transformar num exército de soldados, que se lançarão sobre você, dispostos a tudo para lhe tirar a vida.

– Bem, e o seu feitiço agirá como?

– Quando meu pai lhe der os dentes do dragão, você deverá pedir o adiamento da tarefa para o dia seguinte. Com a chegada da noite, vá até o rio que há um pouco além do campo e, depois de se purificar em suas águas, sacrifique dentro de um fosso, que você cavará com as próprias mãos, um grande carneiro. Queime-o inteiro e faça ali mesmo suas libações com mel, invocando Hécate, a deusa das trevas. Você saberá que ela estará presente quando escutar o uivo de milhares de cães invisíveis. Dê então as costas e saia imediatamente do local.

– E depois?

– Quando a aurora surgir, junte um pouco do seu orvalho e dilua o feitiço que estou lhe dando neste momento – disse Medeia, estendendo às mãos de Jasão um pequeno vidro – e passe-o por todo o corpo. Deverá esfregá-lo também em suas armas. Você sentirá então que seus membros adquirirão uma força sobre-humana, estando apto, assim, a enfrentar a fúria dos touros.

– E quanto ao exército que brotará do solo?

– Quando os soldados surgirem do chão, pegue uma grande pedra e jogue entre eles. Isto os tornará raivosos a ponto de fazê-los brigar entre si. Aproveite, então, a confusão e liquide-os.

Depois de receber essas instruções, Jasão partiu, disposto a cumprir com exatidão tudo o que a filha do rei lhe dissera.

No dia seguinte, logo cedo, Jasão chegou, juntamente com os seus amigos, no campo de Colcos. O rei já estava instalado numa grande tribuna, juntamente com sua filha e um imenso contingente do povo que acorrera pressuroso para presenciar o temível feito. A maioria, porém, foi disposta apenas para ver a morte do estrangeiro, pois vários outros já haviam tentado inutilmente a façanha. Ninguém, no entanto, jamais havia conseguido passar além da doma dos touros selvagens.

Dentro de uma armação de ferro reforçada, montada no próprio campo, partiam rugidos ferozes, acompanhados de golpes semelhantes aos de poderosos malhos que fossem desferidos contra o solo que faziam tremer as próprias tribunas e arquibancadas. Eram os touros que se debatiam, fazendo saírem fios de labaredas por todas as frestas da armação.

Entre o povo ferviam as apostas; apostava-se não para saber se o desafiante venceria ou não, mas quanto tempo ele levaria para ser abatido pelas feras.

De repente, quatro homens aproximaram-se do grande portão de ferro e puxaram a imensa tranca de chumbo que impedia a saída dos animais. Os touros, pressentindo a iminência de sua libertação, lançavam-se contra as paredes de sua prisão. Tão logo a tranca foi retirada, os dois lançaram-se a toda força, não dando sequer tempo para os homens fugirem. Um deles foi imediatamente pisoteado pelas patas de bronze do primeiro boi, que sapateou sobre o corpo até reduzi-lo a uma massa sangrenta de ossos e carne. Ninguém moveu um dedo para salvá-lo. E, se alguém o tivesse feito, teria sido executado a mando do próprio rei, pois aquelas mortes introdutórias faziam parte do espetáculo. O segundo e último morto – pois os demais haviam conseguido escapar a tempo – foi um rapaz de seus dezoito anos, que teve o rosto inteiro queimado pelas labaredas que um dos touros lhe lançou às faces. Junto ao solo ficou seu corpo intacto, com a caveira queimada exposta.

O espetáculo destas duas mortes preliminares acendeu o ânimo do povo, em definitivo. Gritos de prazer elevaram-se da plateia; urros selvagens percorriam todo o campo, abafados somente pelo mugido selvagem dos touros, que continuavam a escarvar o solo, lançando para o alto torrões de terra do tamanho de uma cabeça humana.

Jasão estava poucos metros à frente das bestas; seu olhar era ao mesmo tempo cauteloso e confiante. O primeiro touro, assim que o enxergou, lançou-se sobre ele, a toda fúria. Jasão, com seu escudo enfeitiçado, aparou o golpe – que sob condições normais teria furado o metal do instrumento como se fosse de papelão. Mesmo assim o herói foi lançado junto com sua proteção dez metros adiante, o que fez a plateia erguer-se, num êxtase incontido.

Enquanto Jasão ainda estava caído, o segundo touro investiu, disposto a pisotear o grego até a morte. Mas este, levantando-se, conseguiu desviar-se, dando ainda um grande soco na cabeça do animal, o que o desorientou por alguns instantes. Cego de raiva, o touro cuspia fogo em todas as direções, de modo que uma de suas poderosas línguas de fogo alcançou as primeiras filas da arquibancada, espalhando o pânico sobre o povo. Do outro lado da arquibancada, os que estavam mais para trás acavalavam-se sobre os ombros dos que estavam à frente para enxergar melhor o massacre inesperado. Pessoas pulavam para a arena com os corpos em chama. Os touros, deliciados, continuavam a investir sobre os dois cadáveres. Jasão teve de prosseguir em seu desafio, mesmo em meio aos corpos calcinados e pisoteados de homens e mulheres.

A plateia agora estava tomada pela histeria, empolgada até a loucura pelo macabro espetáculo. Pessoas começavam a ser lançadas de modo indiscriminado para dentro do campo, o que obrigou o rei a lançar seus soldados sobre a plebe, a fim de conter o entusiasmo.

Apesar do fogo espalhado por todo o campo, Jasão não tinha uma única queimadura, graças ao feitiço de Medeia. A um canto estava o jugo de bronze e o arado de ferro; Jasão apoderou-se do jugo com uma das mãos e aproximou-se do primeiro touro. Um espirro de fogo da besta cobriu o herói de uma veste de chamas, dos pés à cabeça. A plateia urrou. Mas assim que as chamas se extinguiram, Jasão ressurgiu de dentro delas, intacto, arrancando um oh! decepcionado de espanto da mesma plateia. O touro também parecia desconcertado; confuso, olhou para o irmão, como que buscando dele uma explicação para o feito assombroso. Jasão, aproveitando a distração, agarrou um dos cornos do animal, arrastou-o até sentir seu pelo ardente encostado no peito, e com um pontapé fez o animal cair de joelhos diante de si. Em seguida, colocou sobre o cachaço do touro o pesado jugo, deixando-o imobilizado. O segundo touro, vendo seu irmão em apuros, correu a toda velocidade em direção ao inimigo. Medeia, percebendo a cena, gritou para Jasão:

– Cuidado!

A imensa cabeça do touro sacudiu-se como se uma nuvem invisível de moscas a cercasse. Jasão, com um pulo ligeiro, montou sobre as costas do animal e saiu trotando, agarrado aos chifres da criatura, que escoiceava, enlouquecida por se ver alvo daquela inesperada humilhação.

Medeia, na tribuna, vibrava. O próprio rei não pôde deixar de aplaudir o prodígio. E até a própria ralé das arquibancadas passou para o lado do audaz domador, curvando-se ao talento do vencedor.

Aproveitando-se de um descuido do animal, Jasão apoderou-se de seus dois chifres e com uma pancada vigorosa do punho, assestada contra a testa do animal, praticamente o nocauteou, obrigando-o a dobrar os joelhos até o chão. Jasão tinha agora os dois touros postos sobre o jugo; com um movimento rápido, atrelou o arado de ferro à extensão da canga e, apoderando-se do timão, começou a arar o campo, como se estivesse puxando a mais suave parelha de bois de toda a Grécia.

Um estrépito de aplausos varreu toda a assistência. Ainda falta, porém, a última parte da tarefa, que é a de semear nos sulcos abertos pelo arado os dentes do dragão que Cadmo abatera anteriormente. Jasão assim o fez, voltando sempre a cabeça para trás para ver se surgiam os temíveis soldados que, segundo Medeia, se levantariam do chão para atacá-lo.

Após lançar o último dente amarelo do dragão sobre o solo, Jasão, de fato, viu erguer-se do chão um exército inteiro de gigantes. Cada um deles tinha a mesma aparência do temível réptil: uma face oblonga e esverdeada, tendo de cada lado do rosto um grande olho de pupilas horizontais. Estavam todos armados de escudos, lanças e espadas. Imediatamente os soldados avançaram em direção a Jasão, que os rechaçava com golpes firmes de sua espada encantada. Mas para cada um que era abatido ressurgiam outros dez, e se tornava impossível ao herói dar conta de todos eles.

Obrigado a recuar, Jasão lembrou-se, contudo, do expediente que Medeia lhe ensinara. Erguendo do chão uma pedra de bom tamanho, o herói lançou-a em meio aos temíveis guerreiros. No mesmo instante eles atiraram-se uns contra os outros, de modo surpreendente, fazendo-se em pedaços. Jasão, aproveitando-se da confusão, caiu em cima dos restantes, acabando com eles.

Cumpridas as duas tarefas, Jasão apresentou-se diante do rei Etes.

– Muito bem, audaz guerreiro – disse o monarca, pondo sobre a fronte de Jasão o louro da vitória. – Você já tem a minha autorização para entrar no bosque onde está guardado o tosão dourado. No entanto, deverá fazê-lo sozinho – completou o rei, pois sabia bem que Medeia o havia auxiliado ainda há pouco e queria evitar nova intromissão por parte de sua filha. Um pouco além do campo onde Jasão domara os touros e exterminara o exército de gigantes ficava o tal bosque. Ali, nem mesmo o mais destemido dos guerreiros da Cólquida ousava penetrar. A noite já caíra, e o herói tinha uma tocha acesa numa das mãos.

De repente, porém, Jasão sentiu que tinha alguém a seu lado. Virando-se, confirmou sua impressão. Era Medeia, que, escapando à vigilância de seu pai, viera juntar-se a ele.

– O que está fazendo aqui?

– Vim para ajudá-lo outra vez – disse a filha do rei, decidida.

O argonauta, reconhecendo a competência da jovem, curvou-se à vontade dela e ambos seguiram floresta adentro.

– Mantenha-se sempre perto de mim – disse o guerreiro.

Assim unidos, os dois avançaram, desviando-se dos compridos galhos; a jovem feiticeira também trazia consigo uma tocha, para ajudar a clarear a treva espessa da mata. Depois de atravessarem grande parte do bosque, Jasão entreviu por detrás das folhas das árvores uma claridade que quase tornou desnecessário o uso das tochas.

– É ela, a árvore onde está pendurado o Velocino dourado! – disse Medeia, puxando o braço de Jasão.

De fato, dentro de uma larga clareira dentro da mata estava uma enorme e solitária árvore. De seus galhos pendia o tosão de ouro – a pele de ouro da ovelha que o jovem Frixo esfolara logo após a sua chegada a Cólquida. Banhado pela luz da lua, o tosão esplendia maravilhosamente, deixando os dois intrusos momentaneamente paralisados de admiração. Ao lado da majestosa árvore estava, no entanto, uma grande caverna, de cuja entrada escura escapava um ronco.

– Cuidado, Jasão! – disse Medeia, apreensiva, ao ver que ele se precipitava para apanhar do galho da árvore a preciosa relíquia. – Ali dentro está o terrível dragão que protege o Velocino noite e dia! Deixe-me ir junto!

– Fique aqui! – recomendou ele, empunhando com firmeza a espada, enquanto resguardava o peito com o escudo.

O herói avançava, cautelosamente. Subitamente, porém, o ronco no interior da caverna silenciou. Jasão, prevendo que o tempo se esgotava, estendeu a mão, chegando a tocar o macio e dourado pelo do tosão pendurado ao galho. Como se o seu toque despertasse um alarme, surgiu no mesmo instante da entrada escura da caverna a grande e horrenda cabeça do dragão.

– Cuidado, Jasão! É ele, o guardião do Velocino! – gritou Medeia.

Um urro selvagem fez os galhos das árvores vibrarem, expulsando de suas extremidades uma chuva de folhas, que rodopiaram soltas no ar. Ao enxergar o intruso, a besta fenomenal saiu de corpo inteiro de dentro da caverna. As escamas denteadas de seu dorso lembravam os degraus cartilaginosos de uma imensa escadaria verde escura. Uma baba amarela descia pelo queixo do monstro, deixando várias poças espalhadas pelo chão. Com sua cauda gigantesca sempre em movimento, ele espalhava a gosma venenosa para todos os lados.

Jasão, protegido por seu escudo, recuou um pouco, sem poder capturar a sua preciosa relíquia. Medeia, por sua vez, desobedecendo às ordens de Jasão, lançou-se ao teatro da disputa, disposta a tudo. Os dois estavam agora inteiramente à mercê da fera, que os encurralou a um canto de um grande paredão rochoso. Felizmente o monstro estava preso a uma sólida corrente dourada, cujos elos eram tão grandes que por eles podia passar uma cabeça humana inteira.

Jasão já se preparava para atacar a fera, quando Medeia puxou de seu seio um pequeno vidro.

– Tome, leve consigo! – disse. – É uma poção destinada a fazer adormecer o monstro.

O herói, de posse do líquido, avançou, mas foi golpeado inadvertidamente pela ponta da cauda da fera, indo cair próximo à árvore. Jasão agradeceu o erro de cálculo do monstro e apoderou-se com segurança do tosão. A fera, enlouquecida de ódio, investiu com fúria contra o argonauta; o recipiente com a poção mágica, contudo, rolara ao chão. Felizmente, o vidro não se quebrou. Enquanto Jasão enfrentava o monstro, Medeia, de posse outra vez da poção, a aspergia sobre o inimigo. A fera, arreganhando os dentes, engolira quase todo o conteúdo, e aos poucos foi-se fazendo sonolenta.

Os olhos do dragão começavam a se fechar. Jasão, aproveitando a oportunidade única, tomou a lança e a atravessou no coração do monstro. Foi um ato que se revelou mais imprudente que judicioso, pois a fera, com a dor insuportável do golpe, ergueu-se nas duas patas lançando um grande urro. Antes de cair morta ao solo, num último golpe tentou abocanhar Jasão, que deixou nos dentes do dragão, no entanto, apenas seu escudo, todo torto e desmanchado.

O dragão estava finalmente morto, e o Velocino de Ouro estava agora, finalmente, nas mãos de Jasão. Medeia, com um grito de alegria, lançou-se aos braços do herói e, no mesmo instante, ambos retornaram para o Argo. Medeia decidira unir-se a Jasão, partindo com os demais argonautas de volta para a terra de seu amado.

O RAPTO DE PROSÉRPINA

Plutão, o deus dos infernos, andava inquieto com a agitação que vinha abalando os fundamentos do monte Etna, na Sicília. De fato, o vulcão que ali existia parecia mais irado do que nunca, cuspindo fumaça e faíscas para todos os lados. Sabedor de que o interior daquelas montanhas abrigava o gigante Tifão – que fora anteriormente derrotado por Júpiter e ali acorrentado –, Plutão decidira ir ver pessoalmente o que estava ocorrendo.

Tomando a carruagem da noite, o deus subterrâneo percorria a terra, no caminho do monte Etna, quando avistou um grupo de mulheres que colhiam flores no campo. Enquanto isto Vênus, a deusa do amor, observava tudo, tendo ao lado o filho Cupido.

— Veja, meu filho — disse Vênus, pegando o braço do jovem —, parece que o deus dos infernos decidiu dar uma voltinha à luz do dia.

— O coitado deve estar cansado de toda aquela escuridão — disse Cupido. — Deve ser horrível, afinal, ser o rei de um mundo de mortos.

De repente, Vênus, dando-se conta de algo, encostou sua boca à orelha de Cupido:

— E se lhe arrumássemos algo que o distraísse de sua solidão?

Os olhos do jovem pareceram se iluminar. Cupido pegou rapidamente o seu arco, escolhendo a flecha mais aguda de sua aljava repleta de setas.

— Já entendi, mãe... — disse, caprichando na pontaria.

Uma flecha dourada cortou o ar, indo atingir em cheio o coração do deus infernal. No mesmo instante, Plutão ficou apaixonado pela mais bela das mulheres que tinha diante dos seus olhos. Era Prosérpina, filha de Ceres, a deusa da fertilidade e da agricultura; a jovem podia ser considerada uma digna filha de sua mãe, com seus longos cabelos da cor do trigo.

Tomado por um ímpeto verdadeiramente infernal, Plutão colheu as rédeas cor de ferro que seguravam seus negros cavalos e se lançou em direção ao grupo de moças que circundavam a encantadora presa. Assustadas com a aproximação do carro negro, todas correram em diversas direções, deixando Prosérpina desprotegida. Plutão, aproveitando o descuido, suspendeu a moça com o braço, arrebatando-a aos céus em seu carro veloz.

Foi em vão que a filha de Ceres clamou por socorro: Plutão, mantendo-a solidamente presa em seus braços, a conduzia para cada vez mais longe. Descendo, afinal, do seu carro, o deus das trevas preparava-se para golpear o solo com seu tridente e abrir caminho para retornar ao seu mundo subterrâneo, quando a ninfa Ciana, que estava ali por perto, ainda tentou detê-los:

— Espere, cruel divindade! Deixe-a em paz!

Plutão, sem lhe dar ouvidos, fendeu a terra com um golpe poderoso de seu tridente. Um abismo abriu-se aos pés de ambos. Antes, porém, que o raptor e sua presa entrassem pela negra passagem, Plutão, temendo que a ninfa Ciana viesse a dar com a língua nos dentes, transformou-a em uma fonte. Os cavalos relincharam, felizes de regressarem à sua escura morada, enquanto Prosérpina perdia os sentidos ao ver-se prestes a adentrar aquela escuridão sem fim. – Vamos, você será agora a rainha dos infernos! – disse Plutão, dando um beijo na face desmaiada de Prosérpina, antes de chicotear com furor os seus cavalos da cor da noite.

Ceres, no mesmo dia, foi alertada pelas amigas de Prosérpina, que lhe contaram em detalhes o rapto e o seu autor.

– Plutão?! – exclamou Ceres, incrédula. – O que fará aquele maldito à minha filha?

Desesperada, a deusa saiu a pé, do jeito que estava, em busca de Prosérpina. Percorreu a terra durante o dia inteiro, sem encontrar nem sinal da filha. Quando a noite chegou, acendeu uma tocha e prosseguiu em sua solitária e desesperada busca. Assim que Ceres avistou Selene, a deusa da Lua, deteve o seu passo.

– Por acaso você não viu, poderosa deusa, a minha filha sendo levada num grande carro conduzido por Plutão? – perguntou, esperançosa.

Infelizmente, Selene nada vira. Durante a noite inteira Ceres percorreu a terra, iluminada apenas pelas estrelas e pela Lua, que intensificou seus raios para ajudá-la a encontrar a filha. Quando o dia amanhecia, Ceres encontrou-se com a Aurora, que já vinha adiante, precedendo o radiante carro de Febo, o deus do Sol.

– Aurora querida, perdi minha filha! – disse Ceres, em prantos. – Você, por acaso, não a viu passar num carro puxado por negros cavalos?

Também Aurora nada vira. Estava disposta a ajudar na procura, mas o Sol a impelia para a frente, não dando tempo para que continuasse sua conversa.

Durante vários dias e várias noites, Ceres continuou em seu périplo inútil, esquecida de seus deveres para com a natureza. Logo a terra começou a se tornar estéril. As águas não desciam mais do céu para regar as plantações, e a fome começou a se espalhar por tudo. Um dia, completamente desanimada,

Ceres sentou-se numa pedra, curvando a exausta cabeça sobre o peito. Assim esteve um bom tempo, abatida, quando percebeu que a seu lado uma fonte cantante respingava suas águas sobre si. Passando os olhos sobre o espelho das águas, Ceres percebeu nele o desenho do rosto de Ciana, uma das ninfas mais íntimas de sua filha. Ainda que um pouco turvada pela fonte, a imagem a encarava com indizível pena.

– Ciana, o que houve com você? – disse a deusa, sem obter nenhuma resposta, pois, com a metamorfose, a ninfa havia perdido o dom da fala.

Entretanto, por alguns sinais que a deusa logo compreendeu, a ninfa fez entender que sua amiga havia sido engolida pela terra, ali, naquele local. Ceres viu confirmada essa suspeita ao divisar flutuando sobre as águas da fonte o cinto de sua adorada filha. Apanhando-o, secou-o em seu seio, mas logo o encharcou novamente, com suas lágrimas.

Sem meios de poder descer até as profundezas do reino de Plutão, Ceres decidiu subir aos elevados domínios de Júpiter, pai de Prosérpina.

– Deus dos deuses, preciso de sua ajuda! – exclamou Ceres, ao mesmo tempo aflita e determinada. – Quero que obrigue Plutão a me devolver a minha filha.

– Plutão é senhor em seus domínios... – tergiversou Júpiter, dando a entender que não queria problemas com seu irmão das trevas.

– Ele que vá para o inferno! – bradou Ceres, completamente impotente.

– Ele já está lá, querida... – disse Júpiter, sem saber o que dizer.

Ceres, no entanto, não estava para graças:

– Não tenho tempo nem ânimo para seus gracejos! – rugiu.

– Então vá lá para baixo, que é seu lugar, e coloque em ordem outra vez a terra, da qual você tem se descuidado há vários meses – disse Júpiter, tentando impor sua autoridade.

– Ela vai continuar assim, sem brotar mais um pé de couve sequer, enquanto eu não tiver minha filha de volta – respondeu, categórica, a deusa da fertilidade e da agricultura.

O grande Júpiter, ao perceber que sua esposa Juno já se aproximava para ver o que estava acontecendo, resolveu contemporizar, pois sabia que duas mulheres iradas eram demais para ele ou qualquer outro deus:

– Está bem, façamos então assim: sua filha poderá retornar para a Terra, desde que não tenha comido nada nos infernos, pois assim determinaram as Parcas.

A condição parecia meio absurda, mas Ceres não tinha alternativa e, por isto, resolveu ir pessoalmente ao reino de Plutão. Esteve longo tempo nas margens do Aqueronte, aguardando a chegada da barca de Caronte, que a transportaria até o reino das sombras. Quando o velho barqueiro se aproximou, Ceres imediatamente embarcou.

– Vamos com calma! – disse o velho, ameaçando-a com o remo.

– Cale-se e me leve logo até a outra margem! – ordenou Ceres.

Uma vez desembarcada, foi barrada por Cérbero, o terrível cão de três cabeças que guarda os portões do inferno. Mas uma mãe que procura a filha não se deixa intimidar por qualquer coisa. Com o facho que levava numa das mãos desceu uma bordoada sobre as três cabeças do cão ao mesmo tempo, e esse saiu ganindo inferno adentro. Sem dar ouvido a nada nem a ninguém, foi avançando pelas regiões escuras.

A deusa avançou tanto que em breve tinha diante de si o deus infernal instalado em seu trono, tendo ao lado sua filha. Esta, enxergando a mãe, lançou-se em seus braços, num abraço longo e emocionado.

Ceres, sem poder emitir qualquer palavra, apenas a enxergava com os olhos nublados. Depois de recomposta, quis saber como ela se sentia ali.

– Bem, não é tão mal assim... – disse a filha, relanceando disfarçadamente o olhar para seu marido, que observava de longe a cena, evitando, porém, se intrometer. – Mas como pode ser feliz aqui, nesta escuridão?

– É que aqui eu sou rainha, mãe, senhora absoluta de todos estes domínios.

– Mas e este seu marido terrível? – disse Ceres, lançando um olhar feroz para o deus subterrâneo, que olhou para os lados, temeroso da vingança da sogra.

– Bem, ele foi um tanto intempestivo na sua maneira de se declarar para mim, reconheço – disse Prosérpina, com ar condescendente. – Mas sempre me tratou com muita atenção e delicadeza, como uma legítima rainha – completou a moça, que parecia realmente feliz com seu novo estado.

Mas sua mãe não podia suportar a ideia de tê-la para sempre longe de si, por isto lhe perguntou:

– Minha filha, você já comeu algo desde que chegou aqui?

– Por quê? Pareço muito magra? – perguntou Prosérpina.

– Apenas responda – disse Ceres, ansiosa.

Prosérpina pensou por algum tempo e depois declarou:

– Bem, comi apenas uma romã que colhi nos jardins de Plutão.

Ceres quase tombou desfalecida ao chão, de tanta tristeza diante dessa terrível revelação. Abandonando momentaneamente a filha, foi falar com o deus dos infernos, para tentar reverter a situação, mas Plutão mostrou-se resoluto, recusando-se a perder a esposa. Uma terrível discussão ameaçava se instalar entre a sogra e o genro, quando Prosérpina propôs uma solução que agradaria a todos:

– Façamos assim, mãe: a metade do ano passarei aqui em meus domínios e a outra metade em sua companhia, na Terra. Que acha disso?

Ceres e Plutão chegaram, assim, a um acordo que parecia ser a única solução consensual. Como já estivesse na época da floração, Prosérpina seguiu com sua mãe de volta à terra, para passar sua primeira temporada, disposta a regressar dentro de seis meses, conforme o combinado. Ceres retomou seus cuidados com a Terra, e é assim que Prosérpina alterna a sua vida: durante os meses de calor passeia pela Terra, dando vida e fecundidade a tudo, e durante os meses de frio e escuridão recolhe-se para as profundezas da terra, deixando a natureza despida de seus benefícios.

VERTUNO E POMONA

Pomona era a deusa que presidia a floração dos frutos, e seu maior prazer era fazer a guarda e proteger as árvores frutíferas. Seu bosque, no entanto, vivia fechado à entrada de seus incansáveis cortejadores – na sua maioria faunos e sátiros que, tomados pela mais ardente paixão, queriam por todo modo possuí-la. De fato, alimentada somente pelos mais tenros frutos, a deusa dos pomares tinha um corpo invejável e uma pele perfeita. Julgando-se em segurança, andava só por entre os troncos das suas adoradas árvores, o que fazia excitar ainda mais o desejo dos seus pretendentes.

Dentre todos, o mais apaixonado, sem dúvida alguma, era Vertuno, o deus cujas atribuições mais se assemelhavam às da bela deusa: Vertuno era o deus protetor dos frutos e dos legumes.

– Nós temos tudo em comum – dizia ele a si mesmo, sem conseguir compreender por que a deusa fugia dele.

Mas Pomona não queria, definitivamente, saber de amores. E como Vertuno parecia ter mais possibilidade de vencer a sua resistência, era justamente dele que ela fugia com mais ardor. Vertuno, porém, era mestre em disfarces e, por diversas vezes, apresentou-se diante da deusa, mas esta estava sempre ocupada em podar ou fazer algum enxerto nas árvores. Certa vez apareceu como um ceifador, pôs no chão a foice e sentou-se aos pés de Pomona, que permaneceu, absorta, totalmente envolvida com sua tesoura a cortar os galhos e a retirar os fungos acumulados, sem lhe dar a mínima atenção.

– Suas árvores estão cada vez mais belas – disse-lhe o deus, sem arrancar dela nenhuma expressão. Com os braços erguidos, ela prosseguia em sua tarefa.

Noutra ocasião, Vertuno apareceu como um pescador, num disfarce infeliz. A deusa não queria nada com pescadores e detestava esta atividade, chegando mesmo a expulsá-lo de sua presença, com um ar enfastiado. Outra vez surgiu munido de uma escada, com um longo bigode de colhedor de maçãs. Aproximando-se da deusa, que tentava inutilmente alcançar um dos frutos para colocar na cesta, ele lhe disse:

– Deixe que eu as alcanço para você!

Colocando a escada encostada ao tronco, Vertuno começou a escalar os degraus, quando sentiu a mão cálida da deusa tomar-lhe o pulso.

– Deixe que eu mesma o faço – disse ela, subindo degrau por degrau até alcançar os frutos mais distantes.

Depois de arrancar dos galhos as maçãs, ia jogando-as uma a uma a Vertuno, que, no chão, as ia recebendo. A maioria das frutas, porém, o acertava em cheio na cabeça, arrancando-lhe breves gritos de dor.

– O que há com você, afinal? Não está enxergando direito? – reclamava a deusa, impaciente. – Veja, está estragando todos os meus frutos!

Se Vertuno, no entanto, tinha alguma coisa em bom estado naquele momento, era justamente a visão: cobiçava ardentemente as perfeitas formas de Pomona.

– Tome, leve de volta a sua escada – disse a deusa, ao perceber finalmente as intenções de Vertuno.

Quanto mais Vertuno persistia em seus estratagemas, mais a deusa permanecia irredutível, terminando sempre por expulsá-lo de seu bosque sagrado, com maior ou menor delicadeza.

As coisas estavam nesse pé quando, um dia, uma velha encarquilhada apareceu diante de Pomona. Estava extremamente quente, e Pomona estava mais à vontade. Um suor delicado como o orvalho brotava de sua pele clara; na ponta dos pés, a deusa tentava alcançar um galho mais alto, deixando à mostra as axilas, que uma minúscula penugem dourada protegia. O que nas mulheres comuns poderia parecer um desleixo, na encantadora deusa era, porém, um atributo a mais para a sua beleza.

A velha – que outro não era senão o próprio Vertuno – aproximou-se lentamente, mancando em seu passo senil. Quando chegou aos pés da deusa, sentou-se, enquanto a observava entregar-se à sua tarefa. Após algum tempo, Pomona, finalmente, acordou para a presença da intrusa.

– Bom dia, senhora – disse a deusa, estendendo a mão, de modo afável.

– Bom dia, bela jovem! – respondeu a velha, dando um beijo na deusa, que recuou um pouco, de modo instintivo, diante daquele gesto inesperado e surpreendente.

Pomona estava podando uma vinha, e Vertuno aproveitou a ocasião para fazer uma comparação que em tudo servia aos seus objetivos:

– Está vendo como os galhos da vinha se enroscam no tronco?

– Certamente – respondeu a deusa.

– Por que não lhe segue o exemplo?

– Como assim?

– Bem, a vinha não cresce jamais se não puder enroscar-se a um tronco forte e viril. Estive observando você desde muito tempo e percebi que foge de todos os seres que buscam unir-se a você.

– Ora, são todos uns boçais! – exclamou Pomona, lançando para trás os cabelos e retomando sua tarefa.

– Talvez nem todos o sejam – disse Vertuno, acariciando as costas da deusa com sua mão enrugada, o que renovou o espanto da moça.

– Senhora, que modos são esses? – disse Pomona, com um sorriso, tentando mostrar de modo gentil e descontraído a sua insatisfação com aquelas pequenas e desconfortáveis intimidades.

– Existe alguém que está muito acima de todos os seus outros pretendentes – disse Vertuno, sob o disfarce da velha, ignorando a advertência da deusa. – Você sabe quem é, e somente ele merece o seu amor.

– Já sei, já sei, a senhora refere-se ao importuno Vertuno – disse Pomona, com ar de enfado.

– Sim, é ele mesmo. Ninguém mais poderá lhe fazer feliz, pois ninguém a ama mais do que ele! – insistiu a velha, abraçando o corpo que tinha à sua frente, num transporte de desejo que encheu de assombro a deusa dos pomares.

– Agora chega! – esbravejou Pomona, afastando a velha descontrolada.

De repente, porém, ela deu-se conta do que se passava:

– Então é você, novamente!

A velha lançou fora o véu que cobria a sua cabeça e disse:
– Sim, sou eu, Pomona querida, e venho mais uma vez tentar obter o seu amor!
– Por que não experimenta aparecer sob a sua própria forma, ao menos uma vez?

Às vezes as coisas óbvias não ocorrem, mesmo aos deuses.

Vertuno, sabendo que a deusa não tinha olhos para ninguém, procurara nas mais diversas formas convencer a sua amada, sem dar-se conta de que talvez conseguisse seu objetivo se aparecesse diante dela como realmente era. Desfazendo-se de seu disfarce, Vertuno surgiu diante da moça, em sua forma esplendorosa. Pomona, acostumada ao assédio dos faunos e do horrível deus Pã, ficou deslumbrada com sua beleza. Ele aproximou-se, então, da dócil Pamona e a cobriu de beijos, que foram generosamente retribuídos.

ÉDIPO E A ESFINGE

Laio, rei de Tebas, tinha o ar preocupado quando se apresentou no templo de Apolo. Apesar de ter sido coroado há tempos, ainda não tinha filhos – e um rei sem filhos que o sucedam, segundo ele, não tinha valia.

– Apolo, conceda-me a graça de um filho! – pediu Laio.

O deus solar, no entanto, deu uma resposta bem diversa da que esperava o rei:

– Laio, pense duas vezes antes de desejar este filho, pois ele o levará à morte e será também a ruína de sua família.

Quando Laio chegou em casa, porém, sua esposa, Jocasta, o esperava, de braços abertos.

– Laio querido, teremos, enfim, nosso filho! – disse ela, com o rosto radiante.

O rei não se mostrou nem um pouco feliz com a notícia.

– O que foi, não era isto que você tanto queria? – perguntou Jocasta, surpresa.

Laio resolveu, então, revelar à rainha a sombria profecia que escutara no templo de Apolo.

– Não podemos ficar com esta criança, Jocasta, ela será a nossa desgraça! – disse ele, após enfrentar a resistência inicial da esposa.

O rei argumentou com tanta insistência, mostrando todas as desgraças que poderiam sobrevir ao futuro deles e de seu reino, que Jocasta acabou concordando com a ideia de não criar a criança, desde que não matassem o bebê.

– Faremos, então, o seguinte – disse Laio –, entregarei o menino a um casal de pastores para que o criem bem afastado de nós.

A rainha, apesar de triste por ter de se separar de seu filho, concordou. Pelo menos ele teria o direito de viver e de ser feliz.

Laio, entretanto, havia decidido secretamente dar um fim no seu filho, pois temia que as profecias, de um jeito ou de outro, se concretizassem. No dia do nascimento de seu filho único e primogênito, levou-o, então, a um pastor, dizendo:

– Leve-o até um bosque abandonado e o deixe lá, ao cuidado das feras.

O pastor, contudo, penalizado, preferiu dar uma chance à criança, pendurando-a pelos pés no galho de uma árvore; assim, teria ao menos uma oportunidade de que uma alma bondosa a visse e decidisse levá-la consigo.

Um camponês chamado Forbas passava por ali, quando foi atraído pelo choro da infeliz criança. Tomando-a em seus braços, levou-a para casa, onde sua mulher o aguardava para a janta.

– Fiquemos com ela! – propôs a mulher, que não conseguira ter filhos e vira nisto uma bênção dos deuses.

O casal adotou, então, o garoto, que passou a se chamar Édipo – que significa "pés distendidos". O menino cresceu, robusto e saudável, mas sem saber de sua verdadeira situação de filho adotivo. Um dia, durante uma desavença com um colega, este lhe disse, com a voz carregada de maldade:

– Cale a boca, seu enjeitado...

Pulando ao pescoço do outro, Édipo quis saber por que razão ele dizia aquilo.

O rapaz confessou, então, que sua mãe contara-lhe que Édipo, na verdade, fora recolhido na floresta e que não era filho natural de Forbas e de sua esposa. Édipo, revoltado, largou tudo no mesmo dia e partiu para Delfos: estava decidido a descobrir de quem era filho. Para tanto, decidiu consultar o famoso oráculo daquela cidade, a fim de que este lhe revelasse algo sobre o seu obscuro passado.

– Não insista em querer saber mais nada! – disse o deus Apolo através do oráculo. – Se você se aproximar de seus verdadeiros pais, levará a eles somente desgraça.

Édipo, sem conseguir descobrir mais nada, retomou seu caminho, já conformado com o seu destino. Porém, quando ia em meio à estrada, foi quase atropelado por uma carruagem, dentro da qual seguia um homem. Esse homem, que se dirigia ao mesmo templo de onde Édipo retornava, era Laio, rei de Tebas e verdadeiro pai do filho adotivo de Forbas. O rei, alertado por alguns sonhos ruins que tivera recentemente, estava indo incógnito até o templo para saber se seu filho estava realmente morto.

– Saia da frente, idiota! – disse, ao ver que o rapaz lhe atrapalhava o caminho.

A rude interpelação levou a uma disputa acirrada. Laio desceu do carro para expulsar o rapaz da estrada. Após uma violenta discussão, deu uma bofetada na cara do rapaz, que puxou de um punhal e enterrou-o no peito de Laio. Percebendo a gravidade de seu ato, Édipo fugiu desesperado e vagou, tentando penitenciar-se.

Enquanto isso, um terrível flagelo instalara-se num dos pontos principais da estrada que conduzia a Tebas. Uma esfinge – monstro metade leão e metade mulher – ficava à espreita de qualquer pessoa que passasse. Assim que o infeliz viajante cruzasse o seu caminho, a cabeça do monstro – uma cabeça de mulher – erguia-se sobre as patas e, após desferir um grande rugido, dizia:

– Ninguém passa sem antes decifrar meu enigma.

Todos os que não conseguiam decifrar o enigma eram inapelavelmente mortos e devorados pela sanguinária fera. De tal forma o terror se instalara em Tebas, que já ninguém mais ousava cruzar a estrada, no receio de ser morto pelo monstro. A rainha Jocasta, ao ver que não havia meios de expulsar a criatura, decidiu oferecer a própria mão em casamento àquele que derrotasse a esfinge.

Édipo leu o edital afixado em todas as partes da cidade e decidiu ele mesmo enfrentar a fera. "Não tenho nada a perder, mesmo", pensou, movido mais pelo desespero do que pela coragem: já havia matado um homem e este seria, quem sabe, um meio de expiar sua culpa.

Apresentou-se, então, para decifrar o enigma. Diante do imenso corpo leonino da fera estavam espalhados os restos mutilados dos corpos de dezenas de aventureiros que haviam tentado o mesmo que ele. Por um instante Édipo vacilou. Não estaria cometendo a mesma insensatez que custara a vida de todos aqueles infelizes?

A esfinge, percebendo as vacilações do jovem, esticou os lábios vermelhos, ainda sujos de sangue.

"É um belo rosto", pensou Édipo. "Talvez o verdadeiro mistério esteja em se decifrar o sentido deste sorriso enigmático, ao mesmo tempo belo e apavorante."

Nem bem Édipo concluíra suas cogitações, quando a cabeça feminina olhou-o nos olhos e disse:

– Qual o animal que pela manhã anda com quatro pés, à tarde com dois e à noite com três?

Édipo, após pensar um pouco, respondeu:

– É o homem; na infância engatinha, na idade adulta anda ereto e na velhice apoia-se a um bastão.

O semblante da fera ensombreceu-se de tal maneira que Édipo julgou ter errado a resposta. Entretanto, a esfinge, com um grande grito de vergonha, lançou-se do alto do rochedo ao abismo, morrendo com o impacto da queda.

Tebas estava finalmente livre do monstro temível; a notícia correu por todo o reino, e Édipo foi levado em triunfo até o palácio onde morava a viúva de Laio.

– Muito bem, meu rapaz – disse Jocasta, ao receber o vencedor. – Você cumpriu a sua parte, livrando o país desse flagelo. Agora é a minha vez de cumprir a minha – completou, estendendo sua mão para o rapaz.

Édipo ainda não podia acreditar no que estava acontecendo. Ele era agora o novo rei de Tebas.

– Estou muito orgulhosa de ter ao lado um rei tão jovem e belo quanto você! – disse Jocasta, agradavelmente surpresa.

No mesmo dia casaram-se.

Mas com a ascensão de Édipo ao trono, começou para o reino uma época de terríveis desgraças. Calamidades de toda espécie alternavam-se: pestes, secas, inundações, fome, tudo juntava-se num torvelinho trágico, de tal forma que Édipo se viu obrigado a tomar sérias providências.

Após receber uma delegação do povo, o jovem rei decidiu enviar um emissário a Delfos para saber do deus Apolo por que Tebas era vítima de tantas desgraças.

"O fim da desgraça só chegará no dia em que o responsável pela morte de Laio for expulso de Tebas", disse o oráculo.

Édipo imediatamente ordenou a toda a gente que não poupasse esforços para que o culpado fosse punido. Vários suspeitos foram presos, alguns mortos, mas nem assim as calamidades diminuíram. Pessoas continuavam a morrer como moscas pelos campos e até na própria cidade, levando a confusão e o desespero a todo o reino.

– Édipo querido – disse um dia Jocasta a seu esposo –, mande trazer até nós o famoso adivinho Tirésias. Ele saberá dizer como deveremos fazer para encontrar o assassino de Laio, pondo um fim a esse sofrimento atroz.

Emissários partiram em busca do mago, até que um dia ele surgiu diante de Édipo.

– Somente o senhor poderá nos dizer a causa de tantas desgraças – disse o rei ao sábio.

O mago, no entanto, parecia pouco à vontade. Com desculpas e evasivas, procurava por todos os meios esquivar-se a dar a resposta definitiva que tanto Édipo quanto Jocasta aguardavam ansiosamente.

Desconfiado de que essa revelação pudesse ter algo a ver consigo próprio, Édipo instou com maior vigor ao adivinho:

– Vamos, fale de uma vez, seja o que for.

Tirésias, vendo que não havia mais meios de fugir à verdade, ergueu então os olhos constrangidos e disse, lançando toda a verdade ao rosto do rei e da rainha:

– Você, rei Édipo, é o assassino de Laio, seu próprio pai...

Édipo e Jocasta, marido e mulher, mãe e filho, entreolharam-se, incrédulos.

– Não pode ser, não é verdade! – exclamou Jocasta, recuando com um grito de horror.

Imediatamente Édipo mandou chamar à sua presença Forbas, o pastor que o criara como filho. Este, de cabeça baixa, concordou, confirmando todas as palavras do adivinho.

–Você, o meu filho, o meu filho! – repetia Jocasta, como para entender o sentido dessas terríveis palavras.

E então, sem atinar com o que fazia, correu até o seu quarto, onde se trancou, totalmente surda às súplicas de Édipo:

– Jocasta, nós não tivemos culpa alguma, foi uma fatalidade do destino! – E repetia, transtornado: – Uma fatalidade do destino, nós não tivemos culpa alguma. – Mas Édipo, parricida e incestuoso, não acreditava no que dizia.

Vendo que ela não respondia, ele arrombou a sólida porta com o auxílio dos serviçais do palácio. Ao entrar no quarto, Édipo foi o primeiro a ver o corpo da mãe a balançar-se, preso numa viga do teto. Num ato instintivo, pegou um dos colchetes de ouro que prendiam as vestes de Jocasta e furou ambos os olhos.

– Assim como não tive olhos para ver os crimes abomináveis que cometi, também não os terei para ver mais nada neste mundo! – disse o rei, de cujas órbitas dilaceradas escorriam listras vermelhas de sangue.

Os filhos homens de Édipo, Etéocles e Polinice, ao saberem da terrível revelação, decidiram dar cumprimento ao oráculo de Apolo, que dizia que as calamidades somente cessariam no dia em que o culpado pela morte de Laio fosse expulso do reino. Jogando um manto sobre os ombros do pai cego, levaram o ex-rei até os limites da cidade e ali o abandonaram à própria sorte. Entretanto, Antígona, uma das filhas de

Édipo, foi atrás do pai, tentando demover seus pérfidos irmãos daquele ato de crueldade filial:

– Vocês não podem fazer isto com o nosso pai! – disse Antígona. – Isto seria repetir de maneira pior os crimes que ele cometeu, pois ele os cometeu de maneira involuntária.

– Cale-se! – disse um dos irmãos de Antígona. – O oráculo foi bem claro: ou este assassino incestuoso deixa nosso país ou nosso país será arrasado definitivamente!

O outro irmão também juntou a sua voz à do primeiro, ocultando a sua ganância por detrás da desculpa do bem comum.

– Muito bem, então irei com ele! – disse Antígona, enrolando um véu sobre a cabeça.

E assim seguiram – a filha amparando o pai, cego e consumido pelo remorso – por incontáveis estradas, até que um dia Édipo faleceu de desgosto, tendo como único consolo para sua dor a dedicação de Antígona, que surgira em meio a tantas desgraças como se fosse um presente dos deuses, envergonhados talvez de tê-lo perseguido com tanta crueldade desde o seu primeiro dia de vida.

APOLO E DAFNE

Apolo era considerado um ás da pontaria, desde que abatera a serpente Tifão, a fera que perseguira sua mãe, Latona, quando o deus era ainda criança. Um dia Apolo caminhava pela estrada que margeava um grande bosque, quando se encontrou com Cupido. O jovem deus, filho de Vênus, estava treinando a sua pontaria, solitariamente, em cima de uma pedra.

Sem ser notado, Apolo parou para observar a postura do jovem. Com um dos pés escorado sobre uma saliência da rocha, o deus do amor procurava ganhar o máximo de equilíbrio para assestar com perfeição a pontaria. Seu braço esticado, que segurava o arco, era firme sem ser demasiado musculoso; o outro, encolhido, segurando a flecha, tinha o cotovelo apontado para suas costelas, enrijecendo o seu bíceps; todo o conjunto, desde o porte até a dignidade dos gestos, demonstrava grande elegância, e mesmo os músculos das pernas pareciam distendidos, como a corda presa às duas extremidades do arco.

Apolo não conseguiu deixar de sentir uma certa inveja diante da graça do seu involuntário rival. Não podendo mais se conter, saiu das sombras e revelou ao deus do amor a sua presença.

– Olá, jovem arqueiro. Treinando novamente a sua pontaria? – disse Apolo, pondo um indisfarçado tom de ironia na voz.

– Sim – disse Cupido, sem virar o rosto para o outro. – Quer treinar um pouco, também?

Apolo, imaginando que o outro debochava dele, reagiu com inesperada rudeza:

– Ora, moleque, e quem vai me ensinar alguma coisa? Você?

Cupido, guardando suas setas, já se preparava para se retirar, quando Apolo o provocou novamente:

– Vamos, treine, treine sempre, garotinho, e um dia chegará a meus pés! – disse o deus solar, com um riso aberto de triunfo.

Cupido, no entanto, revoltado com a presunção do deus, sacou de sua aljava duas flechas: uma de ouro e outra de chumbo. Seu plano era acertar em cheio o peito de Apolo, com a primeira flecha.

– Vamos provar agora, um pouco, da minha má pontaria! – disse o deus do amor, mirando o coração de Apolo.

Num segundo a seta partiu, assobiando ao vento e indo cravar-se no alvo com perfeita exatidão. Apolo, sem perceber o que atingira seu peito – pois as flechas do deus do amor tornam-se invisíveis assim que atingem as vítimas –, sentou-se ao solo, abatido por um langor nunca antes sentido.

Mas Cupido ainda não estava satisfeito. Por isso, enxergando Dafne, a filha do rio que se banhava no rio Peneu, mirou em seu coração a segunda flecha, a da ponta de chumbo, e a disparou. Enquanto a primeira seta provocava o amor, esta, endereçada a Dafne, provocava a repulsa. Assim, Cupido dava início à sua vingança.

– Divirta-se, agora! – disse Cupido, sumindo-se no céu com seu arco.

Apolo, após recuperar suas forças, ergueu-se e entrou no bosque, como que impelido por alguma atração irresistível. Tão logo atravessou as primeiras árvores, seus olhos caíram sobre a bela ninfa, que secava os cabelos, torcendo-os delicadamente com as mãos.

– Se são belos assim em desalinho, como não serão quando arrumados? – perguntou ele, já bobo de amor.

A ninfa, escutando a voz, voltou-se para o lugar de onde ela partira. Assustada ao ver que aquele homem de louros cabelos a observava atentamente, juntou suas vestes e saiu correndo, mata adentro. Apolo, num salto, ergueu-se também.

– Espere, maravilhosa ninfa, quero falar com você.

Nunca em sua vida Dafne havia sentido tamanha repulsa por alguém como sentia pelo majestoso deus solar. O pior e mais feio dos faunos não lhe parecia no momento mais odioso do que aquele homem que a perseguia com fúria.

– Afaste-se de mim! – gritava Dafne, enojada.

Apolo, acostumado a ser perseguido por todas as mulheres, via-se agora repelido de forma tão definitiva.

– Por que foge assim de mim, ninfa encantadora? – dizia, sem compreender.

Sem saber como agir diante de uma situação tão inusitada, o desnorteado deus pôs-se a falar de si, da sua beleza tão elogiada por todos, de seus dotes, suas glórias, seus tributos e as infinitas vantagens que Dafne teria em juntar-se a ele, o mais cobiçado dos deuses. Mas o mais belo dos deuses desconhecia um pouco a mentalidade feminina, senão teria falado mais da bela deusa em vez de falar tanto de si próprio.

Ao perceber, porém, que a corrida desenfreada da jovem acabaria por deixá-la extenuada, o deus gritou:

– Espere, diminua o seu passo que diminuirei também o meu!

A ninfa, reconhecendo a gentileza de seu perseguidor, diminuiu um pouco o ritmo.

Apolo, no entanto, que diante da diminuição da distância vira aumentar os encantos da sua amada, acelerou involuntariamente o seu passo, renovando o terror na amedrontada Dafne.

– Mas que canalha! – indignou-se a ninfa, tomando novo impulso para a corrida, mas já estava exausta e não era páreo para Apolo, o deus do astro que jamais se cansa de percorrer o Universo, todos os dias.

Sentindo um peso nas pernas, Dafne voltou o rosto aterrado para trás e percebeu que as mãos do deus quase tocavam os seus fios de cabelo. Contornando a mata, retornou outra vez à margem do rio Peneu, clamando pela ajuda do velho rio:

– Socorro, Peneu! Faça com que eu perca de vez esta beleza funesta, já que ela é a causa de todos os meus sofrimentos! – disse, disposta a entregar à natureza todos os seus dons em troca da liberdade.

Dafne, a alguns passos do rio, deu um salto, pretendendo atingir a água, mas seu tornozelo foi agarrado pela mão firme de Apolo, fazendo com que seu corpo caísse sobre a grama verde e fofa das margens. Um suspiro forte escapou de seus lábios entreabertos, com o impacto da queda. Ainda tentou rastejar em direção à água, porém sem sucesso. Apolo, cobrindo-a de beijos, recusava-se a largá-la. Finalmente, com um suspiro de alívio, a ninfa sentiu que seu corpo começava a se recobrir com uma casca áspera e grossa, enquanto seus cabelos viravam folhas esverdeadas. Descolando finalmente seus pés da boca do agressor, Dafne sentiu que eles se enterravam na terra, transformando-se em sólidas e profundas raízes.

Apolo, ao ver que sua amada estaria para sempre convertida numa árvore – um loureiro –, ainda tentou extrair do resto de seu antigo corpo um pouco do seu calor, abraçando-se ao tronco e procurando-lhe os lábios. Não encontrou a suavidade do antigo hálito da ninfa, mas apenas o odor discreto da resina.

Apolo, desconsolado, despediu-se levando consigo, como lembrança, algumas folhas, com as quais enfeitou sua lira. Enfeitou também a fronte com estas mesmas folhas, em homenagem a Dafne – a mulher que nunca foi nem jamais será sua.

AS ORELHAS DE MIDAS

Quando Midas deixou de ser rei, ele foi habitar os campos, juntamente com Pã, a divindade dos bosques. Ali vivia em agradáveis conversas com a mais feia e desagradável das divindades, que tinha pés de bode e corpo peludo, parecendo em tudo um fauno.

Este deus, apesar de ser pouco favorecido pela beleza, tinha um dom inegável para a música. Tendo inventado uma flauta, passava seus dias se exercitando, de tal sorte que havia adquirido uma destreza ímpar com o seu instrumento. Empolgado com seu talento, resolveu um dia desafiar o próprio Apolo para um concurso de música.

Midas ainda tentou, precavidamente, demovê-lo da ideia:
– Não sei, Pã, mas não acho recomendável pretender bater-se com o próprio Apolo. Com sua lira, ele não tem rival.
– Afinal, você é meu amigo ou amigo de Apolo? – disse Pã, fazendo uma careta de desagrado que o tornou mais repulsivo ainda.

Como o deus dos bosques não se mostrasse disposto a evitar o confronto, mandou-se um mensageiro atrás de Apolo, encarregado de lhe levar ao conhecimento o desafio.

Apolo concordou em realizar a disputa e, chegando ao local do embate musical, perguntou, em tom debochado:
– Quem é o atrevido que ousa se achar melhor do que eu? Será meu filho Orfeu, talvez?
– Não, sou eu, Pã, que com minha flauta provarei ser melhor do que você! – exclamou o deus, confiante.

Todos os deuses do Olimpo reuniram-se para assistir ao desafio, que se deu no próprio bosque onde residiam Midas e Pã. O próprio Tmolo, deus da montanha, afastou as árvores de seus ouvidos para escutar melhor os acordes dos dois competidores.

Sentando-se numa grande pedra, Pã sacou de sua flauta e começou a soprar sobre os tubos enfileirados de seu instrumento. Um som melodioso e triste partiu daqueles minúsculos orifícios, espalhando-se pelo ar com tal encanto e sonoridade que os próprios pássaros silenciaram para escutar. As folhas das árvores despejavam o orvalho acumulado em suas folhas com tal intensidade que parecia que choravam, comovidas com os acordes da triste música. Os deuses escutavam com atenção, agradavelmente impressionados. Alguns julgavam mesmo que dificilmente Apolo faria melhor com sua lira. Quando Pã terminou seu recital, todos aplaudiram-no com entusiasmo.

Agora era a vez de Apolo demonstrar seu talento. Lançando para as costas a sua túnica púrpura, o deus do Sol ajeitou a folha de louro sobre a orelha. Depois, empunhando a lira de ouro, começou a deslizar pelas cordas finas como teias de aranha os seus dedos delicados, arrancando delas um som que era nada menos do que celestial.

Outra vez os olhos dos circunstantes encheram-se de brilho. A natureza silenciara uma vez mais para escutar os ritmos e tons do instrumento, acompanhados ainda pela voz maviosa de Apolo, que unira assim dois instrumentos num só – o que o seu adversário não pudera fazer, por ter uma voz estridente e desafinada. Por isto dizia-se que a flauta de Pã era mágica, pois conseguia transformar sua voz anasalada num som limpo e perfeitamente modulado.

Enquanto Apolo executava sua canção, foi crescendo no entendimento de todos a certeza de que seria ele o vencedor, afinal. Com o último acorde de sua lira, os aplausos choveram de todos os lados.

– Bem, vamos ao julgamento – disse o deus da montanha, que já tinha seu voto firmado.

Um a um foram os deuses dando seus veredictos – sendo desnecessário requisitar-se o voto de Minerva, aquele que decide as questões controversas, pois ali parecia não haver lugar algum para a controvérsia.

– Pã foi maravilhoso, mas Apolo foi insuperável! – disse Vênus, dando seu voto.

– Não pode haver dúvidas de que Apolo, unindo sua voz à de sua lira, é o vencedor! – disse Mercúrio, de maneira enfática.

– Apolo é o melhor – afirmou Juno, com sua habitual reserva.

Todos votaram, até que chegou a vez de Midas revelar o seu voto. Vendo que seu amigo estava fragorosamente derrotado, resolveu dar-lhe um voto de consolo – pois sabia ele que Apolo se saíra muito melhor.

– Apolo é imbatível com sua voz melodiosa e sua lira afinada, todos sabem. Infelizmente para ele, hoje sua lira esteve minimamente desafinada, o que qualquer ouvido mais apurado deve ter percebido – começou simplesmente a dizer Midas. – Entretanto, a flauta de Pã esteve simplesmente perfeita, e os sons que saíram dela não perderam um tom do seu brilho e musicalidade. Foi uma execução absolutamente impecável e, por isto, não hesito em afirmar que Pã foi, inequivocamente, o vencedor.

Alguns aplausos soaram, mas Apolo estava francamente revoltado com o julgamento de Midas. Seu semblante alterado denunciava a sua vaidade ofendida, pois esperava vencer com a unanimidade dos votos, tornando sua vitória absoluta e irrefutável. "Quem este idiota pensa que é?", pensou o deus, enquanto fuzilava um olhar mortal sobre Midas. Este, percebendo a fúria acesa nos olhos do ofendido, tentou consertar:

– Quero deixar bem claro que a derrota de Apolo, no meu modesto entender, se deveu não à sua imperícia, mas a um defeito de afinação do próprio instrumento...

Mas já era tarde demais; o estrago já estava feito, e seu adendo perdeu-se em meio ao burburinho dos circunstantes, que se dispersavam para retornar aos seus lares.

Apolo, entretanto, decidiu aguardar o atrevido que ousara desfeiteá-lo em público, daquela maneira. Tão logo se viu a sós com o juiz adverso, assumiu um ar vingativo:

– Já que suas orelhas parecem ser mais apuradas do que as dos demais, lhes darei um formato mais de acordo com elas – disse, lançando sobre o pobre Midas uma praga.

Assim que Apolo lhe deu as costas, Midas sentiu que suas orelhas começavam a crescer. Tufos de cabelos nasciam nas covas do imenso pavilhão que apontava nos dois lados da cabeça. Em menos de um minuto Midas tinha colado nos dois lados da cabeça um imenso par de orelhas de burro.

– Está aí o que se ganha em querer ajudar os amigos! – disse, ao ver que ficara algo parecido com Pã, que também tinha suas orelhas pontudas de silvano, só que em tamanho muito maior.

Desconsolado, Midas tentou esconder seus horríveis apêndices com um barrete, que enterrou na cabeça, até ocultá-los totalmente. Assim viveu durante um certo tempo, até que um dia seu cabeleireiro veio, a seu pedido, até o bosque para lhe cortar o cabelo. Ao retirar a proteção de sobre a cabeça do cliente, o barbeiro encheu-se de assombro, e ia falar, mas Midas interrompeu-o, tomando-lhe a tesoura com grosseria:

– Cale-se, não diga uma palavra, idiota! Se ousar abrir o bico e contar para alguém, corto fora... as suas orelhas!

O barbeiro, assustado, silenciou rapidamente, executando a sua tarefa com discrição. E, ao final do trabalho, juntou seus instrumentos e afastou-se, desaparecendo bosque adentro. No entanto, sua língua ardia, a vontade de falar era intolerável, pois todos sabem como os profissionais dessa classe adoram uma novidade.

Não podendo mais se conter, decidiu parar no caminho e cavar com a tesoura um buraco no chão. Depois, abaixando-se, protegendo a boca com as mãos, ciciou no interior do buraco estas palavras:

– Midas tem orelhas de burro...

E cobriu a fenda com terra, logo em seguida.

O tempo passou, até que no local brotou um feixe extenso de bambuzal. Tão logo o primeiro vento mais forte soprou entre os caniços, arrancou deles as palavras que, ainda que entoadas num sussurro, eram perfeitamente audíveis:

– Midas tem orelhas de burro...

ORFEU E EURÍDICE

Orfeu adorava a esposa Eurídice, uma ninfa da floresta. Recém-casado, a maior felicidade do filho de Apolo era tocar sua lira para a mulher. Sendo filho do deus da música, não era de estranhar, realmente, que tivesse a mesma perícia do pai.

Por onde quer que Orfeu andasse, tocando o seu instrumento, tudo como que se paralisava, todos atentos, exclusivamente, ao som que saía de seus talentosos dedos.

– Toque outra canção para mim – pedia Eurídice todas as noites, antes de adormecer.

Era tanta a paixão que a jovem nutria pela música do marido que às vezes o próprio Orfeu deixava de lado a lira, enciumado da própria música.

Um dia, Eurídice estava passeando com suas amigas ninfas quando, separando-se delas, entrou por uma vereda do bosque, onde gostava de caminhar. Sentado, com as costas apoiadas a um tronco, estava o pastor Aristeu, entregue aos seus pensamentos. Percebendo que alguém se aproximava, ergueu a cabeça.

– É ela, Eurídice! – disse Aristeu, que era apaixonado pela ninfa.

Levantando-se com rapidez, foi na direção da moça, tentando parecer que era um encontro casual. Eurídice, no entanto, recuou alguns passos ao vê-lo, pois sabia dos sentimentos que o pastor nutria por ela.

– Espere, volte aqui! – gritou Aristeu. – Não precisa se assustar.

Mas Eurídice não queria conversa. Por isso mesmo apertou mais o passo. Aristeu, revoltado, lançou-se em seu encalço.

– Não adianta fugir de mim, Eurídice, pois a amo e ninguém me impedirá de tê-la um dia só para mim!

– Ninguém, a não ser a minha vontade! – respondeu Eurídice.

Aristeu não escutou estas palavras, pois o amor só escuta o que lhe convém. Aproveitando que a mulher parara para lhe dizer estas palavras, agarrou os ombros dela e tentou beijá-la à força.

– Adoro você, Eurídice, e você ainda há de ser minha, de qualquer jeito! – exclamou o pastor com a voz alterada e o rosto congesto.

A ninfa, percebendo que corria perigo, arremessou-se numa corrida para dentro da mata. Enquanto fugia, sentia atrás de si os passos ligeiros de seu perseguidor. De repente, porém, Eurídice aproximou-se perigosamente de uma serpente, que, assustada, acabou picando o seu tornozelo. A ninfa caiu ao solo, com um grito de dor. Aristeu logo a alcançou, mas descobriu que nada mais podia fazer para salvar a sua amada. A jovem, aos poucos, perdia a consciência, ingressando no mundo das sombras.

Quando Orfeu recebeu a terrível notícia, sua alma cobriu-se de luto; sua lira, que até então somente tocara acordes alegres, agora silenciara; a partir daí, nas raras vezes em que tocava, tudo o que se ouvia eram sons tristes como um lamento. Não conseguindo mais viver sem sua adorada Eurídice, Orfeu tomou uma decisão extrema: foi até Júpiter, pedir que a trouxesse de volta da mansão dos mortos.

– Não posso fazer nada sem a concordância de Plutão – disse o pai dos deuses, convencido da dor do infeliz amante. – Tudo o que posso fazer é lhe ceder Mercúrio, que o conduzirá até o reino de meu irmão.

– Ótimo! – disse Orfeu. – Irei amanhã mesmo até o inferno para trazê-la de volta.

Abandonando tudo, Orfeu partiu na outra manhã, tendo apenas a companhia de Mercúrio. Pela primeira vez desde a morte da esposa, o poeta mostrava-se um pouco animado, chegando até a tirar alguns alegres acordes do seu instrumento. Porém, logo retornou à sua música plangente, ao chegar à gruta que, segundo a tradição, dava acesso à morada dos mortos.

– Aqui é a entrada dos infernos – disse Mercúrio, apontando a cratera com seu caduceu.

Sem medo algum, Orfeu começou a descer as profundezas do terrível abismo. Quanto mais descia, maior era a escuridão, tanto que foi obrigado a acender um facho. Depois de muito andar, avistou ao longe o brilho de algo tremeluzindo no chão. Era o Estige, um dos rios infernais que levam ao reino de Plutão. Ali estava ancorada uma barca, tendo ao lado e em pé Caronte, com sua longa barba branca e seu olhar de poucos amigos.

– O que quer aqui? – disse o velho, apalpando o visitante. – Você não tem a aparência de um morto.

– Quero rever minha esposa, que desceu recentemente a este lugar – disse Orfeu, com decisão. – Aqui está Mercúrio, que traz a autorização do próprio Júpiter.

– E como pensa que vai passar para a outra margem? Com seu corpo pesado irá levar a pique a minha barca – disse Caronte, ameaçando o intruso com seu pesado remo.

– Vamos, toque logo esta droga! – ordenou Orfeu, sem se impressionar com as ameaças do velho senil. – Eu a manterei flutuando com os acordes de minha lira.

Intimidado com a vontade de Orfeu, Caronte desatou as amarras que prendiam a barca à terra e, maravilha para seus cansados olhos, ela flutuou com mais leveza do que nunca sobre as águas escuras do temível rio. Ao desembarcar, Orfeu acalmou com seus acordes a ira de Cérbero – o monstruoso cão de três cabeças que guarda a entrada do inferno –, de modo que ele veio rastejando docilmente e lambeu com suas três línguas os pés do inesperado visitante. Depois, Orfeu cruzou com vários condenados, que ao escutarem a melodia que saía das mãos do músico cessaram por alguns momentos a sua faina. As danaides deixaram cair ao chão os seus baldes de chumbo; Íxion deixou de girar a sua roda; e Sísifo abandonou o seu rochedo, que rolou colina abaixo.

Avançando sempre, Orfeu chegou, enfim, diante do trono de Plutão e de sua esposa, Prosérpina. Ambos pareciam interessadíssimos naquele vivo que chegava ao seu reino daquela maneira surpreendente.

– O que deseja aqui, visitante? – disse Plutão, brandindo seu tridente, como a demonstrar que, ainda que apreciasse a música, não aprovava aquela invasão de seus domínios.

– Vim implorar a vocês, soberanos do mundo subterrâneo, que peçam às Parcas para que reatem o fio partido da vida de minha esposa Eurídice, devolvendo-a à vida. Se não puderem ou não quiserem fazê-lo, no entanto, que cortem também o fio de minha vida, permitindo que eu aqui permaneça junto a ela.

Impressionado com a retórica e com a melodia de Orfeu, Plutão pediu a Mercúrio que trouxesse a esposa do visitante. Impossível descrever a reação que se apoderou de Orfeu quando viu novamente sua amada. Suas pernas tremiam; sua face convulsa era uma máscara de todos os rostos que a emoção pode pintar; e sua voz, um grito como jamais se ouviu igual.

– Eurídice, você está viva! – disse o esposo à mulher morta.

Ela lançou-se aos braços de Orfeu e durante alguns minutos o inferno inteiro silenciou, em respeito à dor dos dois amantes.

– Está bem, permito que você a leve de volta para a Terra – disse Plutão, com a concordância de Prosérpina. – Porém, há uma condição.

– Sim, diga qual é – disse o impaciente Orfeu.

– Você deverá fazer o restante do trajeto sempre à frente de sua esposa, jamais voltando-se para trás para olhar para ela. Se o fizer, imediatamente a perderá para sempre – disse o deus infernal, de maneira categórica.

– Está bem, assim o farei – disse Orfeu, seguindo adiante, levando atrás de si Eurídice e Mercúrio.

Refizeram, assim, todo o trajeto da descida, só que em sentido contrário. Por várias vezes Orfeu teve ímpetos de voltar-se para trás para ver se sua esposa ainda o acompanhava, recebendo sempre sua admoestação:

– Não, Orfeu, não se vire!

O poeta já divisava nas alturas a cratera por onde ele e o deus mensageiro haviam entrado.

– Veja, Eurídice, estamos quase chegando! – disse Orfeu, voltando-se inadvertidamente para ela, a um passo da liberdade.

Nem bem seus olhos fixaram o rosto de sua amada, viu-a ser carregada de volta à escuridão pelos braços de Mercúrio.

– Espere, não, volte! – clamou Orfeu, devorando com os olhos a última imagem de Eurídice, que, com os olhos esgazeados, lhe estendia inutilmente as mãos.

Um grande terremoto sacudiu a caverna, fazendo com que um imenso rochedo bloqueasse para sempre o seu regresso ao reino das sombras. Orfeu, no último limite do desespero, arrancava os cabelos e dilacerava o rosto.

– Ai de mim! Por que fui olhar para trás no último minuto, faltando tão pouco! – dizia, inconsolado.

Mas nada mais havia a fazer. Eurídice estava longe dele, para sempre.

Orfeu, tal como o desgraçado Édipo, parecia destinado a ser perseguido incessantemente pelos deuses, até a sua morte. Deixando o lugar, percorreu várias terras, arrancando de sua lira acordes lúgubres e ao mesmo tempo de uma beleza triste. Instalando-se numa floresta, na Trácia, Orfeu dedicou-se a tocar sua música, alheio a tudo o mais. As mulheres de lá, no entanto, não cessavam de persegui-lo, em especial um grupo de bacantes – sacerdotisas de Baco –, que tudo faziam para conquistar seu amor. Era em vão que prometiam ao poeta raros prazeres e lhe diziam palavras das mais doces. Ele mostrava-se sempre irredutível, até que um dia, tomadas por um furor maligno, as mulheres avançaram para ele, lançando-lhe pedras e dardos, sem, no entanto, atingi-lo, pois sua música o protegia.

– Abafem o som da música! – disse uma das bacantes, enlouquecida de ódio.

Batendo seus tambores e estalando seus címbalos, elas finalmente conseguiram abafar a música de Orfeu, tornando-o vulnerável aos seus ataques. Uma chuva de pedras e dardos desceu, então, sobre o poeta, que tombou morto sob este implacável ataque. Não satisfeitas, as bacantes ainda pegaram o corpo do músico e o fizeram em pedaços, lançando sua cabeça e sua lira no rio que leva o mesmo nome do poeta. Enquanto elas avançavam juntas em direção ao mar, iam passando pelas margens, encantando os pastores e as ninfas que as habitavam. A alma de Orfeu, no entanto, estava liberta, e tão logo se viu livre de suas perversas algozes, o poeta correu para os braços de sua Eurídice, que o aguardava no mesmo lugar onde ele a deixara.

DIANA E ACTEÃO

Acteão era um dos melhores caçadores que havia em seu tempo. Filho do rei Cadmo, o jovem estava acompanhado por seus amigos, quando, um dia, retornava de mais uma caçada bem-sucedida. Acteão, como sempre, ia à frente do grupo.

Suas costas estavam manchadas do sangue do cervo que ele trouxera sobre os ombros fortes.

– Belo resultado! – disse Acteão, lançando o corpo do animal morto sobre a relva.

Seus amigos concordaram. Todos traziam também suas presas, mas nenhuma se igualava à do líder dos caçadores.

– Sinto muito, mas este seu bichinho não chega nem aos pés do meu – disse Acteão a um dos amigos, que trazia um alce grande, mas que de fato não podia nem de longe se comparar ao que ele caçara. O amigo, vencido, baixara a cabeça, admitindo a derrota. Acteão adorava mostrar a todos que ele ainda era o melhor caçador.

– Acho melhor pararmos um pouco para descansar. É meio-dia e o sol está quente demais para prosseguirmos – disse o filho de Cadmo.

Depois de ordenar que acendessem uma fogueira para assar o seu cervo, Acteão separou-se dos demais para procurar uma fonte ou regato onde pudesse lavar o sangue e o suor. Alguns quiseram ir junto, mas Acteão preferiu ir sozinho, como sempre fazia. Gostava de se embrenhar solitariamente pelas matas para ver se descobria alguma caça.

Ocorre que neste exato momento Diana, a deusa da caça, estava nas redondezas e tivera a mesma ideia. Cercada também por suas amigas, resolvera fazer uma pausa para se refrescar nas águas de uma deliciosa fonte.

– Meninas, vigiem bem enquanto vou me banhar – disse a deusa virgem, que não suportava a ideia de que homem algum viesse espioná-la.

Nunca, na verdade, olhos masculinos a haviam visto nua, e isto constituía para ela mais do que um simples motivo de orgulho. Era uma vitória de sua virtude e seu maior ponto de honra.

Depois de depositar o arco sobre uma pedra, Diana começou a se despir lentamente, com o auxílio das ninfas. Enquanto uma retirava sua túnica, outra descalçava suas sandálias. Uma terceira aproximou-se para arrumar seus cabelos. Tão logo as amigas completaram sua tarefa, Diana estava pronta para mergulhar na água fresca.

– Ninguém tem um corpo tão belo – sussurravam as ninfas entre si.

– Não é à toa que ela não permite que homem algum a veja neste estado. Seria impossível conter o assédio de todos eles, caso se espalhasse a perfeição de seu corpo.

Diana recolhia a água com a mão em concha e despejava delicadamente às costas. As demais ninfas, distraindo-se momentaneamente, afastaram-se um pouco para também se refrescarem. Neste instante, o jovem Acteão, que estava a poucos passos do paradisíaco local, escutou aquele rumor de vozes e resolveu seguir em sua direção.

– Parece que estou com sorte – disse o caçador, ao se deparar com aquelas cenas.

Assim que seu olhar se desvencilhou de alguns galhos, foi pousar sobre o grupo das ninfas, sem perceber ainda que a própria Diana estava ali, de um modo como nunca mortal algum a vira antes. Ficou um bom tempo a observar as ninfas, que também haviam se livrado das roupas, quando escutou, em meio a seu enleio, este grito de alerta:

– Cuidado, Diana, há um homem ali a nos espionar!

Imediatamente todas as ninfas correram para onde estava Diana, o que acabou por atrair involuntariamente o olhar de Acteão. Cercando Diana com seus corpos, as ninfas procuravam manter oculta a nudez da deusa. Porém Diana era mais alta que todas, de tal sorte que Acteão ainda assim conseguiu vislumbrar um pedaço do seu corpo. Diana, ao cruzar o olhar com o invasor, percebeu que os olhos dele brilhavam de um modo diferente. Com a mão, Diana ainda tentou cobrir a parte superior do peito, mas não havia mais nada a fazer.

– Aquele miserável viu minha nudez! – exclamou, encolerizada.

Vendo que o mal já estava feito, e que a punição para o invasor já estava decretada no seu íntimo, Diana decidiu conceder ao condenado uma última dádiva.

– Meninas, saiam da minha volta – disse com um ar placidamente decidido.

As ninfas, espantadas, foram se afastando, a princípio de maneira relutante.

– O que há com ela? – disse uma das ninfas, baixinho.

Apesar de fugir de qualquer olhar masculino, Diana sempre tivera curiosidade em imaginar como seria este dia, afinal – o dia em que seu corpo seria revelado a um homem mais indiscreto e audacioso.

– É uma honra para mim, deusa misteriosa, ser o primeiro a contemplar seu adorável corpo – disse Acteão, tentando lisonjear a vaidade feminina e escapar ao seu rigor punitivo.

– Olhe bem, senhor caçador, porque será a última coisa que verá nesta vida – disse Diana, com um olhar implacável de quem sabe que o ultraje será punido sem piedade, e reassumindo seu ar naturalmente virtuoso e implacável.

Juntou, então, água nas mãos e lançou-a às faces de Acteão, dizendo:

– Pode ir agora! Vá e conte a seus amigos que viu Diana sem as suas vestes!

Tão logo a deusa terminou de proferir essas palavras e Acteão sentiu que de sua testa começou a brotar algo parecido com um caroço. Dos dois lados brotavam dois enormes chifres galhados, enquanto seus olhos aumentavam de tamanho, bem como seu nariz, que de estreito e bem formado passara ao formato inestético do focinho de um alce. Quando passou as mãos no rosto para ver o que acontecia, sentiu que não mais dedos, mas cascos ásperos deslizavam sobre sua face, que se recobrira de um pelo espesso. Em seguida caiu ao chão, de quatro.

"Meu Deus, o que está acontecendo comigo?", pensou, mas ao tentar expressar esse pensamento em palavras, viu que de sua boca somente saía um rouco desafinado e incompreensível.

Assustado, Acteão deu as costas às mulheres e se meteu pelo bosque, decidido a procurar a ajuda dos amigos. Nem bem enxergou o mais fiel deles, sentado sob a sombra de uma árvore, gritou para ele:

– Filon, aqui! Ajude-me!

No entanto, tudo o que seu amigo escutou foi o mugido de um magnífico alce, que, parado à sua frente, parecia pedir para ser caçado.

– Rapazes, vamos lá! Aqui neste bosque abençoado a caça vem ao nosso encontro em vez de precisarmos correr atrás dela!

No mesmo instante, os cães prediletos de Acteão foram açulados pela companhia inteira. Uma gritaria misturada aos latidos levantou-se por todo o bosque. Acteão, sentindo que a presa agora era ele, tentou ainda estabelecer contato com seus cães. Eles o iriam reconhecer, assim pensava. Uma dentada de seu cão predileto logo o tirou, contudo, desta ilusão. Conseguindo se desvencilhar das presas, que haviam entrado fundo em sua perna direita, Acteão lançou-se para dentro da mata numa corrida desesperada. Pela primeira vez o melhor dos caçadores estava do outro lado da caçada.

Enquanto fugia, escutava ironicamente as vozes de seus amigos, que o chamavam para juntar-se à caçada!

– Vamos, Acteão, onde você se meteu? – bradava um, mais animado.

– Será o seu maior troféu! – exclamava outro, inconformado por não tê-lo junto na caçada que prometia o maior dos prêmios.

Acteão, a cada chamado, tentava responder, mas seu grito desconexo somente servia para delatar a sua presença aos demais caçadores.

– Vamos, ele foi por ali, posso ouvir o seu grito!

Depois de escalar pequenos morros e meter-se por gargantas e vales, Acteão, exaurido, foi finalmente alcançado por um dos seus cães, que pulou direto em seu pescoço; outro ferrou as presas em seu focinho, impedindo-lhe a respiração e provocando uma dor lancinante. Logo seu corpo estava entregue à fúria dos cães, que o retalhavam com suas presas dilacerantes. Antes de morrer, viu chegarem seus companheiros de caçada, que exultavam com o resultado, ao mesmo tempo em que lamentavam a ausência do seu líder:

– Sinto muito, Acteão, mas desta vez você não terá do que se vangloriar – disse um dos companheiros, com um sorriso, enquanto Acteão não surgia para aplaudir a sua vitória.

CASTOR E PÓLUX

Castor e Pólux eram irmãos gêmeos, filhos de Leda. Embora tivessem esta peculiaridade, eram filhos de pais diferentes. O último era filho de Júpiter, e o primeiro, filho de Tíndaro, rei de Esparta e pai putativo de ambos. Pólux, sendo filho de um deus, fora agraciado com o dom divino da imortalidade, enquanto Castor permaneceu um simples mortal. Castor adorava cavalos, enquanto Pólux era mais afeito às artes do atletismo. Os dois eram inseparáveis, e desde meninos estavam sempre metidos em aventuras, exercitando sem cessar a sua força e agilidade.

Um dia, quando iam em visita a Messena, pátria vizinha de Esparta, viram passear pelos campos duas belas jovens. Castor, mais afoito, cutucou o ombro do irmão.

– Veja, Pólux, que lindas jovens!

Pólux, que também as estivera observando, franziu bem os olhos:

– De fato, caro irmão, são as mais belas moças que meus olhos já viram.

– Vamos conversar com elas.

Como iam montados em seus cavalos, logo estavam na presença das duas moças. Aproximaram-se tanto que a respiração dos cavalos fazia agitar as vestes curtas e vaporosas das duas moças, que com as mãos tentavam a todo instante evitar que elas subissem em demasia. Uma delas, parecendo a mais decidida, encarou os dois e perguntou:

– Quem são vocês e o que querem aqui?

– Somos Castor e Pólux, da vizinha Esparta... – disse Castor.

– ... e estamos encantados com a beleza de vocês – completou Pólux.

– Como você se chama? – perguntou Castor à primeira.

– Febe é meu nome – disse ela, afastando o cabelo dos olhos.

– E você, linda jovem? – disse Pólux à segunda.

– Hilária – disse ela, erguendo a alça da túnica, que se desprendera do ombro.

Com palavras amenas e sorrisos simpáticos os dois irmãos tentaram espichar a conversa, cada vez mais encantados com as duas. Hilária, porém, percebendo que as coisas marchavam no rumo de um possível namoro, atalhou a conversa.

– Os dois irão nos desculpar, mas devemos ir embora, pois nossos noivos nos aguardam.

Sem ouvir mais nada, Hilária pegou a mão da irmã e afastaram-se, deixando os dois ali boquiabertos.

– Ora essa, são noivas... – disse Castor, contrariado.

– ... de dois idiotas, por certo! – completou Pólux.

Deviam ser idiotas, raciocinaram ambos, pois como podiam deixar que suas duas belas noivas andassem sozinhas pelos campos, naqueles trajes curtos e provocantes?

Pólux, esporeando com força seu cavalo, saiu-lhes no encalço, até emparelhar novamente com as duas. Hilária e Febe, contudo, desta vez não pararam.

– Que noivos são esses, que as deixam assim soltas pelos campos?... – perguntou Castor a elas, juntando-se logo com seu cavalo ao grupo reconstituído.

– ... e por que cometem tal temeridade? – ajuntou Pólux.

– Eles estão muito atarefados e não podem estar sempre ao nosso lado – disse Febe.

– Ah, já sei, são daqueles que dão mais importância ao trabalho e aos afazeres do que às suas mulheres... – disse Castor, com ironia.

– ... e que depois se queixam por terem sido traídos! – disse Pólux, com um riso franco.

Hilária, sentindo o sangue subir à face, parou de andar e virou o rosto para os dois.

– Nós somos virtuosas o bastante para saber respeitar-lhes a ausência.

– E o resto do mundo, minha graciosa dama, estará também disposto a respeitar-lhes a ausência?... – disse Castor.

– ... ou julgam eles, em sua inocência, que o mundo seja tão inocente quanto eles?

– Seus noivos deveriam escolher o que é mais importante para eles, afinal...

– Eu, no lugar deles, jamais desgrudaria os olhos de vocês...

– Venha, Febe, vamos embora – disse Hilária, apertando o passo com sua irmã, confusa com a conversa picotada dos dois irmãos ladinos.

– Ei, esperem!... – disse Pólux.

– ... sim, só queremos conversar! – completou Castor.

Assustadas, as duas resolveram correr pela campina, o que atiçou ainda mais o desejo dos dois irmãos, pois enquanto as moças fugiam, o vento lhes erguia as vestes quase até a cintura.

– Vamos lá, Pólux!... – disse Castor, disparando numa cavalgada.

– ... é pra já! – gritou Pólux, eufórico.

Montados em seus ágeis cavalos, os dois irmãos sentiam o vento agitar os cabelos enquanto perseguiam as duas lindas mulheres.

"Deus poderoso, o que pode haver de melhor neste mundo?", pensavam ambos, enquanto cavalgavam velozmente. O amor não prima muito pela razão; por isso mesmo, em momento algum os dois se perguntaram se a ação que praticavam era justa ou injusta.

– Estas garotas estão precisando de um pouco de emoção! – gritava Castor.

– Sim, veja como fogem, embora com passo lento! – respondia Pólux.

Talvez, apenas, os cavalos fossem mais velozes. De qualquer modo, Castor logo emparelhou com Hilária, que ofegava no esforço da corrida. O braço forte do cavaleiro desceu até a cintura da jovem e ergueu-a sem esforço até aconchegá-la ao seu peito. No esforço de desvencilhar-se dos braços de seu delicado raptor, Hilária perdeu o manto. Mas Castor foi gentil o suficiente para voltar até onde a túnica de Hilária caíra e juntá-la, sem descer do cavalo ou abandonar a preciosa presa.

Seu irmão também já tinha na garupa de seu cavalo a assustada Febe, que, temerosa de cair ao solo, agarrara-se à cintura de seu sequestrador.

– Calma, não vamos lhes fazer mal!... – disse Castor, procurando acalmar Hilária e sua irmã.

– Que querem? Cupido nos alvejou, nada podemos fazer! – exclamou o irmão, cujos olhos brilhavam de prazer ao sentir o corpo de Febe assim colado ao seu.

De repente, porém, atraídos pelos gritos, surgiram os dois noivos das moças raptadas. Eram Idas e Linceu, dois heróis messênios, que, percebendo a situação, acorreram imediatamente.

– Larguem as duas, desgraçados! – gritou Idas, possesso.

Os dois também estavam montados e logo encostaram seus cavalos aos dos raptores, que por levarem peso dobrado cada um não conseguiram escapar por muito tempo à perseguição.

– Nós estamos apaixonados por elas! – disse Castor a Idas. – Como vocês não dão à beleza delas a mesma importância que nós, resolvemos tomá-las para nós!

– Cale a boca, desgraçado! – disse Linceu. – Devolvam já as nossas noivas ou serão mortos!

Os dois gêmeos, assim afrontados, decidiram apear e enfrentar os seus rivais.

Logo estavam os quatro contendores descidos dos cavalos, enquanto as duas moças fugiam numa corrida desenfreada pelos campos.

Os dois irmãos atracaram-se numa luta corpo a corpo com Idas e Linceu, e durante um bom tempo a luta transcorreu sem vantagem visível de parte a parte. Idas, no entanto, vendo que não poderia vencer a disputa, sacou de um punhal que trazia escondido à cintura e atravessou o peito de Castor, que caiu ao solo mortalmente ferido.

– Meu irmão! – exclamou Pólux, ao ver seu irmão tombar ensanguentado.

– Este é o preço por sua ousadia! – disse Idas, limpando o ferro em sua túnica.

Pólux, cego de ódio, foi até o seu cavalo e, pegando um dardo afiado, avançou para o agressor. Antes, porém, que alcançasse o assassino de seu irmão, enterrou o dardo no peito de Linceu, que pulara à sua frente.

– Maldito, pagará caro por isto! – disse Idas, brandindo o seu punhal.

Júpiter, porém, que a tudo assistia do alto, enfureceu-se com a audácia daquele mortal que pretendia ferir seu filho Pólux e disparou no mesmo instante um raio vingador, que reduziu a cinzas o furioso Idas, bem como o cadáver prostrado de Linceu.

Pólux, vendo seu irmão Castor caído ao solo, correu em direção ao seu corpo.

– Castor morto! – exclamou, com o rosto banhado em lágrimas. – Meu irmão, como poderei viver a partir de agora? Que prazer terei em minhas caçadas sem a sua companhia, irmão querido?

Durante muito tempo ainda esteve curvado sobre o corpo do irmão, até que, tomando-o em seus braços, Pólux carregou-o até o Olimpo. Todos os deuses pararam para assistir àquela cena trágica. Pólux, entrando no salão onde estava o trono celestial de seu pai, postou-se à sua frente, tendo sempre nos braços o corpo do irmão morto.

– Meu pai, não poderei continuar a viver sem a companhia de meu querido irmão! – disse Pólux a Júpiter. – Venho aqui para pedir que lhe restitua a vida ou então que cancele a minha imortalidade, permitindo que eu desça com ele até a morada das sombras. Lá, ao menos, continuaremos juntos.

– Pólux, seu irmão era mortal, e seu destino não pode ser alterado – disse Júpiter.

– Mas como poderei ser feliz aqui no Olimpo, estando ele apartado de mim, para sempre nas profundezas do reino de Plutão? Uma imortalidade dessas seria como a morte para mim.

Júpiter parecia inflexível, mas ao ver a dor do filho, que em momento algum largara o corpo do irmão, resolveu reconsiderar.

– Está bem, já que deseja compartilhar do destino dele, tenho uma solução – disse finalmente o pai dos deuses. – Já que você insiste em não se apartar de seu irmão, farei com que ambos passem metade do ano em meu reino, gozando da imortalidade, e na outra metade irão habitar o reino das sombras, junto aos mortos, já que meu irmão Plutão não admitiria perder um súdito que já é seu de direito.

Pólux, que não queria outra coisa senão estar sempre junto de seu irmão, vibrou de alegria. No mesmo instante, Castor abriu os olhos e os dois se abraçaram, felizes.

– Mas lembrem-se, daqui a seis meses os dois deverão ir habitar o Hades sombrio – advertiu-os Júpiter.

– Ótimo! – exclamou Pólux. – Dividiremos assim a morte como dividimos a vida.

Castor, agradecido, abraçou-se novamente ao irmão.

A CAIXA DE PANDORA

Epimeteu era irmão de Prometeu, o titã que modelou o primeiro homem do barro. No entanto, este, por desavenças com Júpiter, acabara por incorrer na sua ira.

Temendo que Júpiter viesse a querer se vingar dele ou do gênero humano, Prometeu decidiu um dia alertar o seu desavisado irmão:

– Epimeteu, tome cuidado com os presentes que receber de Júpiter – disse Prometeu, chamando-o para um canto. – Já há algum tempo que ele anda furioso comigo, porque ousei roubar o fogo dos céus para levá-lo aos homens.

Epimeteu escutou com atenção as palavras judiciosas do irmão e logo as esqueceu com o mesmo empenho.

Enquanto isso, no Olimpo, Júpiter já havia ordenado a Vulcano – que tinha também as suas veleidades de artífice – que criasse uma nova criatura, uma parelha para o homem.

– Deixa comigo – disse o deus das forjas.

Fechando-se em sua fuliginosa oficina com a deusa Minerva, os dois entregaram-se com extraordinário denodo à interessante tarefa. Decorrido algum tempo, a obra estava pronta.

– Nunca nada de mais perfeito saiu de suas talentosas mãos, excelente Vulcano! – disse Minerva, entusiasmada.

– Graças a você, cara amiga, que me auxiliou com seus proveitosos conselhos! – disse Vulcano, devolvendo o elogio.

Diante dos dois estava uma linda mulher, quase tão bela quanto a mais bela das deusas. Seus olhos eram azuis como o mais límpido céu, e de sua boca vermelha e úmida partia um hálito fresco e perfumado. Sua pele era macia como o mais macio dos veludos e recobrindo-a por inteiro havia ainda uma delicada penugem, que lembrava em tudo a maciez da casca do pêssego. Seus membros, por sua vez, eram delicadamente proporcionados, tendo sido exilada deles à força, em proveito da graça. À frente do peito da encantadora criatura, Minerva colocara dois pomos que tinham o prodígio de serem, ao toque, ao mesmo tempo macios e firmes, coroando-os ainda, num requinte de perfeição, com duas delicadas protuberâncias, que lembravam duas pequenas cerejas.

Suas curvas eram perfeitas. De cada flanco do corpo desciam duas linhas curvas voltadas para dentro, expandindo-se somente à altura da cintura para dar lugar a um estonteante panorama, tendo ao centro um triângulo hermético, que guardava dentro de si todos os segredos da vida e de sua procriação.

– Vamos, levemos já nossa invenção a Júpiter para que ele nos dê logo a sua aprovação! – disse Minerva, tão confiante que já dava por certa a aprovação de seu exigente pai.

E não foi de outra maneira. Tão logo o deus dos deuses pôs os seus olhos sobre a nova criatura, eles encheram-se de um brilho intenso.

– Vulcano e Minerva, vocês excederam-se em tudo o que se refere à beleza! – disse Júpiter, aplaudindo com entusiasmo a obra que tinha diante de si.

– Batizamos ela de Pandora, meu pai – disse Minerva. – O que acha deste nome?

– *Pandora, Pandora* – repetiu Júpiter, deliciado. – Tem um som volátil, alado... Magnífico!

Antes, porém, de dispensar a criatura, chamou-a a um canto.

– Venha cá, Pandora, tenho um presente para você. Quero que você leve isto aos mortais como sinal de meu apreço por eles – disse Júpiter, entregando-lhe uma caixa dourada, ricamente trabalhada com arabescos e filigranas de prata.

Pandora arregalou os olhos ao ver diante de si aquele presente tão magnífico. Sem poder conter-se, quis logo abrir a maravilhosa caixa, mas foi impedida pelo autor do presente.

– Não, minha filha, não faça isto! É para ser mantida sempre assim, hermeticamente fechada.

– *Herpétia* o que, poderoso deus? – disse Pandora, com um arzinho encantadoramente confuso.

– Esqueça, querida, esqueça. Não é para ser aberta em ocasião alguma, compreendeu?

– Sim, sim, compreendi! – disse Pandora, semicerrando os seus soberbos olhos anis.

"Por Júpiter, acho que esqueci de um pequeno detalhe...!", pensou Minerva, consigo mesma, ao analisar melhor a criatura.

Vulcano, no entanto, permanecia satisfeitíssimo com a sua invenção, demonstrando ser em tudo um pai digno da filha, menos na beleza, é claro.

– Pode ir, minha menina, vá em paz – disse Júpiter, despedindo-se dela com um aceno.

No mesmo dia, os dois presentes chegaram às mãos de Epimeteu, que não sabia qual deles admirar mais. Mas em breve fez logo a sua escolha: nada podia ser mais admirável do que aquela encantadora criatura que se chamava Pandora.

Entusiasmado, Epimeteu decidiu instalá-la em seu quarto. Depois que ele havia se retirado, Pandora pegou sua caixa dourada e prateada e pôs-se a examiná-la detidamente, virando-a de todos os lados. Seus olhos azuis refletiam todo o brilho do magnífico receptáculo.

– O que haverá aí dentro? – disse baixinho, refrescando o ar com seu hálito balsâmico.

Por várias vezes a encantadora Pandora hesitou se abria ou não a fantástica caixa. Mas, depois, depositando o precioso objeto ao lado do travesseiro, adormeceu profundamente.

Sonhou então que de dentro da caixa saíam, como por mágica, cavalos alados da cor do mar e aves luminosas de diversos tons esmeraldinos. Dos bicos prateados das gigantescas aves originava-se uma canção de magnífica beleza, que a enterneceu até o âmago mais profundo da alma. Homens e mulheres abraçavam-se nus, em pleno ar, ao som desta canção embriagadora, misturando-se àquelas criaturas de tal modo que pareciam ter asas como elas.

Despertando com aquele sonho maravilhoso, Pandora estendeu a mão imediatamente para o seu presente. Não podendo mais conter o seu desejo, ergueu a tampa numa volúpia insana de curiosidade que lhe pôs na espinha um arrepio gelado.

Nem bem ergueu um pouquinho a tampa dourada, Pandora sentiu-a ser arrebatada das mãos, caindo ao chão, longe da cama. Assustada, ainda assim manteve o objeto preso entre as mãos. Pandora viu escapar de dentro da caixa algo a princípio sem forma. Parecia que todos os ventos do mundo se escapavam desordenadamente dali, na pressa da fuga. Imediatamente um deles tomou a forma de uma caveira volátil, parecendo toda feita de cristal e de vento. Tomando uma dimensão assustadora, a caveira aproximou seu rosto brilhante do rosto da pobre moça, que tremia de medo. Podia sentir na face o bafo mortalmente gelado que passava por entre os dentes de gelo, completamente arreganhados, da horrenda caveira.

Por alguns instantes aquela face terrível a mirou com suas órbitas vazias, estudando-a sempre com seu sorriso de vidro. Depois seus maxilares bateram repetidas vezes, um de encontro ao outro, aumentando cada vez mais o ritmo a um ponto tal que ela somente podia ver aquela fileira transparente de dentes martelando-se uns aos outros, parecendo inevitável que se fariam em pedaços diante de seus olhos atônitos.

Algo parecido a uma gargalhada escapava por entre os rápidos intervalos das batidas dos maxilares, que ela não sabia precisar se era uma gargalhada de escárnio ou um lamento de dor. Pandora estava prestes a desmaiar quando a caveira foi se tornando gasosa outra vez, transformando-se num grande e gelado vapor que fugiu pela janela do quarto, perdendo-se no mundo.

Depois surgiram vários rostos deformados, cobertos de pústulas, que se erguiam da caixa como se fossem o retrato horrendo da Doença. Depois de assoprarem sobre seu rosto o bafo doentio das febres renitentes, arremessaram-se também pela janela atrás da primeira criatura, finalmente libertas. Dentre as tantas criaturas que escaparam da caixa, Pandora teve o desgosto de ver personificados todos os vícios que viriam a acometer no futuro a alma humana.

A Inveja lhe apareceu, assim, sob a forma de uma mulher velha, cujos cabelos finos e prateados como teias de aranha esvoaçavam ao ar. De dentro dessa moita prateada, aranhas negras teciam freneticamente com as patas negras mais e mais fios, de tal forma que uma nuvem esfiapada cobria a cabeça inteira da velha hedionda. Seus olhos amarelos, raiados de sangue, fuzilavam aquele belo rosto que, sabia, jamais teria igual. Da boca escapou uma baba verde, que lhe escorria pelo queixo em cordas pendentes. Com elas a velha teceu uma corda musgosa e nojenta, com a qual envolveu o pescoço de Pandora, decidida a estrangulá-la. Algo, porém, a impediu de completar seu ato. Dando um grande uivo de raiva, ela recuou para trás. Depois ergueu a mão ossuda no ar e, franzindo os dedos como quem agarra algo, sacudiu-a em direção ao seu alvo, Pandora. Depois, arremessou-se subitamente pela janela, dando um silvo agudo e penetrante.

A Gula, sob a forma rotunda de uma mulher imensamente nua, escapou-se também da caixa. Suas banhas e graxas sacudiam, caindo umas por cima das outras, em grossas camadas. De toda ela escorria um suor pegajoso, como se suasse azeite por todos os poros. Suas bochechas pareciam prestes a explodir, e de seus olhos escorria uma graxa amarela e malcheirosa, que ela lambia com furor assim que lhe chegava aos lábios inchados.

Pandora, embora aterrorizada, não conseguia fechar a maldita caixa, involuntariamente fascinada com o que assistia, sem saber como pudera desencadear tantas desgraças. Lançando-se de joelhos ao chão, encontrou finalmente a tampa caída a um canto. Enquanto rastejava para alcançá-la, sentia rodopiar acima de si uma legião de demônios – a Avareza, a Arrogância, a Crueldade, o Egoísmo, todos os vícios e defeitos humanos dançavam uma ciranda infernal sobre a sua cabeça, até que, arremessando-se à caixa, conseguiu finalmente fechá-la.

Mas o mal já estava feito. Percebendo que nada ficara lá dentro, olhou ainda uma vez para o fundo da caixa fatídica. Um rosto maravilhosamente belo e eternamente jovem, no entanto, a observava dali.

– Quem é você? – disse Pandora, ainda temerosa.

– Eu sou a Esperança – disse simplesmente o belo rosto.

Foi carregando esse valioso presente que Pandora se apresentou diante dos homens.

MINERVA E ARACNE

Aracne era uma bela moça, filha de um tintureiro de lã, na cidade de Colonon. Sendo filha de quem era, desde cedo acostumara-se a bordar e tecer, revelando um talento inato para essa arte. À medida que Aracne foi tornando-se adulta, sua arte também mais e mais se aperfeiçoava, de tal sorte que logo seus trabalhos eram disputados por todas as mulheres da cidade. Senhoras de outras localidades também acorriam, sem se importar com a distância, desde que pudessem levar para casa algum trabalho saído das mãos da extraordinária artesã.

– Bordado é o da Aracne, o resto é bobagem – diziam as moças, que saíam da casa da talentosa jovem com suas peças estendidas, admirando à luz do sol o tom diversamente colorido dos bordados e das tramas.

De tal forma a fama de Aracne cresceu, que mesmo as ninfas dos rios e lagos próximos deixavam as águas para admirar os trabalhos de Aracne.

Um dia, Diana, que ficara sabendo do assunto pelas ninfas, levou-o ao conhecimento de Minerva.

– Minerva, acho que finalmente você encontrou uma rival à altura – disse Diana, com um tom de ironia.

Ora, deuses e deusas não suportam que lhes falem nesse tom, ainda mais quando um de seus atributos é posto em dúvida. A deusa, considerada a protetora das obreiras e dos artesãos, não admitia que uma reles mortal pudesse sequer emparelhar com as suas obras, respeitadas em todo o Olimpo.

– Quem é mesmo essa fulana? – disse Minerva, com a voz repassada de inveja.

– Aracne é o seu nome – disse Diana, que sob o pretexto de fazer um favor, saboreava, na verdade, o despeito da outra.

No mesmo dia, Minerva decidiu apresentar-se diante da rival e ver se realmente ela era tudo aquilo que afirmavam.

Metamorfoseando-se numa velha, a deusa rumou para o país onde vivia Aracne. Quando lá chegou, encontrou a artesã sentada à beira de um regato, cercada por um exército de ninfas, que deitadas sobre a relva admiravam o seu magnífico trabalho.

– Bom dia, minha jovem! – disse, aproximando-se.

– Bom dia, minha senhora – disse Aracne, sem desviar os olhos de seu imenso bordado.

"Ela é boa artesã, mesmo, a desgraçada!", pensou a velhota e disse:

– Que belo trabalho está fazendo! – exclamou Minerva, apoiada a seu bordão, cujo elogio fingido escondia uma secreta admiração.

– É o que todos dizem – falou Aracne, com um ar de presunção que irritou Minerva.

– Mas convém agradecer sempre a Minerva este dom recebido – disse a velha.

– Ora, e que méritos eu teria se devo exclusivamente a ela meu talento? – disse Aracne. – Ela que cuide de seus bordados que eu cuido dos meus.

Um sussurro de espanto correu por entre as ninfas.

– Oh, não diga isto! – disse a velha, escandalizada. – Não percebe que é uma ingratidão sem tamanho?

– Vovó, por favor, me deixe trabalhar em paz – disse a jovem, pondo um fim na conversa.

– É esta, então, a ideia que tem de mim, atrevida? – disse Minerva, desfazendo-se do disfarce e surgindo em todo o seu esplendor diante da tecelã e das ninfas, que recuaram, entre assustadas e reverentes.

Aracne, contudo, não demonstrou grande impressão e prosseguiu a bordar, como se nada houvesse acontecido.

– Olhe para mim, sua mal-agradecida! – bradou Minerva.

– Estou trabalhando, não está vendo? – disse Aracne, com maus modos.

– Proponho, então, um desafio! – disse Minerva, certa de que a vitória seria sua.

– Diga lá! – respondeu a moça, que não queria outra coisa senão medir-se com a própria deusa dos trabalhos manuais.

– Vamos, ninfas ociosas, tragam toda lã que puderem encontrar e a depositem aqui, em partes iguais, a nossos pés – ordenou Minerva.

As duas mostravam-se extremamente arrogantes. Não se podia saber qual seria a vencedora daquele empolgante confronto. Ao sinal da deusa, as duas começaram a trabalhar. Os dedos ágeis desfiavam a lã e a colocavam rapidamente sob os pentes do tear que tinham à frente. Os fios deslizavam, esticados ao máximo, parecendo as cordas afinadas de um piano. Nem bem saíam da máquina e dedos os capturavam, comprimindo-os sob as agulhas douradas.

Cada qual tinha aos joelhos uma grande tela, na qual deveriam bordar um grande tapete figurativo. Minerva escolhera fazer o retrato de uma disputa que tivera com Netuno, enquanto Aracne bordava magistralmente a cena do rapto de Europa por Júpiter.

Aos poucos as figuras ganhavam forma nas armações quadradas que cada qual tinha diante de si. Os fios de diversas cores passavam pelos dedos das mulheres como os fios que tecem o arco-íris, misturando-se numa mesma maçaroca, mas saindo separados e uniformes sobre a tela.

– Veja, a tela de Minerva está mais bela – dizia uma ninfa, observando o trabalho da deusa, que começava a ganhar forma diante dos olhos de todas.

De fato, o mar, os peixes, o deus Netuno com seu tridente, tudo parecia adquirir vida própria, enquanto os dedos finos da deusa tramavam agilmente as linhas de diversas cores.

– Não, o de Aracne é mais belo – disse outra ninfa, abaixando o tom de voz para não ofender a deusa.

O tapete de Aracne, com efeito, não ficava a dever nada ao da sua rival em matéria de cor, beleza e vivacidade. Todas podiam ver aos poucos o alvo touro que raptara Europa ganhar forma sob as costuras. O alvo fio ia desenhando o contorno da bela jovem com tal perfeição que ela parecia estar viva e prestes a sair do tapete: seus pés erguiam-se a poucos centímetros da água de um anil perfeito, por sobre a qual era levada pelo animal.

À medida que as duas finalizavam o trabalho, a ansiedade e a expectativa das ninfas tornavam-se quase insuportáveis.

De repente, Minerva pôs-se em pé, com um grito de triunfo:

– Pronto, amadora, apresente também o seu trabalho!

Aracne, dando o último nó em seu bordado, ergueu-o desafiadoramente.

– Que as ninfas julguem com imparcialidade! – disse, encarando a rival.

Minerva, arrebatando o tapete das mãos de Aracne, comeu-o com os olhos. Enquanto o estudava, procurava com ele ocultar o próprio rosto, a fim de que as demais não vissem a admiração estampada na sua face. "Maldita! Seu trabalho, tenho de reconhecer, é levemente superior ao meu!", pensou a deusa.

Temendo, porém, que as julgadoras chegassem à mesma conclusão, Minerva perdeu a cabeça e fez em pedaços o belo tapete, mostrando que não admitiria sofrer uma humilhação.

– Oh, como você é cruel e injusta! – disse Aracne, tomada pela ira.

Em seguida, rasgou também o trabalho da rival, sapateando em cima.

– Veja o que restou de seu horrível bordado – disse, arreganhando os dentes para a deusa.

Isto foi demais para a paciência de Minerva, que não podia admitir tamanha afronta de uma reles mortal. Erguendo sua mão sobre a cabeça de Aracne, rogou-lhe uma praga terrível. A moça, que ainda estava sob o efeito da cólera, não sentiu a princípio que seu corpo encolhia até transformar-se numa bola negra. Depois, de seus flancos saíram várias pernas cabeludas, o que encheu de horror as ninfas, que se lançaram à água, temerosas de que a deusa resolvesse puni-las também.

Tomando em suas mãos a asquerosa criatura, Minerva pendurou-a em um galho.

– Veja, aí está o prêmio da sua arrogância! – disse a deusa, com uma risada de escárnio.

Já ia dando as costas para se retirar, quando percebeu um ruído vindo da árvore. Voltou-se e viu que a criatura negra movimentava suas pernas com extraordinária agilidade, costurando um manto com uma seda extremamente fina que retirava de seu dorso abaulado. Aos poucos, Minerva viu surgir diante de seus olhos um magnífico bordado circular, que excedia a tudo que ela antes já fizera, como se Aracne, mesmo sob aquela odiosa forma, tivesse se tornado ainda mais talentosa com seus diversos braços.

Minerva, reconhecendo-se finalmente derrotada, partiu correndo do maldito bosque.

PERSEU E A CABEÇA DE MEDUSA

Poucos homens poderão se vangloriar de terem nascido de uma chuva de ouro. O herói deste conto, no entanto, pode, e é sobre ele que vamos agora falar.

Acrísio, rei de Argos, tinha uma bela filha chamada Danai. Um dia este poderoso rei foi consultar-se com um oráculo e recebeu dele o aviso de que sua filha jamais deveria ser mãe, pois o filho nascido de suas entranhas provocaria um dia a morte do próprio soberano. Temendo que essa profecia viesse a se realizar, o rei mandou encerrar então a sua filha numa inacessível torre de bronze, certo de que ali nenhum pretendente poderia alcançá-la.

Acrísio, no entanto, esqueceu-se do volúvel Júpiter, que um dia, ao enxergar do Olimpo a pobre moça debruçada à janela, apaixonou-se perdidamente por ela.

Ora, para o pai dos deuses não existem torres inexpugnáveis. Metamorfoseando-se numa nuvem dourada, Júpiter penetrou nos aposentos de Danai e a fecundou de uma maneira original, fazendo descer sobre ela uma abundante e irisada chuva de ouro.

Quando o rei descobriu o fato, tomou-se de ira. Antes de tomar uma providência, porém, decidiu aguardar que o neto nascesse. Tão logo o menino – que se chamou Perseu – veio ao mundo, o rei deu esta ordem cruel aos guardas:

– Tranquem Danai e seu filho dentro de uma arca e lancem ambos ao mar.

A ordem foi cumprida integralmente. No mesmo dia, mãe e filho estavam navegando sem rumo pelas águas revoltas do oceano, enquanto Acrísio, em seu trono, suspirava aliviado. O sol e a lua brilharam alternadamente sobre a arca fatídica, enquanto esta flutuava ao sabor das ondas, até que um dia ela acabou indo dar à praia de Serifo, onde um pescador a encontrou. Qual não foi a sua surpresa ao abrir a tampa e descobrir no interior a figura da mãe abraçada ao filho!

– Por Júpiter! – exclamou o bom homem. – O que está fazendo aí dentro esta pobre moça?

Danai, com o filho aninhado nos braços, encontrava-se sentada, quase sem sentidos, e seus joelhos estavam cobertos pela água que entrara por uma fresta.

– Ajude-nos... – disse a moça, antes de desmaiar.

O velho recolheu-a com o filho e lhes deu abrigo e alimentação. Tão logo se mostraram recuperados da terrível viagem, ele os levou até o rei do país, que se chamava Polidecto.

O rei tratou Danai e seu filho com muita atenção, dando-lhes um lugar para morar.

Com o passar dos anos, o pequeno Perseu foi crescendo até se tornar um rapaz forte e musculoso. Como Polidecto mostrava-se cada vez mais interessado em possuir Danai, decidiu afastar do reino o jovem. Para tanto ordenou que ele fosse combater a terrível Medusa, uma criatura monstruosa que espalhava o terror por todo o reino.

– Quem é ela? – quis saber Perseu, que já tinha um pendor natural para a aventura.

– Medusa é uma das três Górgonas – disse Polidecto. – Filhas de Fórcis, chamam-se Euríala, Esteno e Medusa. Das três, indubitavelmente, a última é a mais bela. Até algum tempo atrás, todas as mulheres tinham inveja da sua beleza – continuou a dizer Polidecto –, em especial da sua bela cabeleira negra. Seus cabelos eram tão escuros e sedosos que pareciam fios da noite a escorrer sobre seus ombros.

O rei prosseguiu na sua história, acrescentando que um dia a mais bela das Górgonas apaixonara-se por Netuno, o deus dos mares. Certa feita, tendo marcado um encontro amoroso com ele num dos templos de Minerva, acabara provocando a ira da deusa. Sedenta por vingança, Minerva decidiu punir a jovem, transformando sua linda cabeleira num ninho das mais horrendas serpentes.

Transformada, assim, numa detestável criatura, Medusa foi se refugiar numa gruta fortificada. Dizia-se que possuía agora o dom de converter em pedra todo aquele que a encarasse e que este era seu maior deleite desde que fora alvo da nefasta transformação.

Perseu, tendo ouvido o relato do rei, decidiu aceitar a missão, embora ciente de todos os perigos. Partiu alguns dias depois, sob os protestos da mãe.

Após uma longa jornada, o jovem chegou, finalmente, diante da fortaleza de pedra onde a Medusa se escondia. Logo à entrada, porém, deparou-se com algumas formas humanas que, à primeira vista, fizeram-no crer que se tratavam, de guardiões. Erguendo sua tocha, Perseu observou-as melhor e descobriu que eram homens mortos que tinham seus corpos transformados em pedras.

– Infelizes! – exclamou Perseu, enquanto estudava suas feições assombradas.

Todos pareciam estar ainda vivos, contemplando a coisa mais pavorosa que um olho humano pudesse enxergar. Seus gestos derradeiros refletiam o último espasmo do terror, enquanto alguns procuravam proteger os olhos com as mãos; outros tinham uma perna posta em recuo, como quem começa a fugir, sem poder, no entanto, completar a escapada; outros, ainda, tinham a espada erguida acima das cabeças, como quem prepara um golpe fatal, que, no entanto, jamais se completa.

Seguindo um pouco mais para dentro da caverna, Perseu escutou uma conversa; aproximou-se, então, de maneira cautelosa, até vislumbrar duas altas mulheres que pareciam guardar a entrada principal da fortaleza.

Eram as irmãs de Medusa, que ali se mantinham em perpétua vigília.

A primeira delas, que estava colocada ao lado de onde Perseu avançava, pressentindo a presença de alguém, disse, estendendo inquietamente a mão à outra:

– Dê-me logo isto... Há alguém por aqui, além de nós, posso sentir o cheiro.

Tomando alguma coisa das mãos da outra, a primeira entalou aquilo no rosto e pôs-se a olhar para ao lados onde Perseu se escondia. Mesmo na quase obscuridade total de onde se encontrava, o jovem pôde perceber que o objeto que a monstruosa criatura colocara no rosto era um único e alerta olho esverdeado, que percorria de modo inquieto todos os recantos da caverna. As duas possuíam apenas um globo ocular, que compartilhavam na medida que dele necessitassem.

O herói, agachando-se, pegou uma pedra e lançou-a para os lados daquela que ficara momentaneamente cega.

– Vamos, devolva-me o olho! – gritou esta para a outra.

Enquanto aquela vasculhava a extremidade oposta da caverna, Perseu aproximou-se discretamente da que lhe estava mais próxima e indefesa. Sacando da espada, foi fácil cortar a cabeça da sinistra criatura, que deu ainda um grito de alerta à irmã:

– Mana, me dê o olho! – disse ela, antes de cair morta ao chão.

A outra, espavorida, desatarraxou-o da cara e estendeu-o no vazio.

– Obrigado... – disse Perseu, pegando o olho com uma das mãos, enquanto com a outra desferia sobre o pescoço da vítima um golpe certeiro de sua espada afiada.

A segunda das temíveis Górgonas caiu ao chão, sem cabeça e sem olho. Uma poça de sangue formou-se aos pés de Perseu, que prosseguiu adiante, deixando no chão as suas pegadas vermelhas e disposto a enfrentar agora a mais perigosa das três irmãs.

Um vento frio percorria os corredores recobertos de estalactites, que pendiam das paredes como afiadas estacas de gelo. Mas havia algo além do sopro gelado do vento. Uma respiração curta e forte misturava-se ao fluxo contínuo do vento. "A maldita está me seguindo!", pensou o herói, pondo todos os seus sentidos em alerta. Como em resposta às suas cogitações, Perseu escutou uma voz dizer as seguintes palavras, que por causa do vento pareciam estar sendo assopradas diretamente em seu ouvido:

– Maldito! Pagará caro pela morte de minhas irmãs!

Sua tocha apagou-se e tudo mergulhou na semiescuridão da caverna.

Parecendo um guerreiro cego e tateando o caminho com a ponta da espada, Perseu continuou a avançar, de maneira cautelosa. Preso ao outro braço levava o escudo que recebera de Minerva, antes de partir. A sua última recomendação ainda estava bem clara em sua mente: "Jamais enfrente o olhar da Medusa, pois isto seria o seu fim! Quando tiver de enfrentá-la, mire-a apenas no reflexo produzido por este escudo".

Perseu começou a erguer o seu escudo quando de repente sentiu que uma mão poderosa agarrara seu braço, apoderando-se de seu precioso utensílio. O barulho metálico do instrumento batendo-se contra as rochas das paredes ressoou pelos corredores escuros. Quase ao mesmo tempo um golpe forte se abateu sobre suas costas, surpreendendo-o e fazendo com que caísse de bruços e quase sem sentidos ao solo.

Ainda atordoado, Perseu sentiu que duas mãos vigorosas viravam seu corpo de frente. Depois, estas mesmas mãos ásperas agarraram sua cabeça e a sacudiram vivamente.

– Vamos, querido, acorde! – disse uma voz inesperadamente suave.

Seus olhos começavam a se abrir quando se lembrou da advertência da deusa: "Jamais enfrente o olhar da Medusa... Isto seria o seu fim...".

Apertando suas pálpebras, Perseu manteve sua vista fechada, enquanto tentava se desvencilhar dos braços rijos da monstruosa mulher. Uma voz rouca gritava, agora de maneira quase histérica, em seus ouvidos:

– Abra os olhos, guerreiro, e contemple meus belos olhos!

Perseu, ainda com os olhos fechados, sentiu na boca a pressão dos lábios úmidos da Medusa. O hálito frio e fétido que aspirou lhe deu a ideia de que a própria Morte o estivesse beijando. Percebendo que tinha o joelho livre, encolheu-o até a altura do seu peito e com ele arremessou para longe a figura monstruosa, com tamanha força que ela cruzou toda a extensão da caverna, indo chocar-se violentamente contra uma parede.

Uma golfada de sangue foi expelida pela boca da Medusa, juntamente com um grito selvagem. Atordoada pelo impacto, agora era a vez de ela tentar recobrar seus sentidos.

Perseu, pondo-se agilmente em pé, divisou o brilho de seu escudo, a alguns metros dali. Tão logo o teve outra vez nas mãos, ergueu-o, tentando ver pelo reflexo prateado o que se passava atrás de si. Uma forma vagamente feminina vinha vindo em sua direção. Perseu não teve tempo de ver o rosto da Medusa, pois com um salto ligeiro o jovem desviou-se, lançando-se ao chão, mantendo sempre preso ao braço o seu precioso escudo. Com a outra mão Perseu empunhava a espada.

– Você morrerá como todos os outros – disse a Górgona, confiante –, e colocarei depois a sua estátua bem no centro de minha caverna.

Perseu manteve silêncio, concentrado apenas em seus movimentos e nos movimentos da ágil criatura, que continuava a mover-se aos saltos. Para o herói era extremamente difícil enfrentar uma adversária tendo de estar sempre de costas voltadas para ela, observando seus movimentos nervosos apenas pela refração do escudo.

Por um instante a criatura desapareceu, até que o rosto inteiro da Medusa surgiu repentinamente novamente no espelho que Perseu tinha diante dos olhos.

Seu rosto pálido era uma máscara de onde sobressaíam dois olhos de pupilas horizontais, como os dos répteis, e que brilhavam iluminados pela ira. Acima deles as serpentes se agitavam, espichando para fora das bocas suas línguas fendidas e arremessando seus corpos em botes rápidos que somente a distância impedia que se tornassem fatais.

Antes, porém, que ela pudesse lhe fazer algum dano, Perseu fechou os olhos e girou seu corpo com extrema velocidade, arrancando, com um golpe certeiro da espada, a cabeça da Medusa.

Voltando-se para o corpo que tombara no chão, já sem o auxílio do escudo, Perseu viu, surpreso, surgir do sangue que jorrava em abundância do pescoço da criatura um belo e alvo cavalo alado, que se chamaria Pégaso e se tornaria famoso por auxiliar outro herói, Belerofonte, a derrotar a monstruosa Quimera.

Montado sobre esse belo cavalo, Perseu ensacou a horrenda cabeça decepada de Medusa e retornou para casa, satisfeito com sua vitória.

BELEROFONTE E PÉGASO

Ninguém cavalgou Pégaso com mais virilidade e destreza do que Belerofonte, um jovem e valente guerreiro que ousou enfrentar com ele uma temível criatura chamada Quimera.

Tendo vivido durante algum tempo sob a proteção do rei Proeto, Belerofonte acabou por se envolver involuntariamente com a esposa deste, a bela e sedutora Anteia.

– Belo jovem, deixe-me amá-lo – dizia a toda hora a insistente rainha.

Belerofonte, no entanto, temendo um atrito com o rei, fugia o tempo todo. Anteia, vendo que suas investidas não davam em nada, decidiu punir o seu objeto de desejo.

– Pagará caro por me rejeitar – disse a rainha, um dia, farta de se oferecer em vão.

E tratou de intrigar o jovem com seu desavisado esposo:

– Proeto, querido, esse rapaz é muito abusado...

– Abusado? O que está dizendo, querida? – disse o rei, intrigado.

– Esse insolente não tem feito outra coisa desde que chegou ao nosso reino senão me cercar com propostas indecentes – disse a rainha, fingindo indignação.

O rei, sentindo-se ultrajado com tamanha afronta, decidiu enviar o ex-protegido à corte de seu sogro, na Lídia. Junto, remeteu uma carta, na qual pedia que ele se encarregasse de dar um fim a Belerofonte.

Lobates – tal era o nome do rei da Lídia –, a princípio, ficou aborrecido ao receber a incumbência. "Por Júpiter! Genros só trazem problemas!", resmungou, e foi receber o jovem visitante com mostras de simpatia.

Durante muito tempo, Lobates imaginou um meio de acabar com Belerofonte sem que isso acarretasse problemas para si, até que um dia chegou a notícia de que a Quimera – um monstro terrível que assolava seu reino – havia feito mais uma vítima.

– É isto! – exclamou o monarca, dando uma palmada na testa e mandando chamar imediatamente o rapaz.

– Belerofonte, somente você, montado em seu cavalo alado, poderá fazer frente à horrível criatura que vem há tanto tempo aterrorizando o meu reino! – disse ao herói.

– Mas que monstro é este que vocês chamam de Quimera?

– É uma besta que expele chamas pela boca e pelo nariz. Seu corpo é uma mistura grotesca de vários seres: tem cabeça de leão, corpo de cabra e sua parte posterior é em tudo idêntica à de um dragão.

Belerofonte – que ficara mais intrigado do que assustado com a descrição da estranha criatura – dispôs-se imediatamente a partir com seu cavalo alado, a fim de retribuir a acolhida que tivera do rei.

Na ampla estrebaria do palácio estava acomodado Pégaso, o cavalo que Belerofonte havia domado graças ao freio dourado que Minerva lhe havia dado durante um sonho. Ao enxergar o dono por entre as frestas da madeira, o animal começou a relinchar suave e melodicamente, muito diferente dos outros cavalos.

Tão logo Pégaso viu-se livre de sua prisão temporária, começou a voar em círculos em torno de Belerofonte, que tentava inutilmente lhe alcançar as rédeas douradas.

– Por favor, Pégaso, deixe de brincadeiras!

O cavalo, descendo das nuvens, foi pousar aos pés do herói, curvando docilmente a cabeça, enquanto Belerofonte, num salto ágil, montou sobre o seu dorso.

– Vamos embora, pois temos uma missão a cumprir! – disse o cavaleiro, afrouxando as rédeas do maravilhoso cavalo, que se lançou ao espaço num galope veloz.

Belerofonte cruzou os céus, sentindo um pouco do prazer que um dia também sentira, ainda que de maneira diferente e fugaz, o infeliz Ícaro das asas de cera.

O herói estava entregue aos seus pensamentos quando divisou, afinal, a temível fera, que o observava expelindo fogo pela boca. Cercada por montanhas, a Quimera escalou rapidamente a encosta de uma delas; Pégaso, abrindo bem as asas, voejava em torno da presa, na tentativa de torná-la um alvo fácil para os dardos afiados de Belerofonte. Mas a fera sumiu, abruptamente, ocultando-se numa das inúmeras grutas.

– Se tiver de procurá-la de caverna em caverna, estarei bem-arranjado – exclamou o guerreiro, aborrecido.

O cavalo alado pousou sobre o solo acidentado. Grandes pedras espalhadas por todo o lado dificultavam os passos do animal.

– Pégaso, fique aqui, enquanto vou verificar – disse Belerofonte ao animal.

Desmontando, Belerofonte entrou numa das grutas. De dentro escapava-se um calor suspeito, que fazia crer que a fera houvesse buscado ali um refúgio. Enquanto o herói avançava cada vez mais para dentro da caverna, escutou um relincho agudo de seu cavalo.

– Silêncio, Pégaso, não me tire a concentração! – disse Belerofonte, fazendo um gesto com a mão, sem voltar os olhos para o cavalo.

Pégaso, no entanto, prosseguia no seu relincho de alerta, pois de outra entrada lateral o monstro seguia os passos do destemido guerreiro.

Erguendo voo, o cavalo alado veio pelas costas da Quimera e a acertou com um golpe dos cascos, lançando-a ao chão e despertando a atenção do seu dono.

– Obrigado, Pégaso – disse Belerofonte, mirando a seta bem em direção ao coração do monstro abatido, que se rojava no pó, lançando jatos de fogo em todas as direções.

Alguns instantes após haver disparado o mortífero dardo, Belerofonte teve o prazer de ver a temida Quimera estirar as pernas no último espasmo que precedeu sua morte.

– Vencemos!

Após derrotar o flagelo do reino, Belerofonte e Pégaso retornaram para a corte. O rei Lobates, vendo que nada conseguira ao expor o visitante à mais terrível das feras, resolveu envolvê-lo numa guerra com as amazonas, na vã esperança de ver sua ruína.

Apesar de toda a fúria e combatividade das cavaleiras, não foram elas páreo, tampouco, para a força e a coragem do herói grego, que as derrotou sem maiores dificuldades. O rei, então, vendo que seus artifícios jamais poriam fim à vida do herói – e agradado já, a esta altura, do valor do guerreiro –, decidiu fazer dele o marido de sua filha.

– Meu genro que se dane... – disse ele à sua esposa, que estava, também, encantada com as qualidades de Belerofonte.

– Ele é realmente fantástico! – concordou ela, num enlevo.

A princesa Filonoé, perfeitamente de acordo com a ideia, pediu logo a seu pai que marcasse para o mais breve possível a data do seu casamento. Belerofonte e sua nova esposa viveram felizes durante algum tempo, até que o herói, sentindo-se envaidecido com tamanhos triunfos, acabou por cair no erro fatal da soberba.

Tomando um dia as rédeas de seu cavalo alado, disse baixinho ao ouvido do seu cavalo de estimação:

– Venha, vamos conhecer a morada dos deuses!

Pégaso, diante da ordem, pela primeira vez na vida refugou; suas asas permaneciam comprimidas enquanto seus dentes mastigavam relutantemente o freio.

– Vamos, garoto, o que foi?

O cavalo, a contragosto, distendeu as asas e lançou-se ao espaço. Belerofonte, montado em seu dorso, não via a hora de ver-se entre os deuses – pois ele próprio já se considerava um deles. "Por que razão não terei direito também à imortalidade, como tantos outros heróis?", pensava, enquanto as nuvens rasgavam-se diante de seus olhos.

Passando muito além do sol, Belerofonte começou a divisar uma luz muito mais ofuscante que a do poderoso astro.

– Estamos chegando, Pégaso!

Júpiter, porém, sabedor da audácia do herói de invadir os seus domínios, já havia tomado providências. Metamorfoseando-se numa mosca, começou a atormentar Pégaso, picando seus flancos sem descanso, até que ele começou a corcovear, derrubando, por fim, Belerofonte.

O herói escapou milagrosamente da morte, mas acabou tornando-se coxo e miserável, vivendo como um mendigo o resto da sua vida.

PIGMALIÃO E A ESTÁTUA

PRIMEIRO DIA

Cheguei hoje, finalmente, à ilha de Chipre, onde pretendo me instalar para exercer minha atividade de escultor. Dizem que os ares daqui são revigorantes, e a luminosidade, ideal para os artistas. Dei uma caminhada pelas ruas da cidade, assim que me livrei da arrumação de minhas coisas. As ruas são cheias de caminhos labirínticos, suas casas são baixas e sólidas, e a população é bastante agitada. "Bastante" talvez seja exagero; estando acostumado às minhas criaturas imóveis e silenciosas, não posso deixar de me surpreender quando entro em contato outra vez com seres humanos reais, vivos e inquietos – exatamente como eu, afinal.

SEGUNDO DIA

Estou aguardando ainda a chegada do grande bloco de mármore que encomendei em Páros. Apesar de ter tomado esta providência há mais de um mês, calculando que já estaria aqui quando eu chegasse, acho que caí outra vez na conversa dos transportadores.

Ao final deste dia insuportavelmente quente, dei uma passada no porto para saber da entrada de alguma embarcação proveniente da ilha. Nada havia, o que me fez retornar a passo lento sob uma brisa fresca que soprava – felizmente! – vinda do mar.

TERCEIRO DIA

Como são atrevidas as mulheres desta ilha... Não posso deixar de me surpreender com seu comportamento vulgar; a maioria delas não hesita em se insinuar diante de qualquer homem, com propostas francas e ousadas. Não estou acostumado a isto e não posso deixar de achar que as mulheres perdem muito de sua graça quando são muito desinibidas.

Tive a oportunidade de dizer isto, de maneira franca, a uma delas, que riu simplesmente na minha cara, dizendo: "Querido, estamos fartas de ouvir falar tanto em virtude. Falemos um pouco de prazer".

Se não houvesse impedido seu furor, creio que ela teria ido muito mais longe nas suas intenções; acho, porém, que fiz mal, pois em seguida ela me deu as costas, num desdém alegre que provocou o riso de todos – até dos homens, que parecem gostar deste tipo de mulher. Me abstive, no entanto, de revidar as suas chacotas.

Quarto dia

Finalmente minha encomenda chegou!

Pela manhã fui bem cedinho até o porto, com um forte pressentimento de que meu bloco de mármore estava a caminho. Quando cheguei, indaguei de um velho se estava prevista a chegada de alguma embarcação vinda de Páros.

O velho, sem me olhar no rosto, apenas indicou com seu dedo recurvo o alto-mar.

Lá ao longe pude identificar uma grande embarcação que avançava lentamente em nossa direção. Sem outro recurso, sentei-me sobre os degraus amplos do cais enquanto esperava. Uma chuvinha miúda começou a cair quando o navio encostou, bem à minha frente.

A nau, de fato, era proveniente da ilha onde eu fizera minha aquisição; em instantes tive a satisfação de ver descarregar, envolto por uma armação de tábuas, o meu sólido bloco de mármore – tão puro que lembrava o mais fino marfim.

Acompanhei com os carregadores o traslado da pedra até minha casa, feliz em poder retomar minha atividade, pois já andava cansado de tanta ociosidade.

Enfim, hoje mesmo comecei a trabalhar.

Quinto dia

Passei o dia inteiro pensando no que faria de meu magnífico bloco de mármore.

Vários temas me passaram pela mente, mas afinal terminei optando por fazer uma estátua de mulher – uma mulher de verdade, pensei, diferente de todas as que vejo na rua.

Sem me dar conta de meu paradoxo, continuei decidido a moldar uma mulher tal como eu a prefiro: bela e discreta. Talvez, admito, também com uma pitada muito sutil de malícia, mas muito diferente da malícia óbvia e exaustiva que vejo por aqui.

Décimo dia

A obra está avançando admiravelmente, ainda que a custo de muita concentração. Durante cinco dias estive entregue à tarefa de dotar a minha estátua de um rosto superior a todos os outros. Não tenho tido tempo nem ânimo para desviar os olhos da minha obra.

Mas, afinal, concluí hoje aquela que para mim é e será sempre a parte mais importante de uma mulher: o seu rosto. Consegui de tal modo colocar nele as particularidades das feições mais belas que conheci, que acabei esculpindo um que não se parece com nenhum outro jamais visto. Não sei exatamente como explicar; há nele um encanto que combina o ar sonhador oriental com o ar de ponderada reflexão das mulheres mais sábias da minha terra.

Seu semblante, a princípio, parece meio severo, da testa até o nariz. Dali para baixo, no entanto, resplandece uma alegria – comedida e mais interior – que está, julgo, perfeitamente representada no traçado meticuloso dos seus lindos lábios, que não são cheios nem finos, mas bem-proporcionados.

Seu rosto tem uma forma ovalada, e seus cabelos compridos, descidos de cada lado de suas feições, são uma moldura perfeita para ele.

Não fosse o rosto de uma estátua, diria que estou apaixonado por ele.

Décimo primeiro dia

Depois de dar alguns retoques na cabeça, comecei a esculpir hoje o pescoço e o torso. Será uma tarefa que exigirá muito tempo, pois esculpir as curvas de seus ombros e modelar os seus seios – que não sei ainda que formato e volume exatos terão – exigirá de mim todo o esforço e o talento de que eu for capaz.

Enquanto esculpia, porém, tive como que uma súbita inspiração. Abandonando o martelo e o formão, exclamei de improviso: "Galateia!".

Depois repeti várias vezes este nome, e nenhum outro me pareceu mais adequado ao seu porte e sua fisionomia.

Décimo terceiro dia

Terminei de esculpir o busto. Preferi dar-lhe um volume intermediário entre o grande e o pequeno – talvez puxando um pouco para o grande. As duas estruturas estão inacreditavelmente sólidas e ao mesmo tempo parecem leves e soltas, de tal forma que parecem balançar toda vez que sacudo levemente o pedestal.

Será imaginação minha ou seus seios balançam-se mesmo a um leve toque de meus dedos? Bem ao centro de cada um dos montes coloquei duas pequenas saliências, que acrescentaram ao conjunto um efeito magnífico.

Como poderei, desse jeito, resistir por mais tempo aos seus encantos?

Vigésimo quinto dia

Finalmente concluí minha adorada estátua! Seus pés ficaram perfeitos. Nunca vi joelhos mais simétricos. Sua cintura não tem uma falha. Suas costas têm as linhas mais harmônicas do mundo. Eu a fiz inteiramente nua, mas pretendo logo cobri-la de sedas. Sim, cobrirei sua maravilhosa nudez de sedas e de joias – as mais caras e belas que puder encontrar!

E vou fazer isto agora mesmo.

Vigésimo sexto dia

Comprei dúzias de vestidos para minha amada Galateia.

Comecei por cobri-la com um longo vestido azul, da cor da noite. Deixei apenas a descoberto a parte frontal do peito, num generoso decote.

Passei o dia, assim, a observá-la e a imaginar, deliciado, o que este longo pano ocultará de meus olhos. Sim, bem sei que minhas mãos a esculpiram inteira, desde os dedos das mãos até o maior dos seus segredos. Mas agora, estranhamente, é como se jamais a tivesse visto de outro jeito. Minha mão, porém, hesita em descobrir um milímetro sequer de seu corpo: tenho medo de que meus dedos queimem em contato com o ardente mármore de sua pele.

Descartei de uma vez a hipótese de loucura. Minha Galateia é perfeitamente real na sua esplêndida e vívida imobilidade.

Vigésimo sétimo dia

Hoje cometi algo que poderá parecer uma extravagância: removi minha querida Galateia de seu pedestal e coloquei-a deitada no meu leito. Tive de me retirar do quarto por alguns instantes. Porém, quando retornei, levei um susto.

– Quem é você e o que faz em meu leito?, lhe perguntei, tão viva ela me pareceu.

Aproximando-me, toquei então em sua mão. De seus dedos senti emanar um calor vívido, como se fosse proveniente dos dedos de uma mulher de verdade.

Não tive coragem de tirá-la do seu descanso e fui dormir no chão a alguns passos dela.

(Fiquei imaginando o que diriam de mim as pessoas daqui, se vissem esta estranha cena.)

Azar. Eu amo a minha Galateia, e para mim ela está cada vez mais viva.

Vigésimo oitavo dia

Beijei hoje, pela primeira vez, os lábios de Galateia. Não, eles não são de carne. Quem me dera, entretanto, poder torná-los reais, úmidos e quentes, como os de qualquer outra mulher.

Ou, antes, como os de nenhuma outra mulher.

Vigésimo nono dia

Começaram hoje as festividades em honra de Vênus. Estive em sua procissão e não pude deixar de me maravilhar com a devoção do povo, que acorreu em massa para reverenciar a mais bela das deusas. Durante o culto, enquanto se faziam os sacrifícios, uma ideia me passou pela cabeça, mas a descartei por me parecer absurda demais.

Galateia, eu a quero viva – viva de verdade! Depois deste dia não posso querer outra coisa. Minha cabeça está em febre. Meus sentidos estão excitados.

Acho melhor explicar. Cheguei em casa hoje, quando o sol já surgia no oriente com seu primeiro brilho. Durante a noite inteira estive aproveitando as festividades de Vênus. Tão logo havia me passado pela cabeça a ideia – que tachei anteriormente de absurda – de fazer um pedido à deusa, vi-me envolvido por um cortejo das mais belas mulheres de Chipre. Sentindo ao meu lado tantos corpos vivos e femininos roçarem suas peles sobre a minha, fui tomado por um desejo natural de me unir a qualquer uma delas.

"Uma mulher de verdade, é disso que eu preciso para me libertar dessa obsessão!", pensei.

Tão logo cheguei em casa, no entanto, fui punido por Galateia, que hoje, mais do que nunca, me pareceu irremediavelmente de pedra! Seu rosto estava perfeitamente impassível e seus lábios não responderam ao contato dos meus.

A estátua – tenho a certeza – estava enciumada, terrivelmente enciumada.

– Mas o que posso fazer, minha querida Galateia...?, eu disse, tentando me desculpar.

Seu olhar recusava-se a fixar o meu, mesmo quando a olhava firmemente nos olhos.

Tomado pelo remorso, abracei-me, de joelhos, à sua cintura.

– Nenhuma outra mulher poderá jamais chegar a seus pés!, gritei-lhe, cobrindo-a de beijos.

Depois, mais calmo, resolvi pôr em prática o meu plano. Esta noite irei ao templo de Vênus novamente.

TRIGÉSIMO DIA

Fiz meu pedido à deusa. Enquanto as pessoas faziam suas preces e queimavam seus incensos, empreguei todo o meu fervor em pedir que desse alma a Galateia. Quem melhor do que Vênus, a deusa do amor, para entender o meu desejo secreto?

Estou escrevendo isto num quarto de estalagem, onde passo a noite. Tenho medo – muito medo! – de chegar em casa e ver que meu pedido não foi atendido.

TRIGÉSIMO PRIMEIRO DIA

O dia inteiro vaguei pelas ruas até que, quando a noite já caíra, tomei coragem e decidi enfrentar meu destino. Atravessei o caminho margeado de árvores que levava até minha casa. Fiquei em pé, parado diante da porta, um longo tempo, até que, tomando coragem, entrei, afinal.

A casa estava às escuras. Meu primeiro olhar foi direto para o pedestal.

Nada havia em cima dele!

Todas as hipóteses passaram como num turbilhão em minha mente, e a pior delas foi esta, que expressei audivelmente:

– Galateia foi arrebatada de mim!

Como um louco percorri todos os aposentos da casa, sem me lembrar, no entanto, daquele que era o único, além da sala, onde ela havia estado: o quarto!

Implorando a Vênus que a encontrasse – ainda que sob a forma de estátua –, rumei em passos vacilantes para lá. Ao entreabrir a porta, tive a maior sensação de alívio que um homem poderia sentir.

Deitada em meu leito, lá estava ela!

Coberta por um fino lençol, pude ver, na obscuridade do quarto, seus cabelos caídos sobre os olhos. Certamente eu a havia deixado assim, como fizera outras tantas vezes. Esquecido já até do pedido, ajoelhei-me aos pés da cama. Galateia estava imóvel, como sempre estivera.

Feliz por ter ao menos sua imagem para sempre ao meu lado, colei meus lábios aos dela com fervor e paixão. Senti um calor emanar de sua boca, mas deixei por conta de meu desvario. No entanto, ao descolar minha boca da dela, percebi que a parte inferior do lábio ficara momentaneamente grudada ao meu, como ocorre com os beijos entre seres de carne e osso.

"Não pode ser...!", pensei. Em seguida, com o coração galopando em terrível descompasso puxei a coberta que estava erguida até o seu peito.

Enquanto retirava a coberta, toquei involuntariamente no seu braço, que se afundou suavemente ao contato de meu dedo, retornando em seguida à aparência normal. Sua pele nem de longe lembrava a frieza do mármore.

Galateia estava viva! Sim, não podia mais haver dúvida alguma.

Tomando sua cabeça em minhas mãos, despertei-a, talvez abruptamente demais. Seus olhos – como não pude perceber que estavam até então cerrados, se nunca antes assim estiveram? – abriram-se lentamente, mostrando um brilho meio assustado.

Pela primeira vez, seus olhos olharam verdadeiramente para os meus, sussurrando o meu nome.

CUPIDO E PSIQUÊ

— Aonde vai esta gente toda? – perguntou alguém, ao ver uma verdadeira massa humana dirigir-se, apressada, ao palácio do rei.

– O senhor é de fora? – disse o outro.

– Sim.

– Logo vi. Vão todos fazer o que fazem todos os dias: admirar a beleza da filha do rei.

Juntando-se ao cortejo, o curioso forasteiro foi conferir essa beleza tão disputada.

Na verdade eram três belezas, pois eram três as filhas do soberano.

As duas primeiras eram inegavelmente belas. Mas quando a terceira apareceu, a beleza das outras duas ficou completamente esmaecida.

Psiquê era seu nome. Criara-se tamanho fascínio diante de sua beleza que já estava se formando um culto em sua homenagem. Alguns exageravam, dizendo que ela seria a própria Vênus, que decidira viver entre os homens.

Mas ao mesmo tempo em que se homenageava a deusa, comparando a beleza de Psiquê à sua, deixavam-se abandonados os seus templos.

Essa afronta, naturalmente, chegou ao conhecimento de Vênus, que decidiu vingar-se de alguma maneira daquela mortal.

– Cupido, preciso de sua ajuda! – disse ela um dia ao filho.

– Pois não, minha mãe – disse o arqueiro divino.

– Quero que você fira esta mortal com uma de suas setas. Quero que Psiquê seja destinada ao ser mais monstruoso que possa existir, de tal sorte que sua infelicidade exceda à da mulher mais desgraçada do mundo.

Cupido, sempre obediente, partiu para cumprir sua missão.

Ao cair da noite o jovem entrou no quarto onde a jovem Psiquê dormia e apontou para ela um de seus dardos mais afiados, depois de embebê-lo no filtro do amor.

Quando Cupido já tinha a seta apontada para o peito da jovem, foi surpreendido por um gesto abrupto dela. Ao afastar os cabelos do rosto, a jovem involuntariamente esbarrou com a mão no braço de Cupido, que acabou ferindo-se levemente com sua própria seta.

Psiquê abriu os olhos, mas nada enxergou, pois o deus do amor estava invisível. Sentindo-se confuso, Cupido retirou-se, impossibilitado de desejar o mal para uma jovem tão encantadoramente bela.

Vênus, porém, conseguira fazer com que parte de seus objetivos fossem alcançados. Nenhum pretendente se apresentou para desposar a mais bela das filhas do rei. As outras duas, embora menos disputadas, já haviam arrumados esposos.

– Cadê o príncipe encantado de nossa querida Psiquê? – diziam as duas, em tom de ironia, e loucas de inveja da bela irmã.

O rei, finalmente preocupado diante do inexplicável desprezo que se abatera sobre a sua filha predileta, decidiu consultar o oráculo do deus Apolo para saber das razões.

– Sua filha não casará com um mortal – disse o deus –, mas com um ser alado e perverso, que se compraz em ferir os homens e os próprios deuses.

Depois acrescentou que Psiquê deveria ser abandonada num rochedo, para que esse ser monstruoso viesse levá-la para o seu palácio.

O rei ficou inconsolável com esse prognóstico sombrio. Durante vários dias lutou contra a ideia de abandonar a amada filha a este ser monstruoso, mas por fim teve de ceder à vontade dos deuses. O casamento fúnebre teve sua data marcada. Após muito pranto, a jovem foi levada em seus trajes nupciais até o alto do rochedo, onde foi abandonada à própria sorte, pois assim determinara o oráculo.

Aos poucos os archotes que haviam sido acesos foram se apagando um a um, enquanto a noite descia, escurecendo tudo ao redor da pobre vítima. Psiquê, apreensiva, aguardava apenas o momento de ser sacrificada – pois tinha a certeza de que era este o seu destino.

O tempo foi passando sem que nada acontecesse, até que Psiquê acabou adormecendo. Nesse instante, os zéfiros – os ventos suaves que sopram, vindos do oeste – surgiram em bando e raptaram a jovem, que ainda estava adormecida no alto do rochedo. Ela, semiadormecida, sentia o vento agitar suas vestes e as nuvens umedecerem o seu rosto enquanto era carregada. Aos poucos, os zéfiros foram descendo com sua delicada carga, até que a depositaram sobre um vale coberto de flores, próximo a uma fonte de águas claras e abundantes.

Quando Psiquê despertou, a primeira coisa que seus olhos viram foi um castelo que parecia saído de um sonho. A porta estava aberta, parecendo que lá dentro ela já era aguardada.

Uma brisa mansa às suas costas a impeliu para diante. Dentro de um salão majestoso, recoberto de mármores e de pedrarias, Psiquê descobriu-se em absoluta solidão.

– Há alguém aqui? – disse a moça, cuja voz ecoou pelas colunas de ouro, perdendo-se nos corredores amplos e vazios.

Psiquê subiu lentamente pelos degraus de uma imensa escadaria de pórfiro, cujos corrimões eram do mais puro e esverdeado jade. Depois percorreu várias salas, repletas das mais belas estátuas que seus olhos já haviam contemplado. Todas, sem exceção, representavam amantes nus, cujos braços enlaçavam os corpos dos seus seres amados. Cada sala revelou-se mais bela do que a outra, até que a jovem, finalmente, chegou a um quarto espaçoso, iluminado pela luz alegre de uma imponente lareira. Um leito perfeitamente arrumado estava no centro do quarto, enquanto uma refrescante brisa agitava as finíssimas cortinas rendadas das janelas.

Neste instante uma voz delicada soou em seus ouvidos, provocando-lhe um ligeiro susto:

– Jovem soberana, de hoje em diante este palácio é seu. Aqui estou para servir ao menor dos seus desejos.

Na parte interior do aposento havia um quarto de banho. Psiquê adentrou-o e percebeu, maravilhada, que uma banheira de mármore cheia de espuma parecia aguardá-la.

– Permita que a ajude a se despir – disse a mesma voz invisível.

Psiquê sentiu que sua pequena túnica deslizava por sua pele, retirada por uma delicada mão invisível. Logo a jovem estava mergulhada na água refrescante, sentindo que mãos invisíveis ensaboavam seu corpo.

A seguir, Psiquê desceu ao salão principal, onde a esperava um banquete digno de uma rainha. Mais tarde ela recolheu-se definitivamente ao seu quarto, embora sempre sozinha.

– Quem é você e por que nunca aparece? – disse a jovem.

A voz, no entanto, não respondia a nenhuma de suas perguntas.

Ainda exausta dos acontecimentos, a jovem deitou-se em seu magnífico leito e adormeceu. Cupido, tão logo teve a certeza de que sua amada dormia, aproximou-se discretamente e deitou-se a seu lado. Ficou longo tempo observando suas feições. Depois, deu um beijo na boca da jovem, que despertou, assustada.

– Quem está aqui? – disse ela ao sentir os braços dele estreitando seu peito.

– Não se assuste, meu amor! – disse o jovem, cobrindo-a de ardentes carícias.

Durante a noite inteira, os dois entregaram-se ao amor. Psiquê, sem nunca poder ver as formas de seu amado, procurava enxergar com as mãos, deslizando seus dedos pelo rosto e pelo corpo inteiro daquele homem, que fazia o mesmo, só com a diferença de que podia vê-la perfeitamente. Mas Cupido o fazia com tal ardor que o cego parecia ele.

Até que ao amanhecer ambos adormeceram unidos num mesmo abraço.

Os dias se passaram sem que o futuro esposo de Psiquê se manifestasse de forma visível, embora continuasse a visitá-la todas as noites, não deixando nunca de satisfazê-la. A jovem foi aos poucos se familiarizando com todo o esplendor do castelo e, passada a novidade, começou a sentir falta da presença física de alguém.

– Meu marido, por que não vem me fazer companhia? – clamava ela, desesperada, pelos corredores vazios do imenso palácio. – Como posso amar um ser invisível?

– Minha visão lhe seria funesta, adorada Psiquê. Eu poderia feri-la e provocar em você sofrimentos como nunca antes talvez tenha experimentado.

– Tenho saudades também de meus pais e de minhas irmãs – disse a jovem. – Gostaria imensamente de poder revê-los...

Cupido, sempre invisível, prometeu pensar no pedido, enquanto deixava Psiquê entregue outra vez à sua cruel solidão.

Na mesma noite, o amante invisível retornou com uma boa notícia:

– Psiquê, estou disposto a permitir que suas irmãs venham visitá-la.

Radiante de alegria, ela abraçou o vazio.

– Obrigada, meu querido esposo!

Cupido, porém, temeroso de perder sua adorada Psiquê, acrescentou:

– Tome, entretanto, muito cuidado com suas irmãs. Elas certamente ficarão tomadas pela inveja quando virem que você é senhora deste magnífico palácio e de todas as riquezas que ele contém.

Os zéfiros, instruídos por Cupido, trouxeram, assim, as irmãs de Psiquê, da mesma maneira que haviam trazido a jovem.

Ainda sob o impacto daquela viagem surpreendente, as duas irmãs adentraram o palácio, conduzidas pelas mãos de Psiquê.

– Isto tudo é seu? – disse uma delas, sem conseguir conter a inveja. Embora vivesse também num palácio, o seu não era, no entanto, nem a sombra deste que tinha agora diante dos olhos.

Um rancor surdo agitava também a alma da outra irmã.

– E seu maravilhoso esposo, onde está? – quis saber a outra, na esperança de que fosse mesmo um ser horroroso, tal como predissera o oráculo de Apolo.

Psiquê foi obrigada a confessar que jamais pusera os olhos nele, nem em qualquer pessoa viva desde que pusera os pés naquele lugar encantado.

– Logo vi! – disse a primeira das irmãs, em triunfo. – Deve ser tão monstruoso que não tem coragem de aparecer abertamente.

– Psiquê, se o seu marido é um monstro – concluiu a outra, radiante –, cedo ou tarde irá matá-la.

A jovem, atordoada por aqueles sombrios prognósticos, encheu-se de medo de seu enigmático esposo. Uma das irmãs correu até a cozinha e ao voltar lhe estendeu uma faca afiada, ordenando:

– Você deve matá-lo.

– Matá-lo? – indagou Psiquê, atônita.

– Mate-o, antes que ele a mate – disse a invejosa. – Hoje à noite, preste atenção, você fará o seguinte: assim que deitar, esteja atenta para quando ele vier unir-se a você. Tão logo sinta que ele adormece, levante-se e, tomando de uma lâmpada, ilumine a sua figura, a fim de ver quem é verdadeiramente o seu marido.

– Esteja, porém, nesse instante, com a faca na mão – disse a segunda irmã, cujos olhos faiscavam. – Assim que perceber que tem um monstro odioso a seu lado, trespasse seu coração com a lâmina, sem pensar duas vezes.

Psiquê, julgando que o conselho era ditado pela amizade, resolveu finalmente decifrar o mistério.

– Está bem, farei exatamente como dizem – disse a jovem.

Naquela mesma noite, Psiquê pôs em execução o seu plano. Tão logo percebeu que seu marido entregara-se ao sono, levantou-se e, tomando da lâmpada, dirigiu sua luz em direção ao rosto do esposo. Uma exclamação malcontida de espanto escapou dos lábios da jovem quando divisou o rosto de Cupido. Tinha diante de si o mais belo rosto que seus olhos já tinham visto.

– Por Júpiter, como é belo! – exclamou extasiada.

Porém, ao inclinar-se para ver melhor as feições de seu amado esposo, Psiquê inclinou demais a lâmpada, o que fez com que uma gota do azeite caísse sobre o ombro dele. Cupido, abrindo os olhos, enxergou a jovem, que empunhava numa das mãos a candeia e na outra a adaga afiada.

Pondo-se em pé, Cupido exclamou:

– Então é isto! Você preferiu seguir os conselhos maldosos de suas pérfidas irmãs, em vez de confiar em minhas palavras!

– Não, não, jamais pretendi fazer-lhe mal algum – disse Psiquê, lançando fora a adaga.

Mas Cupido já havia deixado o quarto, voando pela janela.

Psiquê caiu desconsolada na cama. Quando ergueu a cabeça, percebeu estarrecida que estava deitada sobre a grama verde dos campos. Ao seu redor não havia nem sinal mais do seu maravilhoso castelo.

– O que foi feito de meu palácio? – exclamou Psiquê, sem nada entender.

Relanceando o olhar ao redor, percebeu que estava a poucos metros da casa de suas irmãs.

Psiquê correu para lá, para buscar alguma explicação. Depois de ser recebida com espanto por elas, contou toda a sua terrível história.

– Oh, que pena... – disse uma das irmãs, fingindo pesar.

– Aí está o preço da ingratidão – disse a segunda, fingindo revolta. – Deveria ter sido mais generosa, depois de tudo o que ele fez por você.

No mesmo dia, as duas decidiram voltar ao local onde haviam sido raptadas pelos zéfiros, na esperança de que estes as conduzissem de volta para o palácio de Cupido.

– Quem sabe uma de nós não será a escolhida para substituir nossa ingrata irmã? – disse uma delas, cheia de esperanças.

Deitaram-se ambas sobre a relva e aguardaram que os zéfiros surgissem novamente. Durante muito tempo estiveram ali deitadas sem que soprasse a menor brisa. Um calor insuportável descia do céu, fazendo-as quase perder os sentidos de tanto calor.

– Então, idiotas, vêm ou não nos carregar outra vez? – bradou a mais colérica das duas, no alto da montanha.

Em resposta, sentiram as duas uma forte brisa soprar em seus rostos.

– Vamos, mana, os zéfiros já estão aqui pra nos levar até o palácio encantado!

Dando as mãos, as duas lançaram-se no espaço, certas de que seriam imediatamente seguras pelas vaporosas mãos dos suaves ventos. Seus pés, no entanto, pedalaram no vazio, sem que braço algum impedisse a queda violenta de seus corpos. Com um grito de pavor, as duas mergulharam, despedaçando-se no abismo.

Enquanto isso, Psiquê, desesperada, decidiu ir falar pessoalmente com Vênus, uma vez que já sabia que era mãe de Cupido.

– Veio ver se terminou de matar o meu filho? – disse a deusa, com raiva.

– Perdão, jamais tive a intenção de machucar o seu filho – disse Psiquê.

Vênus, sem se deixar comover pelas palavras da jovem, decidiu mantê-la sob seus serviços, maltratando-a e impondo-lhe serviços e obrigações acima de suas forças. Mas a jovem suportava tudo com ânimo forte, disposta a ir até o fim apenas para reaver o esposo. Vênus, vendo que Psiquê era resistente, decidiu impor-lhe uma tarefa além de suas forças:

– Quero que você vá aos infernos pedir a Prosérpina que me envie uma caixa de beleza, pois perdi um pouco da minha ao cuidar de meu filho doente.

Psiquê, sem saber como fazer para chegar até o reino de Plutão, entregou-se ao desespero. Chegou a pensar em desistir até da própria vida, quando uma voz invisível lhe disse:

– Faça como vou lhe dizer e conseguirá chegar até onde mora Prosérpina.

A mesma voz prosseguiu a lhe falar, indicando o melhor meio para alcançar o Hades sombrio. Psiquê escutou tudo com grande atenção e partiu logo em seguida para cumprir sua missão.

Andou por vários dias até alcançar uma gruta, no interior da qual descortinou uma fenda que conduzia ao reino de Plutão. Munida somente de sua coragem, Psiquê penetrou nos escuros labirintos da morada dos mortos. Depois de convencer o barqueiro Caronte a levá-la para a outra margem do rio, passou incólume por Cérbero, temível cão de três cabeças que guarda a entrada do inferno.

Adiantando-se, chegou finalmente diante de Prosérpina e fez o que Vênus lhe ordenara.

Após ter recebido das mãos da rainha infernal a caixa mágica, Psiquê preparou-se para retornar para o seu mundo.

Após retornar para a luz do dia – que contemplou com infinito alívio –, Psiquê preparava-se para levar o precioso objeto para a deusa do Amor.

– O que haverá, afinal, aqui dentro? – disse Psiquê, embora lembrasse bem da recomendação que a voz lhe fizera para que não abrisse a caixa.

Porém, ao abri-la, Psiquê foi envolvida por uma nuvem mortal – a nuvem do sono eterno, que a prostrou sobre o solo, como morta.

Cupido, que não aguentava mais de saudades de sua adorada esposa, resolveu sair à sua procura, aproveitando-se de um descuido da vigilante mãe. O jovem voou de um lado para outro até que encontrou Psiquê, caída no chão, desacordada.

– Eu sabia, sua curiosidade estragou tudo outra vez! – exclamou Cupido, que fora a voz que a advertira para não abrir a caixa misteriosa.

Cupido, no entanto, conseguiu retirar do corpo de Psiquê o sono mortal e devolvê-lo para dentro da caixa. Psiquê, aos poucos, foi reabrindo os olhos, até que percebeu estar nos braços de seu amor.

– Psiquê, leve a caixa para Vênus, mas, pelo amor que me tem, não a abra outra vez! – disse Cupido. – Enquanto isto vou falar com Júpiter para que convença minha mãe a aceitá-la como minha esposa.

Cupido, alçando um voo rápido, foi cumprir o que dissera. Tanto implorou ao deus dos deuses, que este decidiu interceder a favor de ambos diante de Vênus.

Psiquê foi chamada, então, à presença dos deuses e recebeu das mãos do próprio Júpiter uma taça contendo o néctar da imortalidade.

– A partir de agora você será uma deusa, também – disse ele, estendendo a taça.

Enquanto Psiquê bebia o néctar, uma linda borboleta pousou sobre sua cabeça. Ela e Cupido uniram-se, assim, num amor feliz e eterno.

TESEU E O MINOTAURO

Nada demonstra melhor o caráter guerreiro e valente de Teseu – um dos heróis mais famosos da Grécia – do que um curioso episódio da sua infância.

Estava um dia o pequeno Teseu em casa de seu avô quando o velho recebeu a visita de ninguém menos do que Hércules – o maior de todos os heróis.

Junto com seus amigos, Teseu correu a espiar, sem conseguir acreditar que estava sob o mesmo teto que aquela lenda viva. Hércules, antes de sentar-se, tirou sua pele de leão de sobre os ombros, para estar mais à vontade, e lançou-a para o mesmo canto onde estavam aglomeradas as crianças.

Nem bem a pesada pele caíra ao chão, todos os meninos puseram-se a correr, gritando por suas mães, pois na sua inocência julgavam estar na presença de um leão verdadeiro. Apenas o pequeno Teseu permaneceu firme, encarando a fera. Depois também deu as costas, mas em vez de fugir, correu para a cozinha e voltou de lá com um machado que arrebatara das mãos de um escravo e caiu sobre a pele, como se estivesse enfrentando um leão de verdade.

A partir de então Teseu cresceu, tornando-se cada vez mais famoso devido às suas façanhas. Duas delas merecem destaque, pelo curioso das aventuras.

Na primeira delas, Teseu enfrentou um temível bandido das estradas, chamado Sínis.

Este vilão aterrorizava todo o istmo de Corinto, impondo às suas vítimas uma cruel tortura. Após curvar duas árvores paralelas, amarrava a elas os braços e pernas dos prisioneiros. Em seguida soltava os troncos, fazendo com que as árvores retornassem à sua postura normal, despedaçando, assim, os infelizes.

Teseu enfrentou-o e depois de derrotá-lo fez o bandido provar do próprio veneno, e ele morreu despedaçado.

Na outra aventura, Teseu defrontou-se com um maníaco, chamado Procusto.

Este bandido passava a maior parte do dia escondido numa caverna, como uma aranha na sua toca. Tão logo escutava os passos de alguém que se aproximava, Procusto apoderava-se da vítima e a levava de rastos para dentro da cova. Amarrando, então, o desgraçado sobre o leito, ficava ao seu lado, a estudar se as medidas do corpo eram exatamente as mesmas do leito. Se sobravam pedaços do corpo para fora da cama, Procusto, munido de uma longa faca, cortava-os com meticulosa precisão, até tornar compatíveis os dois. Se, no entanto, o corpo era demasiado pequeno, o bandido o amarrava e espichava até ficar do tamanho ideal.

Teseu também liquidou com Procusto, embora a lenda não especifique como o fez.

Mas o grande feito, aquele que imortalizou definitivamente o herói, foi a terrível batalha que travou contra o Minotauro – um monstro terrível, que tinha tronco e cabeça de touro e o restante do corpo sob a forma humana.

Os atenienses estavam naquela época sob o jugo de Minos, o cruel rei de Tebas.

Este rei decidira cobrar um tributo anual aos habitantes de Atenas: numa determinada época do ano deveriam ser entregues a ele sete rapazes e sete donzelas, para serem lançados vivos no temível labirinto que Minos fizera construir em seu reino pelo inventor Dédalo, pai do infeliz Ícaro das asas de cera. Dentro deste labirinto vivia o Minotauro, monstro insaciável que se nutria de carne humana.

Quando Teseu soube que as novas vítimas já haviam sido escolhidas e estavam para ser embarcadas para Creta, procurou seu pai, rei dos atenienses, e disse:

– Permita, meu pai, que eu tome o lugar destes infelizes!

O rei, espantado com a coragem do filho, a princípio relutou.

– Não. Como poderia mandar meu próprio filho e sucessor para a morte?

Teseu, no entanto, firmou pé em sua decisão:

– Por que recusa minha oferta, se em vez de quatorze vítimas terá de oferecer ao monstro apenas uma?

Os dois discutiram longamente sobre o assunto, mas a teimosia de Teseu acabou prevalecendo sobre a vontade do pai. Assim, no mesmo dia, Teseu embarcou num navio de velas negras.

– Prometo, papai, caso derrote a fera, retornar com as velas brancas – disse o jovem, enquanto o navio ganhava o alto-mar.

Depois de navegar por vários dias, a embarcação finalmente atracou nas terras de Minos.

O rei de Tebas, furioso ao perceber que somente lhe haviam mandado uma vítima, exclamou:

– Como ousam desobedecer às minhas ordens? Eu exigi sete moças e sete rapazes, e me mandam apenas um.

Ariadne, a bela filha do rei, assistia a tudo, sem poder esconder, no entanto, o seu fascínio pelo jovem e ousado aventureiro.

– Poderoso Minos, talvez não esteja lembrado de mim, mas eu sou Teseu, filho do rei de Atenas, e venho oferecer minha vida em lugar da deles – disse o herói. – O senhor dispõe agora da vida do filho de um rei. Isto não lhe basta?

Minos acabou aceitando a troca, enquanto Ariadne tornava-se cada vez mais apreensiva.

– Amanhã você será lançado dentro do labirinto – disse o rei, com um sorriso de escárnio. – Veremos se terá a mesma disposição.

Durante a noite, Teseu esteve prisioneiro na torre do palácio de Minos. Estava fortemente vigiado, mas isto não impediu que Ariadne o procurasse.

– Teseu, estou admirada de sua coragem! – disse a bela jovem.

O herói a encarou com surpresa:

– O que quer aqui?

Olhando para os lados a fim de ver se não era observada por algum dos carcereiros, Ariadne abriu uma brecha na parte superior do vestido e dela retirou algo que estendeu às mãos de Teseu.

– O que é isto? – perguntou ele, tomando o objeto.

– É um novelo de lã, não está vendo? – disse ela, em voz baixa.

– Mas para que me servirá?

– Amanhã, quando você for lançado ao labirinto, leve-o junto. À medida que for penetrando no labirinto, vá soltando o fio pelo chão, a fim de marcar o caminho para a volta. De outro jeito, você jamais poderá retornar.

Ariadne já ia se retirando quando Teseu tomou uma de suas mãos e a beijou.

Mal o dia amanheceu e Teseu foi conduzido pelos guardas até a entrada do famoso labirinto.

– Eis o Labirinto de Creta, do qual humano algum jamais retornou! – disse o rei Minos, com orgulho, procurando assustar a vítima.

Uma sólida porta de bronze girou em seus gonzos e Teseu foi lançado para dentro.

– O rei dos atenienses não poderá dizer que fui injusto com seu filho – disse Minos, jogando para dentro do labirinto uma pequena adaga e um escudo. – Fechem a porta! – ordenou em seguida, enquanto Ariadne lançava um último olhar para seu amado.

Um estrondo anunciou que agora o herói estava inteiramente à mercê do seu adversário, dentro do labirinto. Teseu, procurando familiarizar-se com o local, relanceou a vista ao redor. Imensas paredes de mármore erguiam-se até onde a vista podia alcançar. Passando os dedos pela parede, descobriu que seria impossível tentar escalá-las: completamente lisas, não possuíam a menor fenda onde pudesse apoiar os pés.

Pé ante pé o jovem começou a avançar, após haver recolhido sua adaga e seu pequeno escudo. O chão recoberto de saibro fazia um ruído pouco agradável, que poderia denunciá-lo a todo momento à fera que o devia estar aguardando em algum canto. Ou, mesmo, espionando. "Estou em seu território, preciso tomar muito cuidado!", pensou Teseu, enquanto dava os primeiros passos.

Nesse instante, lembrou-se do presente que a bela Ariadne lhe dera na noite anterior.

– O novelo! – exclamou, sem poder conter a satisfação.

Puxando do bolso da túnica o precioso objeto, começou a desfiar o resistente fio, enquanto avançava cautelosamente. Nem bem havia transposto a primeira esquina do labirinto, percebeu que tinha à frente de si pelo menos dez outras entradas – que podiam ser também dez saídas.

Todas eram exatamente iguais, embora cada qual apontasse para um único caminho.

Tomando a entrada da direita, o jovem avançou, cada vez mais decidido. "De que me adianta ficar escolhendo?", pensou, enquanto ia deixando atrás de si o fio precioso. Ao virar numa das tantas esquinas que já havia ultrapassado, Teseu teve uma desagradável surpresa: algumas manchas vermelhas tingiam as paredes brancas. Uma delas desenhava nitidamente a forma de uma mão humana, que escorria para baixo num borrão indistinto, como se tivesse deslizado os dedos em toda a sua extensão. "Ele matou aqui alguma de suas vítimas!", pensou, tornando-se mais precavido.

Logo ao virar noutra curva viu os pedaços apodrecidos do corpo daquele que deveria ter morrido às mãos do cruel Minotauro. Bem ao canto estava o pedaço de um crânio, ainda recoberto por uma pequena cobertura de carne. O sorriso branco da caveira luzia, ainda, por entre os seus restos mortais.

Assim, Teseu foi encontrando sinais da fúria da criatura, metade humana e metade fera, que estava à solta por ali, apenas no aguardo de sua próxima refeição. De repente, porém, Teseu sentiu, apesar da espessura das paredes, que alguém se chocara involuntariamente contra o outro lado da parede. "O desgraçado está seguindo meus passos!", pensou Teseu, empunhando com mais vigor a adaga.

Teseu fez a volta e passou por uma entrada lateral. Quando seus olhos enquadraram o novo corredor, viu ao fundo dele uma mancha escura desaparecer.

– Ei, covarde, volte aqui e me enfrente! – bradou o herói, perdendo a paciência.

Um ruído hediondo, misto de mugido e de grito, ressoou por todo o labirinto. Teseu, não importando com o perigo, saiu no encalço da fera, sem nunca esquecer de ir largando o seu fio. Andou em círculos, até que sentiu uma pressão no novelo, já diminuto. Voltando-se para trás, Teseu puxou um pouco o fio e sentiu-o leve demais. Puxou de novo somente para ter uma desagradável surpresa: "O desgraçado rompeu o meu fio!", deu-se conta. Voltando sobre os seus passos, enxergou o animal e desta vez o observou tempo bastante para distinguir o seu corpo meio humano e meio bovino afastando-se em largas passadas. Subitamente uma ideia lhe ocorreu. Desfiando rapidamente o fio restante do seu novelo, fez com ele um laço e o lançou com tal precisão que ele enganchou-se perfeitamente aos cornos da fera. Segurando com força o laço improvisado,

Teseu susteve a corrida do Minotauro, que sacudia a cabeça com fúria, tentando se desvencilhar da armadilha.

Num repelão da cabeça, contudo, o Minotauro puxou com tal força o sólido barbante que Teseu foi puxado para si num voo violento, que o derrubou quase aos pés da fera. Bufando de ódio, o Minotauro aproveitou-se da desvantagem momentânea do seu adversário e lançou-se com os chifres em riste na sua direção.

Teseu, no entanto, foi mais rápido e desviou-se. Em seguida, pulando às costas do Minotauro, enterrou a sua adaga, com toda a força, entre os seus olhos bovinos. Um mugido de dor atroou as paredes do labirinto, enquanto os dois caíam ao solo, embolados como se fossem um mesmo corpo. Teseu, sem ter a menor piedade, retirou a adaga de entre os olhos da fera e a enterrou outra vez, agora no coração do Minotauro, afastando-se, em seguida, num pulo.

Teseu assistiu com prazer à fera estertorar por alguns minutos, até que erguendo a cabeça do solo o Minotauro pareceu dar um grande espirro avermelhado e cair novamente ao solo, morto para sempre. Teseu, tendo derrotado o Minotauro, retornou para sua terra, levando consigo Ariadne.

No entanto, ao fazer uma parada na ilha de Naxos, ele a deixou lá, seguindo viagem sozinho. Teseu jamais explicou as razões desse ato de aparente ingratidão.

Quando adentrou com seu barco o portão de Atenas, esqueceu de desfraldar a vela branca, conforme o combinado com o seu pai, em caso de vitória. O pobre rei, vendo nisto um sinal certo da derrota – e consequente morte – do seu filho, suicidou-se no mesmo instante, o que roubou ao herói o prazer da vitória. Com a morte do rei, Teseu acabou herdando a coroa, tornando-se assim o novo rei de Atenas.

OS DOZE TRABALHOS DE HÉRCULES

O maior dos heróis teria de ter o maior dos contos, também.

O famoso e intrépido Hércules era filho de Alcmena, casada com Anfitrião. Júpiter, tomando um dia a forma de Anfitrião, fecundou-a, dando origem ao herói grego. Junto com ele nasceu outro menino, chamado Ificles, este filho de Anfitrião, que se tornaria tão obscuro quanto Hércules se tornaria famoso.

Juno, a ciumenta esposa de Júpiter, naturalmente não gostou nem um pouco da infidelidade do marido e tomou-se imediatamente de antipatia pelo filho bastardo de Júpiter.

Certa vez, Alcmena, a mãe dos dois garotos, após tê-los banhado e amamentado, deitou-os sobre um escudo de bronze. Enquanto os meninos brincavam e pedalavam o ar no berço improvisado, duas serpentes surgiram se arrastando insidiosamente em direção a eles. Vinham as duas a mando de Juno, a vingativa esposa de Júpiter, para acabar com a vida de Hércules.

O pequeno Ificles deu um grito de susto ao ver os répteis avançando. Mas Hércules, que desde o berço jamais soubera o significado da palavra medo, pulou do escudo e caiu sobre os dois répteis. Com uma serpente em cada uma das mãos, apertou-lhes o pescoço com tanta força que em segundos as estrangulou, salvando a si e ao irmão da morte certa.

Hércules cresceu e casou-se com Megara, filha de Creonte, com quem teve vários filhos.

Porém, mesmo depois de Hércules ter se tornado um adulto, Juno, a esposa de Júpiter, continuava ressentida com ele. Concebeu, então, um plano macabro que pouco condizia com a dignidade de uma deusa.

Hércules estava certo dia com a esposa Megara e seus filhos, quando foi tomado de uma súbita loucura. De repente seus olhos começaram a se arregalar e uma espuma abundante brotou de seus lábios.

Erguendo-se, o herói deu uma sonora gargalhada:

– Deem-me o arco e minha maça! Tenho de ir a Micenas destruir as muralhas erguidas pelos ciclopes inimigos.

Sua barba negra estava coberta pelos flocos brancos da espuma, e seus olhos raiados de sangue reviravam-se nas órbitas, compondo uma máscara terrível e assustadora. Montado num carro imaginário, Hércules empunhava suas rédeas irreais:

– Eia, cavalos! Adiante, vamos combater os ciclopes!

Hércules saiu nesse constrangedor estado por todo o palácio, enchendo de assombro Megara e os próprios filhos. No seu delírio, enxergando nas crianças apenas monstruosos inimigos, Hércules abateu-as uma a uma, até que em todo o palácio só restaram vivos ele, a esposa e o último dos filhos.

– Ainda vejo inimigos no campo de batalha! – esbravejava o herói demente, disposto a exterminar até o último ser vivo nos arredores.

Sua esposa, enlouquecida de medo e tristeza, tomou nos braços a criança e foi refugiar-se no aposento mais afastado. Hércules, porém, sem recuar diante de nada, arrombou a porta com um golpe de sua maça e estraçalhou com as próprias mãos a mulher e o seu último filho.

No Olimpo, Juno deliciava-se com o espetáculo da ruína de seu desafeto.

Mas Hércules, ainda insaciado e possuído por seu furor, decidira investir contra o próprio pai, Júpiter. Minerva, porém, adiantando-se, derrubou o herói com um raio, antes que ele provocasse novas desgraças. Abatido, Hércules esteve estendido sobre os destroços do palácio durante um longo tempo; quando recobrou a consciência, deu-se conta da monstruosidade que praticara.

– Júpiter, meu pai, o que fiz? – urrou o infeliz, ao ver os corpos despedaçados de sua família.

A deusa Minerva, compadecida, explicou-lhe o que acontecera, isentando-o da culpa, mas Hércules não conseguia se perdoar.

– Matei minha mulher e meus próprios filhos! – exclamava ele, arrancando os cabelos num desespero inigualável.

Tomado pelo remorso, o herói condenou-se ao exílio, decidido a penitenciar-se pelo terrível episódio. Durante muitos anos Hércules vagou sem destino pelas estradas da Grécia, até que, consultando-se com um oráculo, este lhe ordenou que fosse ao encontro de Euristeu, rei de Micenas e de Tirinto, primo de Hércules e rival deste pela disputa do trono.

Assim que esteve diante deste personagem, Hércules escutou suas palavras:

– Só há um meio de purificar-se. Você deverá realizar para mim os doze trabalhos que vou lhe explicar.

Após escutar com atenção as instruções de Euristeu, Hércules partiu decidido a cumpri-las, nesta que seria a maior de suas aventuras.

O primeiro trabalho de Hércules consistia em matar o terrível leão de Neméia.

Esse leão era o maior que já surgira em toda a Grécia. Dotado de extraordinária ferocidade, matava qualquer um que cruzasse o seu caminho.

Hércules, assim que esteve frente a frente com o monstruoso leão, puxou de seu arco e descarregou nele todas as suas flechas. O couro do leão era tão grosso, no entanto, que nenhuma delas conseguiu penetrar-lhe.

O herói, abandonando o arco, empunhou sua pesada maça e avançou para a fera. Em seguida descarregou sobre a cabeça dela um poderoso golpe. O porrete, no entanto, esfarelou-se em contato com os ossos duros do leão.

Fugindo para o interior de uma gruta, o poderoso felino ficou no aguardo de uma nova investida do herói. Hércules, desvencilhando-se de todas as armas, decidiu enfrentá-lo com as mãos limpas.

– Veremos, agora, quem pode mais! – exclamou, arremessando-se para o interior da caverna.

Impedindo a saída do animal, Hércules agarrou o pescoço do leão e rolou pelo chão com a fera, até arrancar da boca do animal o seu último suspiro. Feliz com sua vitória, tirou a pele do animal e passou a vesti-la, tornando-se este o seu traje mais característico.

O segundo trabalho de Hércules era derrotar a temida hidra de Lerna – uma espécie de serpente gigantesca dotada de várias cabeças, que tinham a particularidade de renascer instantaneamente tão logo eram cortadas, sendo que a do meio era imortal.

Hércules seguiu nessa aventura acompanhado por seu servo Iolaus. Enquanto o criado aguardava, Hércules avançou sobre o pântano de Lerna, moradia do terrível animal. Não demorou muito e logo sentiu que algo muito forte enroscava-se em suas pernas, paralisando seus movimentos.

Sacando do porrete, Hércules começou a esmagar uma por uma as cabeças da feroz hidra. No entanto, a cada uma que destroçava, via logo surgir outra em seu lugar.

– Iolaus, acenda um tição e jogue para mim! – gritou ao criado.

Tão logo agarrou o bastão em chamas, Hércules foi cauterizando os buracos de onde surgiam as cabeças, de tal sorte que logo só restou a cabeça do meio – a mais perigosa. Após esmurrá-la com toda a força, sem conseguir, no entanto, fazê-la morrer, o herói suspendeu a hidra e lançou-a no fundo de um profundo abismo. Erguendo em seguida uma imensa montanha, arremessou-a sobre o abismo, enterrando para sempre a hidra.

O terceiro trabalho do herói foi mais modesto.

Diana, a deusa das caçadoras, possuía cinco corças. Quatro delas estavam atreladas ao seu carro, enquanto a quinta, que possuía lindos chifres de ouro, andava à solta pelos bosques. A missão de Hércules era capturá-la e levá-la até Euristeu.

Apesar da aparente facilidade da tarefa, o herói consumiu um ano inteiro nesta busca: a corça era tão ou mais arredia do que a própria dona. Mas ao cabo desse período, Hércules conseguiu, finalmente, apoderar-se do belo animal.

O quarto trabalho era capturar o javali de Erimanto – um javali monstruoso que assolava toda a região. Após enfrentar a fera, arrancando-lhe as presas, Hércules levou-o até Euristeu, que, tomado de pavor diante da visão do animal, correu para dentro de um enorme tonel de bronze.

Vendo Euristeu que nos exercícios de força Hércules era imbatível, decidiu expô-lo a uma missão de natureza humilhante, no seu quinto trabalho:

– Quero que você vá limpar as estrebarias de Áugias.

Áugias era dono de um imenso rebanho e suas estrebarias jamais haviam sido limpas. Montanhas de estrume quase impediam a entrada dos animais.

– Façamos uma aposta – disse Hércules, ao ver-se diante do preguiçoso proprietário. – Caso eu consiga limpar suas estrebarias em menos de um dia, quero que você me dê uma décima parte de seu imenso rebanho.

Áugias, achando graça da pretensão do reles limpador, aceitou o desafio:

– Está bem, senhor limpador de estrume, vamos ver a sua eficiência.

Hércules, sem pestanejar, começou imediatamente o seu trabalho. Durante o dia inteiro, meteu-se até a cintura na montanha fedorenta, sem se importar com a aparente indignidade de sua tarefa.

– Ouro ou esterco, esta aposta não perco! – dizia, cantarolando.

Porém, quando viu que por mais que carregasse montanhas de dejetos para fora, mais estrume parecia surgir no interior da estrebaria, Hércules resolveu mudar de estratégia. Avistando um rio de águas cantantes que passava ali perto, correu para lá, munido de sua pá. Com ela cavou um imenso desvio, de tal sorte que as águas passaram a correr por ele, indo desaguar em cheio na estrebaria de Áugias.

Quando o proprietário retornou ao fim do dia, encontrou sua cavalariça completamente limpa e seca, pois Hércules teve tempo ainda de fazer com que o rio voltasse ao seu curso normal.

Áugias, no entanto, era um homem sem palavra.

– Adeus, lacaio, e obrigado pelo brilhante serviço – disse, despedindo Hércules.

O herói, diante de tamanha afronta, ergueu nos braços o atrevido Áugias e estrangulou-o.

Os trabalhos de Hércules, porém, não terminaram aí: o sexto consistia em exterminar as aves mortíferas que assolavam o lago Estínfale.

Essas aves eram negras como a noite e tinham asas, cabeças e bicos de ferro, habitando um pântano eriçado de espinhos.

Hércules, sem perder mais tempo, foi em direção ao tal lago.

– Vamos ver as avezinhas – disse, determinado.

Era dia claro ainda quando Hércules chegou à beira do pântano. Um sol imenso ainda estava erguido no céu e não havia nem sinal de nenhuma das aves. Mas Hércules, além de forte, era também esperto. Tirando do bolso de sua pele leonina um par de címbalos, começou a tocá-los com toda a força. Imediatamente uma nuvem escura de aves ergueu-se dos caniços à beira d'água e tapou o sol, transformando o dia em noite. Acendendo um archote, Hércules iluminou a cena, enxergando nitidamente as aves que desciam sobre ele com seus bicos de ferro.

A seguir, com seu poderoso porrete começou a abatê-las aos montes. Cada golpe de sua arma derrubava oito ou dez juntas. Desta forma, conseguiu exterminá-las depois de desferir mais de dez mil golpes. Quando terminou a tarefa, o pântano estava repleto de aves. O ruído metálico e persistente do bico das aves agonizantes ainda ficou retinindo em seus ouvidos por um longo tempo, enquanto se retirava, mais uma vez vitorioso. O sétimo trabalho de Hércules surgiu de um simples capricho feminino.

A filha de Euristeu havia metido na cabeça que queria por todo o modo possuir o cinto e o véu de Hipólita, a rainha das amazonas. Estes preciosos presentes haviam sido dados a ela por Marte, o deus da guerra, em reconhecimento por seu valor e bravura nos campos de combate.

Hércules, sabendo que a inimiga desta vez seria uma mulher, decidiu ser cortês: após conseguir chegar incólume ao país das amazonas, foi bem recebido por Hipólita e retribuiu na mesma medida o tratamento recebido, de tal forma que ela concordou em lhe ceder os acessórios.

Juno, a eterna inimiga de Hércules, no entanto, estava atenta, e conseguiu fazer crer às súditas de Hipólita que Hércules pretendia raptar sua rainha.

Montadas em seus cavalos, as guerreiras atacaram Hércules e seus soldados – pois ele havia ido até lá com um pequeno grupo de homens –, o que provocou uma luta entre as partes, que se estendeu por todo o dia. Hércules, vendo naquilo um sinal de traição, matou Hipólita após terrível duelo.

A rainha, golpeada mortalmente, expirou nos braços do guerreiro, e Hércules pôde levar para a filha de Euristeu as relíquias tão desejadas.

Chegamos ao oitavo trabalho.

Diomedes, filho de Marte e rei da Trácia, tinha quatro maravilhosos cavalos, que expeliam fogo pelas ventas e se alimentavam somente de carne humana. Ora, a diversão principal desse homem cruel consistia em capturar qualquer forasteiro que entrasse em seus domínios e jogá-lo vivo para os cavalos.

Hércules foi incumbido por Euristeu de fazer uma visitinha cordial ao rei Diomedes.

Para quem esmagou duas serpentes vivas, ainda no berço, não eram quatro ou cinco cavalos que iriam lhe meter medo. Por isso o herói foi tranquilamente cumprir mais essa missão.

— Bom dia, caro Diomedes! — disse Hércules, assim que se encontrou com o rei.

— Sem dúvida, será um bom dia para mim e para eles — disse o rei, apontando para os cavalos, que arreganhavam os dentes sujos de sangue. — Receio, contudo, que não possa dizer o mesmo do restante do seu dia, pobre forasteiro!

Erguendo um braço, Diomedes fez um sinal para que os seus cavalos avançassem para estraçalhar o visitante. Hércules, entretanto, montando num salto ágil sobre o dorso de um dos cavalos, domou-o com tal arte, que logo o deixou amansado; depois, passando imediatamente para as costas do outro, fez o mesmo, e assim continuamente, até que tinha todos amansados aos seus pés.

Pegando as rédeas de todos, Hércules reconduziu-os de volta ao estábulo. Depois de irritá-los bastante, outra vez, retornou para se entender com seu péssimo anfitrião:

— O que pretende você? — disse o rei, balbuciando nervosamente.

Hércules, sem dizer nada, suspendeu o dono dos cavalos numa única mão e o lançou para dentro da estrebaria.

Relinchos e gritos humanos de pavor têm algo em comum, razão pela qual o herói não pôde afirmar com certeza quem havia gritado mais alto enquanto ele se afastava num passo tranquilo.

— O nono trabalho, preste bem atenção — disse Euristeu —, é o seguinte: quero que você roube os bois do gigante Gerião e traga-os para mim. Aqui está o mapa para chegar ao país onde ele vive.

Sem dizer mais nada Euristeu despediu-se de Hércules. Seguindo as indicações que o outro lhe dera, Hércules chegou sem dificuldade ao país de Gerião.

Informando-se com a gente do povo, Hércules chegou logo ao rebanho onde estavam misturados os animais. Eram bois enormes, da cor do sangue. Guardando-os estavam o gigante Euritião e o cão Ortro, irmão de Cérbero, o cão de três cabeças que guarda a entrada do inferno.

Ortro era o irmão mais novo do famoso cão e, por isso, tinha somente duas cabeças. No mesmo instante, ao avistar a chegada de Hércules, ele atirou-se em direção ao pescoço do herói.

Hércules fez um rápido cálculo mental:

– Se você fosse como o seu irmão ainda teria alguma chance! – ironizou o herói, antes de quebrar com as duas mãos os dois pescoços do cachorro.

Em seguida atracou-se com o gigante Euritião, derrotando-o, também, com facilidade. Quando já se retirava, levando consigo os bois, Hércules escutou três vozes que diziam uma só coisa, em uníssono:

– Aqui está alguém, atrevido, que tem mais de duas cabeças e dois braços!

Era Gerião, o proprietário dos bois, que, temeroso de que lhe roubassem seu rebanho, fora pessoalmente guardá-lo. Era, de fato, um adversário para se temer: dos pés à cintura era um gigante normal; porém, da cintura para cima, possuía três troncos. Eram três homens em um.

O gigante avançou com seus seis braços, armados de três espadas e três escudos. Hércules tinha apenas sua maça e o escudo que Minerva lhe dera antes de começar as suas aventuras. Mas para quem já havia derrotado uma hidra de várias cabeças, essa tarefa não era também de meter medo.

Durante uma tarde inteira os dois trocaram golpes, até que Hércules percebeu que se da cintura para cima estava em desvantagem, da cintura para baixo as coisas estavam em pé de igualdade.

Aproveitando um descuido do gigante tripartido, Hércules desferiu um golpe terrível de seu porrete nas pernas do monstro, que caiu de joelhos ao solo, sem poder erguer-se novamente. Tendo-o inteiramente à sua mercê, o herói grego acabou com o gigante, esmigalhando os seus três corpos, um a um.

Quando Hércules voltava desta missão, teve de enfrentar ainda outro inimigo, num episódio que, apesar de não fazer parte dos seus doze trabalhos, tornou-se muito famoso.

Este inimigo era Caco, famoso ladrão que habitava as cavernas do monte Aventino. Todo mundo que cruzava com Hércules parecia gozar de desmedida estatura, e Caco também era portador de um tamanho descomunal.

Enquanto Hércules dormia sob uma árvore para refazer-se do cansaço, o ladrão insinuou-se em meio ao rebanho e furtou silenciosamente alguns dos bois que o herói conduzia. Este ladrão – como todo bom profissional – tinha lá suas manhas.

Seu método particular de furto consistia em roubar bois e reses puxando-os pela cauda, até a sua caverna. Deste modo, invertendo a posição dos pés dos animais, dava sempre a impressão ao dono ludibriado de que eles não haviam entrado na caverna de Caco, mas, no máximo, saído de lá.

– Ei, gigante, não viu algumas reses perdidas passarem por aqui? – disse Hércules a Caco, quando passava em frente à sua caverna.

– Não senhor, sinto muito! – disse o pilantra, amavelmente.

Hércules, apesar de toda a sua astúcia, já ia caindo também no golpe, quando de dentro da caverna ouviu uma das reses raptadas mugir, fazendo com que ele voltasse a cabeça.

– O senhor parece mugir muito bem! – disse Hércules, tomando já seu porrete.

Caco tinha suas partes de monstro, também. Vomitando fogo, o ladrão entrou correndo para dentro da caverna, tapando em seguida a entrada com uma imensa rocha.

Hércules, entretanto, com um soco poderoso, a desfez em mil pedaços.

– Devolva os meus bois, ladrão miserável! – dizia Hércules, furioso.

Dentro da caverna havia uma luz fraca produzida por um archote. O ladrão, temeroso, havia se refugiado mais para o interior. Das paredes pendiam as cabeças ensanguentadas de duas reses, ossos de animais e até de homens – pois o monstro, além de ladrão, era canibal. Mais ao canto havia também galinhas recém-penduradas, mostrando que ultimamente as coisas não andavam nada boas para o ladrão.

– Vamos, ladrão de galinhas, apareça! – ordenou Hércules, esmurrando as paredes.

Chegando a uma galeria profunda, o herói encontrou finalmente o gigante, que sem ter mais para onde se refugiar avançou enlouquecido sobre o herói, vomitando fogo pela boca. Hércules agarrou-o pelo pescoço e torceu-o até que da antiga chama restasse apenas um fiozinho de fogo. Com esta fagulha Hércules acendeu um archote e saiu da caverna, levando consigo os seus bois.

E assim o herói grego retornou para Euristeu, que lhe revelou o conteúdo de sua próxima missão.

– Quero que você prove que é o mais forte dos homens, domando o temível touro de Creta.

Este animal era uma fera sanguinária que devastava toda aquela região.

Hércules chegou a Creta e pegou o touro à unha, obrigando-o a curvar seus chifres afiados em direção à terra, nesta que é uma das menos empolgantes de suas façanhas, pelo seu pouco ineditismo, pois além de Teseu também já ter dominado um que era em tudo idêntico a este, havia também Jasão, que domara não um, mas dois touros parecidos.

Chegara a hora, então, do penúltimo trabalho.

– Você certamente já ouviu falar no Jardim das Hespérides – disse a Hércules o seu desafiador.

– Já, mas não lembro mais do que trata.

– Quando Juno casou-se com Júpiter – começou a explicar Euristeu –, recebeu de presente das divindades amigas várias maçãs de ouro, que nasceram numa árvore situada no jardim das Hespérides.

Euristeu explicou ainda que as Hespérides eram as filhas de Atlas, um dos titãs que moveram guerra contra Júpiter.

Derrotado, o gigante ficara obrigado, a partir daí, a sustentar o mundo nos ombros.

Junto à árvore estava postado um imenso dragão, encarregado da guarda dos valiosos frutos.

– Quero que você traga para mim estas maçãs de ouro – concluiu Euristeu.

Hércules partiu outra vez (e no caminho de mais esta aventura libertou Prometeu de seu rochedo, onde este fora agrilhoado por ordens de Júpiter, em razão de ter furtado, sem o seu consentimento, o fogo dos céus).

Hércules, pela primeira vez, não conseguira chegar a seu objetivo, e parecia prestes a desistir quando encontrou em seu caminho o exausto Atlas, pai das Hespérides.

"Ninguém melhor do que ele saberá me indicar onde estão as benditas maçãs!", pensou o herói.

– Bom dia, velho Atlas – disse Hércules, jovialmente.

– Quem está aí? – resmungou o titã, sem poder erguer a cabeça, curvada sob o peso do mundo.

– Eu sou Hércules e preciso de uma informação sua.

– Diga.

– Quero saber onde fica o jardim de suas filhas. Preciso levar as maçãs de ouro que lá estão.

– E por que pensa que eu as daria gratuitamente?

Hércules, contudo, já tinha uma proposta a fazer.

– Se você me trouxer esses preciosos frutos, eu carregarei, enquanto isso, o mundo nas costas para você.

Atlas, diante dessa vantajosa proposta, concordou imediatamente.

Hércules tomou, assim, o mundo em seus braços, enquanto Atlas partiu em busca das frutas douradas.

Durante vários dias Hércules esteve curvado ao peso do mundo.

– Não é à toa que ele tem esse mau humor todo – resmungou o herói, já com dor nas costas.

Um dia, viu finalmente Atlas regressar com as preciosas maçãs.

O titã, a princípio, pretendia cumprir com a sua parte, mas depois de ver como era bom estar livre de todo aquele peso, começou a achar que era melhor deixar Hércules para sempre em seu lugar. Atlas teve a franqueza de revelar a Hércules o seu nefando propósito.

– Está bem – disse Hércules, resignando-se aparentemente ao seu destino. – Antes, porém, permita que eu cumpra minha tarefa e leve os pomos preciosos a Euristeu.

Atlas concordou. Nem bem retomou o mundo nas costas, escutou os passos do outro se afastando rapidamente, para nunca mais voltar.

Após alguns dias, o herói apresentava diante do rosto satisfeito de Euristeu os pomos preciosos. Agora faltava completar o último dos doze trabalhos.

Euristeu, durante a ausência de Hércules, pensara numa tarefa quase impossível, até que chegou a elaborar seu último plano. "Desta vez mandarei Hércules literalmente para o inferno", pensou.

– Você é realmente valente e intrépido – disse Euristeu ao herói. – Desta vez, porém, vou pôr à prova toda a sua valentia.

– Permita que eu diga que suas introduções começam a se tornar aborrecidas – disse Hércules, que já começava, na verdade, a se cansar daquela longa brincadeira.

– Eis, então, a sua última missão: quero que você desça até o reino das sombras e traga de lá Cérbero, o cão infernal.

– Mas esse cão pertence a Plutão, irmão de meu pai – retrucou Hércules.

– Não me importa a quem ele pertence. Quero que o traga o quanto antes.

Hércules, temendo contrariar a vontade de seu pai, Júpiter, decidiu antes ir falar com ele. Depois de lhe explicar os seus propósitos, recebeu do deus dos deuses esta recomendação:

– Está bem, mas não machuque Cérbero nem o retire de lá sem o consentimento de meu irmão.

Tendo a companhia de Minerva e Mercúrio, Hércules chegou a Tenaro, na Lacônia, onde está situada a abertura do inferno.

– Vamos, desçamos por aqui – disse Mercúrio, que tinha a incumbência de conduzir as almas dos mortos até a sua última morada.

Hércules, longe de parecer aterrorizado, tinha, ao contrário, o ar divertido de quem vai ver coisas pouco comuns. Não era por outra razão que tomava sempre a dianteira aos seus dois companheiros, obrigando Minerva a pedir-lhe que moderasse o passo a todo instante.

– Que calma, que nada! – exclamava Hércules, sedento por ver as aberrações que diziam enxamear no reino dos mortos.

Depois de descerem por várias encostas ardentes e fuliginosas, chegaram os três, finalmente, até o Aqueronte, o rio que corta o inferno.

– Ei, barqueiro, ande logo! – disse Hércules, batendo palmas e chamando Caronte, que vinha retornando lentamente de sua viagem anterior.

– Onde pensa que está, atrevido? – gritou o velho, encolerizado, descendo seu remo sobre a cabeça do herói. O pedaço de madeira, entretanto, quebrou-se sobre a cabeça de Hércules como se fosse a frágil lasca de um palito gigante.

Hércules, empunhando sua maça gigantesca, já se preparava para devolver o golpe quando teve sua mão segura por Minerva e Mercúrio.

– Calma, rapaz! – disse Mercúrio. – Deste jeito não chegaremos nunca à outra margem.

Os três embarcaram e seguiram viagem, enquanto o velho remador prosseguia a resmungar:

– Parece que está virando hábito os vivos andarem por aqui... Um dia é Ceres, noutro é Orfeu, agora é este gigante...

– O que está resmungando aí? – disse Mercúrio.

– Minha barca não foi feita para conduzir vivos, isto é que é! – disse o velho, apontando para a madeira.

De fato a proa da barca estava quase na linha da água, ameaçando virar a qualquer momento.

– Calma, já estamos quase chegando – disse Minerva, apaziguadoramente.

Nem bem desembarcaram, Hércules deliciou-se com o espetáculo que tinha diante dos olhos. A primeira coisa que fez foi abraçar-se à sua esposa e aos seus queridos filhos, que a sua funesta loucura havia arrebatado de si.

– Perdoem-me, perdoem-me, eu não sabia o que estava fazendo, não estava em meu juízo – exclamava o herói, em prantos.

Sua esposa e seus filhos, que já sabiam a causa do ato insano, foram compreensivos o bastante para perdoá-lo. Logo depois Hércules seguiu para o interior do inferno, sempre acompanhado de seus guias, Minerva e Mercúrio.

– Cérbero não guarda a entrada do inferno? – perguntou Hércules.

– Certamente já sabem de nosso propósito – disse Mercúrio. – Plutão deve ter mandado que o recolhessem.

No mesmo instante um latido tétrico ecoou nos desvãos dos precipícios.

Enquanto andavam, Hércules ia enxergando muitos personagens que somente conhecia pelos relatos dos mais antigos: Orfeu, que Caronte já citara, passeava amorosamente com sua Eurídice; Adônis preparava-se para retornar à terra em sua estadia anual entre os vivos; bem como os inseparáveis irmãos Castor e Pólux; Acteão ainda lamentava o azar de ter visto nua a vingativa Diana, porém já restabelecido de seus cruéis ferimentos; além destes e muitos outros, Hércules teve sua atenção despertada por um grupo numeroso de mulheres.

– Vejam, não são elas as belas Danaides?

Sim, eram elas que num constante vaivém iam enchendo um imenso tonel com suas jarras de chumbo. Todas pareciam dispostas a largar sua penosa tarefa para ir conversar com o musculoso herói, mas Minerva apressou o passo dos três, dizendo:

– Não viemos aqui para provocar transtornos na rotina do inferno.

– Eis Plutão em seu trono – disse Mercúrio, após andarem mais um pouco.

Diante deles estava assentado o deus dos infernos, tendo ao lado a bela esposa Prosérpina.

– Meu irmão Júpiter já me informou de sua pretensão – foi logo dizendo o deus infernal.

– Sim, preciso levar Cérbero para o mundo dos vivos – disse o herói.

– Tem minha permissão – disse Plutão –, desde que não se utilize de arma alguma que possa ferir meu precioso cão de estimação.

Cérbero, que estava aos pés do deus, estendeu suas três línguas e lambeu a mão de seu dono, em agradecimento.

– Além do mais deve trazê-lo de volta no espaço de tempo mais curto possível – ajuntou, de maneira categórica.

Hércules aceitou os termos do deus e aproximou-se do cão para levá-lo. Cérbero, contudo, desvencilhando-se daquele estranho, correu para dentro duma cova negra e malcheirosa.

– Vá buscá-lo – disse Plutão. – Ou achou que bastaria passar a mão em suas três lindas cabeças?

Hércules, que já havia enfrentado e derrotado o irmão de Cérbero, entrou na cova escura e após receber várias dentadas do insociável cão conseguiu domá-lo, amarrando suas três bocas num laço seguro.

O cão passou ganindo diante de Plutão, que procurou acalmá-lo:

– Calma, Cérbero fiel, logo você estará de volta.

E foi assim que Hércules completou seu último trabalho. Depois de levar o cão infernal até Euristeu – que teve a má sorte de levar em sua canela, ao mesmo tempo, três dentadas do vingativo animal –, Hércules levou-o de volta para Plutão, encerrando assim a série de trabalhos e obrigando-nos a encerrar aqui, também, a crônica de suas vitórias.

ADÔNIS

Adônis foi o homem mais belo que a Grécia já conheceu. Por ele se apaixonaram duas deusas, e um rio de lágrimas correu por sua causa. Vivos e mortos pasmaram diante de sua estonteante beleza.

Vamos conhecer melhor a sua história.

Adônis era um jovem caçador. Seu rosto era tão belo que parecia ter sido esculpido, possuindo testa, olhos, nariz e queixo absolutamente perfeitos. Seus cabelos loiros lhe escorriam pelos ombros firmes e não havia ninfa dos bosques que não cobiçasse alisá-los.

Um dia Vênus, a deusa do amor, estava conversando com seu filho Cupido, quando teve a atenção desviada pelo surgimento inesperado do jovem mortal.

– Quem será este rapaz? Nunca vi nenhum mais belo – disse a deusa ao filho.

Cupido deu uma olhadela rápida. Sem responder, voltou-se novamente para suas flechas, as quais estava afiando amorosamente.

Vênus, percebendo que o seu garoto estava com ciúmes, abraçou-o, enternecida.

– Vamos, deixe de ciúmes! É apenas um belo rapaz, mas nenhum é tão belo quanto o meu filho!

Ao tomá-lo nos braços, porém, a deusa acabou ferindo-se com uma das flechas.

– O que foi, mamãe? – perguntou Cupido, alarmado, ao escutar o seu grito de dor.

– Não foi nada, meu filho, continue o seu trabalho... – disse a deusa, afastando-se.

Descendo à Terra, Vênus decidiu seguir discretamente o jovem caçador. "Preciso conhecê-lo melhor!", pensava a deusa, enquanto o seguia.

Adônis havia parado um pouco, no bosque; estava inclinado sobre uma pedra, enquanto amarrava as tiras soltas de uma das sandálias. Uma das pernas apoiava-se na rocha, descobrindo um pouco de sua rija musculatura, enquanto a outra apoiava-se no chão.

Vênus, oculta por detrás de um teixo, alisava distraidamente a casca rugosa da árvore, de um intenso marrom avermelhado. Seus olhos estudavam o corpo do jovem, cujas formas ressaltavam por entre a fina túnica que o cobria. Após amarrar a sandália, Adônis, num gesto viril, estirou os dois braços para o alto. Os cabelos dourados das axilas do jovem agitaram-se levemente sob a brisa que soprava na mata. A deusa, sem poder conter-se mais, saiu lentamente do esconderijo. Seus passos leves ressoavam sobre o tapete difuso de folhas caídas.

O jovem caçador, cujos ouvidos estavam treinados para captar o menor ruído no bosque, sentiu logo a aproximação de alguém. Voltando-se, encarou Vênus com um ar surpreso – pois não é todo dia que um caçador tem o privilégio de ser surpreendido pela própria deusa do amor.

– Olá rapaz! – disse Vênus, procurando imprimir um tom natural às suas palavras.

– Você... é Vênus, não é? – disse Adônis, certo de que mortal alguma poderia ser dona de tamanha beleza e encanto.

– Sim, sou – disse a deusa, procurando sempre manter a naturalidade. – E você, quem é?

– Sou Adônis.

– Caça sempre por aqui?

– Bem, sempre não diria, mas é meu bosque preferido.

– Você não é um deus, é?

– Não, bela deusa, na verdade eu...

– Como pode ter a beleza de um deus e não ser um deles? – disse Vênus, erguendo os belos olhos e dardejando um olhar intenso sobre a face do jovem, como se desferisse uma estocada certeira e imprevista.

Vênus parecia um pouco enraivecida – sim, ela havia sido golpeada primeiramente pela beleza do rapaz e parecia disposta a se vingar amorosamente daquela involuntária audácia.

– Veja, o outro pé de sua sandália também está desatado – disse ela, abaixando o olhar.

Adônis fez menção de abaixar-se.

– Vamos, coloque o pé sobre a pedra, outra vez – disse a deusa, impositiva.

Por favor, deusa, deixe que eu...

– Vamos, Adônis – insistiu Vênus.

O jovem apoiou o seu pé esquerdo sobre a pedra. Colocando-se à sua frente, a deusa inclinou-se, tomando as duas tiras soltas em seus dedos macios. De cabeça baixa, seus cabelos roçavam involuntariamente a cintura de Adônis. Foi a sua vez de ser docemente surpreendida. O jovem, no seu orgulho viril de caçador, achava que já cedera demais às pequenas audácias da deusa – que era sempre, apesar de deusa, uma mulher – e tomou docemente as tiras de sua mão.

– Mortais inclinam-se diante dos deuses, e não o contrário – disse ele.

– Por que tem de ser sempre assim? – disse Vênus. – Deixe-me reverenciar também a sua beleza.

Adônis, sem poder conter mais seu desejo, fez com que ela se erguesse novamente. Antes, porém, que Vênus estivesse completamente equilibrada, recebeu da boca do rapaz um beijo longo e ardente.

Naquela tarde as corças puderam passear descansadas por todo o bosque.

A partir daí a deusa passou a descer todos os dias de sua morada celestial para trocar carícias e beijos com o belo amante.

– Vou fazer de você um deus... – prometia ela, aninhada em seus braços.

Entre carícias e abraços passavam os dois os seus dias. Adônis, entregue à sua nova paixão, havia esquecido momentaneamente do seu arco. Mas com o tempo o jovem foi readquirindo o seu gosto pelas caçadas.

– Cuidado, Adônis! Não se exponha demais aos animais ferozes – disse Vênus a ele. – Sua beleza pode agradar aos seres humanos e aos deuses, porém às feras ela é indiferente. Elas haverão de querer sempre o seu sangue.

– E eu o deles! – disse Adônis, empunhando alegremente o seu arco.

Vênus ainda tentou reter o seu amado, mas Adônis estava surdo aos seus apelos. A deusa, respeitando a vontade dele, partiu em seu carro através dos ares.

– Cuide-se, meu amor! – disse ela, lançando um último olhar a Adônis, que tão logo a viu desaparecer, meteu-se na mata com os seus cães.

Fazia tempo que Adônis não exercitava os seus dons de caçador; seus cães, a seu turno, já haviam farejado a presença de um javali nos arredores e andavam agora em zigue-zague, à frente do jovem, varrendo o chão com seus focinhos alertas. Adônis estava radiante, pois possuía, agora, as duas coisas que fazem a alegria da vida: o amor e a diversão.

Os latidos dos cães o despertaram de seu devaneio.

– Vamos, tirem-no da toca! – ordenou o caçador, ao ver que os cães haviam se concentrado ao redor de um esconderijo.

Um ruído surdo escapou do interior da toca: o maior dos cães havia descoberto uma entrada lateral e entrado por ela, o que obrigaria o javali a sair pela entrada principal, guarnecida pelos demais cães. De repente o animal surgiu da boca da toca, espumando e arremessando suas presas em todas as direções.

– Para trás, todos! – gritou Adônis, empunhando o seu arco e fazendo a mira.

Os cães recuaram um pouco, abrindo um claro e deixando à mostra a fera. O caçador, retesando bem a corda, disparou a flecha, que foi cravar-se no flanco esquerdo do animal. Um grito agudo, misto de dor e de raiva, partiu da goela da presa. Girando o corpo, o javali enxergou o seu agressor; em seguida, arremessou-se em sua direção, espumando uma baba vermelha, cujos flocos aderiam às suas cerdas completamente eriçadas.

Adônis ainda tentou abater o animal, mas não teve sucesso; o javali, num salto ágil e preciso, já enfiara antes suas duas enormes presas no peito do jovem. Com um grito de dor, Adônis caiu sobre a relva, enquanto o animal escapava para o interior da mata, levando atrás de si os cães enfurecidos.

O jovem arrastou-se até uma árvore próxima e ali, reclinando o corpo ferido, começou a gemer, pressentindo a morte.

Vênus não ia tão longe que pudesse deixar de escutar os gemidos de seu amado. Por isto, retornou imediatamente, pressentindo o pior.

– Adônis, meu amor, o que houve? – exclamou a deusa, tomada pelo pavor, ao ver o jovem encostado ao tronco, com o corpo coberto de sangue.

– É o meu fim... – balbuciou o jovem, enquanto recostava a cabeça sobre o ombro da deusa, que o amparava amorosamente em seus últimos momentos.

Vênus, após chorar todas as lágrimas, enterrou ali mesmo o corpo de seu amado.

No lugar onde Adônis foi enterrado começaram a brotar algumas flores cor do sangue – flores de vida tão curta que, assim que floresciam, o vento arrancava-lhes as pétalas, provocando-lhes a morte.

No mesmo dia a sombra de Adônis adentrou o Hades – a morada dos mortos. Todos pararam para ver e admirar aquele belo rapaz, que chegava trazendo ainda no peito as marcas das feridas. Prosérpina – rainha dos infernos e esposa de Plutão – encantou-se também com a beleza do novo súdito, tomando-o imediatamente sob a sua proteção.

Vênus, enquanto isto, continuava inconformada com a perda de seu amado:

– Preciso trazê-lo de volta! – repetia, com o rosto em prantos.

No auge de sua dor, resolveu descer até os infernos para tentar revivê-lo. Prosérpina, no entanto, não se mostrou muito satisfeita com a ideia:

– Ele é agora meu súdito – disse, invocando os seus direitos de soberana.

As duas deusas pareciam dispostas a iniciar uma briga, quando Plutão interveio, sugerindo que Adônis estivesse um tempo entre os mortos e outro entre os vivos.

Se Plutão, no entanto, fosse mais atento – ou, ao menos, mais previdente –, teria se dado conta, também, de que o mesmo acontecia com sua esposa, que durante seis meses do ano era obrigada a subir para a morada dos vivos, conforme antigo trato – exatamente à mesma época que o magnífico rapaz.

De qualquer modo, Vênus, que era a principal interessada, conseguiu o que queria e durante seis meses do ano tinha a felicidade de rever o seu adorado Adônis.

PROMETEU E O FOGO SAGRADO

Prometeu sempre teve um pendor para as artes plásticas. Seu pai era o velho Japeto, um dos titãs, cuja origem se perde na noite dos tempos. Era tão velho que emparelhava em idade com Saturno, o pai de Júpiter, e ninguém sabia precisar direito como e de onde surgira.

O fato é que o velho sempre nutrira uma admiração secreta por seu habilidoso filho.

– Este Prometeu promete! – dizia, repetindo pela milésima vez esse cansativo trocadilho.

Ásia, esposa de Japeto, escutava pacientemente os prognósticos do marido, mas não podia deixar de concordar com o seu otimismo. Não raras vezes flagrara o menino metido no barro, modelando com habilidade seres das mais diversas formas. Com o tempo Prometeu cresceu, até atingir a fase adulta. Agora, já com seu ateliê montado, era respeitado em toda a corte celestial como notável artífice. Um dia chegou um mensageiro todo-poderoso à sua porta, dizendo:

– Prometeu, Júpiter decidiu criar um novo ser sobre a Terra, de tal modo importante que há de se assemelhar em tudo aos próprios deuses.

"Um deus de segunda categoria? Para quê?", perguntou o artista a si mesmo.

Prometeu, entretanto, não opinava sobre as tarefas que recebia, mas procurava tão somente cumpri-las da melhor maneira possível. Assim sendo, aceitou imediatamente a incumbência. No mesmo dia encerrou-se em sua oficina, depois de colocar um aviso bem grande na porta destinado a afastar os importunos. Esta criação, bem o sabia, estava destinada a ser a sua obra-prima, e por esta razão decidiu caprichar ao máximo na sua elaboração.

Depois de trabalhar por vários dias, deu enfim por concluída a tarefa. Embrulhou a imagem do novo ser, que batizou de "Homem", e já a ia levando para que Minerva, a sabedoria divina, lhe insuflasse a alma, quando esbarrou acidentalmente na porta, deixando cair a peça ao chão. Abalado com o desastre, Prometeu retirou o lençol que envolvia o trabalho e viu que sua criatura perdera uma de suas três maravilhosas pernas.

– Que desastre lamentável! – exclamou, desconsolado.

Mas, como estivesse muito apressado – pois a data da entrega da obra já havia expirado há vários dias –, resolveu levá-la assim mesmo, com duas pernas apenas. A perna do meio, contudo, perdera-se para sempre, ficando em seu lugar apenas uma pequena saliência, que o deus, por descuido, havia esquecido.

Mesmo assim, lá foi ele, orgulhoso, com sua obra-prima.

Todos os deuses foram unânimes em aplaudir a sua criação. Os elogios eram como uma chuva benfazeja, de tal modo que Prometeu tomou-se mais ainda de amores por sua obra.

Decidido, porém, a fazer daquela criatura um ser privilegiado, Prometeu decidiu subir até os céus e roubar ao carro do sol uma pequena chama.

– Veja! – disse ele a Minerva. – Com o domínio deste fogo o homem será superior a todas as demais criaturas!

Os descendentes deste primeiro homem, no entanto, logo entraram em desavença com o pai supremo, Júpiter – como acontece com todo bom filho. Júpiter, encolerizado, decidiu puni-los retirando dos homens o fogo, que lhes dava o calor necessário aos seus corpos desprovidos de penas ou de um pelo espesso. Deste modo o homem também ficava privado do elemento fundamental para que pudesse continuar a fabricar suas armas e ferramentas.

As forjas silenciaram em todo o mundo, e durante algum tempo as bigornas e os martelos estiveram momentaneamente pacificados. Quando a noite descia sobre a Terra, as pessoas corriam a se envolver em suas peles, buscando o abrigo das suas cavernas geladas e escuras. Sem o fogo para cozinhar os alimentos, tiveram também os homens de retroceder ao hábito de comer alimentos crus.

Prometeu, vendo que o ser que saíra de suas mãos padecia de incríveis sofrimentos sem indagar da causa que o levara a este lamentável estado, decidiu roubar outra vez aos céus uma fagulha do divino elemento.

– Cuidado, pense duas vezes antes de afrontar novamente a ira divina! – disse-lhe Minerva, em tom de advertência.

Prometeu, no entanto, surdo aos avisos da deusa, preferiu correr o risco. Aproveitando o escuro da noite, enrolou-se num manto e subiu aos céus, até onde o Sol repousava de sua longa viagem. Aproximando-se pé ante pé, puxou das vestes um tição apagado e o acendeu nas costas do astro, que dormia a sono solto.

Tapando com a mão a minúscula chama, veio de volta à Terra. Antes que o dia amanhecesse outra vez, uma imensa fogueira ardia bem no centro da Terra, onde os homens, felizes, foram recolher o fogo bendito para esquentar seus corpos e fabricar outra vez suas armas e utensílios.

Mas Júpiter, ao saber do fato, irou-se de vez.

– Aquele maldito intrometido saiu outra vez em defesa de seus protegidos! – disse o deus, puxando os cabelos. – Mas desta vez seu ultraje não ficará sem resposta!

No mesmo dia ordenou que aprisionassem Prometeu a um rochedo no Cáucaso.

– Quero que ele esteja para sempre preso àquela pedra! – exclamou Júpiter, furioso.

Ordenou ainda que soltassem sobre a região um terrível abutre, cuja degradante função seria a de devorar incansavelmente o fígado de Prometeu.

Assim se fez. Em menos de um dia Prometeu viu-se acorrentado ao imenso rochedo, enquanto um abutre de hora em hora descia para lhe comer o fígado. Nem bem a ave nojenta terminava sua tarefa, o fígado de Prometeu reconstituía-se milagrosamente, fazendo com que a ave insaciável retomasse a sua função, tornando deste modo infinito o suplício do pobre amigo dos homens.

Durante muitos anos Prometeu esteve submetido a essa horrenda tortura, quando um dia uma voz cavernosa ecoou sobre sua cabeça:

– Aprendeu agora a lição, Prometeu?

O filho de Japeto, no entanto, virou o rosto, em sinal de desprezo.

Júpiter tentou ainda comprar-lhe o silêncio, prometendo que o libertaria de seu suplício caso ele se comprometesse a esconder dos homens o segredo da obtenção do fogo. Prometeu, mais uma vez, recusou-se a responder, pois ele não cedia nem a ameaças nem a ofertas.

Mas seu castigo, afinal, teve fim um dia. Hércules, filho de Júpiter, numa de suas inúmeras aventuras acabou matando o abutre que torturava de modo tão cruel o pobre Prometeu.

Depois, já ia o herói arrancando-o de suas correntes quando a voz de Júpiter soou:

– Isto é impossível que se faça! – disse Júpiter, embora já se mostrasse disposto a perdoar o infeliz Prometeu. – Uma vez que eu afirmei que ele jamais se separaria deste rochedo, assim terá de ser até o final dos tempos.

Hércules, sem poder ir contra a vontade do próprio pai, já se dispunha a abandonar Prometeu no rochedo, quando este, sentindo voltar toda a sua anterior esperteza, disse assim ao seu algoz:

– Tenho uma solução que talvez resolverá meu problema – disse ele a seu libertador, sem voltar os olhos para Júpiter, mantendo com relação a ele o seu silêncio digno e ofendido. Afinal, depois de ter o fígado roído por milhares de anos por uma ave pestilenta, não é da noite para o dia que se pode simplesmente fazer as pazes com o mandante de uma tal atrocidade. – Rompa os elos de minhas correntes e faça com um pequeno pedaço dele um anel – disse Prometeu a Hércules.

Hércules assim o fez. Em instantes fabricou um pequeno e elegante anel.

– Ótimo! – disse Prometeu.

Depois, arrancando do grande rochedo uma minúscula partícula, soldou-a ao anel.

– Pronto! – disse Prometeu. – Agora permanecerei de qualquer modo sempre preso a este maldito rochedo.

Júpiter, admirando secretamente a inteligência da vítima, preferiu silenciar e encerrar de uma vez a longa disputa. Prometeu, por sua vez, concluía assim a segunda e mais importante lição aos homens: a de que nunca deveriam curvar-se à prepotência de ninguém.

A lição quanto ao uso do fogo, entretanto, teve, inegavelmente, muito maior aceitação.

TITÃO E AURORA

– Lua, minha amiga, como vai você?
– Olá, Aurora! Já chegando?

— É, sei que é um pouco cedo ainda, mas permita que eu permaneça um pouco ao seu lado, meio escondida, enquanto não chega a minha hora de tomar o seu lugar no céu.

— Claro, querida, você sabe o quanto eu gosto de sua companhia. Apenas lamento não podermos ficar mais tempo juntas, pois quando você chega eu sempre devo me retirar.

— É verdade. Mas hoje eu decidi vir um pouco antes para colocarmos finalmente nossa conversa em dia.

— Que ótima ideia! Diga-me, então: como tem sido a sua vida?

— Bem, agora tem sido bem mais feliz do que nos últimos tempos.

— E seu belo marido, Titão, como está?

— Bem, não exatamente como antes...

— Como assim, Aurora?

— Ora, você não soube da desgraça que se abateu sobre nós?

— *Desgraça*? Não sei de desgraça alguma. Faz tempo que não nos falamos.

— A verdade é que fui eu a causadora involuntária da infelicidade que desceu sobre nós. Mais sobre meu marido, é verdade, do que sobre mim. Mas também sofri durante muito tempo as consequências de meu terrível descuido.

— Não estou entendendo nada, Aurora. Comece do começo.

— Está bem, vou tentar explicar o que houve, partindo do meu casamento.

— Sim, o seu casamento com Titão eu lembro perfeitamente. Nossa, que belo rapaz ele era. Até eu fiquei tentada a roubá-lo de você!

— Sim, de fato Titão era um belo rapaz, amiga Lua. Era, porém.

— Era? Conte de um vez. O que foi que houve?

— Você deve saber que ele era um mortal como outro qualquer, quando nos conhecemos.

— Sim, lembro perfeitamente. Ele era, se não me engano, filho do rei de Troia.

– Exatamente. Nossa felicidade era quase completa. Nos amávamos intensamente, mas eu tinha esse pesar secreto que me inquietava o tempo todo, a ponto de me tirar o sono. O fato de Titão não ser imortal, como eu. Assim, apesar de toda a nossa felicidade, eu sabia que um dia teria de perdê-lo. Certa vez, após uma noite de intenso prazer, decidi ir falar pessoalmente com Júpiter. Pedi a ele que concedesse a imortalidade para meu esposo: "Ó Júpiter, peço que torne minha felicidade eterna, como é a sua ao lado de sua esposa Juno, que é imortal como você, e..." "O que você quer exatamente? Deixe de rodeios", Júpiter me interrompeu, grosseiro como sempre. "Gostaria, deus supremo, que você concedesse a Titão o dom da imortalidade!" – pedi. Mas antes não o tivesse feito, pois sem saber o condenava a uma vida de horrendos sofrimentos.

– Por que, Aurora?

– Bem, após muito insistir, consegui obter de Júpiter o que queria.

– E a partir daí você e Titão foram felizes para sempre.

– Melhor dizer *infelizes para sempre*. No começo fomos, de fato, imensamente felizes. Tão logo transmiti a novidade para ele, fomos tomados por uma alegria sem limites. "Imortal, Aurora! Imortal como você!", ele dizia, pondo as mãos à cabeça. Durante o dia inteiro comemoramos. No começo, de fato, éramos ambos jovens e dispostos, com todos os meios para gozarmos de uma vida intensa e proveitosa. Assim fomos vivendo, sem nunca enjoarmos um do outro, pois nossos corpos e almas gozavam da mais perfeita juventude e vitalidade. Um dia, porém, percebi, enquanto jantávamos, um fio de cabelo branco luzir sobre sua têmpora direita. Como fosse apenas um fio isolado, levei isto à conta de uma banalidade. De repente, porém, longos fios de prata começaram a se espalhar no meio daquela selva de negros cabelos, tirando um pouco da sua antiga beleza. Assustada, pensei comigo mesma: "Meu Deus, será que Titão tornou-se mortal novamente?". Decidi, por isso, visitar Júpiter novamente para saber o que estava acontecendo. "Não há nada de errado", disse ele, secamente. "Mas como, se vejo meu querido Titão envelhecer a cada dia que passa, diante de meus olhos?!", exclamei, sem compreender. "Sim, e daí?", disse, completando com esta frase que me desarmou: "Ora, você pediu para ele o dom da imortalidade e não o da eterna juventude!". Ai, amiga! A partir daí acabou o meu sossego. Como podia ser de modo diferente vendo dia a dia meu adorado Titão envelhecer e perder aos poucos a sua antiga virilidade? Cada vez mais sua cabeça foi se tornando grisalha; os músculos de seus outrora rijos braços pareciam agora murchar, deixando em seu lugar apenas pelancas flácidas que balançavam a cada movimento seu; seus dentes, antes brancos e sadios, começaram a se estragar, tornando-se amarelados e frouxos. Ah, Lua, foi horrível... E pior de tudo, talvez, era ver que eu não podia acompanhá-lo em sua decadência.

– Oh, não diga isto, Aurora! A saúde é sempre preferível, em qualquer circunstância!

– Mas se eu pudesse compartilhar com ele da sua decadência física, fazendo-me velha, também, quem sabe não teria sido mais justo? Ao menos ele estaria mais consolado, ao ver que ambos rumávamos para o mesmo destino!

– Não pode o sofrimento de alguém acarretar a melhora de outro sofredor! O martírio inútil é o mais insensato dos remédios, cara amiga, e aquele que exige tal sacrifício de alguém não passa de um fraco e de um egoísta.

– Sim, eu logo compreendi isso. Mas tentava, de alguma forma, incentivá-lo, lhe dizendo: "Vamos, Titão, faça ao menos um esforço para prolongar a sua saúde e a sua juventude". Mas Titão perdera o ânimo. Já não era mais o mesmo de antes. Incapaz de suportar o seu fado, começou a exigir que eu me acabasse também, que me fizesse velha e feia como ele. Minha natureza, a princípio disposta a acompanhá-lo no seu negro fado, logo se rebelou. Na verdade ele ainda teria muitos anos de vigor e força, se fizesse um esforço para recuperar sua antiga forma – ou algo que se aproximasse daquilo. Mas em vez de fazer isso em favor de si, preferiu partir para o caminho inverso, ou seja, o de anular a mim, tornando-me tão gasta e decrépita quanto ele. Quando compreendi isso, mudei meu ponto de vista, pois eu, com toda a certeza, não agiria desse modo em relação a ele.

— E fez muito bem, Aurora. Cada qual tem de ser capaz de carregar o seu fardo, seja ele qual for. Se você fica cega, certamente não é cegando aos demais que resolverá o problema.

— Bem, seja como for, com o passar dos anos todos os seus dentes começaram a ruir, e a sua mente principiou a dar evidentes sinais de senilidade. Titão tornava-se cada vez mais um velho ranzinza e resmungão – e, o que é pior, destinado a nunca morrer! Embora isto pareça cruel, devo admitir que já não via mais naquele velho nem a sombra do que fora o meu amado Titão. Era uma outra pessoa, completamente outra. Isto já era uma crueldade, comigo e com ele, eu pensava. Os mortais ao menos têm a bênção da morte quando a velhice se torna um fardo intolerável, enquanto ele estava destinado a suportar todo aquele horror para sempre. Tudo isto eu pensei mil vezes. Você sabe, fiz o que pude, mas aí chegou um tempo em que não consegui mais. Chega um ponto em que a gente também quer viver.

— E aí, o que você fez com ele?

— Bem, um dia ele perdeu os movimentos dos braços e das pernas – todos os movimentos, enfim... Não podendo mais suportar sua rabujice, tentei ainda insuflar-lhe um pouco de coragem. Mas como dar coragem a alguém que sofre de maneira contínua, se nem a esperança do descanso essa pessoa tem?

— Aurora, para ser franca, eu nunca vi um velho suspirar pela morte.

— Nem eu, na verdade. Bem, o fato é que não havia mais como suportar a presença daquele pobre homem, convertido num espantalho de si mesmo. Como era duro ver seus dedos finos como os de uma galinha deslizarem por sobre o branco colar remanescente de sua antiga cabeleira, arrancando tufos inteiros que lhe ficavam grudados às unhas...

— Sim, e o que resultou disso tudo, então? Ainda está com ele em casa?

— Não, esta é a última parte da história. Um dia, tomei a decisão de falar novamente com Júpiter e pedir que ele ao menos pusesse um fim ao sofrimento de meu marido, retirando-lhe a imortalidade, que para ele se tornara horror e maldição. Júpiter disse que não podia fazê-lo, pois a imortalidade era um dom divino. "Quem se tornou uma vez imortal não pode jamais deixar de sê-lo. Isto seria um contrassenso e eu acabaria sendo causa de escárnio", disse Júpiter, que nesse dia estava com uma boa vontade surpreendente. "No entanto, permitirei que ele se transforme num outro ser, libertando-o desta forma decaída. Faça a escolha, e ela se realizará automaticamente", disse ele finalmente. Mais consolada, retornei para casa. Qualquer coisa era preferível a ser uma múmia privada de movimentos para todo o sempre, pensava, enquanto refazia o trajeto. Tão logo cheguei, entrei no quarto e flagrei-o escutando, com um sorriso que exprimia um resto de prazer, uma cigarra que, pousada no galho de um árvore, cantava com um alarido impressionante. "Antes fosse eu esta cigarra", disse Titão, deixando escorrer do canto de sua boca um fio de saliva. "Que assim seja, meu querido!", disse ao seu ouvido. No mesmo instante suas formas ressequidas desapareceram e vi erguer-se de debaixo das cobertas uma bela cigarra prateada, que levantou-se, rodopiando pelo quarto, e após pousar sobre minha cabeça, como que a me agradecer, sumiu-se janela afora.

– Que lindo! Quero dizer, ao menos foi uma boa solução para aquela triste situação, não?

– Sim, agora ele está bem mais feliz, com toda a certeza. Aliás, todas as manhãs acordo com o seu canto, diante da minha janela. Às vezes recebo à noite, também, a sua visita.

– Ué, e cigarras cantam também à noite?

– E quem disse que as visitas são para cantar? Mas veja, já está na minha hora! Adeus, amiga!

– Adeus, querida!

GLOSSÁRIO

Absirto: irmão de Medeia; foi despedaçado por ela quando da fuga dos Argonautas, para retardar a perseguição por parte do pai dos dois, Eetes.

Acamas: filho de Teseu e de Fedra. Teve papel de destaque na tomada de Troia, sendo um dos soldados gregos que estavam ocultos dentro do famoso cavalo de madeira.

Acetes: timoneiro do navio de piratas que sequestrou o jovem Baco e que, por tê-lo ajudado, foi por isso poupado da ira do deus, o qual transformou os demais em golfinhos.

Acrísio: rei de Argos e pai de Danaé. Foi morto acidentalmente por seu neto Perseu.

Acteão: filho de Aristeu e neto de Cadmo. Caçador que Diana castigou transformando em veado.

Admeto: rei de Feres, na Tessália, marido de Alceste. Pediu que sua mulher morresse em seu lugar. Hércules, no entanto, lutou contra a Morte e a trouxe de volta dos infernos.

Adônis: filho incestuoso de Mirra e de seu próprio pai, Ciniras, rei de Chipre, Adônis foi o primeiro amante de Vênus. Morreu durante uma caçada, mas Vênus conseguiu fazer com que o jovem passasse dois terços do ano em sua companhia e o outro terço no mundo dos mortos.

Adrastos: antigo rei de Argos, que ajudou seu genro Polinice a armar a famosa expedição dos Sete contra Tebas, guerra esta que Polinice travou contra seu irmão Etéocles.

Afrodite: denominação grega de Vênus, a deusa do amor.

Agamedes: célebre arquiteto grego que ergueu, junto com Trofônio, algumas das mais famosas construções da Grécia antiga. Sem saber como recompensá-lo por haver construído o seu templo, Apolo premiou a ele e ao amigo com a morte; segundo ele, o bem maior a que poderia aspirar um mortal.

Agamenon: filho de Atreu. Foi rei de Argos e comandou a expedição dos gregos contra os troianos no mais famoso embate da história, a Guerra de Troia. Marido de Clitemnestra, foi traído e morto por ela e seu amante, Egisto, após o retorno de Troia.

Agelau: pastor que criou Páris após este ser sido abandonado, ainda bebê, pelos pais, os reis troianos Príamo e Hécuba.

Agenor: pai de Europa, raptada por Júpiter, que se metamorfoseou em touro para levar a cabo o rapto. Agenor ordenou que seus filhos, entre os quais estava Cadmo, que se tornaria o mais famoso deles, saíssem à procura dela,

Ájax: filho de Télamon, conhecido por "Grande Ájax", para se diferenciar de outro herói homônimo. Rei de Salamina, destacou-se nas fileiras gregas durante a Guerra de Troia pela incrível força e rapidez. Teve um final trágico: quando Aquiles morreu, decidiu-se que sua armadura seria dada ao mais valente dos gregos. Como fosse Ulisses, e não Ájax, o escolhido, este sofreu um acesso de loucura que o levou a matar-se logo em seguida.

Alceste: filha de Pélias, rei de Iolco, esposa de Admeto. Amava tanto seu marido que consentiu em morrer em seu lugar. Foi salva da Morte, no entanto, por Hércules.

Alcidamo: pai de Ctésila. Recusou-se a dar sua filha em casamento a Hermócares, mesmo depois de já ter dado a permissão. Ctésila fugiu e casou-se secretamente com o amado, morrendo logo depois.

Alcínoo: rei dos feácios, povo que recebeu Ulisses no seu regresso de Troia, a caminho de sua Ítaca natal.

Alcíone: filha de Éolo, deus dos ventos. Era casada com Ceix, até este morrer em um naufrágio. Advertida por um sonho deste acontecimento, sofreu tanto que acabou por se metamorfosear em uma ave marinha, a exemplo do marido.

Alcmena: esposa de Anfitrião, rei de Tebas, tornou-se mãe de Hércules. O pai foi Júpiter, que se apresentou a ela disfarçado em seu marido.

Alexandre: outra denominação de Páris, filho de Príamo, rei troiano.

Aleto: uma das três Fúrias, considerada a mais vingativa.

Alfeu: rio grego que leva este nome. Apaixonou-se pela ninfa Aretusa e a perseguiu até a Sicília, por dentro da terra, acabando por unir-se a ela, que fora metamorfoseada em uma fonte.

Aloeu: pai dos gigantes Oto e Efialtes, que tentaram escalar o Olimpo.

Aloídas: denominação dada aos irmãos Oto e Efialtes, filhos de Aloeu, dois gigantes perversos que tentaram escalar o Olimpo e foram mortos por isso.

Alteia: mãe de Meleagro, provocou a morte do próprio filho numa crise de ira.

Amalteia: cabra ou vaca que amamentou o recém-nascido Júpiter. De um chifre seu teria surgido a cornucópia (ou "corno da abundância"), que se enchia de todos os bens que uma pessoa pudesse desejar.

Amazonas: povo de mulheres guerreiras, filhas de Marte, provindas da Trácia, que mais tarde se instalaram na Capadócia. Diz-se que amputavam, na juventude, um de seus seios, para facilitar o manejo do arco.

Amico: gigante, filho de Netuno, que duelou com Pólux, sendo derrotado por este.

Ana: irmã de Dido, rainha de Cartago. Auxiliou sua irmã nos amores infelizes que teve com Eneias, o troiano.

Andrômaca: esposa de Heitor, príncipe troiano e mãe de Astíanax. Esteve sempre ao lado do marido, até a sua morte. Depois que Troia foi destruída, foi levada pelos gregos na condição de escrava.

Anfiarus: adivinho da corte de Argos. Era casado com Erifila, irmã do rei Adrastos. Sabedor de que a guerra que o cunhado pretendia mover contra Tebas redundaria em sua própria morte, tentou dissuadi-lo, em vão, por meio de Erifila. Morreu quando seu carro foi tragado num abismo aberto por Júpiter, durante a guerra.

Anfínomo: um dos pretendentes à mão de Penélope. Acabou morto por Ulisses.

Anfitrião: marido de Alcmena, mãe de Hércules. Durante sua ausência na guerra de Tebas, Júpiter tomou a sua forma e enganou sua esposa, gerando nela o herói Hércules. Anfitrião tentou vingar-se dela colocando-a em uma fogueira, mas Júpiter fez chover na hora do sacrifício, salvando-a da morte. Anfitrião morreu muitos anos depois, combatendo ao lado de Hércules, em defesa de Tebas.

Anfitrite: filha de Dóris, esposa de Netuno e uma das Nereidas, as filhas de Nereu, antiga divindade do mar. A princípio recusou-se a unir-se ao deus dos mares, porém mais tarde cedeu, tornando-se mãe de Tritão.

Anquises: pai de Eneias, que foi fruto de seus amores com Vênus. Esteve ao lado dos troianos, e uma vez derrotado teve de ser levado às costas pelo filho para fugir ao massacre dos gregos. Depois de morto, reencontrou o filho nos Campos Elísios.

Anteia: mulher de Preto, rei de Argos. Anteia apaixonou-se pelo jovem herói Belerofonte quando este chegou à corte de seu marido.

Anticleia: filha de Autólico, dito o mais rapace dos homens. Casou-se com Laertes e com ele gerou Ulisses. Outras versões dão conta de que Ulisses seria fruto de um breve romance que teve com Sísifo, antes de casar-se com Laertes. Morreu de desgosto após esperar inutilmente que o filho regressasse de Troia. Ulisses reencontrou-a nos infernos, quando lá esteve para consultar-se com a sombra do mago Tirésias.

Antígona: filha incestuosa de Édipo e Jocasta. Seguiu junto com o pai, cego e doente, quando este foi exilado pelos próprios filhos, Etéocles e Polinice. Mais tarde, após a morte do pai, retornou para Tebas, onde se indispôs com seu tio e novo rei, Creonte, o qual mandou matá-la por haver desobedecido às suas ordens de não permitir o sepultamento de Polinice em sua pátria, em razão deste ter se aliado a um rei estrangeiro para atacar Tebas.

Antíloco: filho de Nestor, acabou morto pela lança de Mêmnon, príncipe aliado dos troianos. Aquiles, furioso com a morte deste que era seu segundo melhor amigo, depois de Pátroclo, vingou a sua morte ao matar o gigantesco Mêmnon.

Antínoo: chefe dos pretendentes a desposar a esposa de Ulisses durante a sua ausência. Foi o primeiro a ser morto pelo disparo das flechas certeiras de Ulisses que liquidaram com todos os pretendentes num concurso de tiro ao alvo.

Apolo: deus do sol, filho de Júpiter e Latona e irmão de Diana, deusa da caça. Frequentemente confundido com outras divindades solares, como Hélios ou o Sol, Febo (como também é chamado) é a personificação da beleza e da luz, sendo imensa a quantidade de lendas que se lhe atribuem.

Aquelóo: filho do Oceano e de Tétis, era um dos rios mais venerados da Grécia. Tinha o dom da metamorfose, que usou para enfrentar Hércules. Foi, no entanto, derrotado por este quando ambos disputaram a mão de Dejanira, irmã de Meleagro e filha de Eneu, o rei de Calidon.

Aquiles: o maior dos combatentes da Guerra de Troia. Era filho de Peleu e de Tétis, deusa marinha. Quando pequeno foi mergulhado por sua mãe nas águas do Estige para se tornar invulnerável; porém, como ela se esquecesse de mergulhar também o calcanhar do herói, acabou sendo morto justamente por uma flecha que lhe lançaram no seu ponto fraco. De gênio temperamental, indispôs-se com o próprio chefe da expedição grega, Agamenon, por causa de uma escrava. Amarrou o cadáver de Heitor, príncipe troiano, às rodas de seu carro e desfilou-o ao redor das muralhas de Troia sitiada.

Aracne: jovem líbia de extraordinária habilidade na arte de bordar. Desafiou Minerva, a qual ficou tão furiosa com a petulância que a transformou em uma aranha.

Arcas: filho de Júpiter e da ninfa Calisto. Quase matou a própria mãe, transformada em uma ursa, ao alvejá-la com uma seta. Foi transportado junto com ela para o céu, transformados ambos nas constelações da Ursa Maior e da Ursa Menor.

Ares: denominação grega de Marte, deus da guerra.

Aretusa: ninfa do Peloponeso. Transformada em fonte, ao fugir de Alfeu, um rio da Grécia, foi surgir na Sicília, após percorrer um caminho subterrâneo.

Argonautas: grupo de aventureiros liderados por Jasão que partiram em busca do Velocino de Ouro, famosa relíquia guardada por um dragão nas terras do rei Eetes, na Cólquida. Desta famosa expedição participaram alguns dos maiores heróis da Antiguidade, como Orfeu, os gêmeos Castor e Pólux, Peleu, Autólico, Meleagro, Hércules e outros.

Argos: filho de Arestor, tinha cem olhos. Juno encarregou-o de vigiar a ninfa Io, que fora metamorfoseada em uma vaca. Mercúrio, no entanto, matou-o, conforme ordem de Júpiter, cortando-lhe a cabeça enquanto dormia. Juno, para homenageá-lo, espalhou seus cem olhos sobre a cauda do pavão, sua ave de estimação. Argos também era o nome do cachorro de estimação de Ulisses, que reconheceu o herói quando este voltou, disfarçado em velho mendigo, para Ítaca.

Ariadne: filha do rei Minos, auxiliou Teseu quando este foi encerrado no labirinto do Minotauro, dando-lhe um novelo de lã para que encontrasse o caminho de volta. Sua recompensa foi a ingratidão, pois foi abandonada pelo herói na ilha de Naxos, enquanto dormia. Mais tarde, Baco, deus do vinho, desposou-a, levando-a para o Olimpo.

Árion: músico da corte de Periandro, rei de Corinto. Foi lançado ao mar por piratas e salvo das águas por um golfinho.

Aristeu: filho de Apolo e da ninfa Cirene, era apicultor. Todas as suas abelhas foram mortas por Aristeu ter provocado a morte de Eurídice, esposa de Orfeu. Após consultar-se com o deus marinho Proteu, obteve deste o meio de readquirir as suas abelhas.

Ascânio: outra denominação de Iulo, filho dos troianos Eneias e Creusa. Fundou Alba-Longa, a cidade-mãe de Roma.

Asopo: deus-rio da Grécia, era pai de Egina, jovem raptada por Júpiter. Asopo tentou reaver a filha, mas foi fulminado por um dos temíveis raios do raptor. Sísifo, que também o ajudara na busca, foi parar nos infernos. Egina, por sua vez, deu nome a uma famosa ilha.

Astíanax: neto de Príamo, rei de Troia, e filho de Heitor e Andrômaca. Ainda garoto, foi morto por Neoptolemo, filho de Aquiles, durante a tomada de Troia, sendo lançado do alto de uma das torres do palácio do avô. Uma tradição pouco conhecida diz, no entanto, que ele se salvou e que teria fundado uma nova Troia.

Atamas: rei da Beócia, casado com Néfele, com quem teve um casal de filhos: Frixo e Hele. Sua esposa, ciumenta dos filhos, que eram só dele, forjou um oráculo no qual se dizia que ambos deveriam ser mortos para que cessassem as calamidades que assolavam o reino.

Atlas: um dos Titãs, irmão de Prometeu e filho do Céu e da Terra.

Lutou contra Júpiter na Guerra dos Gigantes, sendo derrotado junto com os demais revoltosos. Foi punido com o castigo de ter de carregar sobre os ombros toda a abóbada celeste. É representado carregando o globo terrestre. Hércules aliviou um pouco o seu sofrimento, ao tomar por algum tempo o seu lugar enquanto Atlas ia atrás das maçãs das Hespérides, um dos doze trabalhos daquele famoso herói.

Áugias: rei da Elida, cujas estrebarias Hércules limpou, num dos seus doze trabalhos.

Aurora: deusa da manhã, é encarregada de abrir o dia com seus dedos rosados. Foi casada com Titono, a favor de quem pediu que os deuses concedessem a imortalidade. Júpiter concedeu, mas não a juventude eterna, e desta forma o marido de Aurora transformou-se num velho decrépito, sem nunca, no entanto, morrer. Era mãe de Mêmnon, guerreiro morto por Aquiles.

Autólico: filho de Mercúrio e avô materno de Ulisses. Era tido como o mais ladino dos homens. Esteve na expedição dos Argonautas e tentou, certa feita, roubar o gado de Sísifo, mas foi surpreendido por este. Diz-se que daí nasceu a amizade de ambos, que teria levado Autólico a permitir que Sísifo cortejasse sua filha Anticleia, tornando-se, destarte, pai suposto de Ulisses.

Automedonte: era o condutor do carro de Aquiles. Bateu-se contra o próprio Heitor, chefe das hostes troianas, e outros guerreiros que defendiam a cidadela de Príamo.

Bacantes: sacerdotisas de Baco. Na celebração das bacanais, elas corriam ao acaso, vestidas de pele de tigre, desgrenhadas, aos gritos, trazendo na fronte uma coroa de heras ou de ramos de vinha e empunhando tirso, tocha ou archote.

Baco: o Dioniso dos gregos, filho de Júpiter e Sêmele. É o deus do vinho e da alegria. Passou a parte final de sua gestação dentro da coxa de Júpiter, porque sua mãe morreu antes de ele nascer. É acompanhado sempre por um ruidoso cortejo de faunos, sátiros e bacantes, que levou consigo quando da sua conquista da Índia.

Bálios: um dos cavalos falantes e imortais presenteados a Peleu, pai de Aquiles, por Netuno, por ocasião de seu casamento. O outro se chamava Xantos. Aquiles levou-os consigo na Guerra de Troia. Predisse, junto a Xantos, a morte de Aquiles.

Baucis: esposa de Filemon. Compõe com ele uma espécie de casal primordial da mitologia grega. Devido à impiedade dos homens, Júpiter fez com que uma enchente alagasse o mundo, escapando apenas o casal, o qual repovoou o mundo, vivendo até longa idade. Ao morrerem, viraram árvores gêmeas.

BELEROFONTE: filho de Glauco e de Niso, era neto de Sísifo. Após matar acidentalmente o tirano de Corinto, teve de se asilar em Tirinto, onde acabou se envolvendo com Anteia, mulher do rei. Enfrentou a Quimera montado em Pégaso, seu cavalo alado. Ao tentar entrar no Olimpo, foi precipitado sobre a Terra por Júpiter, morrendo em consequência dos ferimentos.

BELO: rei de Tiro e pai de Dido, a rainha que se apaixonou por Eneias.

BÉROE: ama de Sêmele, mãe de Baco. Juno, esposa de Júpiter, tomou o lugar de Béroe para enganar Sêmele e levá-la à morte.

BÓREAS: deus do vento norte. É filho de Aurora. Celebrizou-se por ter raptado Orítia, filha de Erecteu, rei de Atenas.

BRIAREU: um dos Hecatônquiros, gigantes de cem braços e cinquenta cabeças, filhos do Céu e da Terra. Combateu ao lado de Júpiter na Guerra dos Titãs.

CACO: filho de Vulcano, era um gigante monstruoso e famoso ladrão. Segundo a lenda, se escondia em uma caverna do monte Aventino e cuspia turbilhões de fumo e fogo.

CADMO: filho de Agenor, rei de Tiro ou Sídon. Quando sua irmã Europa foi raptada por Júpiter, saiu a procurá-la por toda parte. Não a encontrou, mas acabou fundando a cidade de Tebas. Matou o dragão, filho de Marte, e dos dentes deste fez surgir o famoso exército dos mirmidões. Casou-se com Harmonia, mas os filhos e netos de seu casamento foram todos infelizes. Foi transformado em serpente, junto com sua esposa, no final da vida.

CALCAS: um dos mais célebres adivinhos da Antiguidade. Teve papel de destaque na Guerra de Troia: foi o autor do oráculo que exigiu o sacrifício de Ifigênia como condição para que os exércitos gregos pudessem partir de Áulis rumo a Troia. Matou-se por despeito, após ter sido derrotado por Mopso, um adivinho rival.

CALISTO: ninfa dos bosques, companheira de Diana, a deusa da caça. Teve um filho de Júpiter, chamado Arcas. Enciumada, Juno, a esposa de Júpiter, transformou-a em uma ursa.

CAOS: o estado primordial do mundo, quando os elementos que compõem o Universo ainda estavam em estado de confusão. As fontes divergem sobre se este personagem deve ou não ser considerado uma divindade. Gerou a Noite e o Erebo, personificação das trevas infernais.

CARONTE: o barqueiro dos infernos, filho do Erebo e da Noite. Sua função é transportar as almas dos mortos pelo rio Aqueronte até alcançar a outra margem. É descrito como um velho de longas barbas, irascível e imundo.

Cassandra: filha de Príamo, rei de Troia. Tinha o dom da profecia, mas não o da persuasão, por culpa de ter desprezado o amor de Apolo. Predisse toda a ruína de Troia, mas ninguém lhe deu ouvidos. Foi capturada por Agamenon e também predisse a morte deste e a sua própria, pelas mãos de Clitemnestra, esposa do chefe grego.

Castor: filho de Leda e de Júpiter, é irmão gêmeo de Pólux. Quando morreu, seu irmão, que era imortal, pediu a Júpiter que ambos pudessem permanecer juntos. Assim, passavam um dia nos infernos e outro entre os vivos, alternadamente.

Catreu: avô de Menelau, era filho de Minos e Pasífae. Foi morto pelo próprio filho Altêmenes, acidentalmente. Foi durante os seus funerais que Helena foi raptada em Argos por Páris.

Ceix: rei da Tessália e esposo de Alcíone. Pereceu em um naufrágio quando ia consultar um oráculo. Foi transformado em pássaro, a exemplo de sua esposa.

Celanor: rei que recebeu Danao e suas cinquenta filhas, expulsos do Egito pelo rei Belo. Em paga, foi destronado.

Centauros: filhos monstruosos de Íxion e uma nuvem, metade homens, metade cavalos. De gênio turbulento, provocavam sempre confusão por onde apareciam. Seguidas vezes se defrontaram com Hércules, sendo sempre vencidos. O mais famoso deles, no entanto, era um sábio chamado Quíron, que foi preceptor de vários heróis da mitologia, como Aquiles e Jasão.

Cérbero: cão de guarda dos infernos. Tinha três cabeças e uma cauda de serpentes.

Ceres: filha de Saturno e da Terra, é a divindade da terra e da agricultura. Teve sua filha Prosérpina raptada por Plutão, o que fez Ceres percorrer o mundo todo até reencontrá-la nos infernos.

Céu: filho da Terra, uniu-se à própria mãe para gerar os Titãs. Um destes, Saturno, cortou-lhe os testículos com uma foice que sua mãe, Terra, lhe dera. Dos testículos extirpados, que caíram ao mar, nasceu Vênus, a deusa do amor.

Ciana: ninfa que Plutão transformou em fonte, por ter tentado impedir que ele raptasse Prosérpina.

Cibele: uma das Titânidas, filha do Céu e da Terra. Casou-se com seu irmão Saturno e com ele gerou a estirpe dos deuses olímpicos, entre os quais Júpiter, o pai dos deuses.

Ciclopes: há três espécies. Os filhos do Céu e da Terra, que participaram da Guerra dos Titãs, ferreiros hábeis, que serviam nas forjas de Vulcano; os sicilianos, da estirpe de Polifemo, gigante de um único olho que se defrontou com Ulisses; e os chamados "construtores", gigantes que teriam erguido algumas das principais construções da Pré-História.

Cicno: célebre ladrão de estradas, filho de Marte. Hércules matou-o e feriu Marte, quando este pretendeu vingá-lo.

Cila: ninfa por quem Glauco, deus marinho, se apaixonou e que não lhe correspondeu. Circe metamorfoseou-a em uma horrenda criatura, cuja parte inferior do corpo era composta por seis cães ferozes. Escondida numa gruta, atacava todas as embarcações que passavam por perto. Ulisses defrontou-se com ela em seu regresso de Troia.

Circe: filha do Sol e de Hécate, divindade noturna. Feiticeira, transformou em porcos os companheiros de Ulisses, quando este passou por sua ilha.

Cirene: mãe de Aristeu, o apicultor. Foi raptada por Apolo, que se apaixonou por ela ao vê-la enfrentar à unha um leão que atacava os rebanhos de seu pai, Hipseu, rei dos lápitas.

Clia: filha do rei Deioneu. Íxion jogou-a, juntamente com o pai, num fosso cheio de carvões ardentes.

Climene: filha do Oceano e de Tétis, era mãe de Faetonte, o jovem que guiou o carro do Sol até ser derrubado por Júpiter.

Creonte (1): rei de Corinto, ofereceu a mão de sua filha a Jasão, quando este foi expulso da Cólquida junto com Medeia. Morreu no incêndio que Medeia fez atear no seu palácio.

Creonte (2): irmão de Jocasta, rainha tebana. Tornou-se monarca da cidade após a desgraça de Édipo e a morte dos filhos deste, Etéocles e Polinice. Remeteu a sobrinha Antígona à morte, por ela ter dado sepultura ao irmão Polinice.

Creusa: esposa de Eneias, foi morta pelos gregos durante a fuga de Troia.

Creúsa: filha do rei Erecteu, foi violada por Apolo. Desta união nasceu Íon.

Ctésila: filha de Alcidamo, fugiu para casar-se com Hermócares, sem o consentimento do pai. Depois de ter um filho com ele, morreu e virou uma pomba.

Cupido: o Eros, dos gregos, é o deus do amor. Filho de Vênus, anda sempre com seu arco, pronto a disparar sobre os corações de homens e deuses. Teve um romance muito famoso com Psiquê, a personificação da alma.

Dafne: ninfa, filha do rio Peneu e companheira de Diana. Perseguida por Apolo, pediu à deusa que a transformassem em um loureiro.

Dáfnis: filho de Mercúrio, era um pastor que se apaixonou pela ninfa Lice. Traiu-a e por ela foi cegado. Morreu ao despencar de uma montanha.

Danae: filha de Acrísio, rei de Argos, e de Eurídice. Foi encerrada numa torre, por seu pai, pois um oráculo previu que seu filho tiraria um dia a coroa e a vida de Acrísio.

Danaides: denominação genérica das cinquenta filhas do rei Danao. À exceção de uma (Hipermnestra), assassinaram os respectivos esposos na noite de núpcias.

Danao: filho de Belo, rei do Egito, mais tarde de Argos. Pai das cinquenta Danaides, que mataram seus esposos na noite de núpcias.

Dédalo: escultor ateniense, construtor do labirinto de Creta, onde foi encerrado com seu filho Ícaro, por haver se desentendido com o rei.

Deidâmia: filha do rei de Ciros, apaixonou-se por Aquiles quando este lá esteve disfarçado de mulher. Deu-lhe um filho chamado Neoptolemo.

Deífobo: filho de Príamo, rei de Troia, casou-se com Helena após a morte de Páris. Foi morto após a tomada de Troia.

Deioneu: pai de Clia, morreu junto com ela em uma armadilha patrocinada por Íxion.

Dejanira: filha do rei de Calidon, casou-se com Hércules. Enganada por Nesso, um centauro inimigo do herói, enviou ao marido uma túnica envenenada, o que lhe provocou a morte. Desesperada, Dejanira suicidou-se.

Deucalião: filho de Prometeu e Pandora. O único sobrevivente, junto com sua esposa Pirra, de um dilúvio mandado por Júpiter.

Diana: Ártemis, em grego, é filha de Júpiter e Latona e irmã de Apolo. É considerada a deusa da caça. Era muito ciosa de sua virgindade. Na mais famosa de suas aventuras, transformou em um cervo o caçador Acteão, que a viu nua durante o banho.

Dice: junto com Eunomia e Irene, compunha as Horas, divindades que representavam as Estações.

Dido: filha de Belo, rei de Tiro. Apaixonou-se por Eneias, quando já era rainha de Cartago. Este a rejeitou e ela suicidou-se no alto de uma pira.

Diomedes: herói da Etólia e companheiro constante de Ulisses em Troia. Feriu Vênus durante uma refrega. Por isso, a deusa inspirou a infidelidade em sua mulher Egialeia. Foi morto pelo rei Dauno, da Itália, após um desentendimento.

Dióscuros: denominação grega dada aos gêmeos Castor e Pólux que significa "filhos de Zeus".

Discórdia: Éris, em grego. Irmã de Marte, é a divindade das guerras e dos desentendimentos. Seus cabelos são feitos de serpentes e presos por uma tiara ensanguentada. Originou a Guerra de Troia, ao lançar o Pomo da Discórdia entre as deusas Juno, Vênus e Minerva.

Dóris: filha do Oceano, era mãe de Anfitrite e das demais Nereidas. Opôs-se, a princípio, ao casamento de sua filha com

Netuno, o deus dos mares, mas acabou concordando. Era casada com Nereu, outra divindade marinha.

Dríades: eram as ninfas das árvores e das florestas.

Eco: ninfa do séquito de Diana, deusa da caça. Favorecia as infidelidades de Júpiter, distraindo Juno com longas conversas. Foi punida por Juno e desde então só pôde falar repetindo as últimas palavras do que escutava. Apaixonou-se por Narciso, mas este só tinha olhos para si mesmo.

Édipo: filho de Laio e Jocasta, o mais trágico de todos os personagens da mitologia. Sem saber, matou o pai numa discussão de beira de estrada. Decifrou o célebre enigma da Esfinge, tornou-se rei de Tebas e, inocentemente, casou-se com a própria mãe, com quem teve dois filhos, Etéocles e Polinice, e duas filhas, Antígona e Ismênia. Ao saber de tudo, arrancou os próprios olhos e se exilou de Tebas. Jocasta suicidou-se.

Eetes: rei da Cólquida, país onde estava escondido o Velocino de Ouro. Pai de Medeia, feiticeira que ajudou Jasão e os Argonautas a se apossarem da famosa relíquia.

Efialtes: filho de Netuno e Ifimedia. Gigante feroz, a exemplo de seu irmão Oto. Ambos tentaram escalar o Olimpo, mas acabaram vítimas de um ardil engendrado por Diana, deusa da caça.

Egina: filha do rio Asopo, foi sequestrada por Júpiter. Levada para uma ilha que recebeu o seu nome, deu à luz a Éaco, considerado o mais piedoso dos gregos.

Egisto: produto de um incesto, Egisto era filho de Tiestes e da própria filha deste, Pélops. Era amante de Clitemnestra, esposa de Agamenon, e com ela tramou a morte do comandante grego. Foi morto por Orestes, filho de Agamenon e Clitemnestra.

Egito: filho de Netuno e de Líbia, teve cinquenta filhos que se uniram às cinquenta Danaides, filhas de seu irmão Danao.

Electra: a filha de Agamenon e Clitemnestra que salvou o seu irmão, Orestes, e o instigou a vingar a morte do pai, assassinado por Clitemnestra e seu amante Egisto.

Eneias: herói troiano, filho de Anquises e de Vênus. Quando Troia foi derrotada, fugiu da cidade em chamas levando o pai nas costas e seu filho Iulo (ou Ascânio) pela mão. Teve um romance infeliz com a rainha Dido, de Cartago, e envolveu-se numa sangrenta guerra para se estabelecer na Itália. Morreu afogado durante uma batalha no rio Numício. Ancestral de Rômulo, o fundador de Roma.

Enone: uma das ninfas do monte Ida e esposa de Páris. Foi trocada por Helena e recusou-se a tratar do antigo marido quando este foi ferido pelas flechas envenenadas de Filoctetes.

Éolo: deus dos ventos, filho de Netuno. Ulisses visitou-o e recebeu dele um saco cheio de ventos; como seus homens o abriram inadvertidamente no meio da jornada, retrocederam de volta à ilha. Éolo, irritado, expulsou-os de lá.

Epafo: filho de Io e de Júpiter. Instigou o jovem Faetonte a guiar o carro do Sol a fim de provar que era mesmo filho desta divindade.

Epeus: o construtor do Cavalo de Troia. Estava entre os guerreiros que se esconderam dentro do engenho e somente ele sabia abrir a porta de saída.

Epicasta: outra denominação para a mãe de Édipo, Jocasta.

Epimeteu: irmão de Prometeu e pai de Pirra. Aceitou como presentes de Júpiter a figura de Pandora e a caixa que escondia todos os males.

Erecteu: rei ateniense e pai de Creúsa, que fora violada por Apolo.

Eresictão: filho de Triopas, destruiu um bosque consagrado à deusa Ceres, que em castigo lhe enviou uma fome insaciável.

Erifila: irmã de Adrastos, rei de Argos, era casada com Anfiarus, um famoso adivinho da corte. Um colar que pertencera a Harmonia e que lhe foi ofertado por Polinice, pretendente ao trono de Tebas, a fez convencer Adrastos a se lançar à guerra contra Tebas, mesmo sabendo que Anfiarus nela morreria.

Eson: irmão de Pélias e pai de Jasão. Quando velho, foi rejuvenescido pela feiticeira Medeia, amante do seu filho. Outra versão diz que foi obrigado a matar-se por ordem de seu irmão, que lhe usurpara o trono.

Escamandro: rio que passava perto de Troia, também chamado de Xanto. Sua nascente teria sido escavada pelas mãos de Hércules. Durante a Guerra de Troia, rebelou-se contra Aquiles, farto de receber em seu leito tantos cadáveres das mãos do herói grego. O rio lançou sobre Aquiles as suas águas revoltas, sendo este salvo por intervenção de Vulcano, que arremessou sobre o leito do rio o fogo de suas forjas.

Escopas: rei da Tessália. Pediu ao poeta Simônides que lhe fizesse um poema laudatório; como este não lhe agradou, pagou-lhe somente a metade do preço ajustado. Morreu no desabamento de uma sala do palácio.

Esculápio: em grego, Asclépio. Filho de Apolo e da ninfa Corônis, era o deus da medicina. Ressuscitava mortos, o que fez com que Júpiter o fulminasse com um raio.

Esfinge: criatura com cabeça de mulher, asas de águia e corpo de leão que desgraçava Tebas, devorando todos que não resolviam os seus enigmas. Foi derrotada por

Édipo e suicidou-se atirando-se de um precipício.

ESTENO: uma das Górgonas.

ESTIGE: ninfa, filha de Tétis e do Oceano. Ajudou Júpiter na luta contra os Titãs e foi recompensada com uma fonte de águas mágicas que desaguavam nos infernos. Quando um juramento era feito em nome do Estige, nem mesmo os deuses podiam quebrá-lo. Tétis tornou seu filho Aquiles invencível mergulhando-o em suas águas.

ESTRÓFIO: filho de Crisos, rei de Crisa. Em sua casa foi criado Orestes, seu sobrinho, que fugira da casa materna por temer por sua própria vida.

EUMEU: guardador de porcos e servo fiel de Ulisses. Ajudou este último a liquidar com os pretendentes que assediavam a sua esposa Penélope.

EUNÁPIO: rei de Quios, que não quis dar a sua filha em casamento a Órion.

EUNOMIA: uma das três Horas, divindades das Estações.

EURÍALO: amigo de Niso. Ambos tentaram furar o bloqueio das tropas de Turno, inimigo de Eneias, para levar a este um recado. Foram mortos por uma patrulha inimiga.

EURÍDICE: uma dríade, ninfa das florestas. Casou-se com Orfeu, mas, picada por uma cobra, baixou aos infernos. Orfeu tentou resgatá-la, mas não foi feliz.

EURÍLOCO: o único dos companheiros de Ulisses a escapar de ser metamorfoseado em porco pela feiticeira Circe. Após nova transformação, aconselhou os demais a comerem os bois do Sol, o que acarretou um naufrágio, do qual somente escapou Ulisses.

EURÍMACO: um dos pretendentes de Penélope, que Ulisses abateu com um tiro de flecha.

EURISTEU: primo de Hércules, encarregou-o de realizar os famosos Doze Trabalhos. Tinha tanto medo de Hércules que se enfiou dentro de um jarro de bronze quando este veio lhe intimar.

EURITIÃO: um dos argonautas que participaram, ao lado de Jasão, da caça ao Velocino de Ouro.

EUROPA: filha de Agenor, rei de Sídon, foi raptada por Júpiter, que se metamorfoseou em um touro branco para levar a cabo seu plano. Era irmã de Cadmo, que a procurou inutilmente.

ETÉOCLES: filho mais novo de Édipo, envolveu-se numa disputa com o irmão Polinice pelo trono de Tebas. Os dois mataram-se reciprocamente em um duelo às portas de Tebas.

EURÍALA: uma das Górgonas.

EURÍNOME: filha do Oceano e de Tétis, era uma Titânida. Junto com a mãe acolheu Vulcano quando este, recém-nascido, foi arremessado ao mar por sua mãe, Juno.

FAETONTE: filho do Sol e de Climene, foi arrojado dos céus por

Júpiter quando tentava conduzir desastradamente o carro do pai.

Fama: deusa alegórica, venerada em especial pelos atenienses. Traz uma trombeta na mão e diz-se que tem cem bocas e cem ouvidos.

Faunos: divindades campestres dos romanos, descendentes de Fauno, terceiro rei da Itália. Embora tivessem uma existência longuíssima, não eram imortais. Assemelham-se aos silvanos romanos e aos sátiros gregos.

Febe: irmã de Hilária, junto a quem foi alvo da tentativa de rapto por parte dos Dióscuros.

Febo: apelido de Apolo, que não raro é confundido com o Sol (Hélios).

Fedra: esposa de Teseu, filha de Minos e Pasífae. Apaixonou-se por Hipólito, filho que Teseu tivera da amazona Hipólita. Repudiada, matou-se, não sem antes armar uma intriga na qual aparecia como vítima. Hipólito morreu num acidente provocado por Netuno, a pedido de Teseu, que acreditara no logro.

Filécio: servo de Ulisses que, como Eumeu, ajudou-o a eliminar os pretendentes que se assenhorearam de seu palácio.

Filemon: velho camponês marido de Baucis, recebeu junto com esta a visita de Júpiter em sua própria casa. Por tê-lo recebido bem, foram ambos poupados de um terrível dilúvio.

Filoctetes: amigo de Hércules. Recebeu do grande herói seu arco e suas flechas como presente, momentos antes que o corpo de Hércules ardesse na pira fúnebre. Como quebrou o juramento de jamais revelar a ninguém onde ficava o túmulo do herói, foi punido com uma horrível ferida no pé.

Fílon: um dos caçadores de Acteão, que o acompanhava quando este foi transformado por Diana em um alce.

Fineu: adivinho que trocou os olhos pela longevidade. O Sol, indignado por este desprezo à sua luz, mandou que as Harpias o castigassem, emporcalhando toda comida que ele tocasse.

Flora: ninfa das Ilhas Afortunadas. Esposa de Zéfiro e deusa das flores.

Forbas: amigo de Palinuro, o piloto de Eneias que caiu ao mar, derrubado pelo Sono. O deus assumiu a forma de Forbas para induzi-lo ao descumprimento do dever.

Fórcis: divindade marinha, filha do Mar e da Terra. Casou-se com sua irmã Ceto, que deu à luz as Górgonas e o dragão que guardava as maçãs das Hespérides.

Frixo: filho de Atamas, rei da Beócia. Fugiu da casa de seu pai por este haver decretado, com base em um falso oráculo, que tanto ele quanto a sua irmã Hele deveriam ser sacrificados. Foram transportados pelos ares por um carneiro de lã dourada. Sua irmã, contudo, caiu e morreu afogada no mar que passou a receber o seu nome: Helesponto ("Mar de Hele").

FÚRIAS: Erínias ou Eumênides dos gregos, eram a personificação do remorso e da ira vingativa. Eram três: Aleto, Tisífone e Megera. Foram elas que atormentaram Orestes, após este ter assassinado a sua mãe, Clitemnestra.

GALATEIA (1): ninfa que foi amada por Ácis. Polifemo, entretanto, esmagou-o numa crise de ciúmes ao lançar sobre ele um gigantesco penedo.

GALATEIA (2): estátua de marfim esculpida por Pigmalião, que ganhou vida depois que o seu autor implorou a Vênus que a transformasse em gente.

GANIMEDES: filho do rei Trós, era um jovem de admirável beleza. Foi raptado por Júpiter para servir de escanção aos deuses do Olimpo.

GERIÃO: gigante de três corpos que apascentava em sua ilha o seu rebanho. Hércules recebeu como um de seus Doze Trabalhos a missão de roubar o gado de Gerião, o que fez após matar o gigante com sua clava.

GIGANTES: forma latina de Titãs, filhos da Terra e do Céu. Combateram contra Júpiter e os demais deuses olímpicos na chamada "Gigantomaquia", ou "Titanomaquia", a Guerra dos Gigantes. O corpo destes seres terminava em uma longa cauda de serpente. Alguns autores, entretanto, consideram os gigantes não tanto como filhos da Terra e do Céu, mas como monstros, tal como os Ciclopes, as Erínias, os Hecatônquiros (gigantes de cem braços).

GLAUCO (1): filho de Hipoloco, combateu contra os gregos na Guerra de Troia, ao lado do primo Sarpédon. Foi morto por Ájax, filho de Telamon.

GLAUCO (2): pescador da Beócia que ao comer de uma erva mágica transmutou-se em um deus marinho. Tinha o dom da profecia e teve um infeliz romance com a ninfa Cila, que a feiticeira Circe transformou em um monstro.

GÓRGONAS: Esteno, Euríale e Medusa eram filhas de duas divindades marinhas obscuras. Das três, Medusa é de longe a mais famosa. Foi morta por Perseu, que lhe cortou fora a cabeça. Seu olhar tinha o poder de converter as pessoas em pedra.

GRAÇAS: Cárites, em grego, eram filhas de Júpiter e Eurínome e inspiravam as coisas boas da vida. Eram três: Aglae, Eufrosina e Tália. A primeira trazia o brilho, a segunda, a alegria da alma, e a terceira, o verdor da juventude.

GRIFO: animal fabuloso representado com corpo de leão, cabeça e asas de águia, orelhas de cavalo. Sua missão era a de guardar os tesouros da Terra.

HADES: o Plutão dos gregos. Por esta denominação também se entendem, em sentido amplo, as regiões infernais, ou o mundo dos mortos.

Harmonia: filha de Marte e Vênus, casou-se com Cadmo, fundador de Tebas. Foi metamorfoseada em serpente no fim da vida.

Harpias: mulheres aladas e monstruosas que envenenavam toda comida que tocavam. Tinham cara de velhas e corpo de abutre. Eram mães dos dois cavalos imortais de Aquiles.

Harpócrates: deus do silêncio entre os gregos e romanos, filho de Ísis e de Osíris. É o Horus dos egípcios.

Hebe: filha de Júpiter e Juno, personificava a juventude. Era ela quem servia o néctar no céu, até o dia em que resvalou, provocando o riso de todo o Olimpo. Foi substituída por Ganimedes, que Júpiter mandou a sua águia raptar. Casou-se no céu com Hércules.

Hécate: deusa noturna e infernal, tomava a forma de animais noturnos e surgia em encruzilhadas. Filha de Astéria e Perseu e frequentemente associada à Diana.

Hecatônquiros: filhos do Céu e da Terra, eram gigantes monstruosos de cem braços e cinquenta cabeças, que Saturno encerrara no Tártaro por ter medo deles. Júpiter os libertou e por isso ajudaram-no na sua luta contra Saturno e os demais Titãs.

Hécuba: esposa de Príamo, rei de Troia. Mãe de Heitor, Páris e Cassandra, entre outros. Atribuem-lhe a maternidade de até cinquenta filhos. Foi levada como escrava por Ulisses após a queda de Troia. Morreu apedrejada durante o regresso por ter arrancado os olhos de um de seus captores. Teria virado uma cadela de olhos de fogo.

Heitor: filho de Príamo, rei de Troia, e de Hécuba. O maior dos troianos, morto por Aquiles diante das muralhas da cidade de Troia. Seu corpo foi arrastado por Aquiles até o próprio rei Príamo implorar-lhe pessoalmente que o devolvesse, para que se pudesse proceder aos funerais.

Hele: filha de Atamas, rei da Beócia. Perseguida pela ira da madrasta Néfele, acabou morrendo afogada no Helesponto.

Helena: filha de Leda e de Júpiter. Casada com Menelau, fugiu com Páris para Troia, o que provocou a Guerra de Troia. Posteriormente foi perdoada pelo marido e levada de volta para Argos. A tradição mais aceita diz que morreu enforcada na ilha de Rodes.

Hércules: o maior dos heróis e semideuses gregos, filho de Júpiter e Alcmena. A seu respeito há uma infinidade de lendas, a mais famosa das quais é o ciclo de aventuras que recebeu o nome de Doze Trabalhos. Morreu envenenado por uma túnica que sua mulher Dejanira lhe mandou inadvertidamente. Casou-se no céu com Hebe, a deusa da juventude.

Hermafrodita: também conhecido como Hermafrodito, era filho de Mercúrio e Vênus. Apaixonado pela ninfa Salmácis, acabou fundindo-se com ela num único ser.

Hermíone: filha de Helena e Menelau. Casou-se com Neoptolemo, filho de Aquiles, e mais tarde com Orestes.

Hermócares: apaixonou-se por Ctésila, filha de Alcidamo. Fugiu para casar-se com ela, tendo um filho desta união.

Hero: sacerdotisa de Vênus, morava às margens do Helesponto. Teve um romance com Leandro que terminou com a morte de ambos.

Hespérides: filhas de Júpiter e Têmis, viviam próximas à ilha dos Bem-Aventurados. Estavam encarregadas de vigiar as maçãs douradas que Hércules foi encarregado de raptar. Ajudaram a criar Juno, esposa de Júpiter.

Hidra: monstro de nove cabeças que vivia no lago de Lerna. Hércules matou-a cortando todas as suas cabeças e embebendo suas flechas no veneno que lhe escapava das feridas.

Hilária: irmã de Febe, foram ambas vítimas de uma tentativa de rapto por parte dos irmãos Castor e Pólux.

Hilas: jovem de grande beleza que Hércules raptou após ter assassinado o rei dos dríopes, levando-o consigo na expedição dos Argonautas. Perdeu-o, entretanto, quando as ninfas de um lago o raptaram. O másculo herói ficou tão triste com a perda que abandonou a expedição.

Hipermnestra: mulher de Linceu. A única das Danaides que se recusou a matar o marido na noite de núpcias.

Hipólita: rainha das amazonas morta por Hércules após ele ter conquistado o seu cinturão, neste que foi um de seus Doze Trabalhos.

Hipólito: filho de Teseu e da amazona Hipólita. Foi alvo da paixão de Fedra, sua madrasta, que acabou por provocar a morte de ambos.

Hipomene: filho de Megareu, venceu Atalanta numa corrida pedestre, ganhando a sua mão em recompensa. Cibele transformou ambos em leões, atrelando-os ao seu carro.

Horas: divindades que representam as Estações. São três: Eunomia, Dique e Irene.

Ícaro: filho de Dédalo, foi encerrado junto com seu pai no labirinto de Creta, por ordem do rei Minos. Após construírem asas coladas com cera, escaparam da prisão. Mas Ícaro, voando perto demais do sol, acabou caindo e morrendo no mar.

Idoteia: segunda mulher do rei cego Fineu e irmã de Cadmo.

Ificles: filho de Alcmena e Anfitrião, era irmão gêmeo de Hércules, que, no entanto, era filho de Júpiter.

Ifigênia: filha de Agamenon e Clitemnestra, foi sacrificada, segundo determinação de um oráculo, para que as tropas gregas de Agamenon pudessem partir para Troia. Clitemnestra não perdoou a atitude do marido e passou a tramar, desde então, a sua morte.

Ifimedia: mãe dos irmãos aloídas. Seduziu Netuno, indo todos os dias à praia, até que este lhe deu os filhos Oto e Efialtes.

Ilícia: deusa que preside aos partos. Filha de Júpiter e Juno.

Iobates: rei da Lícia, que usou do subterfúgio de mandar seu hóspede Belerofonte matar a Quimera para alcançar desta forma a sua morte, a pedido do rei Preto.

Io: jovem sacerdotisa que o ciúme de Juno metamorfoseou em vaca para subtraí-la aos desejos de seu marido Júpiter.

Íon: filho de Creúsa e Apolo.

Irene: uma das três Horas, conhecidas como "as porteiras do céu".

Íris: irmã das Harpias, não tinha, no entanto, nada da feiúra daquelas. Representa o arco-íris e era a mensageira de Juno, assim como Mercúrio o era de Júpiter.

Ismênia: irmã de Antígona, filha incestuosa de Édipo e Jocasta. Tentou defender a irmã da ira de Creonte, sem sucesso.

Iulo: também conhecido como Ascânio, era filho de Eneias e Creusa. Fundou a cidade de Alba-Longa, da qual se originou Roma.

Íxion: rei da Tessália, desposou Clia. Porém, mais tarde, matou ela e o seu pai Deioneu. É pai dos centauros, nascidos dele e de uma nuvem. Por ter tentado violar Juno, esposa de Júpiter, foi parar no inferno, onde gira numa roda de fogo por toda a eternidade.

Japeto: um dos Titãs, filho do Céu e da Terra. Pai de Atlas e de Prometeu.

Jarbas: rei da Getúlia. Havia pedido em vão a mão de Dido, rainha de Cartago, em casamento. Encolerizou-se por ela ceder, depois, aos amores de Eneias.

Jasão: célebre herói grego que liderou a busca dos Argonautas pelo Velocino de Ouro. Casou-se com Medeia, mas se separou dela posteriormente, com funestas consequências.

Juno: a Hera dos gregos. Era filha de Saturno e da Terra. Casou-se com Júpiter, seu próprio irmão. Celebrizou-se pelo ciúme que tinha do marido infiel, perturbando com isto a vida de deusas e mortais.

Júpiter: o pai dos deuses, filho de Saturno e da Terra. É o mais importante e poderoso dos deuses olímpicos. Tomou o poder do pai ao obrigá-lo a ingerir uma poção mágica que o fez regurgitar os seus próprios filhos que ele havia engolido. Marido de Juno, com quem teve vários filhos, dentre os quais Mercúrio era o mais fiel e dedicado.

LAERTES: pai de Ulisses, casado com Anticleia.

LAIO: pai de Édipo, foi morto por este numa discussão de estrada.

LAOCOONTE: sacerdote troiano, foi morto por serpentes, junto com seus filhos, após ter advertido o rei Príamo de que o cavalo de madeira que os gregos haviam deixado como presente era uma armadilha.

LAOMEDONTE: pai de Príamo, rei de Troia. Mandou que Apolo e Netuno construíssem as muralhas de Troia, embora se recusasse posteriormente a pagar-lhes o serviço, atraindo para o reino grandes devastações. Foi morto por Hércules também por ter se recusado a pagar-lhe por um serviço prestado.

LAQUESIS: uma das três Parcas; a que girava o fuso para fiar o destino do homem.

LATINO: rei do Lácio, recusou-se a dar a mão de sua filha Lavínia ao troiano Eneias, por esta já estar prometida a Turno, rei dos rútulos, gerando a guerra que deu a vitória, por fim, a Eneias.

LATONA: ou Leto, era a mãe de Apolo e Diana. Quando engravidou dos dois, por obra de Júpiter, teve de fugir da ira de Juno, a ciumenta esposa do deus supremo. Deu à luz na ilha Ortígia, após fugir da serpente Píton, que Apolo mataria mais tarde com suas setas.

LAVÍNIA: filha de Latino, rei do Lácio e de Amata. A disputa pela sua mão, entre o troiano Eneias e o rútulo Turno, deu ensejo à guerra que seria vencida pelo primeiro.

LEANDRO: jovem grego de Ábidos que atravessava a nado, todas as noites, o Helesponto, para ver sua amada Hero, até que um dia morreu afogado durante uma tempestade. Hero, inconsolada, suicidou-se em seguida.

LEDA: esposa de Tíndaro, teve de Júpiter, que se metamorfoseara em cisne para engravidá-la, quatro filhos nascidos de dois ovos: do primeiro surgiram Pólux e Clitemnestra, e do segundo, Castor e Helena.

LÍCABAS: chefe dos piratas que raptaram o jovem Baco. Foi transformado em um golfinho.

LICAS: companheiro de Hércules, levou até o herói a túnica que sua esposa lhe remetera, sem saber que era envenenada. Nem por isso deixou de ser punido: Hércules matou-o, jogando-o para o alto. Terminou convertido em uma montanha.

LICE: ninfa que se apaixonou pelo pastor Dáfnis, filho de Mercúrio. Numa crise de ciúmes, cegou o pastor, por este tê-la traído com a filha do rei da Sicília.

LICOMEDES: rei de Ciros, acolheu o jovem Aquiles quando este, aconselhado pela mãe, Tétis, foi lá se esconder para não ter de ir a Troia, uma vez que um oráculo predissera a sua morte caso participasse daquela guerra. Teseu também se refugiou em sua corte.

Linceu: um dos Argonautas. Ficou famoso por sua notável visão.

Lua: Selene, em grego. Frequentemente confundida com Diana. Apaixonou-se pelo pastor Endimião, visitando-o todas as noites durante o sono.

Macaonte: filho de Esculápio, esteve em Troia como médico e soldado dos gregos. Foi um dos homens a se esconderem dentro do cavalo de madeira que levou a ruína a Troia (embora também se afirme que tenha morrido antes, vítima das flechas da amazona Pentesileia).

Maia: ninfa do monte Cilene, era filha de Atlas e mãe de Mercúrio.

Marte: Ares, em grego. Filho de Júpiter e Juno. Considerado o deus da guerra, era malvisto por todos os deuses, à exceção de Vênus, que teve dele um filho, Cupido, o deus do amor. Apesar de belicoso, saía-se mal todas as vezes em que se envolvia pessoalmente em alguma disputa, tendo sido ferido até por Diomedes, um simples mortal.

Medeia: filha do rei Eetes, da Cólquida, era temível feiticeira e ajudou Jasão a conquistar o Velocino de Ouro. Mais tarde foi traída por ele, o que a fez matar em represália sua rival e seus próprios filhos. Diz-se que jamais morreu, pois mesmo a Morte tinha medo de se aproximar dela.

Medusa: uma das três Górgonas, tinha o poder de converter as pessoas em pedra somente com seu olhar. Perseu abateu-a, e do seu sangue nasceu Pégaso, o cavalo alado.

Megara: filha de Creonte, rei de Tebas, casou-se com Hércules. Foi morta, bem como seus filhos, durante um acesso de loucura que se abateu sobre Hércules.

Megera: uma das três Fúrias, personificação da vingança e do remorso.

Melântio: cabreiro justiçado por Ulisses, durante o massacre dos pretendentes, por haver tomado o partido destes quando da volta de Ulisses a Ítaca.

Meleagro: filho do rei de Calidon e de Alteia, participou da caçada ao javali de Calidon junto com Atalanta, por quem se apaixonou. Sua mãe, entretanto, o condenou à morte, por ele haver matado seu tio, irmão dela, ao final da caçada.

Mêmnon: filho de Titono e Aurora, ajudou Príamo, rei troiano, a combater os gregos. Foi morto por Aquiles em um duelo às portas de Troia.

Menelau: filho de Atreu, marido de Helena. Depois que ela fugiu com o troiano Páris, Menelau saiu em seu encalço junto com as tropas de seu irmão Agamenon. Terminada a guerra, retornou com ela para Argos. Diz-se que não morreu e que foi transportado diretamente para os Campos Elíseos pelo próprio Júpiter, seu sogro presumido.

Menesteu: rival de Teseu pela disputa do poder em Atenas. Esteve em Troia e foi um dos ocupantes do traiçoeiro cavalo de madeira que os gregos deram de presente aos troianos.

Menoceu: filho de Creonte, que foi sacrificado para que Tebas saísse vitoriosa na Guerra dos Sete contra Tebas.

Mercúrio: o Hermes dos gregos, era filho de Júpiter e de Maia. Deus dos comerciantes e dos ladrões e o mais esperto dos deuses. É também o mensageiro das divindades, a exemplo de Íris, sua contrapartida feminina.

Messapo: comandante dos rútulos, que Niso e Euríalo, soldados de Eneias, abateram enquanto dormia.

Métis: a personificação da Prudência, filha do Oceano e de Tétis. Foi a primeira esposa de Júpiter e quem forneceu a ele a beberagem que fez com que Saturno regurgitasse os filhos que havia engolido anteriormente.

Metra: filha de Eresictão. Foi vendida pelo próprio pai para poder saciar sua fome inesgotável, castigo que lhe aplicou Ceres após este haver profanado seu bosque sagrado.

Midas: célebre rei da Frígia, que obteve de Baco o dom de converter em ouro tudo quanto tocasse.

Minerva: Atena, para os gregos. Filha de Métis e Júpiter, que engoliu a mulher e a filha. Minerva nasceu da cabeça do pai, armada dos pés à cabeça. Era deusa da sabedoria e, secundariamente, da guerra.

Minos: rei de Creta, filho de Júpiter e Europa. Por ter sido um grande legislador, foi colocado nos infernos para julgar os mortos, junto com seu irmão Radamanto.

Minotauro: monstro com cabeça de touro e corpo de homem que vivia no labirinto de Creta e que Teseu abateu com o auxílio de Ariadne.

Mirmidões: eram os soldados de Aquiles durante a Guerra de Troia. Teriam nascido das formigas, daí o nome grego myrmex.

Miseno: um dos companheiros de Eneias. Morreu nas costas da Itália, lançado ao mar por Tritão, que lhe invejou a arte de assoprar a tuba guerreira.

Moiras: ver Parcas.

Momo: personificação do Sarcasmo. Entre os gregos é uma divindade feminina, filha da Noite e irmã das Hespérides. Entre os romanos, é o deus da alegria e dos festejos.

Morfeu: deus dos sonhos, filho de Hipno.

Morte: Tanatos, para os gregos, irmã do Sono e filha da Noite. Tinha o coração de ferro e as entranhas de bronze. Hércules venceu-a num duelo, para resgatar Alceste de suas garras. Diz-se que Sísifo também ludibriou-a, quando esta veio buscá-lo.

Náiades: ninfas dos córregos e das fontes.

Narciso: filho do rio Cefiso, apaixonou-se pela sua própria imagem refletida num espelho d'água. Acabou morrendo afogado ao mergulhar no rio para abraçar-se.

Néfele: mãe adotiva de Frixo e de Hebe, e esposa de Atamas, que tudo fez para matá-los, obrigando-os a fugir montados em um carneiro dourado.

Neoptolemo: filho de Aquiles e Deidâmia. Foi o assassino de Astíanax, o jovem filho de Heitor, que ele jogou do alto de uma torre após a queda de Troia. Ficou com Andrômaca, a viúva de Heitor, na condição de escrava, e dela teve três filhos. Foi morto por Orestes, a mando de Hermíone, sua esposa, que tinha ciúmes de Andrômaca.

Nereidas: filhas de Nereu e de Dóris. São ninfas marinhas. As mais famosas são Tétis, mãe de Aquiles, e Anfitrite, esposa de Netuno.

Nereu: filho do Mar e da Terra, era uma das mais antigas divindades marinhas, anterior ao próprio Netuno, sendo conhecido como "O Velho do Mar". Tinha o dom da metamorfose.

Nestor: rei de Pilos, foi um dos homens que tiveram a vida mais longa em seu tempo, pois dizia-se que vivia dos anos roubados aos seus parentes, mortos por Hércules. Participou de quase todas as grandes aventuras da Antiguidade, como a caçada ao javali de Calidon, a expedição dos Argonautas e a Guerra de Troia.

Netuno: o Poseidon (ou Posídon) dos gregos. Filho de Saturno e de Cibele, era irmão de Júpiter e Plutão e com eles dividiu o governo do mundo após o destronamento de Saturno. Coube a Netuno o governo dos mares, que ele exerce ao lado de Anfitrite, uma das nereidas, filhas de Nereu.

Nicóstrato: filho de Helena, que a expulsou de sua pátria após a morte de Menelau.

Níobe: filha de Tântalo, atraiu a ira de Diana, a deusa da caça, quando ousou comparar-se à deusa, julgando-se mais bela que ela. Diana e seu irmão Apolo mataram, a flechadas, os seus quatorze filhos –, sete homens e sete mulheres. Níobe, petrificada pela dor, converteu-se em um rochedo, do qual mana uma fonte.

Nesso: centauro que tentou violar Dejanira, a esposa de Hércules, sendo por isso morto pelas flechas envencnadas do herói. Antes de morrer, no entanto, deixou um pouco de seu sangue para que Dejanira o embebesse em uma túnica que deveria ser dada de presente a seu esposo. Dejanira, acreditando que o sangue tinha propriedades miraculosas, assim o fez, o que provocou a morte do herói e a sua própria.

NINFAS: divindades femininas que habitam a natureza.

NISO: amigo de Euríalo, tentou com ele furar o bloqueio dos rútulos e levar uma mensagem até seu comandante, Eneias. Ambos morreram sem levar a cabo a missão.

NISSO: um dos pretendentes à mão de Penélope, esposa de Ulisses, que acabou, a exemplo dos demais, abatido pelas flechas do rei de Ítaca.

NOITE: filha do Caos, irmã do Erebo, a escuridão infernal. É mãe das Moiras, ou Parcas.

OCEANO: um dos Titãs, Oceano era um rio imenso que circundava o mundo, segundo a concepção dos gregos. Era esposo de Tétis, também filha do Céu e da Terra.

ÔNFALE: rainha da Lídia, teve Hércules como escravo durante três anos (ou apenas um, conforme outros). Usou durante este tempo a pele de leão de Hércules, enquanto este trajava suas roupas femininas, fiando o linho aos seus pés.

ORFEU: filho de Calíope, uma das nove Musas, foi o maior poeta grego. Casou-se com Eurídice, quando esta morreu tentou retirá-la dos infernos, porém sem sucesso. Morreu despedaçado pelas bacantes, sacerdotisas de Baco.

ÓRION: caçador e filho de Netuno, foi morto acidentalmente por Diana e transformado posteriormente em uma constelação.

ORÍTIA: filha de Erecteu, rei de Atenas, foi raptada por Bóreas, deus do vento norte.

OTO: um dos Aloídas, era irmão de Efialtes. Ambos tentaram escalar o Olimpo e foram mortos pela audácia.

PÃ: filho de Mercúrio e da ninfa Dríope, era o deus dos bosques, sendo representado com pés de bode e o corpo peludo, com dois chifres na cabeça.

PALAMEDES: companheiro de Agamenon e dos gregos na guerra contra Troia, foi acusado injustamente, por uma tramoia de Ulisses, de ser espião dos troianos, o que lhe valeu a morte por apedrejamento.

PALINURO: piloto de Eneias, morreu antes de desembarcar na Itália, ao cair do leme, durante a noite. Eneias o reencontrou nos infernos.

PANDORA: a primeira mulher, segundo a mitologia. Foi modelada por Vulcano e animada por Minerva. Recebeu de Júpiter uma caixa contendo todos os males. Como fosse muito curiosa, logo a abriu e escaparam-se todos, levando ao mundo a desgraça e o sofrimento.

Parcas: as Moiras dos gregos. Eram três deusas que personificavam o destino humano: Átropos, Cloto e Laquesis. A primeira carde o fio da vida de uma pessoa, a segunda o enrola e a última o corta, significando com isto que sua vida chegou ao fim.

Páris: filho de Príamo, rei de Troia, e de Hécuba. Raptou Helena aos gregos, o que deu origem à Guerra de Troia. Matou Aquiles com um flechada no calcanhar e morreu atingido por uma flecha envenenada de Filoctetes.

Pátroclo: companheiro de Aquiles, combateu no lugar deste, envergando a sua armadura, o que lhe valeu a morte pelas mãos de Heitor.

Pégaso: cavalo alado nascido do sangue de Medusa, após esta ter sido decapitada por Perseu. Belerofonte montou-o quando de sua caçada a Quimera.

Peleu: rei de Ftia e pai de Aquiles, o maior dos gregos. Casou-se com a ninfa Tétis. Durante a Guerra de Troia foi destronado, indo morrer em Cós.

Pélias: filho da ninfa Tiro e de Netuno, era meio-irmão de Aéson, pai de Jasão. Apossou-se do trono em Iolco, expulsando Jasão do reino, o que deu origem à célebre aventura dos Argonautas. Foi assassinado por suas próprias filhas, por instigação da feiticeira Medeia.

Pélope: ou Pélops, cra neto de Júpiter e filho de Tântalo, rei da Lídia. Quando menino foi feito em pedaços pelo pai e oferecido como alimento aos deuses. Após ser ressuscitado por Júpiter, casou-se com Hipodâmia e com ela teve vários filhos, dos quais os mais famosos são Atreu e Tiestes, que, a exemplo de seus descendentes, cometeram as piores vilanias.

Penélope: esposa de Ulisses, foi requestada por diversos pretendentes durante a ausência do marido, que lutava em Troia. Celebrizou-se pelo expediente do manto, que costurava de dia e descosturava à noite para protelar a escolha do novo marido.

Pentesileia: rainha das Amazonas, filha de Marte. Tentou ajudar Príamo, rei de Troia, a repelir os gregos, porém sem sucesso, e foi morta pelas mãos de Aquiles.

Periandro: rei de Corinto, tentou evitar que Árion, músico favorito da corte, partisse em uma viagem desastrada para a Sicília.

Perseu: herói grego nascido de uma chuva de ouro que Júpiter fez cair sobre Danae, aprisionada pelo próprio pai em uma torre. Enfrentou as Górgonas, tendo cortado a cabeça da temível Medusa. Matou inadvertidamente o avô Acrísio durante uma disputa de arremesso de disco, tal como estava predito num antigo oráculo.

Pigmalião (1): rei de Tiro e irmão de Dido, matou o cunhado Siqueu para se apoderar do trono.

Foi estrangulado por sua mulher, Astebe.

PIGMALIÃO (2): escultor da ilha de Chipre que se apaixonou pela sua própria escultura, batizada de Galateia.

PÍLADES: fiel companheiro de Orestes, ajudou-o a vingar-se de sua mãe, Clitemnestra, e do amante, Egisto, que haviam matado Agamenon, pai do amigo. Casou-se mais tarde com Electra, irmã de Orestes.

PÍRAMO: jovem assírio que teve uma paixão proibida por Tisbe, podendo se comunicar com ela somente por meio de uma parede. Acabou se matando ao encontrar a amada morta.

PIRRA: filha de Epimeteu e Pandora, foi mulher de Deucalião. Ambos escaparam de um naufrágio após construírem um barco, aconselhados por Júpiter.

PIRRA: "ruiva", em grego, era o nome que Aquiles assumiu quando esteve disfarçado de mulher na corte do rei Licomedes.

PÍTIA: o mesmo que Pitonisa. Era a sacerdotisa do oráculo de Apolo, em Delfos.

PÍTON: serpente monstruosa que perseguiu Latona, quando esta esteve grávida de Apolo e Diana. Apolo matou-a com suas flechas.

PLÊIADES: eram filhas de Atlas. Cansadas de serem perseguidas pelo caçador Órion, pediram a Júpiter que as transformasse em uma constelação.

PLUTÃO: deus dos infernos e dos mortos, é irmão de Júpiter e filho de Saturno. Casou-se com Prosérpina, filha de Ceres, após um rapto bem-sucedido.

POLIDECTO: rei da ilha de Sérifo, o qual acolheu Danae e seu filho Perseu, que tinham sido colocados em um baú em alto-mar por Acrísio, pai de Danae. Apaixonou-se pela mãe de Perseu e tentou se desvencilhar deste mandando-o enfrentar as temíveis Górgonas. Foi transformado em uma estátua de pedra após tentar se apoderar à força de Danae.

POLIFEMO: Ciclope, filho de Netuno, vivia isolado em sua caverna, até que Ulisses chegou à ilha onde habitava. Teve o único olho perfurado após ter comido vários companheiros do herói de Ítaca.

POLINICE: filho primogênito de Édipo, foi expulso de Tebas pelo irmão Etéocles, o que deu origem à guerra civil que culminou com a morte de ambos.

POLITES: um dos tantos filhos de Príamo, rei de Troia. Foi morto por Neoptolemo às vistas do próprio pai, durante a tomada de Troia.

POLIXO: mulher de Tlepólemo, vingou a morte do marido, que morrera às portas de Troia, mandando matar Helena.

PÓLUX: um dos Dióscuros, era filho de Leda e irmão de Castor. Recusou a imortalidade enquanto o irmão permanecesse nos infernos.

Pomona: ninfa de admirável beleza, deusa dos frutos e dos jardins, tornou-se mulher de Vertuno, outra divindade dos pomares.

Príamo: filho de Laomedonte, foi o último dos reis de Troia, tendo sido morto por Neoptolemo, filho de Aquiles, também conhecido como Pirro, após a tomada da cidade pelos gregos. Era casado com Hécuba, com quem teve inúmeros filhos, dos quais os mais famosos eram Heitor, Páris e Cassandra.

Prócris: filha de Erecteu, rei de Atenas, casou-se com Céfalo. Seus ciúmes levaram-no à morte.

Procusto: bandido de estrada que torturava os passantes lançando-os em dois leitos, conforme o tamanho da vítima. Se era pequena, lançava-a sobre o leito grande e lhe espichava os membros até a morte; caso fosse grande, lançava-a sobre o leito pequeno e lhe cortava o excesso dos membros. Foi morto por Teseu.

Preto: rei de Argos, deu asilo a Belerofonte após este haver matado um dos mais ilustres cidadãos de Corinto.

Prometeu: filho do Titã Japeto e da oceânide Climene. É considerado o criador da raça humana, a quem modelou do barro. Roubou o fogo dos deuses, razão pela qual foi punido, sendo encadeado ao monte Cáucaso, onde uma águia lhe bicava eternamente o fígado. Hércules libertou-o mais tarde do suplício, com a concordância de Júpiter.

Prosérpina: Perséfone dos gregos. Era filha de Ceres e Júpiter. Foi raptada por Plutão, tornando-se rainha dos infernos.

Proteu: divindade marinha, filha do Oceano e de Tétis, tinha o dom da metamorfose.

Psiquê: jovem de grande beleza, foi amada por Cupido. Personificava a alma.

Quelone: ninfa que Juno metamorfoseou em tartaruga, por não ter comparecido ao seu casamento com Júpiter.

Queres: divindades cruéis do cortejo de Marte, eram enviadas às batalhas para recolher a alma dos mortos às moradas sombrias. Eram chamadas de "as cadelas de Plutão".

Quimera: monstro fabuloso, mistura de cabra e leão, que Belerofonte enfrentou e matou montado em seu cavalo alado Pégaso.

Quíron: o mais sábio dos centauros, foi preceptor de diversos personagens importantes da mitologia, como Aquiles, Esculápio, Jasão e até do próprio Apolo.

Salmácis: ninfa que se apaixonou por Hermafrodito. Amavam-se tanto que se uniram em um só corpo.

Sarpédon: filho de Júpiter, combateu ao lado dos troianos na Guerra de Troia. Foi morto por Pátroclo.

Sátiros: divindades dos bosques e dos montes, companheiros do séquito de Baco. Eram criaturas rudes e libidinosas, que viviam a perseguir as ninfas pelas florestas.

Saturno: Cronos, para os gregos. Era um dos Titãs, filho do Céu e da Terra. Com uma foice mutilou o pai, tomando o poder entre os deuses. Foi destronado, por sua vez, por seu filho Júpiter.

Selene: divindade grega que personifica a Lua, frequentemente confundida com Diana.

Sêmele: filha de Cadmo e Harmonia. Quando grávida de Baco, Júpiter apareceu para ela em todo o seu esplendor de deus, matando-a queimada. Antes, porém, que ela morresse, Júpiter lhe retirou o filho do ventre e colocou-o em sua coxa, onde foi gerado até seu nascimento. Baco, mais tarde, desceu aos infernos e retirou sua mãe de lá, levando-a para morar no Olimpo, na condição de deusa.

Sereias: seres fantásticos, metade mulheres, metade pássaros, atacavam as embarcações que passavam entre a ilha de Capri e as costas da Itália, levando os marinheiros à morte com seu belo canto. Despeitadas por terem sido ignoradas por Ulisses, lançaram-se ao mar, transformando-se em rochedos.

Sibila: profetisa que proferia oráculos. Eneias foi conduzido pela Sibila quando errava nas regiões infernais, em busca da sombra de seu pai, Anquises.

Silêncio: em grego, Muda, deusa do Silêncio. O mesmo que Lara ou Tácita, era uma náiade de Almon, regato que deságua no Tibre.

Sileno: filho de Pã, era um sátiro e pai de criação de Baco. Andava sempre embriagado e montado em seu burrico, do qual caía frequentemente.

Simônides: célebre poeta grego. Encarregado de fazer o elogio de Escopas, rei da Tessália, acabou se desentendendo com ele na hora de receber o pagamento. Escapou na última hora de morrer esmagado junto com o rei, após o desabamento do salão onde a corte se reunira para escutar o poema.

Sínis: temível bandoleiro, filho de Netuno, que foi morto por Teseu. Amarrava as extremidades de suas vítimas às copas vergadas de dois pinheiros e depois as largava, despedaçando, com isto, a vítima.

Sínon: espião grego que convenceu os troianos a admitirem a entrada do cavalo fatídico no interior das muralhas de Troia.

Sísifo: filho de Éolo, era considerado o mais astucioso dos mortais. Recebeu no inferno o castigo de ter de empurrar montanha acima uma rocha imensa, que sempre despenca para baixo tão logo alcança o cume. Passa por ser o pai verdadeiro de Ulisses, em vez de Laertes.

Siqueu: rei de Tiro e marido de Dido, foi morto por seu cunhado Pigmalião, o que obrigou Dido a se exilar, com medo de ser morta, também, pelo inescrupuloso irmão.

Siringe: era uma hamadríade (ninfa das árvores) da Arcádia. Perseguida por Pã, um sátiro das florestas, pediu aos deuses que a transformassem em um caniço. Pã, entristecido, tomou o caniço e fez dele uma flauta, dando origem, assim, à chamada "flauta de Pã".

Sírius: cão de Órion, caçador que Diana matou acidentalmente com uma flechada.

Sol: Hélios, em grego, era um dos Titãs. Frequentemente confundido com Apolo, era a personificação do Sol.

Sono: o Hipno dos gregos. Filho da Noite e do Erebo, o Sono é irmão da Morte.

Sulmon: soldado de Volceno, comandante dos rútulos que surpreendeu Niso e Euríalo quando tentavam furar o bloqueio imposto pelas suas tropas ao acampamento troiano.

Tago: soldado rútulo morto por Niso, companheiro de Euríalo.

Talos: gigante de bronze que protegia as muralhas de Creta. Foi morto graças a um feitiço de Medeia.

Tântalo: rei da Lídia, era filho de Júpiter. Por ter cortado o filho em pedaços para servi-lo aos deuses foi condenado ao Tártaro. Lá, está permanentemente mergulhado num lago cujas águas estão sempre fora do alcance dos seus lábios, tendo acima da cabeça uma árvore de saborosos frutos, que um vento sempre afasta de suas mãos quando ele tenta alcançá-los.

Telêmaco: filho de Ulisses e Penélope, ajudou o pai a expulsar de Ítaca os pretendentes à mão de sua mãe.

Telemo: adivinho que morava no país dos Ciclopes. Predisse a Polifemo que um dia este seria cegado por um viajante chamado Ulisses.

Têmis: filha de Urano e da Terra, foi a primeira esposa de Júpiter. Personifica a Justiça.

Terra: Geia, em grego. Filha do Caos, é um dos deuses primordiais, a exemplo do seu esposo, o Céu. Mãe dos Titãs, entre os quais Saturno, que a libertou da tirania do marido, cortando-lhe os testículos com uma foice que ela própria lhe dera.

Teseu: um dos principais heróis da mitologia, era filho de Netuno, segundo a versão mais aceita. Derrotou o Minotauro no labirinto de Creta e foi o responsável pela morte do filho Hipólito, por julgar que este havia traído sua confiança ao se aproximar de Fedra, sua esposa.

Tétis (1): filha do Céu e da Terra, era casada com o Oceano. Ajudou a criar Juno, filha de Cibele e Saturno.

Tétis (2): uma das Nereidas, era filha de Nereu e Dóris e mãe de Aquiles.

Tífis: foi o primeiro piloto do navio Argo, que conduziu os Argonautas até o Velocino de Ouro. Morreu antes de poder chegar ao destino.

Timoetes: um dos comandantes troianos que ajudaram a colocar para dentro das muralhas de Troia o fatídico cavalo de madeira.

Tíndaro: rei de Esparta, marido de Leda e pai suposto de Castor, Pólux, Clitemnestra e Helena. Era, a exemplo de Nestor, um símbolo de longevidade.

Tirésias: o mais famoso dos adivinhos gregos, ficou cego graças a Minerva, por ele tê-la flagrado nua durante o banho. Penalizada, a deusa lhe deu depois um bastão mágico, que o fazia movimentar-se com a mesma precisão de uma pessoa normal. São inúmeras as suas predições, que continuou a fazer mesmo depois de morto, nos infernos, quando recebeu a visita de Ulisses.

Tisbe: jovem princesa da Babilônia, que teve um romance infeliz com Píramo, aos moldes de Romeu e Julieta, com o mesmo desenlace trágico.

Tisífone: uma das três Fúrias (Erínias dos gregos), divindade vingativa, personificação do remorso. As outras duas eram Aleto e Megera.

Titão: príncipe troiano, era irmão de Príamo, último rei de Troia.

Titãs: a primeira geração dos deuses, filhos do Céu e da Terra. Eram seres monstruosos, os quais, à medida que iam nascendo, eram encerrados pelo pai no ventre da mãe Terra. Saturno, um deles, os libertou, ao mutilar o próprio pai com uma foice. Protagonizaram mais tarde a Guerra dos Titãs, para destruir Júpiter. Derrotados, foram encerrados pelo deus nas profundezas do Tártaro.

Titono: irmão mais velho de Príamo, rei de Troia. Aurora apaixonou-se por ele, mas cometeu o equívoco de pedir a Júpiter que lhe concedesse a imortalidade, sem lhe pedir também a eterna juventude. Titono envelheceu tanto que Aurora encerrou-o num quarto escuro, onde ele acabou por tornar-se uma cigarra.

Tmolo: deus das montanhas, foi um dos jurados da disputa musical entre Pã e Apolo.

Tritão: filho de Netuno e Anfitrite, era um semideus marinho. Tirava sons retumbantes de sua grande concha marinha. Algumas lendas afirmam que morreu decapitado.

Trofônio: célebre arquiteto construtor do templo de Delfos. Após construir um templo magnífico para Apolo, foi premiado por este com a morte, prêmio que também coube a Agamedes, companheiro de Trofônio e arquiteto como ele.

Turno: rei dos rútulos e inimigo de Enéias, foi morto por este durante a disputa pela mão de Lavínia, filha de Latino, rei do Lácio.

Ulisses: para alguns, filho de Laertes, para outros, filho de Sísifo. Um dos maiores heróis gregos e célebre pela engenhosidade e esperteza. Esteve na Guerra de Troia, tendo sido o autor do embuste do cavalo de madeira que pôs fim à guerra. No regresso, enfrentou uma série de percalços para poder chegar a salvo em sua Ítaca natal, onde teve ainda de enfrentar os pretendentes à mão de sua esposa Penélope, que por pouco não dilapidaram todos os seus bens.

Vênus: Afrodite, para os gregos, era a deusa do amor. Nasceu da espuma do Mar, que foi fecundada pelos testículos extirpados do Céu. Era mãe de Cupido. Esteve ao lado dos troianos na Guerra de Troia e teve um romance proibido com Marte, deus da guerra.

Vertuno: divindade romana, era o deus dos jardins e dos pomares. Casou-se com a ninfa Pomona.

Vesta: ou Héstia, para os gregos. Irmã mais velha dos deuses olímpicos, filhos de Saturno e Cibele, foi engolida como eles, pelo pai, tão logo nasceu. Júpiter a libertou junto com os demais. É a deusa dos lares, muito cultuada entre os romanos. Suas sacerdotisas, as vestais, eram castas e assim deviam permanecer por toda a vida.

Vésper: Héspero, em grego. Segundo a lenda, era filho de Atlas, e se transformou em uma estrela vespertina quando contemplava, um dia, do alto de uma montanha, os astros que brilhavam no céu.

Volceno: comandante rútulo que surpreendeu Niso e Euríalo, guerreiros de Eneias, após o massacre que estes patrocinaram nos acampamentos de Turno.

Vulcano: Hefestos, em grego. Filho de Júpiter e Juno, é o deus das forjas e dos artífices. Coxo, adquiriu este defeito ao ter sido lançado do céu, ainda bebê, pela sua mãe, que não podia admitir ter um filho tão horrível. Apesar disto, casou-se mais tarde com Vênus, a mais bela das deusas.

Xantos: um dos cavalos falantes e imortais presenteados por Netuno a Peleu por ocasião do seu casamento com Tétis (o outro se chamava Bálios). Conduziram o carro de Aquiles durante a Guerra de Troia e predisseram a morte deste, antes de uma batalha.

Xuto: estrangeiro que se casou com Creúsa, filha de Erecteu, rei de Atenas.

Zéfiro: filho de Éolo e de Aurora, personificava o vento oeste, brando e refrescante.

Zeus: ver Júpiter.

BIBLIOGRAFIA

BULFINCH, Thomas. *O livro de ouro da mitologia: histórias de deuses e heróis*. São Paulo: Ediouro, 1965.

COMMELIN, P. *Mitologia grega e romana*. 2. ed. São Paulo: Martins Fontes, 1997.

GANDON, Odile. *Deuses e heróis da mitologia grega e latina*. 1. ed. São Paulo: Martins Fontes, 2000.

GUIMARÃES, Ruth. *Dicionário da mitologia grega*. 1. ed. São Paulo: Cultrix, 1999.

HAMILTON, Edith. *Mitologia. 1*. ed. São Paulo: Martins Fontes, 1999.

HOMERO. *A Ilíada*. 11. ed. Rio de Janeiro: Ediouro, 2001.

_____ . *Odisseia*. 12. ed. São Paulo: Cultrix, 2002.

MENARD, Pierre. *Mitologia grega e romana*. São Paulo: Fittipaldi Editores Ltda., três volumes.

RIBEIRO, Joaquim Chaves. *Vocabulário e fabulário da mitologia*. 1. ed. São Paulo: Martins, 1962.

STEPHANIDES, Menelaos. *A Odisseia*. 1. ed. São Paulo: Odysseus, 2000.

_____ . *Ilíada: a guerra de Troia*. 1. ed. São Paulo: Odysseus, 2000.

_____ . *Os deuses do Olimpo*. 1. ed. São Paulo: Odysseus, 2001.

VERNANT, Jean-Pierre. *O universo, os deuses, os homens*. 3. ed. São Paulo: Companhia das Letras, 2001.

VIRGÍLIO. *Eneida*. 11. ed. São Paulo: Ediouro, s/d.

WILKINSON, Philip. *O livro ilustrado da mitologia:* lendas e histórias fabulosas sobre grandes heróis e deuses do mundo inteiro. 2. ed. São Paulo: Publifolha, 2001.

Coleção L&PM POCKET (Lançamentos mais recentes)

945. **Bidu: diversão em dobro!** – Mauricio de Sousa
946. **Fogo** – Anaïs Nin
947. **Rum: diário de um jornalista bêbado** – Hunter Thompson
948. **Persuasão** – Jane Austen
949. **Lágrimas na chuva** – Sergio Faraco
950. **Mulheres** – Bukowski
951. **Um pressentimento funesto** – Agatha Christie
952. **Cartas na mesa** – Agatha Christie
954. **O lobo do mar** – Jack London
955. **Os gatos** – Patricia Highsmith
956(22).**Jesus** – Christiane Rancé
957. **História da medicina** – William Bynum
958. **O Morro dos Ventos Uivantes** – Emily Brontë
959. **A filosofia na era trágica dos gregos** – Nietzsche
960. **Os treze problemas** – Agatha Christie
961. **A massagista japonesa** – Moacyr Scliar
963. **Humor do miserê** – Nani
964. **Todo o mundo tem dúvida, inclusive você** – Édison de Oliveira
965. **A dama do Bar Nevada** – Sergio Faraco
969. **O psicopata americano** – Bret Easton Ellis
970. **Ensaios de amor** – Alain de Botton
971. **O grande Gatsby** – F. Scott Fitzgerald
972. **Por que não sou cristão** – Bertrand Russell
973. **A Casa Torta** – Agatha Christie
974. **Encontro com a morte** – Agatha Christie
975(23).**Rimbaud** – Jean-Baptiste Baronian
976. **Cartas na rua** – Bukowski
977. **Memória** – Jonathan K. Foster
978. **A abadia de Northanger** – Jane Austen
979. **As pernas de Úrsula** – Claudia Tajes
980. **Retrato inacabado** – Agatha Christie
981. **Solanin (1)** – Inio Asano
982. **Solanin (2)** – Inio Asano
983. **Aventuras de menino** – Mitsuru Adachi
984(16).**Fatos & mitos sobre sua alimentação** – Dr. Fernando Lucchese
985. **Teoria quântica** – John Polkinghorne
986. **O eterno marido** – Fiódor Dostoiévski
987. **Um safado em Dublin** – J. P. Donleavy
988. **Mirinha** – Dalton Trevisan
989. **Akhenaton e Nefertiti** – Carmen Seganfredo e A. S. Franchini
990. **On the Road – o manuscrito original** – Jack Kerouac
991. **Relatividade** – Russell Stannard
992. **Abaixo de zero** – Bret Easton Ellis
993(24).**Andy Warhol** – Mériam Korichi
995. **Os últimos casos de Miss Marple** – Agatha Christie
996. **Nico Demo: Aí vem encrenca** – Mauricio de Sousa
998. **Rousseau** – Robert Wokler
999. **Noite sem fim** – Agatha Christie
1000. **Diários de Andy Warhol (1)** – Editado por Pat Hackett
1001. **Diários de Andy Warhol (2)** – Editado por Pat Hackett
1002. **Cartier-Bresson: o olhar do século** – Pierre Assouline
1003. **As melhores histórias da mitologia: vol. 1** – A.S. Franchini e Carmen Seganfredo
1004. **As melhores histórias da mitologia: vol. 2** – A.S. Franchini e Carmen Seganfredo
1005. **Assassinato no beco** – Agatha Christie
1006. **Convite para um homicídio** – Agatha Christie
1008. **História da vida** – Michael J. Benton
1009. **Jung** – Anthony Stevens
1010. **Arsène Lupin, ladrão de casaca** – Maurice Leblanc
1011. **Dublinenses** – James Joyce
1012. **120 tirinhas da Turma da Mônica** – Mauricio de Sousa
1013. **Antologia poética** – Fernando Pessoa
1014. **A aventura de um cliente ilustre** *seguido de* **O último adeus de Sherlock Holmes** – Sir Arthur Conan Doyle
1015. **Cenas de Nova York** – Jack Kerouac
1016. **A corista** – Anton Tchékhov
1017. **O diabo** – Leon Tolstói
1018. **Fábulas chinesas** – Sérgio Capparelli e Márcia Schmaltz
1019. **O gato do Brasil** – Sir Arthur Conan Doyle
1020. **Missa do Galo** – Machado de Assis
1021. **O mistério de Marie Rogêt** – Edgar Allan Poe
1022. **A mulher mais linda da cidade** – Bukowski
1023. **O retrato** – Nicolai Gogol
1024. **O conflito** – Agatha Christie
1025. **Os primeiros casos de Poirot** – Agatha Christie
1027(25).**Beethoven** – Bernard Fauconnier
1028. **Platão** – Julia Annas
1029. **Cleo e Daniel** – Roberto Freire
1030. **Til** – José de Alencar
1031. **Viagens na minha terra** – Almeida Garrett
1032. **Profissões para mulheres e outros artigos feministas** – Virginia Woolf
1033. **Mrs. Dalloway** – Virginia Woolf
1034. **O cão da morte** – Agatha Christie
1035. **Tragédia em três atos** – Agatha Christie
1037. **O fantasma da Ópera** – Gaston Leroux
1038. **Evolução** – Brian e Deborah Charlesworth
1039. **Medida por medida** – Shakespeare
1040. **Razão e sentimento** – Jane Austen
1041. **A obra-prima ignorada** *seguido de* **Um episódio durante o Terror** – Balzac
1042. **A fugitiva** – Anaïs Nin
1043. **As grandes histórias da mitologia greco-romana** – A. S. Franchini
1044. **O corno de si mesmo & outras historietas** – Marquês de Sade
1045. **Da felicidade** *seguido de* **Da vida retirada** – Sêneca
1046. **O horror em Red Hook e outras histórias** – H. P. Lovecraft
1047. **Noite em claro** – Martha Medeiros
1048. **Poemas clássicos chineses** – Li Dai, Du Fu e Wang Wei
1049. **A terceira moça** – Agatha Christie
1050. **Um destino ignorado** – Agatha Christie

1051(26). **Buda** – Sophie Royer
1052. **Guerra Fria** – Robert J. McMahon
1053. **Simons's Cat: as aventuras de um gato travesso e comilão – vol. 1** – Simon Tofield
1054. **Simons's Cat: as aventuras de um gato travesso e comilão – vol. 2** – Simon Tofield
1055. **Só as mulheres e as baratas sobreviverão** – Claudia Tajes
1057. **Pré-história** – Chris Gosden
1058. **Pintou sujeira!** – Mauricio de Sousa
1059. **Contos de Mamãe Gansa** – Charles Perrault
1060. **A interpretação dos sonhos: vol. 1** – Freud
1061. **A interpretação dos sonhos: vol. 2** – Freud
1062. **Frufru Rataplã Dolores** – Dalton Trevisan
1063. **As melhores histórias da mitologia egípcia** – Carmem Seganfredo e A.S. Franchini
1064. **Infância. Adolescência. Juventude** – Tolstói
1065. **As consolações da filosofia** – Alain de Botton
1066. **Diários de Jack Kerouac – 1947-1954**
1067. **Revolução Francesa – vol. 1** – Max Gallo
1068. **Revolução Francesa – vol. 2** – Max Gallo
1069. **O detetive Parker Pyne** – Agatha Christie
1070. **Memórias do esquecimento** – Flávio Tavares
1071. **Drogas** – Leslie Iversen
1072. **Manual de ecologia (vol.2)** – J. Lutzenberger
1073. **Como andar no labirinto** – Affonso Romano de Sant'Anna
1074. **A orquídea e o serial killer** – Juremir Machado da Silva
1075. **Amor nos tempos de fúria** – Lawrence Ferlinghetti
1076. **A aventura do pudim de Natal** – Agatha Christie
1078. **Amores que matam** – Patricia Faur
1079. **Histórias de pescador** – Mauricio de Sousa
1080. **Pedaços de um caderno manchado de vinho** – Bukowski
1081. **A ferro e fogo: tempo de solidão (vol.1)** – Josué Guimarães
1082. **A ferro e fogo: tempo de guerra (vol.2)** – Josué Guimarães
1084(17). **Desembarcando o Alzheimer** – Dr. Fernando Lucchese e Dra. Ana Hartmann
1085. **A maldição do espelho** – Agatha Christie
1086. **Uma breve história da filosofia** – Nigel Warburton
1088. **Heróis da História** – Will Durant
1089. **Concerto campestre** – L. A. de Assis Brasil
1090. **Morte nas nuvens** – Agatha Christie
1092. **Aventura em Bagdá** – Agatha Christie
1093. **O cavalo amarelo** – Agatha Christie
1094. **O método de interpretação dos sonhos** – Freud
1095. **Sonetos de amor e desamor** – Vários
1096. **120 tirinhas do Dilbert** – Scott Adams
1097. **200 fábulas de Esopo**
1098. **O curioso caso de Benjamin Button** – F. Scott Fitzgerald
1099. **Piadas para sempre: uma antologia para morrer de rir** – Visconde da Casa Verde
1100. **Hamlet (Mangá)** – Shakespeare
1101. **A arte da guerra (Mangá)** – Sun Tzu
1104. **As melhores histórias da Bíblia (vol.1)** – A. S. Franchini e Carmen Seganfredo
1105. **As melhores histórias da Bíblia (vol.2)** – A. S. Franchini e Carmen Seganfredo
1106. **Psicologia das massas e análise do eu** – Freud
1107. **Guerra Civil Espanhola** – Helen Graham
1108. **A autoestrada do sul e outras histórias** – Julio Cortázar
1109. **O mistério dos sete relógios** – Agatha Christie
1110. **Peanuts: Ninguém gosta de mim... (amor)** – Charles Schulz
1111. **Cadê o bolo?** – Mauricio de Sousa
1112. **O filósofo ignorante** – Voltaire
1113. **Totem e tabu** – Freud
1114. **Filosofia pré-socrática** – Catherine Osborne
1115. **Desejo de status** – Alain de Botton
1118. **Passageiro para Frankfurt** – Agatha Christie
1120. **Kill All Enemies** – Melvin Burgess
1121. **A morte da sra. McGinty** – Agatha Christie
1122. **Revolução Russa** – S. A. Smith
1123. **Até você, Capitu?** – Dalton Trevisan
1124. **O grande Gatsby (Mangá)** – F. S. Fitzgerald
1125. **Assim falou Zaratustra (Mangá)** – Nietzsche
1126. **Peanuts: É para isso que servem os amigos (amizade)** – Charles Schulz
1127(27). **Nietzsche** – Dorian Astor
1128. **Bidu: Hora do banho** – Mauricio de Sousa
1129. **O melhor do Macanudo Taurino** – Santiago
1130. **Radicci 30 anos** – Iotti
1131. **Show de sabores** – J.A. Pinheiro Machado
1132. **O prazer das palavras – vol. 3** – Cláudio Moreno
1133. **Morte na praia** – Agatha Christie
1134. **O fardo** – Agatha Christie
1135. **Manifesto do Partido Comunista (Mangá)** – Marx & Engels
1136. **A metamorfose (Mangá)** – Franz Kafka
1137. **Por que você não se casou... ainda** – Tracy McMillan
1138. **Textos autobiográficos** – Bukowski
1139. **A importância de ser prudente** – Oscar Wilde
1140. **Sobre a vontade na natureza** – Arthur Schopenhauer
1141. **Dilbert (8)** – Scott Adams
1142. **Entre dois amores** – Agatha Christie
1143. **Cipreste triste** – Agatha Christie
1144. **Alguém viu uma assombração?** – Mauricio de Sousa
1145. **Mandela** – Ellcke Boehmer
1146. **Retrato do artista quando jovem** – James Joyce
1147. **Zadig ou o destino** – Voltaire
1148. **O contrato social (Mangá)** – J.-J. Rousseau
1149. **Garfield fenomenal** – Jim Davis
1150. **A queda da América** – Allen Ginsberg
1151. **Música na noite & outros ensaios** – Aldous Huxley
1152. **Poesias inéditas & Poemas dramáticos** – Fernando Pessoa
1153. **Peanuts: Felicidade é...** – Charles M. Schulz
1154. **Mate-me por favor** – Legs McNeil e Gillian McCain
1155. **Assassinato no Expresso Oriente** – Agatha Christie
1156. **Um punhado de centeio** – Agatha Christie

1157. **A interpretação dos sonhos (Mangá)** – Freud
1158. **Peanuts: Você não entende o sentido da vida** – Charles M. Schulz
1159. **A dinastia Rothschild** – Herbert R. Lottman
1160. **A Mansão Hollow** – Agatha Christie
1161. **Nas montanhas da loucura** – H.P. Lovecraft
1162. (28). **Napoleão Bonaparte** – Pascale Fautrier
1163. **Um corpo na biblioteca** – Agatha Christie
1164. **Inovação** – Mark Dodgson e David Gann
1165. **O que toda mulher deve saber sobre os homens: a afetividade masculina** – Walter Riso
1166. **O amor está no ar** – Mauricio de Sousa
1167. **Testemunha de acusação & outras histórias** – Agatha Christie
1168. **Etiqueta de bolso** – Celia Ribeiro
1169. **Poesia reunida (volume 3)** – Affonso Romano de Sant'Anna
1170. **Emma** – Jane Austen
1171. **Que seja em segredo** – Ana Miranda
1172. **Garfield sem apetite** – Jim Davis
1173. **Garfield: Foi mal...** – Jim Davis
1174. **Os irmãos Karamázov (Mangá)** – Dostoiévski
1175. **O Pequeno Príncipe** – Antoine de Saint-Exupéry
1176. **Peanuts: Ninguém mais tem o espírito aventureiro** – Charles M. Schulz
1177. **Assim falou Zaratustra** – Nietzsche
1178. **Morte no Nilo** – Agatha Christie
1179. **Ê, soneca boa** – Mauricio de Sousa
1180. **Garfield a todo o vapor** – Jim Davis
1181. **Em busca do tempo perdido (Mangá)** – Proust
1182. **Cai o pano: o último caso de Poirot** – Agatha Christie
1183. **Livro para colorir e relaxar** – Livro 1
1184. **Para colorir sem parar**
1185. **Os elefantes não esquecem** – Agatha Christie
1186. **Teoria da relatividade** – Albert Einstein
1187. **Compêndio da psicanálise** – Freud
1188. **Visões de Gerard** – Jack Kerouac
1189. **Fim de verão** – Mohiro Kitoh
1190. **Procurando diversão** – Mauricio de Sousa
1191. **E não sobrou nenhum e outras peças** – Agatha Christie
1192. **Ansiedade** – Daniel Freeman & Jason Freeman
1193. **Garfield: pausa para o almoço** – Jim Davis
1194. **Contos do dia e da noite** – Guy de Maupassant
1195. **O melhor de Hagar 7** – Dik Browne
1196. (29). **Lou Andreas-Salomé** – Dorian Astor
1197. (30). **Pasolini** – René de Ceccatty
1198. **O caso do Hotel Bertram** – Agatha Christie
1199. **Crônicas de motel** – Sam Shepard
1200. **Pequena filosofia da paz interior** – Catherine Rambert
1201. **Os sertões** – Euclides da Cunha
1202. **Treze à mesa** – Agatha Christie
1203. **Bíblia** – John Riches
1204. **Anjos** – David Albert Jones
1205. **As tirinhas do Guri de Uruguaiana 1** – Jair Kobe
1206. **Entre aspas (vol.1)** – Fernando Eichenberg
1207. **Escrita** – Andrew Robinson
1208. **O spleen de Paris: pequenos poemas em prosa** – Charles Baudelaire
1209. **Satíricon** – Petrônio
1210. **O avarento** – Molière
1211. **Queimando na água, afogando-se na chama** – Bukowski
1212. **Miscelânea septuagenária: contos e poemas** – Bukowski
1213. **Que filosofar é aprender a morrer e outros ensaios** – Montaigne
1214. **Da amizade e outros ensaios** – Montaigne
1215. **O medo à espreita e outras histórias** – H.P. Lovecraft
1216. **A obra de arte na era de sua reprodutibilidade técnica** – Walter Benjamin
1217. **Sobre a liberdade** – John Stuart Mill
1218. **O segredo de Chimneys** – Agatha Christie
1219. **Morte na rua Hickory** – Agatha Christie
1220. **Ulisses (Mangá)** – James Joyce
1221. **Ateísmo** – Julian Baggini
1222. **Os melhores contos de Katherine Mansfield** – Katherine Mansfied
1223. (31). **Martin Luther King** – Alain Foix
1224. **Millôr Definitivo: uma antologia de** *A Bíblia do Caos* – Millôr Fernandes
1225. **O Clube das Terças-Feiras e outras histórias** – Agatha Christie
1226. **Por que sou tão sábio** – Nietzsche
1227. **Sobre a mentira** – Platão
1228. **Sobre a leitura** *seguido do* **Depoimento de Céleste Albaret** – Proust
1229. **O homem do terno marrom** – Agatha Christie
1230. (32). **Jimi Hendrix** – Franck Médioni
1231. **Amor e amizade e outras histórias** – Jane Austen
1232. **Lady Susan, Os Watson e Sanditon** – Jane Austen
1233. **Uma breve história da ciência** – William Bynum
1234. **Macunaíma: o herói sem nenhum caráter** – Mário de Andrade
1235. **A máquina do tempo** – H.G. Wells
1236. **O homem invisível** – H.G. Wells
1237. **Os 36 estratagemas: manual secreto da arte da guerra** – Anônimo
1238. **A mina de ouro e outras histórias** – Agatha Christie
1239. **Pic** – Jack Kerouac
1240. **O habitante da escuridão e outros contos** – H.P. Lovecraft
1241. **O chamado de Cthulhu e outros contos** – H.P. Lovecraft
1242. **O melhor de Meu reino por um cavalo!** – Edição de Ivan Pinheiro Machado
1243. **A guerra dos mundos** – H.G. Wells
1244. **O caso da criada perfeita e outras histórias** – Agatha Christie
1245. **Morte por afogamento e outras histórias** – Agatha Christie
1246. **Assassinato no Comitê Central** – Manuel Vázquez Montalbán

1247. **O papai é pop** – Marcos Piangers
1248. **O papai é pop 2** – Marcos Piangers
1249. **A mamãe é rock** – Ana Cardoso
1250. **Paris boêmia** – Dan Franck
1251. **Paris libertária** – Dan Franck
1252. **Paris ocupada** – Dan Franck
1253. **Uma anedota infame** – Dostoiévski
1254. **O último dia de um condenado** – Victor Hugo
1255. **Nem só de caviar vive o homem** – J.M. Simmel
1256. **Amanhã é outro dia** – J.M. Simmel
1257. **Mulherzinhas** – Louisa May Alcott
1258. **Reforma Protestante** – Peter Marshall
1259. **História econômica global** – Robert C. Allen
1260(33). **Che Guevara** – Alain Foix
1261. **Câncer** – Nicholas James
1262. **Akhenaton** – Agatha Christie
1263. **Aforismos para a sabedoria de vida** – Arthur Schopenhauer
1264. **Uma história do mundo** – David Coimbra
1265. **Ame e não sofra** – Walter Riso
1266. **Desapegue-se!** – Walter Riso
1267. **Os Sousa: Uma família do barulho** – Mauricio de Sousa
1268. **Nico Demo: O rei da travessura** – Mauricio de Sousa
1269. **Testemunha de acusação e outras peças** – Agatha Christie
1270(34). **Dostoiévski** – Virgil Tanase
1271. **O melhor de Hagar 8** – Dik Browne
1272. **O melhor de Hagar 9** – Dik Browne
1273. **O melhor de Hagar 10** – Dik e Chris Browne
1274. **Considerações sobre o governo representativo** – John Stuart Mill
1275. **O homem Moisés e a religião monoteísta** – Freud
1276. **Inibição, sintoma e medo** – Freud
1277. **Além do princípio de prazer** – Freud
1278. **O direito de dizer não!** – Walter Riso
1279. **A arte de ser flexível** – Walter Riso
1280. **Casados e descasados** – August Strindberg
1281. **Da Terra à Lua** – Júlio Verne
1282. **Minhas galerias e meus pintores** – Kahnweiler
1283. **A arte do romance** – Virginia Woolf
1284. **Teatro completo v. 1: As aves da noite** *seguido de* **O visitante** – Hilda Hilst
1285. **Teatro completo v. 2: O verdugo** *seguido de* **A morte do patriarca** – Hilda Hilst
1286. **Teatro completo v. 3: O rato no muro** *seguido de* **Auto da barca de Camiri** – Hilda Hilst
1287. **Teatro completo v. 4: A empresa** *seguido de* **O novo sistema** – Hilda Hilst
1289. **Fora de mim** – Martha Medeiros
1290. **Divã** – Martha Medeiros
1291. **Sobre a genealogia da moral: um escrito polêmico** – Nietzsche
1292. **A consciência de Zeno** – Italo Svevo
1293. **Células-tronco** – Jonathan Slack
1294. **O fim do ciúme e outros contos** – Proust
1295. **A jangada** – Júlio Verne
1296. **A ilha do dr. Moreau** – H.G. Wells
1297. **Ninho de fidalgos** – Ivan Turguêniev
1298. **Jane Eyre** – Charlotte Brontë
1299. **Sobre gatos** – Bukowski
1300. **Sobre o amor** – Bukowski
1301. **Escrever para não enlouquecer** – Bukowski
1302. **222 receitas** – J. A. Pinheiro Machado
1303. **Reinações de Narizinho** – Monteiro Lobato
1304. **O Saci** – Monteiro Lobato
1305. **Memórias da Emília** – Monteiro Lobato
1306. **O Picapau Amarelo** – Monteiro Lobato
1307. **A reforma da Natureza** – Monteiro Lobato
1308. **Fábulas** *seguido de* **Histórias diversas** – Monteiro Lobato
1309. **Aventuras de Hans Staden** – Monteiro Lobato
1310. **Peter Pan** – Monteiro Lobato
1311. **Dom Quixote das crianças** – Monteiro Lobato
1312. **O Minotauro** – Monteiro Lobato
1313. **Um quarto só seu** – Virginia Woolf
1314. **Sonetos** – Shakespeare
1315(35). **Thoreau** – Marie Berthoumieu e Laura El Makki
1316. **Teoria da arte** – Cynthia Freeland
1317. **A arte da prudência** – Baltasar Gracián
1318. **O louco** *seguido de* **Areia e espuma** – Khalil Gibran
1319. **O profeta** *seguido de* **O jardim do profeta** – Khalil Gibran
1320. **Jesus, o Filho do Homem** – Khalil Gibran
1321. **A luta** – Norman Mailer
1322. **Sobre o sofrimento do mundo e outros ensaios** – Schopenhauer
1323. **Epidemiologia** – Rodolfo Saracci
1324. **Japão moderno** – Christopher Goto-Jones
1325. **A arte da meditação** – Matthieu Ricard
1326. **O adversário secreto** – Agatha Christie
1327. **Pollyanna** – Eleanor H. Porter
1328. **Espelhos** – Eduardo Galeano
1329. **A Vênus das peles** – Sacher-Masoch
1330. **O 18 de brumário de Luís Bonaparte** – Karl Marx
1331. **Um jogo para os vivos** – Patricia Highsmith
1332. **A tristeza pode esperar** – J.J. Camargo
1333. **Vinte poemas de amor e uma canção desesperada** – Pablo Neruda
1334. **Judaísmo** – Norman Solomon
1335. **Esquizofrenia** – Christopher Frith & Eve Johnstone
1336. **Seis personagens em busca de um autor** – Luigi Pirandello
1337. **A Fazenda dos Animais** – George Orwell
1338. **1984** – George Orwell
1339. **Ubu Rei** – Alfred Jarry
1340. **Sobre bêbados e bebidas** – Bukowski
1341. **Tempestade para os vivos e para os mortos** – Bukowski
1342. **Complicado** – Natsume Ono
1343. **Sobre o livre-arbítrio** – Schopenhauer
1344. **Uma breve história da literatura** – John Sutherland
1345. **Você fica tão sozinho às vezes que até faz sentido** – Bukowski

lepmeditores
www.lpm.com.br
o site que conta tudo

IMPRESSÃO:

PALLOTTI
GRÁFICA

Santa Maria · RS | Fone: (55) 3220.4500
www.graficapallotti.com.br